……아까워.
처음 만났을 때는
내가 더 강했었는데.

스노우 워커

CONTENTS

이세계 미궁의 최심부로 향하자
4

와리나이 타리사 지음 | 우카이 사키 일러스트 | 박용국 옮김

SNOVEL

커버 그림, 본문 일러스트 | **우카이 사키**

1. 라우라비아국의 새로운 이야기.

──맹세했다……? 뭘……?

천천히 눈을 뜨고, 몸을 일으켰다. 그리고 무거운 머리를 움직여서 주위를 확인했다.

"어디지……?"

기억에 없는 곳이었다. 좁다란 목조 방에 최소한의 가구만 놓여 있었다. 활짝 열린 창문이 하나 있고, 그 창문을 통해 시원한 바람이 들어왔다.

간소하지만 차분한 방……. 그런 느낌이었다.

그런 방 안에 한 남자가 있었다.

가지런한 이목구비를 가진 남자가 얼마 안 되는 가구 중 하나인 의자에 앉아 있었다. 이름은…… 팰린크론이었던가.

그렇다. **그가 바로 내 생명의 은인인** 팰린크론 레거시다.

"오? 깼나 보군, 카나미. 마침 잘 됐어. **네 여동생도** 지금 막 깨어났거든. 안내해주지."

눈을 뜬 나를 본 팰린크론은 손에 들고 있던 책을 덮고 친근하게 내 어깨를 두드린 후, 방 밖으로 나갔다.

안내해주겠다는 말에 나는 침대에서 벌떡 일어나서 그런 팰린크론을 따라가려 했다.

그때 몸이 경직됐다.

배선이 뒤엉킨 것 같은, 인형의 팔다리를 바꿔 낀 것 같은 불쾌한 위화감이 느껴졌다.

──뭔가가 이상해.

하지만 그 끈적끈적한 위화감과 동시에 무언가 후련한 해방감도 느껴졌다. 마음에 커다란 구멍이 뚫린 것 같은 감각이었다.

소중한 무언가를 착각하고 있는 것 같은 느낌, 중요한 것을 잊어버린 것 같은 느낌이었다.

하지만 그 덕분에 몸이 가벼워진 것 같은 신기한 감각.

"카나미! 빨리 오라니까!"

"그, 그래! 알았어, 팰린크론!"

그러나 그 감각은 재촉하는 팰린크론의 목소리에 사라졌다.

생명의 은인을 기다리게 해서는 안 된다는 생각에 깊이 생각하지 않고 방을 나섰다.

그리고 바깥의 복도를 보고서야 여기가 어디인지를 기억해냈다.

여기는 길드『에픽 시커』의 본거지다.

아까 그 방은 길드의 의무실이고, 나는 거기서 휴식을 취하고 있었던 것이었다.

일어날 때 왜 알아채지 못했던 건지 이상하기만 할 따름이다.

하지만 궁금해봤자 소용없는 일이다.

팰린크론이 멀리 걸어간다. 빨리 쫓아가지 않으면, 인정사정없이 버려두고 가버릴 것이다.

분명 친숙한 곳이련만, 어쩐지 낯선 느낌이 드는 복도를 종종걸음으로 걸어갔다.

걸어가면서 자신의 몸 상태가 정상이 아니라는 것을 확인했다.

마치 며칠 동안 계속 잠들어 있었던 것처럼 나른하고…… 꿈속에 있는 것만 같았다. 마치, 아직 꿈에서 깨지 못한 것 같은 기분까지 들었다. 나는 연신 고개를 저으면서 팰린크론을 따라갔다.

계단을 어느 정도 올라가니 어떤 방에 다다랐다.

팰린크론은 그 방 앞에 멈춰 서서 들어가라고 나를 재촉했다.

그 재촉에 떠밀려 나는 문을 열었다.

그 방은 의무실과는 비교도 안 될 만큼 넓었다. 얼핏 보기에도 다섯 배는 되어보였다. 벽 쪽에는 수많은 책장들이 늘어서 있어 그 방에 지적인 인상을 심어주고 있었다. 그 가장 안쪽에는 침대가 하나 있었고, 검은 머리칼의 소녀가 거기에 앉아서 커튼이 살랑거리는 창밖의 풍경을 내다보고 있다.

아아, 그렇다. 이 소녀가 바로── 그 맹세 속의──.

"여동생인 마리아는 무사해. 잘 됐지, 카나미?"

뒤에서 팰린크론의 목소리가 들려왔다.

여, 여동생? 그렇다. 이 흑발 소녀는 내 여동생이다. 그 무엇보다도 소중한, 목숨을 바쳐서라도 지켜야만 하는──세상을 떠난 어머니가 맡기고 간 여동생. 이름은──마리아다.

"그, 그래……. 다행이야. 마리아도 무사했구나……."

어째선지, 그 이름을 입에 담는 순간, 머리가 욱신거리고 아파졌다.

"그래, 대화재였지만 무사히 살아남았어. 사상자는 한 명도 안 나왔다는 모양이야."

이야기를 나누다 보니 흐릿해져 있던 의식이 서서히 또렷해졌다.

그랬다. 나와 마리아는 대화재에 휘말렸다가 팰린크론의 도움으로 목숨을 건진 것이다.

꿈같은 기분에서 벗어나, 기억이 점점 또렷해져 온다.

그리고 이 이세계에서 겪었던 일들을 하나하나 떠올려 나갔다.

팰린크론의 도움을 받은 것은 이번이 두 번째였다. 우리 남매가 처음 이 이세계에 들어와서 헤매고 있을 때, 미궁에서 도움을 받은 것이 첫 번째. 그리고 이번 도시의 '대화재'에 휘말렸다가 도움을 받은 것이 두 번째.

집이 불타던 광경은 또렷하게 기억하고 있다. 그 모습만은 선명하게 떠올릴 수 있다.

하지만 사상자가 없었다는 건 좀 놀랐다. 사망자가 한두 명쯤 있었던 것 같은 느낌이 든다.

"——『오빠』? 왔어요?"

마리아는 우리가 찾아온 것을 깨닫고, 고개를 이쪽으로 돌렸다.

"그래, 나야. 멀쩡해보여서 다행이야, 마리아."

"아뇨, 멀쩡하다면 멀쩡하긴 하지만……."

나와 마리아는 대화를 주고받는다.

동시에 안도감에 휩싸인다. 그것은 이상하리만치 너무나도 깊은 안도감이었다.

"어디 다친 곳은 없고?"

"네, 다친 곳은 없지만……. 어째선지, 머리가 너무 아파서……."

마리아는 그렇게 말하며 머리를 어루만진다.

하지만 그건 흔한 일이었다. 동생은 어린 시절부터 몸이 약해서 오랜 입원 생활을 해야 했었다. 그것은 이세계에 온 뒤로도 마찬가지였다. 아니, 갑작스런 환경 변화 때문에 더 악화된 건지도 모른다.

문득 마리아의 팔에 있는 장식품이 눈에 들어온다. 팰린 크론이 '이방인'인 우리의 불편을 해결하기 위해서 마련해 준 '팔찌'다. 이걸 차고 있으면, 나와 마리아는 이세계의 환경에 적응할 수 있고, 의사소통도 자유롭게 할 수 있다. 폭주하기 쉬운 우리의 마력을 안정시켜주는 효과도 있다고 한다.

나와 마리아에게 각각 하나씩. 아무리 물어봐도 팰린크론은 가격을 가르쳐주지 않지만, 보나마나 싸지는 않을 것이다. 팰린크론이 베풀어준 은혜는 이뿐만이 아니다. 지금 마리아의 두 눈은 '의안'으로 교체되어 있다. 그것도 이번 '대화재' 때문에 눈을 잃은 마리아를 위해서 녀석이 마련해준 것이다. 그 고도의 완성도로 미루어보아, 그 '의안'이 고가의 물건이라는 걸 단번에 알 수 있었다.

팰린크론이 베풀어준 그런 은혜들에 보답하기 위해 앞으로 더 열심히 노력해야겠다.

그렇게 결의하면서 마리아의 머리를 쓰다듬어주고 그 몸을 침대에 눕혀 주었다.

"머리가 아프다면, 좀 더 푹 쉬도록 해……."

"네. 고마워요, 오빠."

마리아는 뺨을 붉히며 내 손에 몸을 맡기고 침대에 누웠다. 열이 좀 있는걸 보니, 역시 몸 상태가 썩 좋지는 않은 모양이다. 예전부터 동생은 만성적 발열에 시달리곤 했었다.

마리아의 손을 잡고, 그 몸을 걱정한다.

그러고 있으려니 뒤에 있던 팰린크론이 끼어들었다.

"훈훈한 남매애를 선보이는 건 그 정도로 해주면 안 될까? 오늘은 할 일이 산더미처럼 쌓여 있다고."

"할 일……? 미안, 팰린크론. 오늘 할 일이 뭐가 있었더라……?"

"오늘은 카나미가 길드『에픽 시커』에 입단하기로 한 날이잖아? 대화재 때문에 반쯤 잊어버리고 있었지만 카나미는 사지가 멀쩡한 것 같으니까 예정대로 실시하지."

"아, 아아, 그랬었지."

기억났다. 나는 눈앞에 있는 마리아의 치료비를 마련하기 위해서 돈을 벌어야만 했다. 그래서 얼마 전에, 팰린크론이 일할 곳을 소개해주었다. 그리고 그 일터가 바로 길드『에 픽 시커』. 연합국 가운데 하나인 라우라비아 국 계통의 정통 길드다.

내 실력이라면 그 길드의 일원이 되어 일하기에 충분하다고 한다.

"그랬었죠. 오빠, 길드에 들어가기로 하셨죠……."

마리아도 기억이 난 듯 덧붙인다.

"그래, 그래야지. 너는 이 세계에서 어느 정도 돈을 벌 필요가 있잖아. 그러자면 내 길드에 들어오는 게 제일 좋은 방법일 것 같아서 말이지. 수입도 제법 짭짤한 데다, 인맥도 넓힐 수 있어. 무엇보다, 라우라비아의 비호 하에 들어간다는 건, 너희 둘 입장에서도 좋은 일이야. 마리아를 천천히 치료하기에 가장 이상적인 조건이잖아?"

"고마워, 팰린크론. 덕분에 이제 이 세계에서도 살아갈 수 있겠어……."

지나칠 정도로 완벽한 그 일자리를 소개해 준 은인에게 감사를 표한다.

"이런, 안심하긴 아직 이를 텐데? 길드 가입에 필요한시험은 예외가 아니니까. 아무리 카나미라고 해도 무조건적으로 받아들여주지는 않아. 시험에 통과하지 못하면, 이 제안은 없던 걸로 할 거야."

"물론이지. 얼마든지 엄격하게 판정해도 상관없어."

팰린크론은 으름장을 놓듯이 말했지만, 그건 오히려 듣던 중 반가운 소리였다.

결의가 묻어나는 그 대답에 팰린크론은 히죽 웃어답하고, "이쪽이야"라며 나를 데리고 나가려 한다.

나는 마리아에게 작별인사를 한 다음,『에픽 시커』의 시험을 받기 위해 팰린크론 뒤를 따라간다. 우리 남매가 이 세계에서 살아가는 데 필요한 안식처를 손에 넣기 위해서——.

사방이 석조 벽으로 이루어진, 천장은 탁 트이고 바닥에는 부드러운 모래가 깔려 있는 원형 공간. 이곳이 바로『에픽 시커』의 훈련장.

학교 운동장 넓이쯤 되는 그 훈련장에『에픽 시커』의 사람들이 모여 있었다. 남녀노소가 뒤섞인 30명가량의 길드 멤버들이다. 자기 키보다 더 큰 칼을 짊어진 자가 있는가 하면, 고풍스런 로브 차림에 지팡이를 든 자도 있다.

지금 나는 그 30명의 시선을 한 몸에 받으며, 팰린크론 옆에서 식은땀을 흘리고 있었다.

팰린크론은 전원이 다 모인 것을 확인하고 몇 번인가 인사를 나눈 후, 나를 앞으로 떠밀었다.

"자, 자기소개부터 해, 카나미."

"아, 저기, 이름은 아이카와 카나미라고 합니다. 레벨 14의 빙결속성 마법사입니다. 일단은 검도 어느 정도는 쓸 줄 압니다. 잘 부탁드립니다……."

팰린크론의 지시대로, 모두에게 들리도록 자기소개를 했다.

길드 멤버들의 반응은 각양각색이다. 진지하게 듣는 자가 있는가 하면, 대충 흘려듣는 자도 있다.

다만, 내 레벨을 듣고는 눈이 초롱초롱해지는 사람이 많았다.

"그 나이에 레벨 14라니. 팰린크론이 또 유능한 애를 데려왔군."

"예의가 참 바른 아이네. 게다가 얼굴도 예쁘장하고. 그렇지만 목의 화상 자국이 좀 아쉬운걸."

"마법사이면서 검도 쓸 줄 안다니. 으――음, 어중간한 건 좀 곤란한데."

각자 제멋대로 나에 대한 평가를 늘어놓는다. 썩 기분 좋은 일은 아니다. 구경거리가 된 것 같은 기분이라, 될 수 있으면 빨리 끝났으면 좋겠다.

그렇게 주위의 반응을 살피고 있으려니, 유독 특별한 반응을 보이는 사람을 찾을 수 있었다.

잔잔한 파도와도 같은 긴 머리칼을 나부끼는 소녀 하나가, 휘둥그레진 눈으로 이쪽을 쳐다보고 있다.

그 아름다운 머리칼 사이로 보이는 작은 뿔로 미루어보아, 그녀가 수인임을 알 수 있었다. 민족의상 같은 두꺼운 옷 밑으로 꼬리가 돋아나 있는 걸 보면 의심의 여지가 없었다.

"……어? 지크 씨……?"

수인 소녀는 입을 벌린 채, 멍하니 이쪽을 쳐다보고 있었다.

"아, 스노우도 있었군……."

팰린크론은 수인 소녀를 스노우라고 불렀다. 그리고 나에게 "미안. 길드 멤버들과 인사 좀 하고 있어"라고 짤막하게 말하더니, 수인 소녀를 어딘가로 데려가서 이야기를 나누기 시작했다.

팰린클론은 길드의 최고위층 중 하나다. 뭔가 전달사항 같은 게 있는 건지도 모른다.

이야기를 나누는 두 사람을 쳐다보고 있으려니, 길드 멤버 중 한 명이 다가와서 말을 건다.

"여어, 카나미. 앞으로 잘 해보자고."

한눈팔고 있을 때가 아니다. 나는 곧바로 최대한 좋은 인상을 주려 애쓰며 대답한다.

"네. 잘 부탁드려요."

그것을 계기로 길드 멤버들이 잇따라 나에게로 다가온다.

"잘 부탁해, 카나미. 나는 테일리. 파티 리더이기도 해."

"아, 혼자 그렇게 나오기냐? 소년, 내가 나중에 검을 가르쳐주마. 마법 따위 집어치워. 그리고 우리 파티로 들어와."

"무슨 헛소리야. 마력이 있는 녀석을 군이 무식한 전투 바보로 만들 셈이냐……."

"카나미 군, 잘 부탁해——."

밝은 표정의 마법사, 거구의 검사, 활을 짊어진 청년……. 정말이지 이세계에 딱 들어맞는 장비를 소지한 사람들이 나를 둘러싼다. 여기가 이세계라는 건 알고 있었지만, 이렇게 가까이 다가오니 좀 무섭게 느껴졌다.

"아하하, 잘 부탁드려요……."

어색하게 웃으면서 인사에 답한다. 표정이 굳어져 있지 않을지, 살짝 걱정된다.

"자, 자, 다들 그만, 그만——."

멤버들과 교류를 다지고 있으려니, 팰린크론이 손뼉을 쳐서 모두의 주목을 끌어모으며 다가왔다. 스노우라는 이름의 수인 소녀와 하던 이야기는 마무리 된 모양이다.

소녀는 약간 더 멀리 이동해서, 그늘에 쪼그리고 앉아 쉬고 있었다.

가능하면 그녀와도 인사를 하고 싶었다. 아름다운 외모 때문이기도 했지만, 왠지 모르게 저 소녀와 이야기하는 것이 중요할 것 같은 기분이 든단 말이지…….

"카나미의 입단 시험은 아직 끝난 게 아니니까. 다들 너무 성급한 거 아냐?"

팰린크론이 시험 이야기를 시작했다. 나는 사고 속에서 소녀를 몰아내고 마음을 굳게 다잡는다. 여동생인 마리아를 위해서라도 이 시험은 기필코 통과해야만 한다.

"무슨 소리야, 팰린크론. 네가 데려온 녀석들 중에서 시험에 탈락한 녀석은 한 명도 없었잖아. 시험 따위 건너뛰고 그 녀석을 냉큼 내 파티에 배정하기나 하라고."

거구의 검사가 야유를 보낸다.

자리 배치와 발언 내용으로 보아 남자는 제법 높은 자리를 차지하고 있음을 짐작할 수 있다. 무엇보다 흉터투성이인 그 몸만 봐도 보통 인물이 아님을 알 수 있다.

"아니아니, 그건 아직 모르는 거야. 어쨌거나, 중대 발표가 있으니까 조용히 좀 해."

팰린크론은 자신의 페이스를 잃지 않았지만 그러는 동안에도 야유는 잦아들 줄을 몰랐다.

국가 직속 길드라는 이야기를 듣고 좀 딱딱한 분위기일 거라는 선입견을 갖고 있었지만, 꼭 그렇지만도 않고 상당히 가족적인 분위기였다.

"알았으니까 빨랑빨랑 좀 하라고. 그 애는 우리 파티로 데려올 거지만."

지팡이를 든 여자가 이쪽을 보며 미소 짓는다.

보아하니 내가 어느 집단에 속할지를 두고 언쟁 중인 모양이다.

하지만 팰린크론은 그 흐름을 무시하고 선언한다.

"——기대를 저버리게 되어 안됐지만, 카나미는 어느 파티에도 안 들어갈 거야."

그 말을 들은 길드 멤버들은 어리둥절한 얼굴로 술렁거리기 시작했다.

모두가 팰린크론의 설명을 요구하기 시작한다. 그런 요구에도 팰린클론은 여전히 자신의 페이스를 잃지 않았다. 더없이 간결하게, 그리고 들뜬 기색이 역력한 얼굴로 이유를 설명한다.

"왜냐하면, 카나미는『에픽 시커』의 길드마스터가 될 테니까."

그 말을 이해하는 데에는 모두들 약간의 시간을 필요로 했다.

그리고 몇 초 동안의 정적이 흐른 후, 훈련장은 경악의 목소리에 휩싸인다.

"뭐, 뭐어?!"

가장 먼저 소리를 지른 건 나였다.

뒤이어서, 멤버들 역시 의문에 찬 목소리와 함께 자세한 설명을 요구한다.

"아, 아니 잠깐. 팰린크론. 농담이 지나친 거 아냐?"

"도대체 뭐가 어떻게 된 거기에 이렇게 밑도 끝도 없이 길드마스터가 된다는 거야?"

내 생각도 그들과 같았다. 질 나쁜 농담처럼만 느껴질 뿐이다.

하지만 팰린크론은 여전히 태연자약한 얼굴 그대로다.

"카나미는 서브마스터인 나와 레일이 선택한 '영웅'이야. 당초의 예정대로 공석이었던 『에픽 시커』의 최고위직 자리에는 영웅인 카나미를 앉히도록 할 거다."

그리고 거듭해서, 나를 길드의 최정상인 길드마스터의 자리에 앉히겠다는 뜻을 천명했다.

그것도 '영웅'이라는 과장된 호칭까지 써 가면서.

"제정신이냐……?"

팰린크론이 하는 말이 농담이 아니라는 것을 모두가 깨닫고, 자리의 분위기가 싸늘해진다. 멤버들의 선두에 서 있던 거구의 검사가 팰린크론을 쏘아보며 묻는다.

당장이라도 터져버릴 듯이 팽팽한 긴장감이 흐르는 가운데, 팰린크론은 들뜬 목소리로 대답했다.

"카나미는 강하고 성격도 좋아. 무엇보다 영웅**다움**이 있어. 그러니까, 응당 길드마스터로 삼아야지. 불만 있는 녀석이 있으면, 카나미를 때려눕혀 봐. 지금부터, 시험을 대신한 전원 대결을 할 테니까."

그런 팰린크론의 도발에 길드 멤버들의 살기가 한층 더 짙어졌다.

하나같이 나와 팰린크론을 향해 심상치 않은 위압감을 내뿜는다. 숙련된 강자들이 내뿜는 중압감을 견디지 못하고 나는 팰린크론에게 소리쳤다.

"팰린크론, 무슨 소릴 하는 거야?! 제정신이냐? 너, 미친 거 아냐?!"

내가 혼란상태에 빠지다시피 하여 반발하는 것을 보고, 길드 멤버들이 내뿜던 중압감이 약간이나마 누그러들었다.

차분해보이는 여인이 한 발짝 앞으로 나서서 의견을 늘어놓았다.

"재능은 인정할게. 그 애가 **실력자**라는 건 척 보면 알 수 있으니까. 확실히 장래에는 우리 위에 서게 될 그릇인지도 모르지. 하지만, 지금 당장이라는 건 너무 터무니없는 이야기야. 팰린크론."

"제대로 된 절차도 안 거치고 정해진 길드마스터 앞에서 길드가 제대로 움직일 리가 없을 텐데……."

각 멤버들도 이대로 갔다가는 험한 일이 벌어질 거라고 판단한 것이리라.

어떻게든 팰린크론의 생각을 고치려고 논리를 동원해서 냉정하게 설득해나갔다.

그러나 팰린크론은 그들의 요구에 응하지 않았다.

"우리 『에픽 시커』가 엉뚱하게 행동하는 게 하루 이틀 일도 아니고, 결국은 너희들도 고분고분 따르게 될 거야. 왜냐하면 카나미는 우리가 기다려 마지않던 인물 그 자체니까."

──결정적이었다.

팰린크론이 절대 물러서지 않을 것임을 알아채자, 전원이 말이 아닌 힘으로 팰린크론을 설득하기 위한 준비를 갖춘 후, 애용하는 무기를 든 채로 이쪽을 쏘아보며 한 발짝 앞으로 나섰다.

"그렇게 째려보지 마. 지금부터 시작할 전원 대결에서 너희들이 카나미에게 상처 하나라도 입히면 다시 생각해볼 테니까."

팰린크론은 전원 대결의 실시를 제안한다. 거기에 한층더 과격한 제안까지 덧붙여서 도발하기까지 한다.

"뭐가 어째……?"

"우리를 우습게보지 말라고."

"거기 그 소년이 죽어도 몰라."

그리고 그들은 저마다 살벌한 소리를 내뱉고 멀찍이 떨어진다.

조직에 속한 인간답게 상사에 해당하는 팰린크론의 판단을 거역하려고 들지는 않는다. 하지만 전원 대결에서 불만을 풀 생각이라는 건 의심의 여지가 없어보였다.

시험을 치를 각오는 하고 있었지만, 이건 전혀 예상도 못했던 전개였다.

그래도 나는 포기하지 않고 팰린크론에 계속 설득했다.

"아니! 아니, 잠깐, 팰린크론! 나는 납득 못해. 길드 멤버들 말이 맞아. 밑도 끝도 없이 길드마스터라니, 말도 안 되는 소리야!"

"어, 하지만 길드에 들어간다고 분명히 말했잖아?"

"말했지! 말하긴 했지만! 그건 길드 멤버가 된다는 뜻이었어!"

"나는 길드 멤버로 삼겠다는 이야기는 한 번도 한 적 없어. 지금까지 계속 길드마스터로 삼을 생각으로 제안해온 거였다고."

"뭐?! 이, 이건 사기야!"

"남들 들으면 오해하겠네. 난 거짓말 한 적 없어. 하지만 뭐, 사기꾼이라는 소리는 자주 듣긴 해."

펠린크론은 전혀 개의치 않는 기색으로 내 설득을 흘려 넘겼다.

흘려 넘기는 와중에도 펠린크론은 전원이 참가하는 전투에 대한 준비를 진행한다. 모래가 깔린 지면에 검의 칼집으로 선을 그어서 간이 필드를 만들어간다.

필드를 다 만든 펠린크론은 나를 돌아본다. 그리고 오늘 처음으로 선보이는 진지한 표정으로 내게 애원한다.

"카나미, 부탁 좀 하자. 길드마스터를 맡아줘. 이 정도로는 어림도 없어. 이건 아직 '시련' 축에도 못 들어. 카나미라면 훨씬 더 굉장한 '시련'도 통과할 수 있을 거라고 난 믿어."

그 진지한 말투에 나는 아무런 대꾸도 할 수 없었다.

그가 베풀어준 은혜를 어떤 형태로든 갚고 싶다고 생각하던 참이었던 만큼, 그렇게 절실하게 부탁하니 거절할 수가 없었다. 한숨을 지은 후, 마지못해 고개를 끄덕일 수밖에 없었다.

"하아……. 알았어. 전부와 싸우면 되잖아……. 하지만, 시험이 다 끝나고 난 뒤에도 길드 멤버들이 납득하지 못하면 이 이야기는 없던 걸로 해줘."

"그래, 그게 교섭 조건이란 말이지? 하지만 그렇다고 대충 하면 안 돼."

"그건 오히려 실례니까 대충 하진 않을 거야. 일단은……."

내가 체념한 것을 보고 팰린크론은 훈련장 구석에서 훈련용으로 보이는 검을 가져왔다.

그리고 그것을 내게 던졌고, 나는 그것을 공중에서 잡아채면서 뇌까렸다.

"──〈디 윈터(차원의 겨울)〉."

주특기인 마법을 전개한 후, 마음을 다잡고 간이 필드 안으로 발걸음을 옮겼다.

하지만 핏발이 선 채로 나를 기다리고 있는 길드 멤버들을 보자 우울한 기분에 빠져들었다.

"나는 사무 일을 하고 싶었는데……. 서류 정리 같은 거……."

이루어지지 못 할 꿈을 뇌까리면서, 나는 칼집에서 검을 뽑았다.

첫 번째 전투의 상대는 혈기왕성해보이는 소녀 검사였다.

멤버들 중에서 가운데서 가장 젊은 축에 속하는 소녀가 거구의 전사에게 "리더가 나설 것까지도 없어요"라면서 필드 안으로 들어온 것이었다.

곧바로 '주시'해서 레이피어를 든 소녀의 스테이터스를 확인해나갔다.

소녀의 레벨은 12로 스킬은 검술뿐. 순수한 검사라면 내 상대가 되지 않는다.

……아무리 생각해도 이건 사기적인 능력이었다.

이 세계 생물의 스테이터스밖에 볼 수 없지만 그렇다 해도 충분히 사기 수준이었다.

소녀의 실력을 파악하고 나서 느긋하게 자세를 취했다. 아마 모든 보조마법을 다 해제해도 문제없이 싸울 수 있는 상대였다. 비교적 높은 신체능력을 보유하고 있기는 하지만, 유별난 정도는 아니었다.

"그럼 제1전, 시작!"

팰린크론의 개시 신호가 날아들자 그와 동시에 소녀가 돌진해왔다.

"하아아앗──!!"

약속은 약속이었기에, 나는 봐주지 않고 상대하기로 했다.

우선 소녀의 손이 다치지 않도록 그녀가 치켜든 검의 칼자루 밑을 내 검의 칼자루 밑으로 툭 쳐냈다. 동시에 소녀의 다리를 걸고 공중에 뜬 소녀의 검을 왼손으로 붙잡았다. 양손에 검을 쥐고 쓰러진 그녀의 눈앞에 꽂았다.

승부는 판가름 났다. 속도와 기술의 차이가 너무 심해서 무기를 빼앗는 것도 손쉬웠다.

"어? 어라, 뭐가 어떻게 된── 어?"

지금 무슨 일이 일어난 건지 이해하지도 못하고 있는 소녀를 무시하고, 스스로의 승리를 선언한다.

"제가 이긴 것 맞죠?"

"그래, 누가 봐도 카나미의 승리야. 자, 다음!"

　팰린크론은 내 승리를 인정하고, 다음 전투를 재촉했다.

　하지만 팰린크론의 재촉에도 주위의 길드 멤버들은 심각한 표정으로 지켜보기만 할 뿐, 좀처럼 다음 도전자가 나오지 않았다. 내 실력의 편린을 보고 보통내기가 아니라는 걸 알아본 것이리라.

　앞으로의 시합을 예상하고 우울한 기분에 빠지면서 소녀의 손을 잡아 일으켜 세웠다.

"괜찮아?"

"어, 아, 응. 괜찮아……."

　소녀는 넋이 나간 채로 내 손에 이끌려 일어섰다.

　그제야 자신의 패배를 이해한 소녀는 내 얼굴을 빤히 쳐다보며 말을 흘렸다.

"이, 이게 바로, 팰린크론과 레일 씨가 선택한 '영웅'……?"

　어쩐지 지나치게 열기가 깃든 목소리였다.

　등골이 오싹해지는 기분이었으므로 〈디멘션 · 글래디에이트(결전연산)〉로 소녀의 시선을 회피하며 재빨리 그녀에게서 떨어졌다.

　어찌됐든 전원과의 전투를 빨리 끝내버리자고 마음먹은 뒤, 필드에서 다음 상대를 기다렸다.

다음 상대도 여자였다.

이 세계에는 레벨이나 마력이 존재하기에 험악한 일에 있어서도 남녀 간의 차이는 얼마 없다. 하지만 검을 겨누기 껄끄러운 건 사실이므로 솔직히 말하자면 남자 쪽이 상대하기 편했다.

[스테이터스]

　이름 : 테일리 링커　HP 212/222　MP 201/205　클래스 : 마법사

　레벨 : 19

　근력 4.41　체력 5.15　기량 3.32　속도 3.21　지능 7.21　마력 11.09　소질 1.33

　선천 스킬 : 바람 마법 1.67

　후천 스킬 : 마법전투 1.12

스테이터스와 복장으로 보아 정통파 마법사라는 걸 알 수 있었다.

다만 마법사이면서도, 방금 상대한 검사에 비해 신체능력 면에서 뒤쳐지지 않았다.

테일리 씨는 멤버들 중에서도 상위층에 속하는 사람인 게 틀림없다. 나와 소녀의 싸움을 보고 방심해서는 안 되는 상대라고 생각한 모양이다. 테일리 씨는 도전하려 하는 사람들을 한마디 말로 납득시키고 필드 위에 섰다.

하지만 애석하게도 그 정도 스테이터스로는 내 몸에 손도

대기 힘들 것이다.

단순한 정통파 마법사라면 상성부터가 좋지 않다.

"좋아, 시작!"

팰린크론의 두 번째 구령과 함께 나는 테일리 씨에게 다가갔다.

당연히 마법사인 테일리 씨는 내가 다가오기 전에 승부를 보기 위해 마법을 구축하려 했다. 그러나 〈디 윈터〉는 그것을 용납하지 않는다.

구축되었던 마법이 **어긋나고**——발동한 마법은 살짝 부는 산들바람 정도로 감퇴하고 말았다.

"——어?! 마법이!"

놀라는 테일리 씨의 목에 검을 갖다 댔다.

"저기, 더 싸우실래요……?"

"……항복할게."

테일리 씨는 더없이 진지한 표정 그대로 항복했다.

필드를 떠나가면서 거구의 검사와 이야기했다.

"어이, 어떻게 된 거야? 왜 마법을 못 쓴 거야?"

"강력한 간섭능력을 갖고 있어. 너무 짧은 순간이라서 그 정도밖에 못 알아냈어."

테일리 씨와 정보교환을 한 거구의 검사가 필드 안으로 들어왔다.

그 역시 멤버들을 말 한마디로 잠재우고 필드 안으로 들어왔다. 그 점으로 미루어보아 테일리 씨와 마찬가지로 상당한 영향력을 가진 사람임을 알 수 있었다.

[스테이터스]
  이름 : 보르자크 알도 HP 340/351 MP 0/0 클래스 : 검사
  레벨 : 20
  근력 10.40 체력 5.85 기량 8.26 속도 10.31 지능 7.09 마력
  0.00 소질 1.12
  선천 스킬 : 반골 1.21
  후천 스킬 : 검술 1.56

　이름은 보르자크. 보아하니, 도전자들 중에서 가장 레벨
이 높은 것 같았다.
　주위 사람들의 눈길로 보아하니, 가장 신뢰받고 있는 고
참 검사 정도의 위치일 것이다. 그는 그런 느낌이 들기에 충
분한 관록을 갖고 있었다.
　보르자크 씨는 엄청나게 거대한 장검을 짊어지다시피 한
채로 내게 말을 걸었다.
　"미안하지만 제대로 싸워주지. 너 개인에 대해서 딱히 나
쁜 감정이 있는 건 아냐. 하지만 너를 위해서라도 이번에는
꼭 이겨주지. 밑도 끝도 없이 길드마스터 자리를 떠맡으면
감당이 안 될 게 뻔하니까……."
　상처투성이 거한이라는 외모와는 달리, 발언 자체는 부드
럽고 자상했다. 스테이터스를 자세히 살펴보니, 지능은 방

금 그 마법사와 동등한 수준이다. 이지적인 인물임을 엿볼 수 있었다.

"자상한 분이시네요. 고맙습니다."

그야말로 최악의 첫인상이라 해도 과언이 아닌 신참에게 이렇게까지 인정을 베풀어주는 보르자크 씨에게 감사의 뜻을 표하며, 나는 가볍게 고개를 숙였다.

"하아……. 저 망할 서브마스터의 똥고집만 아니었으면 대환영이었을 텐데……."

그리고 보르자크 씨는 팰린크론에 대한 험담을 하면서, 이쪽과의 거리를 좁혀 왔다. 거기에 맞춰서 팰린크론은 밝은 얼굴로 "시작"이라고 선언했다.

그 말과 동시에 보르자크 씨가 달려들었다.

마치 거구의 4족 보행 동물의 습격을 받는 것 같은 감각이 들 정도로 체구에 어울리지 않는 스피드였다. 눈 깜짝할 사이에 접근해온 보르자크 씨가 대검을 옆으로 휘둘렀다.

저 공격을 손에 든 검으로 막아내면 이쪽의 무기만 파손된다—— 그렇게 판단하고, 거리를 벌려서 종이 한 장 차이로 검을 피했다.

"칫! 이걸 피하다니!"

뒤이어 보르자크 씨는 내 검을 깨부수기 위해, 폭풍처럼 검을 휘둘러댔다.

힘을 아끼는 기색은 전혀 느껴지지 않는 저 난폭한 칼놀림에 직격 당했다간, 일반인이라면 즉사했을 것이다. 하지만 살기는 티끌만큼도 느껴지지 않았다.

보르자크 씨는 내가 막아낼 수 있을 거라는 판단 하에 공격하고 있는 것 같았다. 그리고 이 상황으로 미루어보아, 나는 지금이 물러나야 할 때임을 직감했다.

이 타이밍에서 부상을 입고 싸움을 끝내는 것이 가장 이상적인 시합 결과라 생각한 것이다.

시작하기 전에는 경험이 풍부한 프로와 싸우면 찰과상 정도는 입을 거라고 생각했었다. 하지만 이대로 가다가는 정말로 아무 부상도 없이 전원을 꺾고 말 것 같았다.

톱클래스 마법사로 보이는 테일리 씨에게 완승하고, 최고 레벨인 보르자크 씨에게도 실력을 인정받는다. 그 정도면 길드 가입에 충분한 실력이 있다는 건 충분히 증명할 수 있을 것이다.

이대로 본의 아니게 너무 고위직으로 길드에 입단하게 되면, 장래를 위해서도 좋지 않다.

이 정도면 팰린크론에 대한 최소한의 의리는 다했다고 생각했다.

그렇게 내심 결론을 내고 원하는 상황을 유도하기 위한 마법을 선택했다.

"마법을 좀 추가할게요. ──마법 〈폼〉."

"칫."

그것을 본 보르자크 씨는 혀를 찼다. 하지만 움츠려들지 않고 공격을 계속한다.

"──잔꾀 따위 짓부숴버리면 돼!"

마법의 거품을 몸에 매단 상태로 보르자크 씨는 한층 더 속도를 올려서 검을 휘두른다. 하지만 부착되어 있는 거품이 검의 궤도 정보를 더욱 정확하게 내게 가르쳐준다. 내가 그의 검에 맞을 요소는 없다.

검을 회피하면서 보르자크 씨의 버릇을 정확하게 파악하고, 다음에 올 검의 궤도를 읽어냈다.

그리고 폭풍과도 같이 몰아치는 대검 칼끝이 내 뺨에 스치게 만들었다.

뺨이 살짝 찢어지고 가느다랗게 피가 흘러내린다.

"──아, 스쳤어요."

곧바로 거리를 벌리고 뺨에 상처가 났음을 알린다. 팰린크론은 "상처 하나라도 입히면"이라고 발언한 바 있었다. 그 조건이 충족되었음을 주장해보았다.

그 모습을 본 보르자크 씨는 분한 듯 이를 갈고, 커다란 한숨을 지은 후 대답했다.

"아니, 방금 그건 무효다. 내 완패야……."

짤막한 말로 패배를 인정하고 천천히 필드 밖으로 나간다.

그 모습으로 보아 내가 일부러 부상을 입었다는 걸 그가 눈치챘음을 알 수 있었다. 그의 자존심에 흠집을 내지 않으려는 배려가 도리어깊은 상처를 남긴 건지도 모르겠다. 하지만 앞으로의 생활을 위해서라도, 내 입장에서도 전원을 일방적으로 물리칠 수는 없는 일이니 좀 이해해주기를 바랄 수밖에 없었다.

"보르자크가 패배를 인정했으니 카나미의 승리군."

팰린크론은 신이 나서 내 승리를 선언했다. 나는 곧바로 반론해보았다.

"팰린크론, 상처 하나라도 입으면 끝이라고 했을 텐데. 그러니까──."

"저 녀석, 팰린크론이 호언장담하는 것도 무리는 아니었어……!"

하지만 멤버 하나가 내 말을 가로막았다. 그와 함께 다른 멤버들도 입을 모아 말했다.

"재미있어 보이던데. 다음은 내가 한 번 싸워봐야겠어."

"아니, 내가!"

"리더들이 모조리 패배하다니……. 재미있군……."

세 번의 싸움을 마치자, 어째선지 훈련장 내의 분위기가 달아오르기 시작했다.

원래부터 호전적인 사람들이 많았던 건지도 몰랐다. 하지만 그 이상으로 나를 보는 그들의 눈빛이 **어딘가 이상하다**.

의욕이 넘치는 멤버들을 가리키며 팰린크론은 웃었다.

"험악한 일을 생업으로 삼는 길드 멤버들이야. 상처 하나 났다고 해서 끝날 리가 없잖아? 그건 그냥 도발이었을 뿐이야."

팰린크론의 말에 여러 멤버들이 동조한다.

"그래, 끝나면 곤란하지! 나는 아직 도전도 못해봤다고!"

"그 정도 상처 갖고 무슨 소릴 하는 거야? 당연히 더 이상 싸울 수 없을 때까지 싸워야 되는 거 아냐?"

"어이, 다음은 내가 싸워도 돼?"

혈기왕성한 멤버들을 보자 나는 저절로 얼굴이 굳어졌다.

그때 보르자크의 목소리가 날아들었다.

"이봐, 다들 좀 기다려 봐──. 글렌의 여동생, 우선 너부터 가 보도록!"

전원의 시선이 수인 소녀에게로 집중된다. 순간적으로 훈련장 안이 조용해지고, 그 정적 속에서 소녀는 가만히 고개를 가로저으며 대답한다.

"……싫어요. 승산이 전혀 없으니까요."

그 말을 들은 보르자크 씨는 진지한 얼굴로 되묻는다.

"그거, 진심으로 하는 소리냐?"

"……네. 진심이에요."

"그렇단 말이지……."

그 말을 끝으로, 보르자크 씨는 아무 곳에나 주저앉았다.

"이제 다들 마음대로 해. 나는 그냥 보고 있을 테니까."

그리고 체념한 듯 관전을 시작했다.

팰린크론은 그런 보르자크 씨를 웃으며 쳐다보고, 곧 전투 속행을 지시했다.

"파티 리더의 허가가 나온 모양이군. 자, 시험을 계속해 볼까!"

그 말에 이끌리듯이, 멤버들은 필드 밖으로 나가서, 나에 대한 도전의 차례가 돌아오기를 기다리기 시작한다.

"이, 이거, 전원이랑 다 싸워야 되는 거야……?"

나는 식은땀을 흘리면서도, 그 멤버들을 물리치기 위해 나서는 수밖에 없었다.

결국 끝끝내 일부러 져 줄 수는 없었다.

보르자크 씨가 시종일관 날카로운 눈매로 이쪽을 노려보고 있기도 하고, 대놓고 져주려고 하면 팰린크론도 곧바로 끼어들어서 참견한다.

내가 할 수 있는 것이라고는 최대한 피해를 억제할 수 있도록, 신중하고 또 신중하게 힘 조절을 거듭하는 것뿐이었다.

"――좋았어. 오늘은 이쯤에서 끝내도록 하지. 그럼 아무도 못 이겼으니까, 길드『에픽 시커』의 마스터는 카나미로 정해진 걸로 하지!"

이렇게 해서 나는 거의 전원에게 완승을 거두고 말았고, 팰린크론은 호탕하게 나의 길드마스터 취임을 선언하고 말았다.

"잠깐, 팰린크론! 한 번 더 붙게 해줘! 다음에는 건드릴 수는 있을 것 같아!"

"안 돼, 안 돼. 날도 저물었고, 시간에는 한도가 있으니까. 해산, 해산――!"

몇 명의 멤버들이 끼어들었지만, 팰린크론은 전원과의 결투를 강제적으로 종료시켰다.

그런 후에, 팰린크론은 사무적인 연락사항을 전달하고 멤버들을 해산시켰는데, 그 멤버들 대부분이 훈련장에서 나가기 전에 나에게 한마디씩 던졌다.

"우와, 너 진짜 강하더라, 카나미. 내일 한 번 더, 개인적으로 도전해봐도 될까?"

"네? 네, 괜찮아요."

친근하게 말을 거는 남자에게 쭈뼛쭈뼛 대답했다.

"그렇게 딱딱하게 굴지 마, 카나미. 나한테는 '씨'자를 붙일 필요도 없고, 존대할 필요도 없다고."

"고마워……. 앞으로는 그렇게 할게."

그들에게서는 내가 마스터가 되는 것에 대해 불평하는 기색은 그다지 느껴지지 않았다. 험악한 일을 생업으로 삼는 자들인 만큼, 실력만 있으면 누가 윗자리에 앉건 상관하지 않는 건지도 몰랐다.

"앗, 카나미 군. 나중에 마법에 대해서 가르쳐줘야 돼."

"아, 네."

멤버 중 마법사 한 명이 웃으면서 말하자, 뒤이어서 장년의 검사가 내 어깨를 툭 쳤다.

"마스터로서의 수완은 앞으로 지켜보지. 뭐, 주위에서 보좌해줄 테니까 걱정 마."

"네에, 정진할게요."

물론, 호의적인 자들만 있는 건 아니었다. 험악한 표정으로 한마디 던지는 사람도 있었다.

"어이, 나는 아직 널 인정한 게 아니라고……."

"아, 네. 그건 당연한 반응이라고 생각해요."

"앞으로 다섯 번은 더 도전해줄 테니까, 목 씻고 기다려."

다만 마지막에는 히죽 웃으며 떠나갔다. 이제야 정상적인 사고방식을 가진 사람이 불만을 토로해주는가 싶었는데, 그 역시 마치 호적수를 만난 어린애 같은 반응이었다.

그 뒤에도 여러모로 가시 돋친 말들을 듣긴 했지만, 노골적인 적의를 갖고 대하는 사람은 거의 없었다. 적어도 느닷없이 나타나서 다짜고짜 조직의 최고위에 눌러앉은 인물을 대하는 태도는 아닌 것 같았다.

멤버들의 태도가 정상과는 거리가 멀다고 느끼면서, 나는 가짜 웃음으로 그들을 응대했다.

그리고 멤버들과의 인사를 마치고 나니, 훈련장에는 팰린 크론과 수인 소녀 스노우만이 남았다. 수인 소녀는 줄곧 멍한 얼굴로 어두운 하늘을 올려다보고만 있었다.

나는 바로 훈련장에 남은 팰린크론에게 설명을 요구한다.

"……조, 좀 이상하지 않아?"

"부럽다, 카나미. 이 정도면 엄청난 출세 아냐?"

"무시무시한 낙하산 인사를 본 기분이야. 게다가 다들 꽤 환영해줘서, 이중으로 의심스러워."

"이런 무식한 방법이 통하는 건, 아마 우리 길드밖에 없을 거야. 다른 길드였다면 어림 반 푼어치도 없는 일이었겠지."

"팰린크론의 길드라면 평범하지는 않을 거라고 생각은 했지만, 도대체 왜……?"

나는 아직도 믿기 힘들었다.

전원과 붙어서 실력을 입증하기는 했지만, 그렇다고 해서 멤버들이 납득한다는 것은 좀처럼 이해가 되지 않는다. 내세계였다면 절대로 일어날 수 없는 현상이다.

이것이 이세계 간의 문화 차이일까.

아무리 사소한 것에 연연하지 않는, 실력이 무엇보다 우선시되는 문화라고 해도, 이런 환영은 이상하다.

"『에픽 시커(영웅담을 찾는 자)』는, 이름 그대로, 영웅 찾기를 목적으로 하는 길드야."

"그것부터가 정상이 아닌 것 같은데……."

"국가 직속 길드는, 먼저 어떤 방식으로 국가에 공헌할 것인지를 정하게 되지. 이를테면 '라우라비아 국의 치안을 유지한다', '라우라비아 국을 위해 보물을 찾는다', '라우라비아 국을 위해 인재를 육성한다' 같은 방침 말이야. 그리고 우리는 '라우라비아 국을 위해서 영웅을 찾는' 길드라는 이야기지. 워낙 엉뚱한 명목이다 보니, 당연하게도 우리 길드에는 괴짜들만 모여들게 됐어. 하나 더 덧붙이자면 면접은 기본적으로 나와 이 녀석이 하게 돼 있지."

"……하긴, 괴짜들만 모여 있을 만하네."

"우리 멤버들은 입으로는 뭐라고 하건 영웅을 기다리는

꿈 많은 괴짜들이야. 애초에 라우라비아라는 나라 자체가 실력 지상주의이기도 하니까, 압도적인 실력을 뽐내는 카나미에 대해서 악담을 하는 녀석은 없을 거야. ——이 길드는 이 날을 위해서 존재했던 거다. 그리고 이 날을 위해서 내가 직접 보고 모은 멤버들이야. 그게 다 허사가 되면 곤란하다고."

팰린크론은 길드『에픽 시커』가 이런 이상한 성격을 띤 경위를 설명한다.

어쩐지 득의양양하고 들떠 보이는 게, 마치 어린아이가 자기 장난감을 자랑하는 모습을 연상케 했다. 아까 접한 길드 멤버들 역시 비슷한 분위기를 풍겼다. 하여간 좋은 면에서나 나쁜 면에서나, 전체적으로 어린애 같은 것이다. 그렇게 설명을 마치면서 팰린크론은 내게 부탁했다.

"여기서 영웅이 되어줘, 카나미. 이 길드를 이용해서 더 명성을 드높이자 이거야."

"그게 네 소망이야?"

"소망이라……. 굳이 따지자면, **이건 취미**라고나 할까? 난 영웅을 만나보고 싶어. 그리고 그 영웅이 바로 카나미일 거라고 기대하고 있고. '이방인'이라는 출신 때문이기도 하지만 카나미라는 인간에게는 '진정한 영웅다움'이 있다고 믿고 있거든."

항상 초연한 말투를 유지하던 팰린크론이 그답지 않게 진지한 표정을 보였다.

"그건 너무 지나친 기대야. 애초에 나는 무엇을 해야 영웅이 되는지도 몰라."

나에게 있어서 영웅이란 옛날이야기 속에나 나오는 존재일 뿐이었다. 현대사회에서 영웅이란 기껏해야 운동선수 정도가 고작이다. 팰린크론과 동료들이 원하는 영웅이 어떤 건지 좀처럼 파악이 안됐다.

"아니, 그 점에 대한 준비는 다 갖춰 뒀으니까 걱정 마. 어떤 나라의 어느 높으신 분이 신나는 계획을 세우고 있다는 모양이거든. 그래서 우리도 그걸 좀 따라해볼 생각이야. 그 계획은 아마——『기꺼이 길드 마스터가 된 카나미는 그 보기 드문 힘으로 전인미답의 미궁을 개척하고, '정도(正道)'를 확장시키고, 최강의 이름을 글렌에게서 이어받는다. 그리고 훗날 '무투대회'에서 우승을 차지해서 대륙 전역에 그 이름을 떨치고, 각지에서 영웅으로서 사람들을 도우며 라우라비아 본국으로 개선. 만반의 준비를 갖춘 후에 대륙 북부의 전쟁에 참가해서, 최전선 총대장의 자리에 살아 있는 전설이신 영웅님이 강림한다』——이런 식이었을 걸?"

팰린크론은 터무니없이 허황된 계획을 연극적인 말투로 늘어놓았다.

"그, 그게 무슨 소리야? 나는 안 해. 특히, 전쟁이라는 부분. 전쟁 같은 것에는 죽어도 얽히기 싫어."

"하핫. 아니, 거의 다 농담이야. 진심으로 이야기한 건 미궁 공략 정도까지였어. 미궁이라면 인간의 악의도 없고, 카나미 자신의 페이스에 따라서 힘을 기를 수 있어. 동생인 마리아를 위해서라도 힘은 강하면 강할수록 좋잖아?"

"……하긴, 미궁 탐색 정도는 할 생각이야."

이 이세계에는 미궁이라는 것이 존재한다.

게임에 자주 나오는 깊숙이 들어가면 들어갈수록 적이 더 강해지는 던전이다. 얕은 층수일수록 적이 약하다는 정석적인 구조라서, 차근차근 힘을 기르는 데 더없이 적합하다.

"여력이 있으면, 라우라비아 국이나 길드를 위해서 '정도'를 연장해줬으면 좋겠어. 그게 힘들다면 30층의 가디언을 격파해주던가. 뭐든 좋으니까 명예와 실적을 『에픽 시커』에 남겨주기만 하면 그걸로 충분해."

"……여력이 있으면. 나와 마리아를 보호해주는 라우라비아 국을 위해서, 어떤 식으로든 공헌하고 싶다는 생각은 나도 하고 있었어."

"그리고 '무투대회'에서 우승해주는 것도 공헌이 돼. 라우라비아는 벌써 몇 년째 다른 나라에 뒤쳐지고 있으니까. 각지에서 영웅적 활약을 한다느니, 북부의 전쟁에서 총대장을 맡는다느니 하는 이야기는 농담이야."

"당연히 농담이어야지……. 나는 내 주위의 세계를 지킬 수만 있으면 충분해. 국가 간의 전쟁 같은 것에 엮이는 건 죽어도 싫어."

"큭큭, 그러냐? 알았어. 어쨌거나, 지금 이야기한 건 그냥 계획일 뿐이야. 일단은 길드마스터의 업무를 익히는 데 전

넘해줘. 미궁도 '정도' 연장은 생각하지 말고, 자신의 힘을 기르는 것에만 집중하면 돼."

"알았어. 원치 않은 인사이긴 하지만, 일단 하기로 한 이상 길드마스터의 임무는 제대로 처리할 수 있도록 노력해야겠지……. 멤버들에게 민폐가 되지 않도록……."

"그래. 인수인계를 빨리 안 하면 늦어질지도 모르니까."

팰린크론의 표정에 약간 진지한 빛이 감돈다.

"늦어진다? ──아아, 그러고 보니까, 팰린크론은 본국의 장수로 임명됐다고 그랬지?"

그 진지한 표정을 통해서 팰린크론이 무엇을 걱정하고 있는지를 추측했다. 팰린크론은 머지않아 연합국을 떠난다는 이야기를 들은 적이 있었다. 떠나기 전에 인수인계를 마쳐두고 싶은 것이리라.

"그래. 지금까지 나 하고 싶은 대로 설쳐왔다가, 결국 강제로 송환된 거지. 연합국에서 하고 싶었던 일들이 아직 남아 있지만, 어쩔 수 없지."

본래, 본국에 임관하는 것은 명예로운 일이다. 하지만 팰린크론은 부정적인 표현을 사용해서, 그 명예를 진심으로 싫어한다는 속내를 드러냈다.

"그렇군. 팰린크론은 이제 곧 떠난단 말이지……."

"내가 떠나간 뒤에는, 고참 서브마스터인 스노우의 도움을 받도록 해."

"고참 서브마스터?"

그리고 팰린크론은 훈련장 구석에서 하늘을 올려다보고 있던 소녀를 불렀다.

"스노우는 6년 전부터 이 길드에서 서브마스터 역할을 맡고 있어. 『에픽 시커』에 대해서라면 나보다 더 잘 알고 있을 거야. 자, 스노우. 자기소개부터 해."

팰린크론의 재촉에 떠밀려, 수인 소녀는 내 곁으로 다가와서 손을 내민다.

참으로 여성스러우면서 하얗고 부드러워 보이는 예쁜 손이었다.

『에픽 시커』의 지도부는 현재 공석인 길드마스터와 세 명의 서브마스터로 구성되어 있었다. 그 서브마스터의 자리에 앉아 있는 것은 팰린크론과 레일 씨. 두 사람 모두 힘과 지혜를 겸비한 노련한 실력자들이었다.

다시 말해 이 수인 소녀는 그 두 사람과 어깨를 나란히 할 만큼의 실력자라는 이야기다.

나는 그녀가 내민 손을 천천히 붙잡았다.

"……드래고뉴트(용인, 龍人)인 스노우 워커예요. 잘 부탁해요, 길드마스터 카나미."

"저기, 잘 부탁해, 스노우……라고 부르면 되려나?"

호칭 문제로 고민했다. 외모만 보자면 어려 보이니 편하게 불러도 별문제 없어보인다. 하지만 6년 전부터 서브마스터를 맡아 왔다는 이야기를 들은 이상, 외모와 나이가 비례할 거라고 자신하기 힘들었다.

"아마 나이는 서로 비슷할 거예요. 귀찮으니까, 그냥 부르고 싶은 대로 부르세요."

"고마워. 그럼, 스노우라고 부를게. 나를 부를 때도 마음대로 불러도 돼. 존댓말도 필요 없어."

"그럼 카나미라고 부를게. 나도 존댓말은 안 쓸게."

보아하니 외모 그대로의 연령인 모양이다.

그렇다면 스노우는 열 살 전후에 길드 서브마스터 자리에 있었다는 이야기가 된다.

"카나미, 스노우. 둘이서 힘을 합쳐서『에픽 시커』를 운영해줘. 나와 레일이 없어도 괜찮도록."

"그 말은 우리 둘의 힘만 가지고 길드를 운영하라는 거야? 둘 다 이렇게 아직 젊은데. 그런 우리한테 정말로 길드를 맡길 생각이야?"

어른 둘이 떠난 상황을 마음속에 떠올리고, 나는 얼굴을 찌푸렸다.

"걱정 마. 스노우의 실력은 모두가 인정하고 있고 무엇보다 좋은 집안 출신이라 아무도 불평 못 할 테니까. 카나미도 오늘 하루 만에 거의 모든 녀석의 인정을 받았어. 그래, 아무 문제없다고."

팰린크론은 느긋하게 대답하자 나와 스노우는 그런 팰린크론을 뚫어질 듯 노려봤다.

들떠 있는 사람에게 이렇게 대하기는 미안하지만, 그의 터무니없는 부탁에 휘둘리는 이쪽은 불안해서 견딜 수가 없

을 지경이었다.

"그렇게 째려보지 마. 뒷일은 알아서 해, 스노우. 약속대로 카나미를 보조해주기만 하면 돼. 나는 아주 오래 전부터 너희 둘이 협력하는 모습을 기대하고 있었으니까."

쏘아보는 시선을 알아챈 팰린크론은 도망치듯이 거리를 벌렸다. 그리고 스노우에게 의미심장한 말을 건넸다.

"……그 점만 지키면, 나머지는 마음대로 해도 돼. **네가 하고 싶은 대로 말이야.**"

그런 말을 남기고 팰린크론은 훈련장을 떠나갔다.

그리고 어둡고 고요한 밤하늘 아래 나와 스노우만이 남았다.

별빛을 조명 삼아 나와 스노우는 훈련장에서 동시에 마법을 구축했다.

앞으로 오랫동안 함께하게 될 사이라는 걸 알게 되었기에, 오늘 중으로 서로의 힘을 확인해보기로 한 것이다.

스노우는 훈련장에 있는 바위에 손을 얹었다.

그 직후 바위가 **흔들리는** 동시에 작은 균열이 생겨났다.

"……이게 내 주력 마법."

그렇게 말하고 스노우는 균열이 생긴 바위를 다시 진동시켜서 세로로 쪼개 보였다.

〈디멘션〉을 전개하고 있었기에 알 수 있다. 스노우가 쓰는 주력 마법의 정체는 '진동'이다.

"바위를 진동시키는 거야?"

"응. 내 속성은 '무'와 '불'. 그리고 내 마법 특성과 '고대마법'을 접목시키면 더 재미있는 것도 할 수 있어."

스노우는 품속에서 몇 개의 마석을 꺼내서 거기에 마력을 담아 주위에 흩뿌린다.

그리고 조그맣게 뭔가를 중얼거린다. 그러자 그 중얼거리는 목소리가 여러 겹으로 겹쳐져서 훈련장에 울려 퍼졌다.

"네 마법과 접목시키면, 경이적인 무력이 될 거야. 팰린크론이 그렇게 말했어."

마치 여러 개의 스피커에 둘러싸여 있는 것처럼, 흩어져 있는 모든 마석들에게서 스노우의 목소리가 들려온다.

"굉장해. 진동을 조종하여 돌에서 소리를 내고 있는 거야?"

"그래. 내 '매달리는 마력'을 마석에 담고, '고대마법'을 응용해서 음성을 재현하고 있는 거야. 이런 능력을 가진 탓에, 여러모로 고생했어."

스노우가 가볍게 손가락을 튕기자, 마석의 진동이 멎는다.

"이거, 멀리 떨어져 있어도 쓸 수 있는 거야?"

"쓸 수 있어. 이걸 통해서 너를 보조할 거야. 그게 팰린크론과 한 약속이었어."

나는 스노우가 가진 마력의 이상성에 식은땀을 흘린다.

이 이세계는 연락 수단이 빈곤하다. 멀리 있는 사람과 연락을 취하고 싶을 때는 '라인(마석선, 魔石線)'을 끌어다 써야 한다. 그 '라인'을 쓰더라도, 이렇게까지 원활하게 의사전달을 할 수는 없다. 일반적으로 마력 전달이 주가 되고, 음성 그 자체를 전달하는 건 아직 불가능한 걸로 알고 있다. 다시 말해 스노우는 세계를 몇 단계 앞서 가는 기술을 개인이 보유하고 있다는 이야기가 된다. 전서구로 편지를 주고받는 시대에 혼자 휴대폰을 갖고 있는 거나 마찬가지다.

"이 마법이 있으면 여러모로 재미있는 걸 할 수 있을 것 같은데. 이걸로 날 도와주겠다는 거야?"

"……응. 보조할게."

스노우는 고개를 끄덕이고는 그 졸려 보이는 눈을 살짝 부릅뜨며 결의가 담긴 목소리로 말을 이었다.

"팰린크론과 한 약속을 지킬 거야. 하지만 약속대로 그 뒤에는 마음대로 할 거야. **내가 하고 싶은 대로.**"

"그래. 그야 물론──."

길드 내의 자유에 대한 교섭이라도 하려는 건가 싶어서, 그 점에 대해서는 승인하려 한다. 하지만 뒤이은 스노우의 말은 전혀 예상치도 못한 것이었다.

"너는 얼마 전에는 '아이카와 카나미'가 아니라 '지크프리트 비지터'라는 이름을 사용했었어. 아마, 팰린크론의 정신 마법에 의해 그 시절의 기억이 지워진 거겠지. 분명 그 팔찌가 마법술식의 핵심. 지금 당장 빼는 게 좋을 거야."

스노우는 '지크프리트 비지터'라는 이름을 언급하며, 팰린크론이 내 기억을 지운 거라고 말했다.

놀랐다. 그 이름의 의미 때문에, 그리고 기억에 대한 이야기 때문에, 이중의 의미로 놀랐다.

"응? 저, 저기…… 응? 무슨 이야기야?"

"하여간 그 팔찌가 제일 의심스러워. **그때**, 너는 팔찌 같은 건 안 차고 있었으니까."

스노우는 내 쪽으로 다가와서 팔찌에 손을 가져다댔다.

"아, 아니 잠깐! 이건 나한테 꼭 필요한 물건이야! 없으면 곤란하다고!"

스노우의 손을 뿌리치고 거리를 벌린다.

이 팔찌는 내 마력을 안정시키고, 언어능력을 보조해주기도 한다. 항상 차고 있으라고 팰린크론이 신신당부하기도 했으니 절대로 풀 수는 없다.

——그렇다. **무슨 일이 있어도**, 절대로 풀어서는 안 되는 '소중한 것'이다.

"전부 다 거짓말. 너도 팰린크론의 손에 놀아나고 있어."

물러선 나에게 스노우는 심각한 표정으로 말한다.

하지만 나는 그녀가 무슨 말을 하는 건지 이해할 수 없었다. "놀아나고 있다"라는 게 무슨 소린지 영문을 모르겠다.

"미안, 스노우. 나는 네가 하는 말을 이해 못 하겠어. 그러니까, 못 믿겠어."

딱 잘라서 거부한다.

그 말을 들은 스노우는 이쪽을 향해 뻗었던 손을 내리고 가만히 중얼거렸다.

"······그래."

방금 전까지 느껴지던 굳은 결의는 찾아볼 수 없는 연약한 목소리였다.

그 연약한 목소리를 들으니, 너무 세게 거절한 건지도 모르겠다는 후회가 든다. 변명하듯이 나는 이유를 설명했다.

"저기······ 이 팔찌는 나한테 워낙 중요한 거라서 팔에서 풀 수 없어. 그리고 밑도 끝도 그런 말을 들어도 어떻게 해야 좋을지 모르겠어······."

"상관없어. 하지만 언젠가 내 말을 믿을 수 있게 되거든 그 팔찌를 부숴. 그렇게 하면 자기 자신을 되찾는 계기를 얻을 수 있을 테니까."

스노우는 강압적으로 강요하지는 않았다.

자신의 주장을 관철시키려는 열의가 전혀 느껴지지 않는다. 그 이름 그대로 눈처럼 차가운 성격의 소유자다. 그리고 그녀도 변명하듯이 말을 이었다.

"나는 최소한의 일은 했어. 분명히 충고했어. ······그 점만은 기억해줘."

"······알았어."

나는 고개를 끄덕인다. 기억하는 것 정도는 문제 될 것 없다. 그리고 방금 그 말은 나를 걱정해서 해준 말이라는 걸, 그 표정으로 보아 엿볼 수 있었던 것이다.

"이 이야기를 더 계속하는 건 귀찮아. 마법 확인도, 오늘
은 이 정도에서 끝내자."

"그래. 오늘은 이쯤 해서 헤어질까."

"따라와. 카나미 방, 안내할게."

"어? 아, 응."

훈련장에서 나가는 스노우의 뒤를 따라간다.

그러고 보니 팰린크론은 내가 숙박할 곳에 대한 이야기는
해주지 않았었다. 아니, 길드에 가입한 후의 일에 대한 이
야기 자체를 전혀 듣지 못했다. 보아하니, 그에 대한 설명
은 스노우가 맡기로 되어 있는 모양이다.

방까지 가는 동안, 나는 궁금했던 점을 물어본다.

"있잖아, '지크프리트 비지터'라는 이름은 누구한테 들었
어?"

"……카나미."

스노우는 나를 가리켰다.

하지만 나는 그런 기억은 전혀 없다. 애초에 나는 오늘까
지 스노우와 만난 적도 없을 터였다. 이 세계에 온 후로 내
가 만난 사람은 얼마 되지 않는다. 그리고 그 얼마 되지도
않는 사람들의 얼굴을 내가 잊어버렸을 리는 없었다. 그것
도 이렇게 특징이 강한 소녀를…….

"그럼, 스노우는 '지크프리트'와 '비지터'라는 말이 무슨
뜻인지 알아……?"

"뜻? 네 이름이라는 것밖에 몰라."

"그, 그렇구나."

'지크프리트'는 내 세계에서 널리 알려진 영웅의 이름이고, '비지터'는 직역하면 방문자라는 뜻이다. 내가 이세계에서 온 '이방인'이라는 것을 역설하는 것 같은 이름이다.

하지만 그렇게 생각하는 건 그 원래 세계에 대해 알고 있는 나뿐이고, 그 감각은 스노우에게는 통하지 않는 모양이다.

어찌 됐건, 이제 알았다. 스노우는 내 세계에 대해 알고 있는 게 아니다. 그저, '지크프리트 비지터'라는 이름을 어딘가에서 들은 것뿐이다. 그러나 누구에게서 들은 건지는 알 수 없었다. 도대체 누구한테서 들은 건지, 그 정보원을 추측하고 있으려니, 어느 방 앞에서 스노우가 발걸음을 멈춘다.

"……여기."

스노우는 방 안으로 들어갔다. 나도 그 뒤를 따랐다.

널따란 방이었다.

최소한의 가구에 미세한 생활의 흔적. 새로 마련한 방 치고는 물건이 많은 느낌이었다. 특히 액세서리류의 소품들이 많다. 마치 여자아이라도 방에서 생활하고 있는 것 같은 느낌이다.

"여기가 내 방이야?"

"아니, 내 방."

아무래도 내 관찰력은 틀린 게 않았던 모양이다.

"왜 스노우 방에 나를?"

"여기서 재우라는 이야기를 들었어. 길드마스터의 방은 아직 준비가 안 됐어."

"마, 말도 안 돼……."

나는 머리를 싸매며, 아마 이 결정을 내린 장본인일 게 분명한 팰린크론을 진심으로 저주했다.

"그렇게 말할 줄 알았어. 문제가 있다면 내가 지붕 위에서 잘게."

"지붕 위? 그건 더 말도 안 되는 소리야. 그럼 차라리 내가 복도에서 자는 게 나아."

"……그렇게 말할 줄 알았어. 나는 어디서든 잘 수 있지만, 너는 납득 못 하겠지. 아아, 귀찮아, 너무 귀찮아. ……그러니까 타협할게."

"타협?"

스노우는 말 그대로 귀찮기 짝이 없는 표정으로 내게 다가왔다. 그리고 그 손을 내게 뻗어서 건드리려 했고——나는 그 손에서 심상치 않은 마력을 감지하고 펄쩍 뛰어물러섰다.

"——뭐야?!"

"……아까워."

"아깝다니. 방금, 나한테 마법 걸려고 한 거 맞지……?"

"귀찮으니까 기습으로 기절시키려고 한 거야. 하지만 실패. 처음 만났을 때는 내가 더 강했었는데."

스노우는 애석하다는 듯 한숨을 지은 후, 두터운 웃옷을 방에 벗어던지고, 침대 위에 드러눕는다. 아직 내가 방에 있건만, 완전히 속옷 바람이 된 것이다. 캐미솔 같은 상의 하나만 걸친 채, 그 튼실한 허벅지를 훤히 드러낸다.

그 갑작스런 행동에 숨을 죽인다.

눈앞에 있는 소녀 스노우는 미인이다. 처음 만났을 때부터, 줄곧 그렇게 생각해왔다.

그 피부는 이름 그대로 눈처럼 뽀얗다. 그 하얀 살갗 위를 기어가듯이, 아주 긴 파란 머리칼이 흐르고 있는 모습은, 수평선의 바다와 하늘을 연상케 한다. 그리고 연분홍색 눈동자에 새침해보이는 눈매. 그녀에게는 고요하게 물결치는 드넓은 바다 같은 대자연의 매력이 깃들어 있다.

무엇보다 그 모델 뺨치는 몸매가 지나치게 눈에 자극적이다. 그 풍만한 가슴은 오늘 만난 그 누구보다도 더 크다. 그녀는 당연하다는 듯이 브래지어같은 건 하고 있지 않았기에, 나는 그 가슴의 형태를 또렷하게 알 수 있었다.

무방비해도 너무 무방비하다. 그렇게 생각하며 곧바로 눈을 감는다.

"……나는 복도에서 잘게. 지붕이랑 담요만 있으면 얼마든지 잘 수 있으니까."

"그러면 내 마음이 불편해. 하다못해방 한쪽에서 자."

"그럼, 내 동생 방에서 잘게. 어차피, 보나마나 이건 팰린크론이 꾸민 짓일 테니까."

"……그래? 그럴지도 모르겠네. 그럼, 그렇게 해. 하지만 나는 일단 팰린크론의 지시대로 이 방을 소개해줬어. 그 점만은 기억해둬."

"그래, 알았어. 기억해둘게. ……그럼, 잘 자. 스노우."

"……응, 잘 자."

취침 인사를 나누고, 나는 스노우의 방을 떠나면서 빈틈없는 그녀의 태도에 대해 약간의 불쾌감을 느꼈다.

스노우는 자신의 의견을 밀어붙이려 하지 않는다. 언쟁이 벌어질 것 같은 상황이 되면, 곧바로 물러난다.

스노우 워커라는 인물에 대해 곰곰이 생각하면서 나는 마리아의 방으로 향했다.

마리아의 방으로 가면서 복도 창문으로 달빛이 비쳐 들어오는 것을 느끼고 창밖을 내다보았다.

하늘에는 기운 달이 떠 있었다. 내 세계의 달과 마찬가지로, 차고 기우는 달이다. 달이 차고 기우는 현상이 존재하기에 달력이며 시간 개념도 내 세계와 비슷한 모양이다. 비슷한 환경을 가진 행성에 비슷한 인간들이 살다 보면 아무래도 비슷한 발상을 하게 되는 것 같았다.

그 우연도, 내게는 좀 찜찜하게 느껴졌다.

모든 것들이 너무 딱딱 들어맞기에 마치 누군가의 손바닥 위에서 놀아나고 있는 것 같은 감각. 불쾌했다.

아니, 돌이켜보면 오늘은──온종일 줄곧 불쾌했다.

뭐라 형언할 수 없는 불안이 항상 내 뒤에 숨어 있었다.

아침에 느꼈던 위화감. 그것이 도통 사라지지 않았다. 싸우는 동안에도, 이야기하는 동안에도 항상 그랬다. 줄곧 뭔가를 오인하고 있는 것 같은, 뭔가를 잊어버린 것 같은⋯⋯ 단추를 잘못 채웠을 때보다도 더 심한 위화감이 사라질 줄을 몰랐다.

"마리아, 나야. 들어갈게."

"오빠⋯⋯? 어서 오세요."

마리아는 내 방문을 밝은 얼굴로 환영해주었다.

사랑하는 동생을 만났는데도 위화감은 도무지 사라지지 않았다. 하지만 마리아 앞에서 불쾌한 표정을 드러낼 수는 없기에 찜찜함의 원인을 모조리 '이세계니까'라는 한마디로 정리하고, 마리아에게 다정하게 말을 걸었다.

"마리아, 두통은 좀 나았어?"

"아뇨, 어느 정도 나아지기는 했지만, 미세한 두통이 달라붙어서 사라지지를 않아요. 그리고 어쩐지 느낌이 이상해요. 뭔가를 잘못 알고 있는 것 같은 그런 기분이 들어서⋯⋯ 기분이 좀 찜찜해요."

나는 마리아도 나와 같은 감각을 느끼고 있다는 사실에 놀랐다.

"⋯⋯낯선 '이세계니까' 어쩔 수 없는 거겠지. 지금은 너무 깊이 생각하지 말고, 편히 쉬어."

"네⋯⋯."

내 여동생은 몸이 약하므로 최대한 안정을 취하게 해줘야 했다. 머리를 쓰다듬어주며 휴식을 취하도록 재촉했다.

"있잖아, 마리아. 오늘 잘 곳이 없거든. 이 방에서 좀 자도 될까?"

"네. 그야 당연하죠. 아니, 오히려 계속 여기 있어주셨으면 싶을 정도인걸요."

"그래? 다행이네. 그럼, 거기 그 의자 좀 빌려 쓸게."

"의자요? 그건 안 돼요. 기왕 여기서 주무실 거면, 저랑 같이 자요. 침대도 넓고, 우리는 남매니까, 문제 없어요!"

"응? 그래도――."

"부탁이에요. 오빠."

마리아의 말투는 강경하고, 그 표정에는 불안이 깃들어 있다. 정말로 불안을 견딜 수가 없어서 나와 같이 자고 싶은 건지도 모른다.

우리는 남매지간이지만 불안해하는 동생을 안심시키기 위해서 같이 자는 건 딱히 이상한 일이 아니다. 같이 잘 나이는 좀 지난 것 같은 느낌도 들지만, 지금은 평상시와는 상황이 다르니까 그 점은 그냥 넘어가기로 했다.

"그럼 그렇게 하자……."

"네!"

마리아는 해맑게 웃으며 말했다. 그리고 나는 소중한 동생 곁에 눕는다.

그리고는 따스한 손으로 내 손을 꼭 붙잡는다.

"오빠 손, 차가워서 만지고 있으면 시원해요……."

마리아는 이제야 안심이 되는지 몸에서 힘을 풀었다. 그 모습을 보고, 내가 없는 동안에 마리아가 줄곧 긴장하고 있었다는 걸 깨달았다. 당연한 일이었다. 이세계에 끌려 들어오고, 시력을 잃고, 새까만 어둠 속에서 오빠를 기다리는…… 마음 편히 쉴 수 있을 리가 없었다.

나와 살을 맞대는 순간까지, 마리아는 한시도 마음을 놓을 수 없었을 게 분명했다.

만약에 길드에서 방을 마련해주더라도 잘 때는 마리아와 같이 자야겠다고 마음먹는다.

두 번 다시 떨어지지 않겠다. 곁에 있겠다. 분명히 그런 약속을 했었던 것 같으니까…….

그 약속을 떠올리려 애쓰면서 눈을 감았다. 천천히 졸음에 스스로의 몸을 맡기면서, 소중한 가족이 곁에 있음을 느끼면서 마음 편히 잠든다……그렇지만 위화감은 여전히 가실 줄을 몰랐다.

남매가 함께하는 행복한 상황이건만 무언가 걸리는 부분이 있는 것이다.

나는 살짝 고개를 가로저으며 그 느낌을 머릿속에서 몰아냈다.

지금은 쉬어야 할 때다. 일단은 이 이세계에서의 안전을 확보하는 것이 먼저다.

라우라비아에서의 지위를 확고히 다지면서 마리아의 치료비를 벌어야 한다. 그러면 내일부터 열심히 일해야 하니 고민이나 하고 있을 시간은 없다.

그렇게 마음속으로 되뇌면서 마리아의 손을 굳게 마주 잡은 채, 나는 잠 속으로 빠져들어갔다——.

2. 보답 받지 못한 너이기에

이튿날 아침, 스노우가 나를 깨우러 왔다.

한 침대에서 자고 있는 우리 남매를 보고 그녀는 미소를 지었다. 황당함, 부러움 그리고 감회가 뒤섞여 있는 것 같은…… 이상한 미소였다. 그러고 보면 그녀가 웃는 모습을 보는 건 이번이 처음인 것 같기도 하다.

그리고는 마리아에게 아침인사를 하도록 재촉하고 곧바로 나를 밖으로 데리고 나간다. 듣자 하니 아침 일찍부터 길드 업무를 가르쳐주겠다는 모양이다. 미리 마련되어 있던 길드마스터용 집무실로 가서 스노우로부터 길드의 기본에 대한 철두철미한 교육을 받았다.

첫날 아침은 공부로 보냈고 정오부터는 길드 업무가 시작되었다.

훈련장에 길드 멤버 십여 명이 모여서 앞으로의 예정에 대해 논의했다. 처음에는 팰린크론이 주도해나갔지만 시간이 지나면서 자연스럽게 내가 『에픽 시커』의 업무 지시를 내리기로 방침이 정해졌다.

물론 나는 거절하려고 했다. 하지만 팰린크론은 "카나미와 스노우 둘이 힘을 합치면 이 정도는 식은 죽 먹기야"라면서 금방 자리를 떠버렸다.

그 자리에는 나머지 멤버들과 젊은 길드마스터인 나, 서브마스터 스노우만이 남았다.

나와 스노우는 우리가 갖고 있는 패를 활용해서 가장 효율적으로 길드를 운영할 방법을 짜내려 고민한다. 그렇게 하지 않으면 여기 있는 멤버들에게 너무 미안하지 않겠는가.

그리고 고민에 고민을 거듭한 우리가 찾아낸 해답은──.

◆ ◆ ◆ ◆ ◆

──서류더미.

수많은 보고서와 의뢰서가 가득 쌓인 서류더미 앞에서, 나는 필사적으로 깃털 펜을 움직인다.

길드의 물자 흐름을 확인하고, 자금 운용을 개선하고, 인재 배치를 재검토해나간다. 그러기 위해 필요한 서류 갱신을 하나하나 처리해나간다.

그리고 책상 위에서 서류 업무를 해나가면서, **한편으로** 현장에 대한 지시도 병행한다.

내 사기적인 차원마법이 본거지에 있으면서도 '현장'의 상황을 파악할 수 있게 해주었다. 더불어 레벨업 덕분에 인류 최고 수준까지 강화된 '지능'이 그 병행작업을 가능하게 만들어준다.

"……카나미. 테일리 파티의 지시."

옆에서 나를 보조하고 있던 스노우가 조그맣게 중얼거렸다.

그 말을 들은 나는 〈디멘션〉으로 포착한 정보를 정리한다.

본거지에서 북북동 방향으로 몇 킬로미터 떨어진 현장에서 어떤 강도와 그 강도를 뒤쫓는 테일리 파티의 모습을 실시간으로 확인한다.

"응, **보여**. 어디 보자. 테일리 씨는 다음 모퉁이에서 왼쪽으로 꺾어서 세 번째 모퉁이에서 대기해. 다른 멤버들은 그대로 계속 표적을 추적하면 돼. 앞으로 20초…… 아니, 17초쯤 있으면 표적이 테일리 씨가 있는 곳으로 달려올 거야. 신중에 신중을 가해서 마법으로 요격하라고 전해줘. 아마 그 몇 초 후에 다른 멤버들도 도착할 테니까. 그러면 양쪽에서 포위 공격하면 돼."

"……응. 전달할게."

스노우는 손에 들고 있던 마석에 대고 중얼중얼 말을 건넨다. 내용은 방금 내가 이야기한 바로 그 말이었다. 마석을 통해서, 몇 킬로미터 떨어져 있는 테일리 씨의 파티와 연락을 취하고 있는 것이다. 그녀가 내용을 정확하게 전달하는 것을 확인하면서, 나는 손을 멈추지 않고 서류를 처리해 나갔다.

물론 서류를 처리하면서도 테일리 씨 파티가 강도를 체포하는 모습을 확인했다.

쫓기고 있던 강도가 앞쪽에서 나타난 테일리 씨를 보고 놀라서 그대로 멤버들에게 포위되어 체포당하는 모습을 〈디멘션〉이 포착했다.

"……어때?"

"이상 무. 표적은 테일리 씨의 마법에 발이 묶인 채, 멤버들에게 포위돼서 체포 완료. 테일리 씨 파티가 맡은 의뢰는 다 마쳤어. 생각보다 빨리 끝났네."

"그럴 수밖에. 강도도 설마 상대가 도시 전체를 파악하고 있을 거라고는 생각 못 할 테니까."

"그렇지만 팰린크론도 비슷한 걸 할 수 있지 않아?"

"팰린크론의 '주술'에 대한 이야기라면, 잘못 생각한 거야. 그건 여러모로 조건이 복잡해. 게다가 카나미만큼 정확하지도 않아. 이런 건 못해."

"그렇구나."

팰린크론도 대륙에서 손꼽히는 감지마법 사용자라고 들었는데, 그래도 내 차원마법 쪽이 더 정밀도가 높은 모양이다.

"솔직히 말해서 이건 비정상. 팰린크론은 우리에게 이걸 시키려고 한 걸까……?"

"그런 것 같아. 스노우의 능력과 내 능력을 듣고, 이 콤보를 생각해냈다는 모양이야. 잘 풀려서 다행이야. 이제 모양새나마 마스터다운 일을 할 수 있게 됐으니까."

"아니, 이 정도면 이미 어지간한 마스터보다 몇 배는 더 유능한 수준……. 역시 마스터……."

"스노우, 마스터라고 좀 부르지 마. **이유는 잘 모르겠지만**, 너 같은 여자애한테 그렇게 불리는 건 싫어. 이름으로 불러주면 안 돼?"

"⋯⋯응, 알았어."

내가 진심으로 질색하는 걸 보고, 스노우는 순순히 고개를 끄덕였다.

스노우는 기본적으로 고분고분하다. 아예 의지박약이라도 해도 과언이 아닐 정도다.

"아, 또 강도 발견."

이야기하면서, 나는 〈디멘션〉 한쪽에서 범죄가 발생한 것을 포착한다.

"⋯⋯으에. 또?"

"근처에 보르자크 씨 파티가 있으니까 연락해줘. 점수 좀 벌어야지."

"⋯⋯좀 귀찮아."

"아니, 아니아니, 이건 일이라고, 스노우. 라우라비아에서 살아가는 사람들을 위해서라도, 강도는 붙잡아야 될 거 아냐?"

"으──응⋯⋯. 그래도 피곤한 건 피곤한 거야. 그건 우리 길드에 의뢰가 들어온 일도 아니고."

스노우는 고분고분하긴 하지만, 극도의 게으름뱅이이기도 하다. 최선을 다하는 걸 싫어하고, 피곤해지는 걸 싫어한다. 농땡이를 피울 수 있으면 얼마든지 피운다. ──이상할 정도로.

"피곤하다고 해봤자, 스노우는 어차피 내 말을 그대로 복창하는 게 전부잖아?"

"복창하기만 하는 편한 일일 줄 알았는데, 생각보다 귀찮은 일이었어."

"잠깐, 원래는 스노우가 해야 할 서류 정리 업무를 내가 하고 있다는 걸 잊으면 곤란해……. 이렇게 나오면 다시는 안 도와줄 줄 알라고……."

"그렇게 나오면 할 말 없어."

"잔말 말고 연락이나 해."

내가 스노우의 업무를 어느 정도 대신해주고 있다는 사실을 들어서 윽박지르자 스노우는 체념한 듯 마석을 향해 말을 전달하기 시작했다.

도시 내를 순회하고 있던 보르자크 씨는 스노우의 연락을 듣고 답신을 보냈다.

나는 전개해있던 〈디멘션〉을 보르자크 씨가 있는 부근에서만 〈디멘션·멀티플(다중전개)〉로 강화해서 그 입의 움직임과 목소리의 진동을 파악한다.

보아하니 보르자크 씨는 강도를 물리칠 충분한 여력을 갖고 있는 것 같다.

스테이터스로 미루어보아도 충분해보인다. 강도의 레벨은 낮고 보르자크 씨의 HP도 충분하다. 직접 대결하도록 해도 별문제는 없을 것이다.

"응, 맡아주기로 했어. 그럼, 지금 바로 67번지로 달려가라고 해줘. 가까이까지 가면 자세하게 안내해줄 테니까. 참고로 표적의 레벨은 5, 이렇다 할 주의점 같은 건 없으니까, 정면으로 포획하라고 전해줘."

"……전해줄게."

스노우는 내 지시를 전달했다.

마석을 통해 지시를 받은 보르자크 씨는 그 거구의 몸으로 내달려서 표적에게 접근해간다.

〈디멘션〉을 통해서 두 사람의 움직임을 확인하고 체스 말을 움직이는 것 같은 느낌으로 표적을 압박해나간다.

두 사람은 얼마 되지 않아 맞닥뜨렸고 강도는 포박당했다. 힘의 차가 워낙 확연했기에, 싸움은 순식간에 끝나고 말았다.

보르자크 씨는 체포한 강도를 피해를 입은 가게로 끌고 갔다.

도난당했던 물품을 가게 주인에게 돌려주니 가게 주인은 눈물을 흘리며 기뻐했다. 만약에 이대로 범인을 붙잡지 못했더라면 상당히 큰 피해가 발생했을 거란 걸 그 표정만 보아도 알 수 있었다. 다행히 그런 피해를 막아낸 것이 기뻤다.

이제 강도를 국가의 치안관리소로 데려가면 임무 완료다. 고작 몇 분 사이에 벌어진 일이었지만, 덕분에 라우라비아의 시민 한 명을 더 구해줄 수 있었다.

"다행이야……. 가게 주인도 기뻐하고 있어……."

"……그래?"

하지만 스노우는 그런 내 감정에 대해 공감하지 못하는

모양이다.

별 관심 없다는 표정으로 창밖의 하늘만 올려다보고 있었다. 스노우는 마치 한가한 사람처럼 이렇게 햇볕을 쬐곤 하는 버릇이 있었다.

"할 일 없으면 서류 업무라도 좀 도와줬으면 좋겠는데."

"괜찮아. 카나미 덕분에, 혼나지 않을 정도의 양은 처리했으니까."

"아아, 스노우의 기준은 그거구나."

"카나미처럼 자기가 할 수 있는 최대한으로 하는 건 안 좋아해."

오늘 하루 동안 같이 일하다 보니 스노우의 성격도 대강 파악할 수 있었다.

길드마스터인 나로서는 받아들이기 힘든 자세지만, 그 기분은 이해 못 할 건 아니었다. 원래 세계에서 학교에 다니던 시절에는 나 역시 스노우와 별반 다를 게 없는 태도였다.

지금 내가 이렇게 애쓰고 있는 건, 오로지 이세계라는 환경 때문이다. 험난한 환경이 아니었더라면, 나도 스노우와 똑같은 행동을 취했을 가능성이 높다.

"아니, 그래도 역시 스노우가 검토해주지 않으면 마음이 안 놓여. 나는 갓 들어온 신참이니까, 뭔가 실수했을 가능성도 있잖아."

"그건, 이런 인선을 한 팰린크론 잘못이야. 외부인에게 서류 정리를 맡긴 시점에서, 그냥 포기하는 게 나아."

"하긴 그렇지. 가입한 지 하루밖에 안 된 신참에게 이런 중요한 서류를 보여주는 것부터가 여러모로 비정상적이니까……."

"그래. 그러니까, 난 잘못 없어. 잘못 없으니까, 더 이상은 애쓰지도 않을 거야."

"아, 그러셔……."

나는 딱히 스노우를 나무라지 않고, 묵묵히 서류를 처리하기 시작한다.

사실 스노우는 마석을 통한 연락만으로도 수십 명 몫의 일을 해준 셈이다.

창밖 풍경이 붉은빛을 띠어가고 해가 저물기 시작했다. 정오부터 시작한 서류 업무도 이제 슬슬 끝이 보였다. 여기저기 흩어져 있던 길드의 파티원들도 각각의 의뢰를 마친 상태였다.

어찌 됐건 길드마스터 첫날 치고는 순조롭게 보낸 편이라 생각했다.

마지막으로 마음을 다잡고 조금 남은 서류를 처리하기 시작했다.

그 서류 정리가 거의 다 끝나 갈 무렵『에픽 시커』본거지에 누군가가 들어오는 것을 〈디멘션〉으로 포착했다.

해가 저물기 시작해서 대부분의 멤버들이 돌아온 것이다.

그중에는 테일리 씨는 아까 수행한 임무에 대한 보고서를 들고 있었다.

현관 쪽에서 팰린크론과 이야기하기 시작한 것을 확인하고 나는 스노우를 방에 둔 채 두 사람에게로 향한다. 오늘 하루의 성과를 보고하고 될 수 있으면 그 둘에게서 평가를 들어보고 싶었다.

　『에픽 시커』 본거지 안을 걸어가서, 팰린크론과 테일리 씨의 이야기소리가 들리는 곳까지 다가간 후——두 사람의 목소리를 포착했다.

　"어때? 카나미는 마스터로서 우수하지 않아?"

　"그래, 당신보다 더. 정확한 정보가 무시무시한 속도로 전해지는걸. 정보수집이라는 과정 자체가 통째로 생략되는 거나 마찬가지야. 그 덕분에 7일 기한으로 설정돼 있던 의뢰를 고작 몇 시간 만에 끝낼 수 있었어. 이 정도면 완전히 사기 수준이야."

　"카나미도, 스노우도 본국 녀석들이 알면 눈에 불을 켜고 탐낼 정도의 수재들이야. 그 둘이 합동 작전을 쓴 거니까. 그 정도는 당연한 거야."

　"당연하다니, 당신 대체 무슨……. 하지만 그 둘은 아직 경험이 부족해. 연줄도 없고, 인맥도 좁아."

　"연줄과 경험은 멤버들이 보강해주면 돼. 그 둘은 순진해. 너희 같은 연장자들 말은 잘 들을 거야. 인맥을 넓히는 일에 대해서는 걱정할 것 없어. 이미 다 손을 써 뒀으니까."

　"이렇게까지 공을 들이다니……. 카나미 군을 정말 제대로 키워 볼 생각인가 보네, 팰린크론. 당신이 이렇게까지 필사적으로 구는 건 처음 봐……."

"후훗, 이게 필사적인 걸로 보인다면, 나도 아직 갈 길이 멀었나 보군. 별거 아냐. 난 그냥 마음 편히 본국에 가고 싶어서 이러는 것뿐이라고."

나쁜 버릇이었다. 〈디멘션〉을 전개하고 있으면 나 스스로 원하지 않더라도 지나치게 귀가 밝아진다. 더 이상 훔쳐듣고 있으면 안 되겠다는 생각에 종종걸음으로 두 사람에게 다가가서 먼저 팰린크론에게 말을 걸었다.

"──팰린크론, 서류 관계 업무는 대강 끝났어."

"오오, 카나미잖아. 그래서, 어느 정도나 끝났지?"

"어느 정도? 으, 으음, 거의 전부인데……."

스노우가 하도록 남겨둔 아주 조금의 서류를 제외하면, 내가 맡은 서류는 전부 다 처리했다.

그런데, 그 말을 들은 팰린크론은 도저히 믿을 수 없는 말이라도 들었다는 표정이었다.

"저, 전부……? 그 산더미 같은 서류를 말이야?"

"그래, 그거. 그걸 처리하는 게 길드마스터의 업무라고 그랬잖아. 그래서 오늘 중으로 전부 다 끝냈어."

"……아니. 잠깐잠깐. 이상하잖아. 그렇게 쉽게 다 끝날 리가 없잖아?! 확인만 하면 끝나는 서류도 있었지만, 개중에는 더럽게 성가신 회계 서류도 있었다고!"

그 말마따나, 그런 서류도 있었다.

길드의 물류, 그 경비, 전원에게 들어가는 인건비, 그에 대한 상세한 회계 업무 등등……. 그 수치에 대한 정리 업무라면 이미 다 마친 상태다.

"아마, 사용하는 산술 자체가 달라서 그런 것 아닐까? 나는 회계 관리나 숫자에는 자신이 있는 편이니까……."

"지, 진심으로 하는 소리냐……?"

"그리고 〈디멘션 · 멀티플〉을 사용하면 마음만 먹으면 여러 장의 서류를 한 번에 볼 수도 있으니까. 게다가 이제 레벨도 좀 오른 덕분에 한 번에 여러 가지를 생각할 수도 있게 된 것 같고……."

요즘 느끼기 시작한 거지만, 내 사고능력의 레벨은 원래 세계에 있던 시절보다 확연하게 올라간 상태다. 사고의 속도도 그렇지만 무엇보다 사고의 형태 자체가 변질되어 있었다.

병렬작업이 가능해지도록 사고가 분할된 것 역시 그 변질의 일환일 것이다.

"혹시, 스노우가 진심으로 도와준 거냐?"

"아니, 저기, 스노우는 별로 안 도와줬는데……."

도와주는 건 고사하고, 스노우 몫까지 내가 했다.

스노우는 아침에는 진지하게 이것저것 가르쳐주었지만 그건 모두 일을 나에게 떠넘기기 위한 것이었다. 오후부터는 게으름의 극치를 달렸다.

"아니, 스노우가 도와줬다고 해도 말이 안 된다고, 이 속도는……. 그리고 아무리 레벨이 올랐다고 해도 이런 게 가능하게 될 리도 없고……. 아니, 하지만 카나미의 마법 특성에 따라서는 그렇게 될 수도 있으려나? 아니면 혹시 차원 마법의 특성……아니, '대가'인가?"

내 이야기를 듣고 팰린크론은 진지하게 고민에 잠겼다.

"하여간 서류 업무는 끝났어. 이제 오늘 업무는 다 끝난 거야?"

"그, 그래. 아니, 오늘 업무가 아니라, 7일 분의 업무가 끝 난 셈이지……."

"어, 고작 그 정도가 7일 분……?"

나는 놀란다. 처음에는 나도 그 양에 놀라기는 했었다. 하 지만 한 조직의 하루치 자료라면 그 정도는 되는 게 당연하 다고 생각하면서 처리했다. 그게 7일 분의 서류라는 말을 들으니 약간 김이 새버렸다.

그런 나를 보고 옆에 있던 테일리 씨가 끼어들었다.

"팰린크론, 마법이 문제가 아니라 카나미 군 자체가 뭔가 좀 이상하지 않아……?"

"하긴……. 나도 놀라 자빠질 지경이야……."

그리고 그 둘이 정체불명의 생물이라도 쳐다보는 것 같은 눈길로 나를 쳐다보기에 나는 쓴웃음을 지으며 대답했다.

"저기, 그럼 이제 멤버들에 대한 보좌에 집중하기만 하면 되는 거야?"

"아니, 멤버들에게 배분돼 있던 7일치 업무도 거의 다 끝 난 것 같아. 여기 있는 테일리의 보고만 마치면 전원 임무 종료야. 카나미의 보좌 덕분이지."

보아하니 오늘 병렬작업을 통해서 끝낸 임무도 7일치였던 모양이다.

"저기…… 너무 적은 거 아냐……?"

이러면 내일부터 뭘 해야 할지 막막해지므로 업무사항에 대해서 솔직하게 질문했다.

"아니, 카나미가 길드마스터로서 처음 일하는 첫날이라서 비교적 적고 쉬운 의뢰를 배치한 건 사실이지만…… 그래도 결코 적은 건 아냐. 평균적인 길드의 업무량인데……."

"그, 그런 거야……?"

이쯤 되니 나도 슬슬 사태의 심각성을 깨닫기 시작했다.

내 능력의 탁월함. 그리고 스노우가 가진 보조마법이 합쳐질 때 발휘되는 지휘능력의 탁월함.

그것은 길드 운영의 효율을 7배 향상시킬 정도의 엄청난 사태였던 모양이다.

팰린크론은 심각한 얼굴로 이야기를 계속한다.

"라우라비아 쪽과 교섭해서 다음 주부터는 일을 더 배정해달라고 해야겠어. 그때까지는 미궁 공략이라도 진행하고 있도록 해……. 그것도 어쨌거나 길드에 공헌하는 방법이 되긴 하니까……."

"알았어……."

나는 고분고분 고개를 끄덕였다. 그러자 테일리 씨가 기다렸다는 듯 의문 섞인 목소리로 말한다.

"팰린크론, 우리들은?"

"너희들은 평소대로, 남은 시간은 마음대로 활용하면 돼. 공적기관에서 적당한 임무 퀘스트를 받아서 수행해도 되고, 파티 단위로 가고 싶은 곳에 가도 되고."

"알았어."

아무래도 첫날이라고 해서 지나치게 의욕을 부렸던 모양이다. 길드 『에픽 시커』 전체의 임무가 소진되어버렸다.

이렇게 셋이서 앞으로의 방침을 결정하고 나서, 우리는 바로 해산했다.

그 후 나는 일감이 사라진 멤버들이 모여 있는 훈련장으로 발걸음을 옮겼다. 지나치게 의욕을 부린 것에 대해서 사죄하러 갔지만, "사과 같은 건 필요 없어"라는 대답만 돌아왔다. 대부분의 사람들은 일은 빨리 끝내면 빨리 끝낼수록 좋은 법이라고 생각하고 있었던 모양이다. 나를 책망하기는커녕, 내 지휘의 높은 정밀도에 대해 칭찬하는 목소리가 더 많았다.

그리고 곧이어 멤버들과의 교류를 다져나갔다. 입단 테스트 때의 결투에 대한 재도전을 받거나, 마법에 대해 가르쳐주거나 하면서——조금씩 거리를 좁혀나갔다.

밤에는 스노우와 인사 한 뒤 마리아와 함께 식사를 하고, 오늘도 같이 잠드는 걸로 길드마스터로서 보낸 첫날을 마쳤다. 더할 나위 없이 순조로운 출발이었다——.

◆ ◆ ◆ ◆ ◆

길드 생활 이틀째.

첫날의 지나친 의욕 때문에 길드에서 할 일이 없어진 나는 미궁 앞에 와 있었다.

참고로 "하늘을 보면서 하루를 보낼 거야"라면서 헛소리를 해대는 스노우도 강제 연행해왔다. 팰린크론이 2인1조로 행동하라고 지시했기 때문이다.

"자, 그럼 미궁 공략을 시작해볼까."

"……으──음, 귀찮아."

"스노우, 이것도 길드 업무의 일환이라고 했어. '정도'를 연장시키거나 가디언을 물리쳐달라고 팰린크론한테 부탁을 받기도 했고."

"기한이 정해져 있는 건 아니니까, 대충 흘려 넘기면 되잖아?"

"대충 흘려 넘길 생각도 없지만, 그렇다고 해도 엄청나게 열심히 할 생각도 없어. 기본적으로 만만한 몬스터를 사냥하면서 미궁 안에서 보물을 찾을 생각이야."

"으──응, 카나미 입장에서 만만한 몬스터는 내 입장에서는 성가신 몬스터일 가능성이 있어."

"아니, 스노우는 그냥 대충 넘겨도 돼. 거의 나 혼자서 다 처리할 생각이니까. 뒤에서 구경만 해도 돼."

늘 그렇듯이 다짜고짜 농땡이를 피우려 하는 스노우를 설득한다. 솔직히 말해서 게으름뱅이인 그녀에게 그다지 큰 기대는 하고 있지 않다. 하지만 최소한의 책임감은 갖추고 있으니, 내가 위험에 처하면 나설 것이다. 말하자면 그녀는 만약의 사태에 대비한 보험이다.

"……으음, 구경만? 그럼 됐어. 그 정도면 괜찮아."

"응, 다행이네. 그럼, 출발."

[파티]
스노우 워커가 가입했습니다

그 '표시'를 보면서 나는 스노우와 함께 미궁으로 들어간다.

입구로 들어서자 눅눅한 검은 회랑이 펼쳐진다. 비린내가 감도는 독특한 빛이 연신 깜박거리는 길을 보고 나는 어딘가 아련한 기분에 휩싸였다.

다시 미궁에 돌아왔다.

어째선지 그 '대화재'가 중간에 끼어 있는 것뿐인데도, 미궁이 아주 오랜 추억 속의 공간인 것처럼만 느껴진다.

"……카나미, 무슨 일 있어?"

나도 모르게 발걸음을 멈춘 내 모습이 이상했는지 스노우가 말을 건다.

"아니, 아무것도 아냐. 가자."

"……응."

나는 미궁 탐색에 방해되는 감정을 뿌리치고, 회랑을 따라 나아간다.

예전에는 아마……그렇다. 24층까지 갔었던 기억이 난다.

24층 탐색이 버거워져서, 19층에서 레벨업을 하던 것이 마지막 기억이다.

하지만 그 마지막 기억은 낡은 흑백사진처럼 빛이 바래 있었다. 요소요소가 벗겨져나간 것처럼, 좀처럼 기억을 복원할 수 없었다.

'대화재'에 휘말린 충격 때문인지 그 전후의 기억이 애매모호했다.

하지만 지금은 징징거리고 있을 때가 아니었다. 마음을 다잡고 오늘의 미궁 탐색 방침을 정했다.

동행자인 스노우의 레벨은 16. 스테이터스만 따지면 나와 별 차이가 없었다. 다만, 내구도 면에서는 나보다 몇 단계 위일 것이다. 거기에다가 습득하고 있는 마법의 수가 많아서 그 끝을 알 수 없을 지경이었다.

[스테이터스]

이름 : 스노우 워커 HP 530/533 MP 229/240 클래스 : 스카우트

레벨 : 16

근력 10.22 체력 10.02 기량 5.24 속도 5.43 지능 7.92 마력 10.86 소질 2.62

선천 스킬 : 용의 가호 1.09 최선행동 1.89 고대마법 2.04

심안 1.07 선혈마법 1.00

후천 스킬 : 없음

오늘의 목표는 19층 부근에서의 레벨업과, 20층에 〈커넥션〉을 재설치하는 것으로 정했다. 대화재에 휘말리는 바람에 내 〈커넥션〉 등록은 모조리 해제되어버린 상태였다. 그 탓에 1층부터 다시 도전해야 하는 신세가 돼버렸다. 귀찮지만 할 수 없으니 서둘러 20층으로 갈 생각이다.

다만 20층까지는 '정도'가 뻗어 있으니, 여정 자체는 편하다. 거기에 덧붙이자면 나와 스노우 정도 레벨의 탐험가라면, 한 자릿수 층수의 미궁에는 당해낼 상대가 없다.

몇 시간쯤 미궁 안을 걸어간 결과, 우리는 아무 문제없이 10층까지 다다를 수 있었다. 그리고 10층으로 들어간 우리는 먼저 그 황량한 풍경에 놀랐다.

"──어, 어라. 아무것도 없잖아."

"……얼마 전까지는 불바다였어. 아마도 10층의 가디언이 죽었다는 이야기는 사실이었나 봐."

"그래? 만약 그게 사실이라면 굉장한 일인데. 가디언을 물리치다니 완전 영웅이잖아. 도대체 어떤 사람이 물리친 거지……?"

내가 가진 얕은 지식으로도 가디언이라 불리는 존재가 얼마나 대단한지는 알고 있다. 최강의 탐색가 일행도 물리치지 못했던 보스이며, 탐색가들 사이에서 화젯거리가 되고 있는 전설적 존재다.

"확실히 대단하긴 해. 하지만 보나마나 카나미일 거라고 생각하는데."

"엉? 내가? 왜?"

"……아무것도 아냐. 그냥 혼잣말."

"아니, 혼잣말이라고 보기에는 꼭 나 들으라고 하는 소리 같았던 것 같았는데."

"더 이상 이야기하는 건 귀찮아. 계속 가자."

"하아……. 알았어."

마지못해 고개를 끄덕인다. 스노우가 소리 내서 '귀찮아'라고 말하면 이야기는 더 이상 진행되지 않는다. 그 점은 어제 같이 일하면서 뼈저리게 실감했다. 그렇기에 나는 더 이상은 묻지 않기로 했다. 어차피 물어봐도, 아마 첫날의 기억에 대한 이야기로 이어질 게 뻔하니까. 여러 번 듣고 싶은 이야기는 아니었다.

우리는 아무것도 없는 10층을 말없이 걸어갔다.

예전의 불타는 화염은 흔적도 없이 사라져 있었고 그 영향 때문인지, 그 공허감은 한층 더 짙게 느껴졌다.

그 웅대하고 화려하던 불꽃은 이제 두 번 다시 볼 수 없다──그런 생각이 들게 만들기에 충분한 공허감이다.

나와는 관계없는 이야기건만……. 어째선지, 감회에 젖어들었다…….

"──마법 〈커넥션〉."

기묘한 감정에 휩싸인 와중에도 방 옆에 마법의 문을 설치했다. 그리고 '소지품' 속에서 꺼낸 보호색의 천을 씌워서, 남들 눈에 띄지 않도록 감춘다.

"이게 차원마법?"

"그래, 이러면 길드의 집무실에서 바로 오고갈 수 있어."

"하지만 이러면 다른 탐색가가 사용하는 거 아냐?"

"으음, 하긴. 그럼, 이렇게 해둘까. ──마법 〈아이스〉."

빙결마법으로 문을 살짝 얼렸다.

〈커넥션〉의 문은 약해서 손쉽게 파괴된다. 원래는 얼리는 것 자체가 불가능하다. 하지만 〈커넥션〉을 구축한 장본인인 나는 그 구조를 완벽하게 파악하고 있기에 문을 파괴하지 않고 얼리는 것이 가능했다.

통상적인 〈아이스〉와는 다른 이미지로 마법을 자아냈기 때문에, 굳이 표현하자면 신마법 〈아이스·록(錠)〉이라고 부르는 게 좋을지도 모르겠다.

"얼린 거야?"

"억지로 녹이려고 하면 문은 부서지게 돼. 이 문을 녹여서 쓸 수 있는 건, 술사인 나밖에 없다는 이야기지. ──이름을 붙이자면, 마법 〈아이스·록〉이라고나 할까?"

"이상한 이름이네. 하지만 아무것도 안 하는 것보다는 낫겠지?"

"어찌 됐건, 10층에 문을 만드는 건 별로 실용적이지는 못해. 빨리 20층에 설치하는 게 좋겠어. 거기라면, 어지간한 탐색가들은 가지도 못하니까 마음대로 설치할 수 있을 거야.”

“……으음. 오늘은 이쯤 해서 쉬어도 되지 않아?”

“안 돼. 가자, 스노우.”

“*끄응*…….”

꾸물대는 스노우를 다독이면서 우리는 한층 더 깊은 미궁을 향해 나아갔다──.

◆ ◆ ◆ ◆ ◆

“뭐야, 이 녀석은……?”

그것은 20층을 향해 나아가던 도중, 14층의 ‘정도’를 걸어갈 때 벌어진 일이었다.

〈디멘션〉 범위 안을 고속으로 이동하고 있는 몬스터를 발견하고 발걸음을 멈췄다.

그 몬스터는 14층에 걸맞지 않는 맹렬한 스피드로 움직이고 있었다. 강적일지도 모른다는 생각에 곧바로 멀리서 ‘주시’했다.

[몬스터] 라인스키터 : 랭크 1

예상과는 달리 이상할 정도로 랭크가 낮은 몬스터였다. 다른 의미에서 14층에 어울리지 않는 몬스터였다. 모습은 마차 파랗게 빛나는 쥐처럼 보였으나, 다만 그 빛은 보통 빛이 아니었다.

나는 호기심을 느끼고 그 녀석을 쫓아가기로 했다. 후방에 있는 스노우는 당장이라도 잠들 것 같은 표정이지만 방치해두고 라인스키터 쪽으로 걸어갔다.

하지만 라인스키터는 특정 에어리어에만 머물지 않고 여기저기 뛰어다녔기에, 접근하기가 여의치가 않았다. 다만 쫓아가다 보니 라인스키터가 돌아다니는 법칙을 조금씩 알 수 있었다. 그리고 걷기만 해서는 아무리 쫓아가봤자 따라잡을 수 없다는 걸 확신한다.

어쩔 수 없이 스노우를 '정도'에 데려다주고 단독행동을 개시했다.

내가 마음먹고 달리면 스노우는 쫓아올 수 없었기 때문이다. 이건 스테이터스의 특징이니 어쩔 수 없었다. 나는 속도에 특화되어 있고, 스노우는 내구도에 특화되어 있다. 그 차이일 뿐이었다.

'정도'에서 자면 안 된다고 스노우를 타이른 다음, 나는 라인스키터를 쫓아서 전속력으로 내달렸다.

라인스키터가 통과할 회랑을 예측해서 미리 앞질러 감으로써, 조금씩 거리를 좁혀나갔다.

몇 분 뒤, 바람을 가르며 달리는 라인스키터와 대면하는데 성공했다.

나는 '소지품' 속에서 검을 뽑아, 시험 삼아 라인스키터에게 휘둘러봤다.

하지만 휘두르는 순간, 라인스키터의 속도가 한층 더 빨라진다.

"어어——?!"

내가 할 수 있었던 건, 그 한 번의 칼부림이 전부였다. 특유의 속도를 이용해서 내 공격을 유유자적하게 회피한 라인스키터는 내 옆을 스쳐 지나가며 회랑의 암흑 속으로 사라져 갔다.

곧바로 그 뒤를 쫓으려 했었다. 하지만 검을 피할 때 라인스키터가 선보인 속도를 떠올리고는 발걸음을 멈췄다.

아마 저 라인스키터의 최고속도는 나보다도 빠를 것이다.

상대가 특수한 보스라는 건 더 이상 의심의 여지가 없었다. 어쩐지 보너스 몬스터일 것 같은 느낌이 들었다.

단순히 쫓아가기만 해서는 소용없다는 것을 알았기에, 검을 '소지품' 속에 집어넣는 수밖에 없었다. 나는 조금 설레는 기분으로 자신의 마법과 '소지품' 속 물건들을 통해서 다른 수단을 모색해보았다.

가장 자신 있는 마법인 〈디 윈터〉는 유효하지 않다. 그건 덤벼오는 적을 요격할 때 유용한 마법이다. 도망치는 적의 행동을 방해해봤자 별다른 영향을 줄 수 없다.

〈디 오버 윈터〉역시 마찬가지다. 감속 효과가 있다고는 하지만 일단 그 영역 내에 라인스키터를 집어넣는 것부터가 어렵다. 마력을 소비해서 효과범위를 확대할 수는 있지만,

그래도 성공 확률은 낮을 것이다.

다른 방법으로 〈아이스 · 애로우〉 등의 원거리 공격을 쓰는 것도 있지만 〈디멘션 · 글래디에이트〉를 동반한다고 해도 그렇게 빠른 대상에게 명중시킬 자신은 없다.

따라서 내게 남은 방법은 함정 계열 마법뿐이다.

'소지품' 속에서 물을 꺼내서 라인스키터가 지나갈 것으로 여겨지는 길에 큰 물웅덩이를 만들고, 그 위에 〈디 스노우〉를 하나 놓았다. 물론, 아직 터뜨리지는 않았다.

지면을 내달리는 라인스키터라면 이 함정에 걸려들 가능성이 높았다. 그리고 정보에 따르면 라인스키터의 랭크는 1에 불과하니, 이런 조잡한 함정에도 걸려들 가능성이 있다고 생각했다.

같은 함정을 다섯 개쯤 만들어둔 후, 라인스키터의 위치를 파악하고 아까 했던 것처럼 라인스키터를 추격하며 라인스키터를 함정들 쪽으로 유인했다.

최대한 서둘러야 했다. 물웅덩이 함정의 기점은 〈디 스노우〉다. 다른 몬스터가 그걸 깨버리면, 힘들게 판 함정이 말짱 도루묵이 된다.

쉴 새 없이 라인스키터를 쫓아다니다 보니, 간신히 라인스키터가 함정이 있는 영역으로 발을 들여놓게 되었다.

──함정 발동 타이밍에 온 신경을 집중시킨다.

그리고 라인스키터가 물웅덩이에 발을 집어넣은 순간, 〈디 스노우〉를 터뜨렸다.

냉기가 터져나오면서 순식간에 물웅덩이를 얼려 버렸다. 물론 라인스키터의 발도 함께 얼었다.

"좋았어!"

목표물이 포획된 것을 〈디멘션〉으로 확인하고 서둘러 그쪽으로 향했다.

거기에는 삐이삐이 울면서 물에서 빠져나오려 애쓰는 라인스키터가 있었다. 보아하니 속도는 있어도 힘은 없는 몬스터인 모양이다.

약간 양심의 가책이 느껴졌다. 하지만 약육강식이라는 말을 마음속으로 되뇌고 라인스키터의 몸을 검으로 베었다.

[칭호 『휘선질주(輝線疾走)』를 습득했습니다]
속도에 +0.05의 보정이 붙습니다

드롭된 마석을 '주시'했다.

[크레센트 펙트라즐리]
섬광을 내뿜는 마력의 집합체
누구보다도 빨라지는 저주에 걸린 몬스터에서 드물게 드롭된다

설명문만 봐도 희귀한 마석이라는 걸 알 수 있었기에 노력에 걸맞은 대가를 손에 넣었다는 생각에 안도했다. 목표를 달성한 나는 스노우가 있는 곳으로 돌아갔다.

그런데 그렇게 신신당부를 했는데도 불구하고 스노우는 '정도' 구석에서 눈을 감고 있었다. 코를 골고 잠들어 있는 정도는 아니었지만, 그래도 묵과할 수 없는 상황임은 분명했다.

"스노우, 자면 안 된다고 했을 텐데……."

"……우움. 응, 으응? 아니, 안 잤어, 안 잤어."

"방금, 반응이 한참 늦었잖아."

"신경 쓸 것 없어. 그보다, 목표물은 해치웠어?"

느릿한 말투로 스노우는 화제를 돌리려고 하는 스노우의 게으름은 아주 뼛속까지 박혀 있는 것이니, 주의를 줘 봤자 헛수고일 것이다.

"그래, 함정으로 붙잡아서 해치웠어. 이런 걸 떨어뜨리더군."

"……오, 오오. 이건, 연합국 5개국 전체로 따져도, 1년에 하나 유통될까 말까 할 정도로 희귀한 물건이야. 이름이 아마 '크레센트 펙트라즐리'였던가?"

"그래, 그거야. 잡느라고 꽤 고생했어."

"그걸 처치한다고 해서, 꼭 나온다는 보장은 없어. 그러니까 엄청나게 희귀해. 축하해, 카나미."

"그런 거야? 그럼, 이거 땡 잡았는데."

이번에는 운이 좋았던 모양이다. 따지고 보면 〈디멘션〉으로 라인스키터를 감지한 것 자체도 우연에 가까웠다.

"……좋아. 좋은 물건도 손에 넣었으니, 더 앞으로 가는 거야."

스노우는 의욕을 보이는 척을 하며 미궁 안쪽으로 나아가려 한다. '정도'에서 잠깐 눈을 붙인 것에 대한 내 잔소리를 피하려는 꿍꿍이가 훤히 들여다 보였다.

"하아. 그래, 가자."

마음 같아서는 한시간쯤 설교를 늘어놓고 싶었다. 미궁의 몬스터가 '정도'에 들어올 가능성, 다른 탐색가들의 습격을 받을 가능성, 예상치 못한 이런저런 사태들에 대해서 하나하나 설명하고 싶은 심정이었다.

하지만 스노우의 성격으로 미루어보아 아무 성과 없이 끝날 가능성이 높았다.

나는 스노우의 성격을 교정할 방법을 궁리하면서 회랑을 걸어갔다.

이렇게 조그만 행복과 조우하면서 한층 더 깊은 미궁을 향해 나아갔다──.

◆ ◆ ◆ ◆ ◆

나는 처음에 탐색을 시작할 때 스노우는 싸우지 않아도 된다는 선언을 한 바 있지만, 그 약속은 19층 중간 부분에서 파기되었다. 불의의 사태는 필수적으로 따라붙는 법이라, 몬스터에게 둘러싸이면 스노우도 싸우지 않을 수 없는 상황이 된다.

상대는 19층 몬스터인 카마인 미노타우로스였는데, 스노우는 그 적을 혼자 힘으로 손쉽게 처치해버렸다. 그녀는 드래고뉴트라는 종족의 보정 덕분에 스테이터스 이상의 완력을 가졌고, 자기 키보다 더 큰 커다란 무기 두 개를 나에게 빌려서 그것을 휘두르며 싸웠다. 다만 무기로 싸우는 방법이 난폭하기 그지없어서, 여러 무기의 수명을 깎아먹긴 했지만……

그 압도적인 파워를 보고 나는 스노우에 대한 걱정은 할 필요가 없을 거라 확신했다. 역시 국가 직속 길드의 서브마스터를 맡고 있는 건, 그만한 능력을 갖추고 있기 때문인 것이다.

배후의 동료에 대한 걱정이 덜어진 덕분에, 내 미궁 탐색 속도는 한층 더 빨라졌다.

순조롭게 20층까지 진출하는 데 성공해서, 10층과 같은 휑뎅그렁한 공간에 도착한다. 나는 곧바로 10층에서 했던 것처럼 방 한쪽 구석에 〈커넥션〉을 설치한다. 이러면 우리는 언제든지 20층으로 바로 이동할 수 있게 되었다.

"──좋아, 이제 20층에 대한 마킹은 끝났어. 목표는 달성했어."

"……좋아, 그럼 돌아가자. 그리고 오늘 일과를 끝내자. 끝내자끝내자."

"일과를 끝내자는 건 찬성 못 하지만, 돌아가자는 의견은 찬성이야. 『에픽 시커』의 길드원에게 회복마법을 걸어달라고 하자."

"……회, 회복? 또 나를 부려먹을 생각이야?"

"너, 그렇게까지 엄청나게 일한 것도 아니잖아. 잔말 말고 가자."

나와 스노우는 〈커넥션〉을 이용해서 『에픽 시커』 본거지에 있는 집무실로 이동했다.

그리고 곧바로 〈디멘션〉을 구사하여 회복마법을 쓸 줄 아는 멤버를 찾았다. 어제 대부분의 일을 끝내 버렸기 때문에 한가한 멤버를 찾는 건 어렵지 않았다.

신성마법을 습득한 멤버에게 말을 걸어서 상처 치료를 부탁했다. 하지만 애초에 딱히 고전을 한 것도 아니었기에 둘 다 찰과상 정도가 고작이었다.

회복마법을 걸어준 마법사가 상처를 치료하면서 히죽거리는 게 영 찜찜했다. 이유를 물어보니, 강한 사람의 상처를 치료하는 게 삶의 보람이라는 모양이다. 과연 『에픽 시커』의 회복 담당답게 머리가 어딘가 좀 이상했다…….

스노우와 나의 HP가 회복된 것을 확인하고 다시 한 번 미궁으로 들어가려 했다. 그러나 스노우가 쉴 새 없는 도전에 대해 직언을 내뱉었다.

"……휴, 휴식을."

"안 돼. 우리의 컨디션은 멀쩡해. 안 갈 이유가 없어."

"……이렇게 연속으로 싸우면, 정신적으로 피곤해져. ──마, 맞아. 아까 그 '크레센트 펙트라즐리'를 좀 꺼내 봐."

"이건 갑자기 왜?"

'소지품' 속에서 '크레센트 펙트라즐리'를 꺼내서 스노우에게 보여준다.

"우리 길드 연금술사한테 가져다주자. 가공할 수 있을 것 같으면 가공을 부탁해서, 무기를 새로 만드는 거야. 이렇게 희귀한 마석이라면, 아마 재미있는 게 나올 것 같아."

"아아, 『에픽 시커』에는 전속 대장장이도 있나 보네. 하긴, 그건 재미있어 보이기는 하는데."

무기를 새로 만드는 건 찬성이다. 오늘도 검 몇 자루가 소모됐다. 특히 스노우는 화끈하게 검들을 박살냈다. 어차피 대량생산품이니 상관없다고 생각했었지만, 긴 안목으로 보자면, 이제 슬슬 고가의 1급 무기가 필요해질지도 몰랐다.

"좋아, 가자. 이것저것 만들어달라고 하는 거야. 나는 옆에서 지켜보고 있을게."

"옆에서 자겠다는 뜻이겠지."

나는 쓴웃음을 지으면서 스노우의 제안을 받아들였다.

그리고 『에픽 시커』 본거지 한쪽에 위치한 공방으로 향했다.

"저기—— 실례합니다——."

인사하면서 검은 연기가 피어오르는 공방에 들어갔다.

밖에서 보기에는 넓어보였지만 내부는 생각보다 좁았다. 작업도구들이 빼곡하게 놓여 있고 손때 묻은 가공대가 여러 개 설치되어 있었다. 기온이 무지막지하게 높고 매연과 먼지가 가득해서 공기도 탁했다. 그다지 오래 있고 싶은 마음이 들지 않는 공간이었다.

"헛, 어라? 손님인가? 으음, 무슨 용건이지?"

공방 안쪽에서 검을 쳐다보고 있던 장발의 남자가 우리를 발견하고 대답했다.

"이런저런 마석들을 가져왔는데 뭔가 좀 만들어주실 수 없을까요?"

"그래그래, 그런 거였군. 좋아좋아. 어차피 한가하던 참이었으니까."

장발의 남자는 지금까지 쳐다보고 있던 검을 내려놓고 머리를 긁적이면서 이쪽으로 다가왔다. 그러자 그의 맨얼굴이 드러났고 나는 그 얼굴에 새겨진 수많은 흉터들에 놀라버렸다.

한쪽 눈은 짓뭉개져 있고 양쪽 귀 모두 떨어져나간 상태였다. 대량의 화상 자국이 안면에 남아 있어서, 보기만 해도 안쓰러울 정도였다.

"자, 잘 부탁드릴게요……."

"어라, 내 얼굴을 보고 놀랐나 보지? 처음 만나는 사람이 보면 놀라는 것도 무리는── 아니, 우리 길드 마스터였잖아. 굳이 이런 지저분한 곳에 올 것 없이 부르기만 하면 갔을 텐데."

"아뇨, 용건이 있는 건 제 쪽이니까, 제 쪽에서 오는 게 당연한 거예요. 그리고 이번에는 마스터 자격으로 부탁하러 온 게 아니에요. 카나미라는 일반인으로서 부탁하러 온 거예요. 으──음…… 알리버즈 씨?"

"알리버즈 리버스. 용케 기억하고 있군. 지난번에 길드 멤버들과 전투를 할 때도 나는 도전 안 했었는데."

"멤버 분들의 이름은 죽을힘을 다해서 외웠거든요."

나와 알리버즈 씨는 악수를 나누면서 자기소개를 주고받았다. 그러면서 나는 가볍게 알리버즈 씨의 스킬을 확인했다.

[스킬]
선천 스킬 : 신성마법 1.34
후천 스킬 : 속성마법 0.23 대장장이 0.89 검술 0.07

대장장이 스킬이 그다지 높지는 않고 오히려 전투능력이 더 높은 편이었다. 레벨은 높지 않지만 그래도 일선에 나설 정도의 마력은 있었다. 마법을 주로 쓰는 탐색가라고 하는 편이 더 납득이 갔다. 원래는 탐색가였다가 부상 때문에 대장장이로 전향하는 바람에 전투용 스킬의 수치가 낮아졌을 가능성이 높아 보였다.

"그런데 마스터, 오늘은 어떤 물건을 갖고 온 거지?"

"스노우가 진귀한 물건이라고 한 걸 가져왔어요."

그렇게 말하고 나는 '소지품' 속에서 마석을 꺼낸다.

기왕 온 김에 예전에서 모았던 물건들 중에 귀해보이는 걸 모조리 꺼내 보여준다.

가공대 위에 이런저런 마석들이 펼쳐지자, 알리버즈 씨는 초롱초롱한눈으로 그것들을 쳐다보았다.

"괴, 굉장한데……. 국가 환금소에서도 어지간해서는 보기 힘든 것들이잖아……."

"지금까지 쭉 모아 온 것들이에요. 이것들을 써서 튼튼한 무기를 만들어주실 수 있나요?"

"아니, 그야 뭐, 이렇게 많이 있으면 뭐든 다 만들 수 있지."

"부탁드릴게요. 무기가 여러 개 파손돼서 난감한 상황이거든요."

"무기가 파손될 정도로 강한 몬스터라니, 상상도 하기 싫은데. 뭐, 나는 파손된 무기에 대한 수리 일도 하고 있긴 해. 가져다주면 재사용할 수 있게 될지도 몰라."

"어, 그런가요?"

"고치는 것보다 새로 사는 게 더 싸게 먹히는 경우가 대부분이지만."

"으──음, 좀 꺼내볼게요."

이렇게 가까운 곳에서 무기를 수리할 수 있었다는 것에 기뻐하며 '소지품' 속에서 파손된 무기를 꺼냈다. 앞으로 힘을 합쳐 활동하게 될 멤버들에게 내 능력을 감출 생각은 없었으므로, 알리버즈 씨 눈앞에서 대놓고 꺼냈다. 조금 놀라는 기색을 보였기에, 일단 가볍게 설명도 해주었다.

그리고 '소지품' 속에서 이런저런 것들을 꺼내나가다 보니, 그중에서 내가 쓴 기억이 없는 파손된 검이 나온다. 칼날이 틀어진──낡은 검이다. 마치 마그마에 박기라도 한 것처럼 칼날이 녹아 있었다.

[파손된 아레이즈 가문의 보검]
공격력 1

쇠파이프를 휘두르는 것과 별반 다를 게 없는 공격력이다.

하지만 이름에 '보검'이 붙어 있는걸 보니 대단한 물건 같았다.

다만 이걸 손에 넣은 경위가 전혀 기억이 나지 않았다. 그러나 미궁에 방치돼 있는 물건 중에서 돈 될 만한 것들을 '소지품'에 집어넣는 건 흔히 있는 일이다 보니, 아마 미궁 탐색 도중에 주운 것이라 생각했다.

깊이 생각하지 않고 『파손된 아레이스 가문의 보검』도 테이블 위에 놓는다.

"아마 이게 전부일 거예요."

"뭐야, 무지 많잖아."

"하하, 죄송해요……."

"좋아, 어디 한 번 볼까."

나도 알리버즈 씨와 함께 무기를 살펴보기로 했다. 수리할 수 있는 것과 할 수 없는 것의 차이를 알 수 있으면 앞으로의 탐색에도 도움이 될 것이다.

참고로 스노우는 방 한쪽 구석에서 쪼그려 앉은 채 졸기 시작한 상태였다.

"보아하니, 검 종류는 쓸만해보이는군. 잘 갈면 다 다시 쓸 수 있어. 다만, 이 큰 건 못 쓰겠는데. 뿌리 부분부터 뒤틀려 있고 칼날도 엉망이야. 녹여서 재료로 쓰는 게 무난할 것 같아."

"그렇군요."

특히 스노우가 썼던 무기는 상태가 더 안 좋은 것 같다.

"나머지는⋯⋯음? 응? 이건, 혹시⋯⋯."

알리버즈 씨는 망가진 무기들 중에서 『파손된 아레이스 가문의 보검』을 집어들었다.

"그게 왜요?"

"아니, 이거 엄청난 물건이다 싶어서. 희소한 광석으로 만들어져 있으니까, 검명 정도는 있을 것 같은데⋯⋯. 상태가 너무 나빠서 검명을 읽을 수가 없네⋯⋯."

"저기, 예전에는 '아레이스'라고 적혀 있었던 것 같아요⋯⋯."

수리에 도움이 될 지도 모른다는 생각에, 나는 '표시'에 나오는 정보를 알려준다.

"아레이스라면, 그 아레이스⋯⋯? 하지만 그건 검명은 아닌 것 같은데…….”

“아레이스라는 게 무슨 뜻인데요?”

“응? 그야 당연히, 그 명문 귀족 가문의 이름 아냐? 뛰어난 검사들을 여럿 배출했고, 그 유명한 검성님, 펜릴 아레이스 경이 있는 가문이지.”

“호오, 그거 굉장하네요.”

알리버즈 씨는 내 질문에 대답하면서도, 검에서 눈길을 떼지 않는다. 진귀한 보물에 대한 관심이 지대한 모양이다.

“으──음. 하지만 미안하게도 이건 내 힘으로는 못 고칠 것 같아. 광석이 너무 특수해.”

“그럼 그냥 녹여서 재료로 바꿔도 돼요.”

어차피 주운 물건이라는 생각에, 나는 건성으로 이야기한다.

그런데 그 순간, 어째선지 등줄기에 오한이 일었다. 왜지?

“아니, 좀 기다리는 게 좋을걸. 내 실력으로는 힘들겠지만, 후즈야즈의 대장장이라면 희망이 있을지도 몰라.”

“흐음, 그렇군요.”

딱히 이 검에 대해 애착이 있는 것도 아녔다. 내 입장에서는 그냥 재료로 바꿔 버려도 그만이었지만, 알리버즈 씨 눈에는 아깝게 보이는 모양이다.

“그리고 이 마석도 참 재미있어. 이건 ‘크레센트 펙트라즐리’였지, 아마? 이걸 팔면 3년은 놀고먹을 수 있을 텐데, 정말 괜찮겠어?"

"네? 그렇게 비싸요?!"

상상을 웃도는 가격에 간이 떨어지는 것 같았다. 내 목적 가운데 하나인 마리아의 치료비 마련은, 이 마석만 팔아도 완전히 해결되는 셈이었다.

"하지만 이걸 쓰면 꽤 괜찮은 물건을 만들 수 있어. 검에 코팅해서 튼튼하게 만들 수 있지. 내가 보기에는 반지나 목걸이로 만들어서 이 마석을 살린 매직아이템을 제작하는 게 더 나을 것 같지만 말이지."

"매직아이템보다 튼튼한 무기가 더 필요할 것 같아서……."

"뭐, 이 상태를 보면 그 기분도 이해가 가긴 해. 나도 무기를 만드는 게 더 성격에 맞으니 더 좋기도 하고. 그럼 부서진 무기와 적당한 마석을 좀 맡아두지."

"그러세요."

그 후 나와 알리버즈 씨는 거래한 무기와 마석을 기록하고 수수 일정 등을 정했다. 가능한 한 빨리 튼튼한 무기를 받았으면 좋겠다고 부탁하니, 알리버즈 씨는 잠시 생각에 잠겼다가, 그 요구에 대응할 수 있는 방안을 제시해준다.

"작업 속도를 높이자면 인원을 늘리는 게 제일 이상적인 방법이지. 그렇게 하면 질도 떨어지지 않으니까. 도시에 있는 대장장이 중에 아는 녀석을 끌어들이면, 작업 속도가 빨라지긴 할 거야. 하지만 그렇게 하면 값도 꽤 올라갈 텐데?"

"아뇨, 무기를 몇 자루씩 망가뜨리는 것보다는 오히려 그게 더 싸게 먹혀요. 최대한 빨리 작업해주세요."

"알았어. 그럼, 대금은 이 정도쯤 되겠군……. 남은 마석은 내가 환금소에서 돈으로 바꿔두지. 마스터는 바쁠 테니까."

"고마워요."

"그럼, 최대한 빨리 마스터와 스노우의 무기를 준비해주지. 자, 계약서 여기 있어. 시세와 상세사항은 저기 있는 스노우한테 물어봐. 저래 봬도 이 방면에 대한 지식은 해박하니까. 부당한 가격이다 싶으면 사양 말고 와서 따지라고."

"스노우가요……? 알았어요."

방 한쪽에서 드러누워 있는 스노우에게로 눈길을 돌린다. 그런 건 서브마스터인 팰린크론이나 레일 씨한테 물어볼 생각이었는데, 보아하니 스노우한테 물어봐도 될 것 같다.

"그리고, 이제부터가 제일 중요한 이야기인데……."

"중요한 이야기기라고요……?"

"그래. 무기 제작에서 제일 중요한 게 아직 안 정해졌어."

대강 이야기가 마무리됐다고 생각했는데, 대장장이라는 프로의 눈으로 보기에 가장 중요하게 여겨지는 것이 아직 정해지지 않았다는 것이었다.

"제일 중요한 것……? 그게 대체 뭐죠……?"

"그건 바로 디자인이야!"

"으, 으음……. 디자인이라고요?"

"그래. 생김새가, 장식이 그 무엇보다 더 중요하단 말이다! 완성도보다는 아름다움! 검이 아름다우면 마스터의 화려한 칼놀림도 더 돋보일 거 아냐?!"

이 사람, 글러먹었어…….

진지한 사람인 줄 알았는데『에픽 시커』전속 대장장이는 역시 뭔가 달라도 달랐다. 사고회로가 정상인과는 다르다.

"목숨을 맡기는 무기잖아요. 생김새보다도 완성도를 중시해서 만들어주세요."

"목숨을 맡기는 무기니까 더더욱 그렇지! 목숨이 흩어지는 순간! 선혈이 난무하는 가운데! 들고 있는 검이 멋이 없으면 죽어도 눈을 못 감을 거 아냐?! 영웅의 죽음은 아름다워야만 하니까!"

"아뇨, 죽지 않기 위해서 무기를 쓰는 거잖아요. 죽을 때의 모습 같은 건 관심 없어요…….."

"그러면 안 된다고, 마스터! 살아 있을 때 이루는 일도 중요하지만, 죽는 방법은 훨씬 더 중요하다고!"

"살아 있을 때가 더 중요해요. 생김새는 어찌 되든 알 바 아니니까, 소박하고 튼튼한 걸 만들어주세요."

"말도 안 돼! 멋진 검사의 손에 멋진 검을 들려주는 게 내 삶의 보람인데!"

"마스터로서 내리는 명령이에요. 강도를 중시해서 만들어주세요."

"하핫, 안됐지만,『에픽 시커』에서는 그런 건 안 통해. 우리 길드에서 명령 위반 같은 건 일상다반사니까! 특히 로망이 얽힌 부분이라면, 더더욱 그렇고!"

성격에 안 맞게 명령까지 해봤지만, 알리버즈 씨는 귓등으로도 듣지 않는다.

"그럼, 이 이야기는 없었던 걸로……."

"그건 그것대로 곤란해! 기껏 마스터의 검을 맡을 기회가 생겼는데!"

"그럼 진지하게 작업해주세요. 제 입장에서도 가까운 공방을 두고 먼 공방까지 가는 건 귀찮으니까요."

"큭, 할 수 없지……. 일단 튼튼한 걸 만들고 나서, 나중에 장식을 다는 식으로 하는 건 어떨까……?"

"다소 무거워지는 정도라면, 저도 그 정도 선에서 타협할게요. 하지만 그 장식에 든 대금은 안 낼 거예요."

"하는 수 없지……. 그건 내가 사비를 터는 수밖에……."

"사비를 털다니……. 그냥 포기한다는 선택지는 없는 거예요……?"

"없어."

"없다니……."

알리버즈 씨는 가공대 위에 두꺼운 종이를 깔고, 깃털 펜으로 완성 예상도를 그리기 시작한다.

"일단, 요망이 있으면 지금 이야기해둬. 내 생각은, 흰색을 바탕으로 한 심플한 직검(直劍)으로 할까 하는데 말이야. 그렇게 하면 튼튼하게 만들 수 있어. 거기에 은세공을 더하고 녹색 보석을 녹여서 글씨를 새기는 거지. ──어때?"

알리버즈 씨가 그린 그림을 보고 그 멋들어진 형태에 눈

101

길을 빼앗겨버렸다.

"외견에 집착하는 게 괜히 그런 게 아니었군요……. 하지만 제 취향으로 따지자면, 글씨 색깔은 녹색보다는 진청색이 더 좋아요. 더 시원시원한 느낌이 드니까요."

"마스터는 청렴한 디자인을 좋아하는군. 알았어. 고려해보자."

"그리고 통일성과 유려함도 고려해주세요. 언밸런스한 검은 다루기가 까다로우니까, 좌우 대칭으로 만들어주세요."

"으──음, 나는 비대칭 쪽이 취향이지만……. 어쩔 수 없지. 그건 장식으로 보완하는 수밖에."

완성될 검을 상상하며 나와 알리버즈 씨는 서로의 취향을 주고받았다.

아무래도 알리버즈 씨의 분위기에 이끌려서 나까지 흥분한 것 같았다. 내 성격의 근원적인 부분에 있는 내 게임광적 성격이 겉으로 드러난 것을 자각할 수 있었다.

나와 알리버즈 씨는 오랫동안 무기에 대해 토론을 벌였고, 정신을 차리고 보니 어느새 해가 저물어가고 있었다.

하고 싶은 말을 모두 쏟아낸 우리는 상쾌한 미소를 지으며 작별인사를 나눴다.

"그럼 또 보자고, 마스터. 오랜만에 대업을 맡았으니, 한 번 열심히 해봐야지."

"네, 잘 부탁드릴게요. ──스노우, 이야기 끝났어. 가자."

옆에서 자고 있던 스노우의 목덜미를 붙잡는다. 관심 없는 이야기가 길어지는 바람에 완전히 숙면을 취하고 있었다. 그 광경을 보며 살짝 웃는 알리버즈 씨에게 쓴웃음으로 답하며 스노우를 질질 끌고 공방 밖으로 나선다.

이렇게 해두면 내일부터 시작될 20층 이후의 미궁 탐색 공략도 한결 편해질 것이다. 솔직히 오늘 탐색은 장난이나 다름없었다. 진짜 싸움은 20층 이후부터 시작된다고 해도 과언이 아니었다.

공방을 나선 나와 스노우는 거리로 나섰다.

본격적인 미궁 탐색 준비를 위해서 장을 보고, 교회에도 들렀다.

내 레벨은 15가 되었고 늘 그랬듯 보너스 포인트를 마력에 배분했다. 〈디멘션〉 사용기회가 늘어난 이상, 정밀도 향상을 위해서라도 다른 선택지는 생각할 수 없었다.

이렇게 나는 새로이 손에 넣게 될 검을 상상하면서, 마리아가 기다리는 방으로 돌아가서 두 번째 날을 마쳤다.

3. 재회

스노우가 내 일터인 집무실로 들어왔다.

그 손에는 서류가 들려 있었고 스노우는 그걸 내게 건네면서 이야기한다.

"……카나미. 오늘은『에픽 시커』에서 경비활동을 하는 날이래."

"응? 경비?"

"이제 슬슬 '무투대회'가 시작될 시기야. 그 바람에 바보들이 국내로 입국할 거야. 그러면 아마 치안도 악화되겠지. 기왕 시간도 좀 빈 김에 일손 좀 빌려달래."

"그렇군. 만만한 일감이 들어왔다는 거지? 기간은?"

"각 길드가 순차적으로 경비를 맡게 된대. 우리 담당은 오늘 오후부터 밤까지."

"얼마 안 되네……. 어찌 됐건, 빨리 멤버들을 불러야겠지. 스노우, 부탁할게."

"……응."

스노우는 마석을 들고 중얼중얼 뇌까리면서 멤버들에게 연락을 취했다.

"그거 진짜 편리한데."

"……일단, 점심때까지 집합하라고 전달했어."

"그 정도면 됐어. 올 때까지 담당구역을 대충 정해두자."

"······잘 해봐, 카나미."

"그래, 그래."

스노우는 자연스럽게 창가의 의자에 앉더니 햇볕을 쬐기 시작했다. 도와주려는 의사는 티끌만큼도 보이지 않았다. 그녀가 이런 자잘한 작업을 싫어한다는 건 잘 알고 있었기에, 나는 굳이 지적하지 않고 업무를 진행했다. 솔직히 말하자면 어설픈 도움을 받기보다는 차라리 혼자 하는 게 빠르다는 이유도 있다. 그 정도로 내 사고 속도는 일반인의 영역을 아득히 초월한 상태였다.

"······오늘도 날씨 좋네."

스노우는 하늘을 올려다본다.

아주 기분이 좋아 보이는 게 아무 일도 할 필요 없는 이 시간을 음미하고 있는 것 같았다.

그 모습을 바라보면서 나는 손을 멈추지 않고 멤버들의 담당 지구를 정해나갔다.

어느정도 시간이 흐르자, 연락을 들은 멤버들이 잇달아 집무실에 나타났다. 전원이 다 모인 건 아니었지만, 그럭저럭 많은 인원이 갖춰졌다.

나는 곧바로 정중하게 사정을 설명하고 오후부터는 각자 맡은 구역으로 이동해줄 것을 부탁했다.

이렇게 해서 오늘도 길드 활동이 시작되었다.

◆ ◆ ◆ ◆ ◆

첫날에 했던 것처럼 집무실에서 도시 전체에 〈디멘션〉을 전개했다.

다만 첫날과 다른 것은, 업무의 양이다.

책상 위에는 한 장의 서류도 없었다. 멤버들도 이렇다 할 목적 없이 경비활동을 하고 있기 때문에 딱히 지시를 할 필요도 없어서 따분하기 짝이 없었다.

스노우는 콧노래를 흥얼거리면서 노닥거리고 있다. 그녀에게 있어서는 이것이 가장 이상적인 상황이리라. 더없이 기분이 좋아 보였다.

"한가하네, 스노우……."

"……한가하다는 건 참 근사해. 그리고 미궁은 싫어."

미궁에 가자는 이야기를 꺼낼 생각이었는데, 스노우가 먼저 못을 박아버렸다.

"아니, 미궁은 관둘게. 그보다 시간도 좀 죽일 겸 네 이야기를 좀 들어볼 수 있을까? 이야기하기 싫은 건 대답 안 해도 되니까."

"……응. 상관없어. 이야기하는 건 안 귀찮으니까."

거절할 줄 알았는데 의외로 받아들여주었다.

이 한가한 시간을 활용해서 스노우와 원활한 협력관계를 구축할 생각이었다.

우선 먼저, 계속 궁금하게 여겨 왔던 점을 물어보았다.

"스노우한테는 굉장한 오빠가 있잖아? 그 사람에 대해서 좀 가르쳐주면 안 될까?"

스노우 워커의 오빠는 바로 인류 최강의 미궁 탐색가인 글렌 워커다.

스노우의 친족이라는 점을 제외하더라도, 그 칭호만으로도 충분히 관심이 이끌리는 인물이다.

"……안 굉장해. 꽤……아니, 상당히 글러먹은 녀석이니까. 애초에 그렇게 친하지도 않아서 잘 몰라……."

그러나 여동생의 평가는 신랄했다.

"인류 최강이라고 불리는 오빠를 두고 '글러먹은 녀석'이라고 부르는 것만 봐도 꽤 정다워 보이는데?"

"으──음, 글쎄. 이야기 정도는 하지만, 그렇다고 친한 건 아냐. 이야기하는 것도, 오빠의 글러먹은 점을 지적하는 게 다야."

"같은 오빠로서 좀 불쌍하게 느껴지는데…… 글렌 워커 씨……."

"피로 이어진 것도 아니고, 역시 별로 친하지는 않은 것 같아."

"호오, 피는 안 이어져 있구나."

"나나 오빠나 둘 다 양자야. 워커 가문은 우수한 피를 섞는 풍습이 있으니까."

"그랬었군. 으음, 워커 가문은 라우라비아의 대귀족이라고 그랬었지?"

"응. 귀찮은 집안. 팰린크론과 오빠 덕분에 압박이 좀 줄어들기는 했지만, 기본적으로 잔소리가 심해."

"잔소리가 심하다니, 무슨 말을 듣는 거지?"

"오빠처럼 워커 가문의 이름을 온 세상에 떨치라는 이야기. 그러려고 양자로 들인 거라고 대놓고 이야기하고 있어."

"욕심이 좀 많은 집안인가 보네……."

"요즘은 결혼하라고 들볶아대고 있어. 나도 모르는 사이에, 잘 알지도 못하는 녀석과 혼약이 맺어져 있었어."

"정략결혼이라는 거군. 실제 당사자를 보는 건 처음인데."

"『에픽 시커』의 서브마스터로 이름이 좀 알려지면 그냥 좀 봐주려나. 아니, 봐줄 리가 없겠지……."

중얼중얼 뇌까리는 스노우의 얼굴이 점점 더 어두워져 간다.

"뭐야. 결혼은 싫어? 스노우의 성격상, 부자랑 결혼하면 편하게 먹고 살 수 있을 거라는 식으로 생각할 줄 알았는데."

"돈이 필요하긴 해……. 그렇지만 대귀족과 결혼한다고 해서 편해지는 건 아냐. 너무 귀찮아."

"싫으면 딱 잘라서 거부하는 게 좋을 것 같은데. 말 안 했다가는 후회하게 되지 않을까?"

"……거부하면 귀찮은 일이 생겨. 어느 쪽이건 귀찮아. ……그러니까 아무것도 안 할 거야. 어차피 어떻게 할 수 있는 일도 아니니까."

"할 수 없다니, 무슨……."

"……애써 봤자, 어차피 헛수고."

스노우가 살아온 삶이 얼마나 일그러진 것이었는지를 실감한 순간이었다.

결혼마저도, 아니……인생 자체를 포기한 것처럼 보였다.

뭐가 어찌 되든 알 바 아니다. 그렇게 생각하고 있기에, 이렇게 세상에 대한 반응이 희박하고, 애매하고, 게으름을 피운다.

가슴이 아팠다.

그렇게 체념하도록 내버려둬선 안 된다고, 마음속에 있는 무언가가 소리쳤다.

"──있잖아, 넌 왜 그렇게 무기력한 거야? 과거에 무슨 일이라도 있었던 거야?"

"……제법 핵심을 찌르는구나, 카나미."

스노우는 놀란 표정을 보인 후, 훗 하고 웃는다.

"미안. 주제 넘는 질문이라는 건 나도 잘 알아. 하지만 파트너인 스노우에 대해서는 최대한 빨리 알아 두는 게 좋을 것 같아서. 그렇게 안 하면 엄청나게 후회할 것 같은 느낌이 들거든."

정체를 알 수 없는 강박관념이 내 입을 움직이고 있었다.

"……뭐, 별로 상관없어. 카나미라면."

"그러고 보니, 어린 시절부터『에픽 시커』에서 서브마스터를 맡고 있었다고 그랬지? 그 시절에 무슨 일이라도 있었어?"

"옛날의 나는 그나마 귀여운 구석이 남아 있는 여자아이였어. 길드 일도 의욕이 넘쳤고 하루하루가 즐거웠어. 그 시절에는 꿈이 있었으니까."

"호오, 의욕 넘치는 스노우라……. 상상이 잘 안 되는데."

"그 시절에는 딱 한 번밖에 실패한 적이 없었으니까, 희망이 있었지. 그렇지만 **여러 번 실패**를 되풀이하다 보니, 열심히 애쓸 의욕도 사라졌어. 그래서 **이렇게** 된 거야. 정말 그게 다야."

"여러 번 실패했구나……."

스노우가 '실패'라고 말했을 때, 그녀의 얼굴은 일그러져 있었다.

진심을 드러내지 않는 스노우가 처음으로 드러낸 진심 어린 표정이었다.

어째선지 조금이나마 그 기분을 이해할 수 있을 것 같은 기분이었다.

"그래. 그래서 이제 의욕이 안 생겨. 애쓰면 애쓸수록 못 볼 꼴을 봐. 진심으로 노력했다가 실패하면, 진심으로 괴로워져. 그런 건, 이제 싫어."

그리고 메마른 웃음을 머금으면서, 다시는 진심으로 노력하지 않겠다고 말했다.

나는 그 말을 부정해야 한다는 걸 머리로는 이해했지만, 감정이 그것을 용납하지 않았다. 스노우가 하는 말은 충분히 이해가 가는 이야기였기 때문이다.

무엇보다 솔직하게 이야기해준 스노우에게 비난의 말로 대답하는 건 내키지가 않았다.

"좀 뜻밖인데. 물어보면 제대로 가르쳐주는구나, 스노우는."

"으──음, 동족의식 때문일 거야. 카나미도 큰 실패를 한 걸 알고 있으니까."

"내가 큰 실패……? 그게 무슨, ──어?!"

한층 더 깊은 이야기로 이끌어가려 했을 때 〈디멘션〉 안에서 이상이 발생했다.

"……왜 그래, 카나미?"

내 〈디멘션〉 범위의 경계선 부분에서 『에픽 시커』 멤버와 말다툼을 벌이려 하고 있는 자를 발견한 것이다.

『에픽 시커』 멤버에게 다가들어서 요란하게 떠들어대는 소녀가 두 명 있었다.

"우리 멤버에게 시비를 거는 녀석이 있는데……."

"……어, 시민이 아니라, 길드 멤버한테?"

마법을 〈디멘션 · 멀티플〉로 강화해서 그 상황을 더 상세하게 파악했다.

그 두 소녀는 뭔가 이상했다.

그 어떤 말보다도 '이상하다'라는 표현이 먼저 떠오를 정도로 보통과는 달랐다.

두 소녀는 금가루를 뿌린 듯 아름다운 머리칼을 찰랑이고 있었다.

한 명은 긴 머리를 땋아서 등 뒤로 늘어뜨리고 있었다. 자세히 보니 그녀의 머리칼에는 금색뿐만이 아니라, 은색 같은 기운도 섞여 있었다. 반짝이는 금과 은이 뒤얽혀 있는 신비로운 광택의 머리칼이다. 또한, 그 몸도 범상치 않았다. 너무 가지런해서 인간미가 안 느껴지는 이목구비에 이 세상 것이라고는 믿기 힘들 만큼 아름다운 황금색 눈동자 그리고 조금의 군더더기도 없이 완성된 몸매. 여성적 아름다움의 궁극을 초월한 괴물과도 같은 미의 화신이 거기에 있었다.

"뭐, 뭔가 무서우리만치 아름다운 여자애가 있어……."

"무, 무시무시할 정도로 아름다운 여자애?"

또 한 명의 소녀도 범상치 않다.

이쪽 소녀는 약간 키가 작고, 황금색 머리칼은 짤막하고 가지런하게 잘려 있다. 뒷머리를 꼬리처럼 묶고 있었으며, 어떻게 보면 미소년처럼 보이기도 하는 아이였다. 물론, 이쪽도 또 한 명의 소녀와 마찬가지로 무시무시하리만치 아름답다. 여성으로서의 아름다움만 따지자면 다른 소녀보다 뒤쳐지지만, 중성적인 매력을 풍기고 있다. 어쩌면 두 사람은 자매일지도 모른다는 생각이 들었다.

"그래, 아름답지만 무서워……. 그런 여자애들이 두 명……."

"……그거 혹시, 어쩌면——."

나는 스노우의 말이 끝나기도 전에 목청을 높여 소리쳤다.

"뭐야, 저 녀석들?! 비정상적이어도 너무 비정상적이잖아!!"

그렇게 소리칠 수밖에 없었을 만큼 두 소녀의 스테이터스는 비정상적이었다.

[스테이터스]

이름 : 라스티아라 후즈야즈 HP 708/709 MP 325/325 클래스 : 없음

레벨 : 16

근력 11.73 체력 11.12 기량 7.14 속도 8.40 지능 12.98 마력 9.13 소질 4.00

상태 : 없음

선천 스킬 : 무기전투 2.14 검술 2.03 의신(擬神)의 눈 1.00
　　　　　　마법전투 2.27 혈술(血術) 5.00 신성마법 1.03

후천 스킬 : 독서 0.52 소체(素體) 1.00

[스테이터스]

이름 : 디아블로 시스 HP 179/182 MP 821/831 클래스 : 검사

레벨 : 11

근력 6.32 체력 5.39 기량 3.02 속도 3.18 지능 9.99 마력 45.12 소질 5.00

상태 : 가호 1.00

선천 스킬 : 신성마법 3.80 신의 가호 3.08 단죄 2.00
　　　　　　집중수축 2.05 속성마법 2.10 과보호 2.12
　　　　　　연명 2.24　　　 조준 2.03

후천 스킬 : 검술 0.10

??? : ???

규격을 초월한 소질과 스킬, 그리고 보통 사람들과는 차원이 다른 수치.

이 라스티아라와 디아블로라는 두 소녀가 길드 멤버를 닦달하고 있는 모습에 공포가 느껴진다. 만에 하나 그녀들이 마음먹고 덤벼들기라도 하면, 그 길드 멤버는 속수무책으로 목숨을 잃을 게 분명하다.

그 모습으로 미루어보아, 지금 당장이라도 싸움이 벌어질 가능성이 높았다.

"스노우, 지금 당장 출동해야 돼! 우리 없이는 상대가 안 될 정도로 강해!!"

"……꼬, 꼭 가야 하는, 거지?"

보통 일이 아니라는 걸 알아챈 스노우는 꾸물거리지 않고 일어섰다.

스노우가 따라오는 걸 확인하고 나는 창밖으로 뛰쳐나갔다.

라우라비아 시내의 지붕 위를 내달리면서 뒤따라오는 스노우에게 지시를 내렸다. 인근에 있는 다른 멤버들에게 마석으로 연락해서 소집하도록 했다.

전투에 참가시킬 생각은 없지만 주위를 포위해주기만 해도 위압감을 줄 수 있는 건 분명하다. 지금 궁지에 내몰려 있는 멤버를 위해서라도 나는 두뇌를 극한까지 회전시켜서 지시를 내렸다.

내가 도착할 때까지 싸움이 벌어지지 않기를 기도하면서

나는 전력질주로 내달린다.

그리고 현지에 도착했을 때 『에픽 시커』멤버와 두 소녀는 소란을 피하기 위해서 인기척이 드문 뒷골목으로 이동해있었다.

그 어둠침침한 곳에서 키 작은 소녀가 멤버를 닦달하며 소리치고 있었다.

"──잔말 말고, 우리를 팰린크론이 있는 곳으로 안내하기나 해!"

허겁지겁 뒷골목으로 들어가서, 두 사람의 이목을 끌 수 있도록 목청껏 소리친다.

"잠깐, 할 말이 있으면 내가 듣겠다! 나는 『에픽 시커』의 길드마스터, 아이카와 카나미다!!"

계획대로 소녀들은 이쪽으로 이목을 돌렸다.

그리고는 눈이 휘둥그레져서 눈앞에 펼쳐진 광경을 도무지 믿지 못하겠다는 듯 나를 쳐다봤다.

"어, 어라, 어? 지크……?"

땋은 머리의 소녀는 넋 나간 얼굴로 이쪽을 돌아본다.

"팰린크론은 내 부하야! 용건이 있으면 내가 전해줄게! 그러니까, 우리 멤버한테서 떨어져!!"

두 번째 충고에 반응한 안쪽에 있던 중성적 소녀가 이름을 댔다.

"지크야?! 나야, 디아야!!"

『디아』──아마도, 디아블로의 애칭이겠지.

그나저나 이상하다. 아까부터 소녀들은 나를 부를 때 '지크'라는 이름을 쓰고 있었다. 나는 분명히 아이카와 카나미라고 이름을 댔는데도 불구하고 예전에 스노우가 썼던 것과 같은 이름을 거듭 사용한 것이다.

"알았어. 네 이름은 디아라는 말이지? 어찌 됐건, 우리 멤버를 풀어줘."

마음에 걸리는 점은 많지만, 우선 멤버의 안전을 확보하는 게 먼저다. 길드 멤버에서 떨어질 것을 촉구한다. 땋은 머리 소녀는 뭔가 생각에 잠긴 채, 지시대로 멤버에게서 거리를 벌린다. 다만, 디아라고 자처한 아이는 그런 건 안중에도 없이 이쪽으로 다가오면서 외친다.

"지크! 무슨 소릴 하는 거야?! 긴 말 할 것 없이, 우리랑 같이 돌아가자!"

"도, 돌아가……?"

디아블로 시스가 하는 말을 이해할 수가 없었다. 애초에 내 이름부터 잘못 알고 있는 자가 하는 말이니, 그럴 수밖에 없었다.

"지금까지 뭘 하고 있었던 거야?! 무사했다면, 왜 글리어드로 안 온 거야?!"

"잠깐, 디아라고 그랬던가……? 더 이상 다가오지 마……!"

디아블로 시스의 심상치 않은 기운을 느끼고, '소지품' 속에서 검을 꺼내어움켜쥔다. 그 모습을 본 그녀의 몸이 굳어졌다.

처음에는 흉기를 보고 겁을 먹은 거라고 생각했었는데 보아하니 그건 아닌 것 같았다.

내 검을 가리키며 무언가 중얼거렸다.

"어, 어라, 지크……. 내 검은……?"

"네 검……? 잠깐, 네가 지금 무슨 소리를 하는 건지, 정말로 하나도 이해가 안 가. 애초에 내 이름은 지크가 아냐. 사람 잘못 본 거 아냐……?"

사람을 잘못 본 거라 판단하고 그 점을 지적했다.

"사람을 잘못 봤다고? 내가 지크를 못 알아볼 리가 없잖아. 무슨 이야긴지 이해가 안 가는 건 오히려 나야. 부, 부탁이야, 지크. 농담은 제발 그만 해. 농담이라고 하기에는 너무 심하잖아……. 지크가 없으면, '나'는, 나는……!!"

하지만 그 지적을 들은 디아블로 시스는 굳어진 미소를 지으며, 여유를 잃은 얼굴로 한 발짝씩 다가왔다.

그녀에게서 풍기는 심상치 않은 분위기에 전율하면서 곧바로 소리쳐서 제지한다.

"그, 그러니까, 더 이상, 다가오지 말랬잖아!"

능력도, 하는 말도 위험하기 짝이 없다.

서서히 빛을 잃어가고 있는 눈동자에 나는 오한을 느꼈다.

디아블로 시스는 공허한눈으로 애원하듯이 내게 잇따라 질문을 던졌다.

"하, 하하……. 지크, 왜 모르는 척 하는 거야? 아니, 왜 그런 검을 들고 있는 거야? 내 검은? 지크, 대체 왜? 왜 그런 거야? 버린 거야?"

얼굴은 웃고 있지만, 눈에서는 비장감이 넘치고 있었다. 받아들이기 힘든 진실에 직면해서 혼란에 빠져 있는 것처럼 보였다.

"미안하지만, 모르는 이야기야. 난 아무것도 모르겠어. 애초에 너 같은 애는 만난 적도 없어."

"어, 뭐……?"

나는 길드 멤버가 안전한 곳으로 몸을 피한 걸 확인하고 나서 솔직하게 대답했다.

그리고 그 말을 들은 디아블로 시스의 표정은 더할 나위 없이 일그러졌다.

"나는 '지크'라는 사람이 아니라 '아이카와 카나미'야. 먼저 그 점부터 염두에 두고 이야기해줬으면 좋겠어……. 안 그러면, 네가 무슨 말을 하는 건지, 나로서는 전혀 알아들을 수가 없으니까……."

폭약과도 같은 존재인 소녀가 충격을 받은 모습을 보이자, 나는 식은땀을 흘리며 사태가 과격하게 흘러가지 않도록 부드럽게, 찬찬히 말을 건넨다.

하지만 그 말을 들은 디아블로 시스는 넋이 나가버린 것처럼 털썩 주저앉았다.

"우, 우우, 어? 또, **또야**……? 나는, 아아, 또 버려지는 거야……?"

"좀 진정해. 이야기를 아예 안 듣겠다는 게 아냐. 그쪽 사정을 찬찬히 이야기해주면——."

"우으, 흐윽——! 흐윽, 우우, 으아, 아아아아아아아아아아아아앙——!!"

그리고 몇 번인가 훌쩍거리는가 싶더니, 눈물을 흘리며 몸을 웅크렸다.

"어, 어어?! 왜 우는 건데?! 우, 울지 마. 걱정 마, 해칠 생각은 없어. 검도 집어넣을게. 자, 됐지?"

갑자기 울음을 터뜨리는 디아블로 시스의 모습에 나는 곤혹스러워졌다.

스테이터스로 미루어보아 정신적으로도 여유를 가진 강자일 거라고 생각했었는데, 완전히 반대였다. 한껏 긴장해서 집무실을 뛰쳐나왔던 나 자신이 우습게 느껴질 만큼 마음이 약했다.

"아——아. 왜 애를 울리고 그래——? 그럼 못쓰지——."

옆에서 상황을 보고 있던 땋은 머리 소녀, 라스티아라 후즈야즈는 동료가 우는 걸 보고 앞으로 나선다. 그리고 디아블로 시스의 머리를 쓰다듬어주며, 익살스런 말투로 나를 나무란다.

"이거, 내가 울린 거야?! 도대체 뭐가 뭔지 모르겠어! 너희들은 대체 뭐야?!"

"우리가 뭐냐고? 글쎄……."

라스티아라 후즈야즈는 디아블로 시스와는 달리 냉정

했다.

내 추궁을 듣자 시간을 들여서, 표현을 골라서 천천히 대답했다.

"──그래, 동료겠지."

거침없이 '동료'라고 대답하는 라스티아라 후즈야즈의 모습은 아름다웠다.

그 비인간적인 미모 때문에 그런 거라고도 생각했지만, 그건 아니었다. 그 아름다움은 시각적인 게 아니다. 목소리에 깃든 힘, 주저 없는 태도──그리고 그 무게감이, 대답하는 그녀의 모습을 아름답게 만든 것이었다.

거기에는, 오랜 세월에 걸쳐서 찾아낸 인생의 해답과도 같은 장엄함이 있었다.

그 고귀하면서도 아름다운 모습에 저도 모르게 뺨을 붉히면서 그녀의 말을 되뇌었다.

"도, 동료⋯⋯?"

영문을 알 수 없는 대답이었다. 처음 만난 나와 그녀들이 동료일 리가 없는 것이다.

분명히 그렇건만⋯⋯.

라스티아라 후즈야즈는 이쪽을 똑바로 응시하며 꾸밈없는 태도로 '동료'라고 말했다.

그것은 옛날이야기 속 한 장면보다도 더 환상적이고 미술관에 걸려 있는 그림보다도 더 숭고하게 느껴졌다. 검은색도 흰색이라고 속여 넘길 수 있을 것 같은 신비로운 힘이 느꺼졌다.

심장의 고동이 빨라지는 것을 느낀다.

뺨이 뜨겁게 달아오른다.

정체불명의 감정이 내 몸을 달아오르게 만들었다.

"응. 이제 사정이 어떻게 된 건지 대충 알겠어. 내 눈에는 **보이니까**. 그러니까, 이번에는 지크가 아닌 카나미에게 물어볼게. 있잖아, 마리아는 어떻게 됐지?"

하지만 그 열기는 단숨에 식어버렸다.

"──?! 어, 어째서 여기서 마리아의 이름이 나오는 거야?!"

"아까도 몇 번을 말했지만, 소중한 동료니까."

나는 갑자기 동생 마리아의 이름이 튀어나온 것에 놀람과 동시에 공포를 느꼈다.

마리아의 이름을 아는 자는 얼마 되지 않는다. 이방인이라서 이쪽 세계에서 보낸 시간이 짧았다는 이유도 있지만, 기본적으로 외부에 나서는 활동은 내가 맡기로 정했기 때문이다.

그런데 이 소녀는 무대 뒤에 숨겨 두고 있던 마리아를 알고 있었다.

"동료? 왜 내 동생과 너희들이 동료라는 거야?!"

"도, 동생이? 으──음, 지크는 꽤 성가신 정신조작을 당한 모양인 걸……"

내 목숨보다 소중한 동생에게 위험이 미칠지도 모른다는

걸 알고 나니, 저도 모르게 말투가 거칠어졌다.

그런 내 반응에 라스티아라 후즈야즈는 '정신조작', '지크'라는 말을 써서 대답했다. 조금 전에 비슷한 말을 들었던 적이 있었다.

그 본인이 뒤쪽의 그늘에 숨어 있다는 것도 알고 있다.

"그러니까, '지크'가 누구냐 말야! 스노우!! '지크'라는 게 대체 뭐냐고?!"

"……나, 나한테 말머리 돌리지 말아줘."

스노우는 곤혹스러워하며 그늘에서 나온다.

내 눈앞에 있던 라스티아라 후즈야즈는 그 얼굴을 보고 어리둥절한 듯 말을 건다.

"스노우? 스노우 워커? 왜 네가 여기 있는 거야?"

"아, 아뇨, 당신과 적대하려는 건 아니에요. ──자, 카, 카나미, 복창해봐. 내가 기억하라고 했던 거!"

스노우는 그녀답지 않게 또박또박한 말투로 말했다.

보아하니, 이 어마어마한 힘을 가진 소녀 때문에 겁을 집어먹은 모양이다.

"보, 복창?"

"카나미가 길드에 들어온 날 밤!"

그리고 스노우는 그날의 기억을 되새겨주려 했다.

라스티아라 후즈야즈가 그랬던 것처럼 나를 '지크'라는 이름으로 불렀던 날에 있었던 일이다.

"저기, 내가 팰린크론에게 조종당하고 있다는 이야기 말이야……?"

"잘 들었죠? 저는 분명히 제대로 가르쳐줬어요. 저는 아무 잘못 없어요. 오히려 최선을 다했어요."

스노우는 속사포처럼 말했고, 라스티아라 후즈야즈는 손을 입가에 대고 생각에 잠긴다.

"으──음……."

이쯤 되면 의심의 여지가 없다. 둘은 서로 아는 사이다. 그리고 이 둘은 내가 모르는 이야기를 공유하고 있다.

"아니, 유죄야. 보나마나 지크를 이용해서 대충 인생을 땡땡이치고 있겠지."

"에, 에에……."

라스티아라 후즈야즈는 씁쓸한 표정으로 한 발짝 앞으로 나섰고, 스노우는 한 발짝 뒷걸음질쳤다.

"아니, 나를 방치하지 마! 멈춰, 스노우에게 손대지 마!"

스노우가 겁에 질려 있는 걸 느끼고 나는 두 사람 사이로 끼어들어서 검을 겨눈다.

"흐──응. 헤──에. 스노우를 지키려고 나한테 검을 겨누는 거야? 그런 거구나──, 멋지기도 해라──. 지크는 지켜줄 여자를 틈만 나면 바꿔대는 걸 좋아하는구나──. 이야, 굉장한데──, 완전히 영웅이 따로 없는데──."

스노우 앞으로 나서서 그녀를 보호한 순간 라스티아라 후즈야즈가 내뿜는 마력이 증가한 것 같은 느낌이 들었다.

얼굴은 여전히 웃고 있지만 이마에 파란 혈관이 도드라져

보이는 것 같았다.

　나도 밀리지 않기 위해 마력을 끌어올려서 라스티아라 후즈야즈에게 대항했다.

　"몇 번을 말했지만, 나는 아이카와 카나미라니까! 카, 나, 미! 나는 『에픽 시커』의 길드마스터 카나미란 말이야! 길드 멤버에게 손을 대는 녀석은 절대 용서 못해!!"

　〈디멘션〉을 전투용인 〈디멘션 · 글래디에이트〉로 전환시켜서 주위 상황을 포착했다. 만에 하나 이 소녀가 스노우에게 접근하면 인정사정 봐주지 않고 포박하기로 마음먹었다.

　그리고 그 뒤쪽에는 내 지시를 받은 다른 길드 멤버들이 모여들기 시작한 상태였다.

　그 모습을 시야에 포착한 라스티아라 후즈야즈는 몸에 깃들어 있던 강대한 마력을 잠재우고 한숨을 내쉬었다.

　"하아. 아무리 그래도, 이렇게 훼방꾼이 많으면 불리하겠지. 지크의 스테이터스 성장 폭이 이렇게까지 클 줄은 미처 생각 못 했어. 다른 곳에까지 신경을 써 가면서 지크의 마법을 해석하기는 힘들기도 하고, 만에 하나 디아가 너무 흥분해서 진짜 힘을 발휘하기라도 하면 도시가 초토화될 테니까. 으──음, 이걸 어쩐다…….."

　『에픽 시커』 길드 멤버들의 레벨은 결코 낮지 않았고 게다가 그 대부분이 험악한 일에 특화된 강자들이었다. 하지만 그런 강자들의 적에게 포위된 상태이건만 라스티아라 후즈야즈는 여전히 태연한 얼굴로 생각에 잠겨 있었다.

그 여유가 괜히 더 무서웠다.

꼼꼼하게 그 동향을 감시하고 있으려니, 주저앉아 있던 소녀가 일어섰다.

그리고 흘러내리는 눈물을 옷소매로 훔치면서 라스티아라 후즈야즈에게 다가간다.

"우, 우우, 훌쩍, 우우……. 이, 있잖아, 라스티아라……. 지크는 조종당하고 있는 것뿐이지? 방금 들은 말들은 다 거짓말이지? 그렇지? 그, 그렇다면, 그렇다면 말이야, 구해줘야 돼! 지크를 구해줘야 돼! 내가 구해주지 않으면, 또 하나의 내가 괴로워서 견딜 수가 없으니까! 아, 아아, 지크…… 무슨 수를 써서라도, 어떤 대가를 치르더라도, 구해──."

"에잇."

"아우!"

그런 디아블로 시스를 라스티아라 후즈야즈가 인정사정없이 손날로 후려쳐서 기절시켰다. 그리고 곧바로 공주님이라도 안듯이 디아블로 시스를 안아 들고 나를 향해 말했다.

"여기서 싸우면 팰린크론의 꿍꿍이대로 되는 것 같은 기분이 드니까…… 그러니까, 지금은 일단 물러날게……. 지금은 말이야……."

수줍은 듯 살짝 웃으면서 말을 이었다.

"지크 덕분에, 나는 내가 될 수 있었어……. 정말로 기뻤어……. 그러니까 이번에는 다른 누구도 아닌 바로 내가, 반드시 너를 구해줄게……."

더없이 부드러운 말투였다.

동시에 그 스테이터스에 어울리지 않게 연약한 목소리이기도 했다.

그 속내를 나는 전혀 짐작할 수 없었다.

그녀가 말하는 '지크'라는 이름도 모르는 나로서는 뭐라 대꾸할 말이 없었다.

대답 없는 나를 보고 라스티아라 후즈야즈는 히죽 얼굴을 일그러뜨리며 마지막으로 쏘아붙인다.

"뭐, 그건 그렇다 치고, 오늘 일은 꼭 기억해둬야 할걸. 이거 모든 일이 다 끝나면, 디아의 응석을 100번은 받아줘야 할 테니까. 그리고 나도 꽤 많이 화가 났고 말이야……. 그럼, 오늘은 이만 바이바이!"

라스티아라 후즈야즈는 말이 끝나기가 무섭게 도약한다.

사람 한 명을 안고 있는 상태에서 몇 미터 이상을 뛰어올라, 건물 벽을 박차고, 지붕 위로 올라갔다. 그대로 곧바로 지붕 위를 달려간다.

"윽, 너무 빨라——!"

쫓아가려다가, 주저하고 말았다.

아마 저 속도를 따라잡을 수 있는 건 나뿐이고, 스노우마저도 쫓아오기 버거울 게 분명했다.

쫓아가면 필연적으로 저 둘과 나 사이에 전투가 벌어질 것 같았다. 끝을 알 수 없는 재능을 가진 두 소녀를 상대로, 괜히 뱀이 있는 덤불을 들쑤실 필요는 없다고 생각했다.

그렇기에 〈디멘션·멀티플〉로 추적하는 선에서 그쳤다.

그 추적에 한계가 온 것은 두 소녀가 남동쪽 나라인 글리어드로 도망쳤을 때쯤이었다.

◆ ◆ ◆ ◆ ◆

그 후의 경비 활동은 순탄하게 끝났다.

이따금씩 무뢰한들이 나타나긴 했지만, 그들은 그래 봤자 길드 멤버들이 충분히 대처할 수 있는 수준이었다. 아까 그 소녀들 같이 반드시 우리가 나서야만 할 정도의 상대는 나타나지 않았다.

멤버들이 해산하는 모습을 집무실에서 지켜보면서, 아까 그 소녀들에 대해 생각했다.

소녀들은 누구이고, 그 목적은 무엇인가.

현재 그에 대한 정보를 갖고 있는 건 스노우와 팰린크론일 것이다.

우선 스노우에게 물어보긴 했지만, '첫날밤에 이야기한 게 전부야'라는 말로 대화를 끝맺어버렸다. 그 소녀들에 관해서는 '그냥 아는 사람들'이라는 식으로 대답할 뿐, 깊은 이야기까지는 해주지 않는다. 귀찮아서 그러는 건지도 모르지만, 정말로 자세한 것까지는 모르는 것처럼 보이기도 했다. 그래서 스노우에게 따지는 건 단념하고, 집무실에서 다음 후보인 팰린크론을 기다려보기로 했다.

스노우도 팰린크론에게 물어보라고 추천했다. 다만, 추천하자마자 그 자리에서 꾸벅꾸벅 졸기 시작한 게 영 마음에 안 들었다.

나는 한숨을 지으면서 생각을 계속했다.

아마도 그 소녀들은 언젠가 다시 만나게 될 것이다.

언젠가 나는 그 소녀들과 싸우게 된다. 그런 예감이 들었다.

그때를 예상하고 대비해야만 했다. 그러기 위해서는──

"고민이 많나 보군, 카나미."

내가 심란한 얼굴로 끙끙대고 있으려니, 팰린크론이 집무실로 들어왔다.

창가에서 쌔근쌔근 잠들어 있던 스노우는 갑작스런 방문객의 등장에 벌떡 일어났다. 그리고 무안해하며 일을 시작하는 시늉을 하기 시작했다.

"들어올 때는 노크라도 해, 팰린크론. 스노우가 깜짝 놀라잖아."

"카나미 입장에서는, 이 건물에 사람이 들어오는 것 자체가 노크나 마찬가지잖아?"

"그건 그렇지만 말야."

팰린크론은 내 능력을 그 누구보다 잘 알고 있다.

그렇다. 팰린크론은 많은 것들을 알고 있다…….

단도직입적으로 물었다.

"팰린크론, 혹시 나한테 뭔가 숨기고 있는 거 있어?"

"오, 스노우한테 무언가 듣기라도 한 건가?"

무례한 질문이었지만 팰린크론은 당황하지 않고 되물었다.

"스노우도 그렇지만 시내에서 나를 '지크'라고 부르는 녀석을 만났어. 그 녀석은 팰린크론을 찾고 있었고."

"호오, 빠르기도 하네. 벌써 오다니."

팰린크론은 반가운 듯 그리고 어딘가 감회에 젖은 표정으로 웃는다.

"잔말 말고 대답이나 해줘. '지크'가 누구지? 너는 뭘 숨기고 있는 거지?"

"그 질문에는 대답 못해. 왜냐하면 만약에 내가 여기서 아무것도 안 숨기고 있다고 말한다 한들, 그걸 증명할 길이 없으니까. 자기가 정직하다는 걸 증명할 수 있는 사람은 아무도 없어. 그리고 뭔가를 숨기고 있는 사람이 '나 숨기고 있소'라고 말할 리가 없잖아?"

"그야 그렇지만……."

사람을 내려다보는 것 같은 팰린크론의 말투는 여전히 변함이 없다.

그 말마따나 의심의 대상인 본인에게 물어봤자 의미가 없긴 하다.

하지만 그래도 나는 팰린크론에게 묻고 싶었다. 왜냐하면 그는 내 생명의 은인이자, 얼마 안 되는 믿을 만한 어른 가운데 하나이기 때문이었다.

그렇기에 팰린크론의 입을 통해 대답을 듣고 싶다고——
아니, 내가 팰린크론과 대치해야 한다고 생각한 것이었다.

"이봐, 카나미. 그게 그렇게 중요한 거냐?"

뚫어지게 응시하는 나를 보며 팰린크론은 진지한 표정으로 질문을 던졌다.

"그, 그야 당연히 중요한 거 아냐?"

"지금, 카나미는 행복하지 않아?"

"행복……?"

"마리아는 회복돼가고 있어. 카나미는 길드마스터로서 존경받기 시작했고, 스노우와 함께하는 미궁 탐색도 순조롭지. 이대로만 가면 아무것도 부족할 게 없는 풍족한 생활이 기다리고 있지. 그래, 마리아는 사랑하는 오빠와 함께, 카나미는 사랑하는 동생과 함께 행복한 생활을 보낼 수 있게 돼. ——지금, 틀림없이 **카나미와 마리아의 희망은 이루어졌어.** 그런데도 카나미는 거짓을 찾겠다는 건가?"

난생 처음 보는 표정으로 팰린크론은 거듭 질문을 던졌다.

그 얼굴은 조금의 장난기도 찾아볼 수 없는 진지하기 그지없는 표정이었다.

"나, 나는——."

거듭된 질문 공세에 두뇌가 달콤하게 녹아 버리는 것 같은 착각이 들었다.

팰린크론 말이 맞다. 지금, 내 소원은 모두 이루어졌다. 원래 세계에서는 이루지 못했던 모든 소원이 이 이세계에

와서 이루어졌다.

　동생은 살아서 곁에 있다. 순조롭게 회복되어가고 있다. 보람 있는 직업이 있고, 생활에는 아무런 부족함도 없다. 동료들도 하나같이 좋은 사람들이고, 파트너라 부를 만한 존재도 있다. 불만을 가질 만한 부분은, 단 하나도 없다. 더없이 행복하다. 행복해야 정상이다.

　분명히 그렇건만——.

　내 마음은 심란하다. 이대로는 안 된다고 내 모든 세포들이 절규하고 있었다.

　행복을 거절하는 무언가가 뇌 한쪽에 숨어서 그 행복을 용납하려 하지 않았다.

　"——그렇다고 해도, 거짓은 파헤쳐야 한다고 생각해. '거짓으로는 누구도 구할 수 없다'. 이유는 잘 모르겠지만, 그런 확신이 들어. 만에 하나, 거짓을 파헤쳤다가 행복을 잃게 된다고 해도, 나는 분명 다시 행복을 찾을 테니까……. 그러니까 나는 거짓이 아니라 진실을 알고 싶어……."

　숨어 있는 무언가를 말로 바꾸어서 팰린크론에게 전했다.

　그 말을 들은 팰린크론은 신중한 표정으로 확인을 취한다.

　"그 거짓말이 선의의 거짓말이라고 해도?"

　"그래."

　그 물음에 대해, 거침없이 고개를 끄덕였다.

　이성적으로 생각해서 한 대답은 아니다. 그것은 더없이 본능적인 대답이었다.

지금 나는 논리에 얽매인 상태가 아니다. 그것은 더할 나위 없이 상쾌한 것이었다.

그리고 이 본능적인 대답이 옳다는 걸 그 상쾌함이 증명해주는 것 같은 기분이 들었다.

"크큭, 역시 대단해. 역시 카나미야."

어째선지 팰린크론은 나를 칭찬한다. 내 어떤 점을 칭찬하는 건지는 모르겠다. 어쨌거나 어떤 면에선가 팰린크론의 심극을 울린 모양이다.

"그러니까, 뭔가 아는 게 있다면 가르쳐줘……. 부탁할게."

나는 감동에 젖어 있는 팰린크론을 무시하고 진실을 요구했다.

"그렇다고 지금 가르쳐줄 필요는 없을 텐데—— 어차피 금방 알게 될 테니까."

이번에도 팰린크론은 애매모호하게 대답했다.

그가 원래 그런 사람이라는 건 알고 있었지만 지금 이 상황에서는 성가시기만 할 뿐이었다. 끈적끈적하게 달라붙는 것 같은 그 말이 내 몸을 갉아먹는 것 같은 기분이 들어서 불안해졌다.

그랬다. '무언가'가 달라붙어 있는 것 같은 느낌이었다…….

"그래, 금방 알게 될 거야. 그러니까 걱정할 것 없어."

팰린크론은 환한 얼굴로 호언장담했다.

누구든 납득하지 않을 수 없을 만큼 조금의 망설임도 없이 말을 자아냈다.

'무언가'가 내 안으로 비집고 들어오는 것을 느끼며, 나는 흔들리기 시작했다.

아아, 팰린크론이 이렇게 호언장담하는 마당에, 굳이 더 이상 따지고 들 필요는——.

"자, 이제 의문은 해결된 셈이지? 그럼 나는 라우라비아로 갈 준비를 해야 돼서 좀 바쁘거든. 빨리 안 가면 만나서는 안 되는 녀석과 맞닥뜨리게 될 테니까."

——아니, 안 된다.

그 '무언가'를 밖으로 내몰았다. 내 마음 바닥에 있는 다른 '무언가'가, 그것을 거부했다.

그래, 안 된다. 나는 아직 아무 대답도 못 들었다——!

"자, 잠깐, 팰린크론! 좀 제대로 가르쳐줘!"

"……역시 납득 못하는군. 그 **저항력**은 역시 대단하다니까."

나는 방을 떠나려 하던 팰린크론을 다시 불러 세운다.

제지당한 팰린크론은 곤혹스러운 듯 머리를 긁적였다

"무슨 소리를 하는 거야. 그런 이야기는 집어치우고 빨리——."

"그래, 그렇다면 하는 수 없지. 거래를 하는 건 어때?"

"거래라고……? 이런 상황에서 왜 거래 같은 걸……."

"30층의 가디언을 처치하면 가르쳐주지. '지크'에 대한 것까지. 그리고 오늘 만났던 소녀들에 대한 것들도. 전부 다 가르쳐주지. ──교섭 조건은 이거야. 알다시피 나는 공짜로는 안 움직이는 배배 꼬인 녀석이거든. 하지만 거래는 하지. 원하는 게 있으면, 그에 상응하는 뭔가를 준비하라고, 카나미."

좋은 아이디어라도 생각났다는 표정으로 팰린크론은 터무니없는 조건을 요구했다.

"아, 아무리 그래도, 다짜고짜 가디언을 처치하라는 건 너무 무리한 요구잖아. 게다가 30층은 전입미답의 세계라고!"

"아니, 이건 더없이 양심적인 제안이야. 다른 사람들을 위해서도 유익한 일이고 난이도도 그렇게까지 높지는 않아. 카나미의 지금 실력이라면 식은 죽 먹기야."

이 조건이 팰린크론이 생각할 수 있는 최대한의 양보이리라. 언변으로 얼버무리는 것이 아닌 거래를 제안했다는 게 그 증거다. 팰린크론이 거래에 대해서만은 성실한 인간이라는 건 『에픽 시커』 길드 멤버들이라면 누구나 잘 알고 있다.

그 말을 끝으로 팰린크론은 방을 떠나갔다.

나는 더 이상 물고 늘어지는 건 좋지 않다고 생각하고 그런 팰린크론을 보내주었다. 어쨌거나 팰린크론에게 언질을 받아내는 데 성공한 것이다. 시간 벌기 같은 느낌은 부정할 수 없지만, 어쨌든 전진은 전진이다.

여기서 팰린크론의 기분을 거슬러서 이 거래까지 없던 일이 되면 최악의 결과다. 아무 이야기도 못 들은 채, 모든 게 다 끝나 버린다.

무엇보다 그는 우리 남매에게 있어서 생명의 은인이다.

생명의 은인을 더 이상 괴롭히는 건…….

――생명의, 은인……?

팰린크론을 쫓아가는 걸 포기하고 멍하니 서 있던 나를 보고, 스노우는 어리둥절한 표정을 짓는다.

"……안 쫓아가도 돼?"

"그, 그래. 이만하면 됐어. 팰린크론은 교환조건이라고 말했잖아……. 거래에 있어서는 충분히 믿을 만한 녀석이니까…….."

"……그렇구나."

스노우는 불만스런 얼굴로 짤막하게 대꾸했다. 방금 그 대화 내용이 석연치 않게 느껴진 모양이다.

그리고 스노우가 납득하지 못하는 이유는……나도 어렴풋하게나마 이해할 수 있었다. 하지만 그걸 인정할 수는 없었다.

그걸 인정하기에는 무언가 부족하다……. 아직 부족한 것이다.

상황도, 정보도, 상태도 부족한 게 너무 많다.

나는 천천히 집무실을 나섰다. 그러자 스노우는 이제 해산이라고 생각한 건지 창문을 통해 밖으로 나가 자기 방으로 향했다.

　오늘은 좀 피곤하다. 비틀비틀 걸어서 마리아가 기다리는 방으로 향한다.

　이미 해는 저물어바깥은 칠흑같이 어두웠다.

　하지만 마리아는 졸린 눈을 비비며 내 귀가를 기다려 주고 있었다.

　"어서 오세요, 오빠."

　사랑하는 동생이 최고의 미소를 보여준다.

　그것은 더할 나위 없이 행복한 일⋯⋯.

　그러나 그날 이후로 줄곧 나를 따라다니는 위화감이 나를 좀먹고 있다. 머리가 지끈지끈 아파 왔다.

　"다녀왔어, 마리아. 그건 그렇고, 몸은 좀 어때?"

　"네, 많이 회복됐어요. 이 정도면 이제 움직여도──."

　"두통은? 머리는 안 아파?"

　지금 나를 괴롭히고 있는 이상에 대해 마리아에게도 물어본다.

　그 소녀들은 마리아를 보고 동료라고 그랬다. 팰린크론역시 마리아에 관해서 많은 이야기를 했으니 확인을 취해볼 필요가 있다고 생각했다.

　"두통이요? 그, 그리고 보니, 조금 있기는 한데⋯⋯."

　"그럼, 라스티아라 후즈야즈, 디아블로 시스. 이 이름들은 들은 기억 있어?"

"갑자기 무슨 말이에요……? 저는 처음 들어보는데……."

"그, 그렇구나……."

마리아는 아무것도 모르는 모양이다.

하지만 두통은 여전히 남아 있는 걸 보니 어쩌면 나와 같은 종류의 두통일지도 모른다.

조금씩 상황이 이해가 가기 시작했다. 크로스워드 퍼즐의 빈 칸을 메워 나가는 감각으로 진실의 해답을 향해 조금씩 다가간다. 그러나 단서가 아직 한참 부족하다.

정보의 구멍을 메우는 작업은 이제 겨우 시작이었다. 전체의 실루엣은 어렴풋이 포착했지만 확신은 갖지 못하고 있다.

역시 지금은 팰린크론과 거래하는 게 가장 빠른 방법일 것 같았다.

무엇보다 그 거래를 완수하는 것이 곧 현재 상황에서의 방어책과도 직결된다는 점이 큰 장점이다. 비정상적으로 강한 그 소녀들과의 전투에 대비해서 미궁에서 레벨을 올리는 건 필수불가결한 일인 것이다. 어차피 그 과정에서 가디언과 맞닥뜨릴 수밖에 없다면, 아예 그 가디언을 목표로 삼는 것도 나쁘지는 않았다.

결국 나는 거래를 선택하기로 했다. 팰린크론은 그렇게 될 걸 알고 거래를 제안한 것이리라.

팰린크론의 손바닥 위에서 놀아나고 있는 것 같은 감각은 부정할 수 없지만, 할 수 없이 나는 30층을 목표로 해서 미궁 속에 들어가기로 내심 결정했다.

"오빠, 왜 그러세요? 아까 이야기한 그 사람들은 누구에요?"

"아니, 아무것도 아냐. 좀 궁금해서 물어본 것뿐이야."

"그렇군요……."

"걱정할 것 없어. 그것보다, 두통이 남아 있다면 일찌감치 자는 게 좋겠어."

"아, 네."

자자는 말에, 마리아는 기쁜 얼굴로 잠시 침묵한 후, 나를 침대 안으로 부른다.

"여, 역시, 같이 자는 거야……?"

"남매지간이니까, 당연한 거잖아요."

"……알았어."

마리아가 불안해하고 있다는 것도, 아직 적응이 덜 된 것도 사실이다. 여기서 거절하면 그녀가 슬퍼하리라는 걸 알고 있기에 고개를 끄덕일 수밖에 없었다.

그리고 늘 그랬듯이 나와 마리아는 손을 마주 잡고 눈을 감았다.

소중한 동생인 마리아의 온기를 느끼는 와중에도 나의 생각은 멈추지 않았다.

지금 알고 있는 것. 모르고 있는 것. 의심하고 있는 것. 부족한 것. 소중한 것. ……생각하면 할수록 머리가 지끈

거린다.

하지만 멈추면 후회하게 되리라는 걸 알고 있기에 사고를 멈출 생각은 없었다.

그렇기에 그 어떤 아픔이 몰려오더라도 나는 잠드는 순간까지 생각을 멈추지 않았다.

"한마디로, 냉큼 30층의 가디언을 해치워 버리면 해결되는 거야. 그래 봬도 팰린크론 녀석은 약속은 어기지 않는 성격이니까."

"……어기지는 않지만, 어물쩍 넘어가려고 하기는 해."

"하긴, 그럴 가능성이 높긴 하지……."

며칠 동안은 길드 업무가 없는 걸 확인하고 스노우와 나는 지금 미궁 20층에 왔다. 집무실에서 〈커넥션〉을 통해 순간이동한 덕분에 시간은 얼마든지 있었다.

"안달복달하고만 있어봤자 소용없어. 어찌 됐건, 결국 미궁에는 들어가야만 해. 팰린크론과 한 거래 때문이기도 하지만, 그 2인조를 상대하기 위해서는 지금보다 더 강해져야 할 필요가 있어. 그걸 위해서도 미궁은 최선의 공간이야."

"하긴, 카나미가 그 둘을 압도적으로 이길 수 있게 되면, 아무런 걱정도 없을 테니까."

"원래는 스노우가 모조리 다 이야기해주기만 하면 되는

건데……."

"모조리 다 이야기했어. 말해야 할 건 첫날에 다 말했어. 남은 건 카나미가 스스로 판단해서 행동하는 것뿐이야. 애초에 나도 자세한 내막은 모르니까."

"알았어. 몇 번씩이나 물어서 미안해. 스노우가 내 편이라는 건 확실해. 좋아, 이제 마음을 다잡고 미궁으로 들어가자. 오늘은 깊은 곳까지 갈 거야."

"……뭐, 나는 그냥 따라가기만 할 거지만."

"그렇게 해. 그렇게만 해줘도 한결 마음이 놓이니까."

말은 저렇게 해도 일단 따라와주기만 하면 결국 도와준다는 건, 어제 일을 통해 이미 확인된 상태였다.

나는 솔직하지 못한 스노우를 데리고 21층으로 가는 계단을 내려갔다.

방침은 어제와 마찬가지였다. 다만 20층에서 30층으로 목표가 달라진 것뿐.

그리고 '정도'가 깔려 있는 23층까지는 그 길만 따라가도 다음 층으로 갈 수 있었기 때문에 순탄하게 작업할 수 있었다. 이따금씩 대형 몬스터가 침입하긴 했지만 그다지 큰 문제는 없었다.

아니나 다를까, 21층을 걷다 보니 팔이 네 개 달린 괴물 퓨리가 나를 향해 덮쳐들었다.

나는 그 퓨리를 여유롭게 요격했다. 얼마 전까지는 고전을 면치 못했던 적이지만 이제는 식은 죽 먹기였다.

전에 여기 왔을 때의 내 레벨은 12에 불과했었지만 이제는 이미 15까지 오른 상태다. 모든 능력이 월등하게 상승한 내가 퓨리를 처치하는 데는 채 몇 초도 걸리지 않았다.

퓨리는 몸 여기저기를 검에 찔린 채로 거꾸러졌다.

그리고 그와 동시에 빛이 되어 사라지면서 몸에 박혀 있던 검들이 챙강챙강 바닥에 떨어졌다.

사용한 검들과 마석을 바로 주웠다.

검들 중에는 아직 더 쓸 만한 검도 있고 날이 나가버린 검도 있었다.

그 모두를 '소지품' 안에 다시 집어넣었다. 알리버즈 씨 덕분에 재사용할 수 있는 가능성이 높아진 만큼 회수해야 하는 것이다.

"퓨리가 동료를 불렀을 테니까, 조금 서두르자."

"……알았어."

스노우도 퓨리의 특수능력을 이해하고 있는 모양이다. 당연하다는 듯이 내달리는 모습으로 보아, 그녀의 풍부한 경험을 엿볼 수 있었다. 나는 달리면서 스노우에게 물었다.

"그러고 보니까, 스노우는 미궁 어디까지 들어가봤어?"

"……20층."

"20층? 하지만, 21층의 퓨리에 대해서 잘 아는 것 같던데?"

"이래봬도 학원 학생이니까, 그럭저럭 잘 알아. 그리고 오빠한테서도 이야기를 들은 적이 있었고."

"아아, 그렇구나."

그러고 보니, 스노우는 최강의 탐색가를 오빠로 두고 있었다. 미궁에 대해 잘 아는 것도 이상할 게 없다. 최강의 탐색가에게서 얻은 정보는 돈으로도 바꿀 수 없는 보물이다.

스노우에게서 미궁에 대한 정보를 얻으면서 계속 나아갔다. 그 도중에 몇몇 몬스터들이 접근해서 방해했지만 지금의 나에게는 상대도 되지 않았다.

22층도 비슷한 식이었다.

21층보다 난이도가 좀 높긴 했지만 스노우의 마법 덕분에 별 탈 없이 진행할 수 있었다.

내가 상공에서 날아드는 리오 이글의 공격에 애를 먹는 걸 본 스노우가 무속성 마법을 사용해서 도와준 것이다. 광범위한 영역을 진동시키는 마법 때문에 리오 이글이 균형을 잃고 고도 유지에 실패해서 떨어지면 내가 그 순간을 노려서 칼질만 하면 되는 간단한 작업이었다.

그렇게 23층에 도달해서 이윽고 '정도'의 끝에 다다랐다.

"······'정도'는 여기에서 끝이야. 이제 어쩔 거야?"

"걱정 마. 예전에 와본 적이 있으니까, 길은 알아. 그래, 예전에──."

──예전에?

예전에 나 혼자서 여기에 왔었다?

그럴 것이다. 그렇지 않으면 이상하다.

23층에서 플레임 스콜이라는 보스를 처치했던 기억이 있는 것이다. 다만 어쩐지 석연치 않게 느껴지는 구석이 있었다.

그 플레임 스콜을 레벨 12였던 내가 혼자서 처치했다……?

"……왜 그래?"

"아, 아니, 여기가 너무 더워서…….."

"하긴. 조금 덥긴 하지. 나는 괜찮지만."

"조금? 아니, 여기 엄청나게 더운데?"

"드래고뉴트니까, 이 정도는 끄떡없어."

"종족차이라……. 좀 억울한데…….."

"세상일이 다 그런 거야."

자세히 보니 스노우는 땀 한 방울 흘리지 않고 있었다.

드래고뉴트라는 종족의 강점을 이해했다. 몸의 구조 자체가 인간과 다른 드래고뉴트는 그 어떤 가혹한 환경 속에서도 멀쩡할 수 있는 모양이다.

스노우의 몸을 부러워하면서 나는 앞으로 나아갔다.

'정도'는 끊어졌지만 24층까지는 금방이었다. 분명히 한 번 왔었던 적이 있는 것 같았다. 그 덕분에 탐색은 순조로웠다.

그리고 24층의 용암지대까지 다다랐을 때, 순탄한 탐색은 이제 끝났다는 걸 깨닫게 되었다.

"──스노우, 내가 와본 적이 있는 곳은 24층 중간까지야. 진짜 탐색은 지금부터야."

"……알았어."

"용암을 조심해. 안에 도롱뇽 몬스터가 숨어 있으니까."

"나도 알아."

보아하니 최강의 탐색가 글렌 워커는 여기까지 와본 적이 있는 모양이다.

굳이 내가 경고하지 않아도 스노우는 이미 용암에서 거리를 두고 있었다.

"그나저나, 이 더위는 너무 버거운데. 아, 맞아. ──마법 〈프리즈〉."

〈프리즈〉로 주위의 열기를 식히려 하다가 나는 위화감을 느꼈다.

마력 순환이 지나치게 양호하다.

빙결마법 운용이 너무나도 매끄러워서 나 스스로가 놀란다.

"어, 어라?"

"나도?"

〈프리즈〉는 내 주위는 물론 스노우까지 포함하는 광범위한 영역의 열을 식혔다.

"아, 아니, 나도 일부러 그런 건 아니었는데, 어쩐지 빙결마법 컨디션이 좋아서 말이야. 열에 대해 빙결마법을 쓰기가 편하다고 해야 하나, 뭐라고 해야 하나──."

나 스스로도 지금 이 현상이 잘 이해가 가지 않는다.

정말로 감각적인 현상이었기 때문에 이번 현상을 언어로 변환해서 스노우에게 전달하는 건 어려웠다.

감각적으로 열에 대한──아니, 불꽃에 대한 이해도가 향상됐다고나 할까?

분자가 어떻게 진동하는지 더없이 세세하게 파악할 수 있었다. 그리고 그것을 어떻게 억제하면 되는지를 어째선지 몸으로 이해하고 있다.

이곳의 더위보다도 훨씬 더 뜨거운 무언가가 내 안에 들어 있는 것 같은……이상한 감각이다.

"어쩐지, 열을 식히기가 너무 쉬운 것 같은데……?"

"……그래? 그럼, 잘 됐네. 나쁜 일은 아니니까."

"뭐, 그야 그렇긴 하지만…….."

어쩐지 석연치 않은 기분을 안고서 24층을 나아갔다.

〈프리즈〉를 사용하기는 했지만 그렇다고 〈디멘션〉을 중단한 건 아니었다. 아주 약한 〈디 윈터〉를 전개해두고 있는 상태와 비슷하다 할 수 있었다.

그리고 그 〈디 윈터〉는 24층에서 지대한 위력을 발휘했다.

예전에 왔을 때에는 〈디멘션〉은 용암 속까지는 침투하지 못했었다.

하지만 〈디 윈터〉라면 용암 속까지 감각을 확장시킬 수 있었다. 그것은 용암 속에 숨어 있는 몬스터를 전라 상태로 만드는 거나 마찬가지였다.

용암 속을 이동하는 몬스터인 포이즌 샐러맨더가 우리의 등 뒤로 숨어드는 걸 손에 잡힐 듯 알 수 있었다. 우리의 배후로 완전히 파고든 포이즌 샐러맨더는 용암에서 뛰쳐나와서 그 발톱을 번뜩였다.

나는 뒤를 돌아보는 동시에 '소지품' 속에서 검을 꺼내 투척했다.

투척된 검은 포이즌 샐러맨더의 머리에 박혔다.

"──끄으아."

짧은 단말마와 함께 포이즌 샐러맨더는 발톱을 대지도 못한 채 절명한다.

"……어?"

"용암 속에 숨을 수 있는 능력을 가진 대신 기본 능력은 낮은 몬스터였던 모양이야. 한 방에 쓰러졌어."

무슨 일이 일어난 건지 몰라 어안이 벙벙해있는 스노우를 내버려두고 검과 마석을 '소지품' 안에 챙긴다.

"뒤에 몬스터가?"

"있었어. 하지만 신경 쓸 것 없어. 스노우가 공격받는 일은 절대 없게 할 테니까."

"으음. 내가 알아채지도 못하는 타입의 몬스터가 나올 줄이야. 응, 카나미한테서 안 떨어지는 게 좋겠어. 그렇게 해야겠어. 무슨 수를 써서라도."

"굳이 그렇게 안 해도, 내가 구해줄 테니까 걱정 마."

스노우는 내 바로 뒤에 바짝 붙어서 걸었다.

무슨 일이 생기면 나를 적에게 떠밀겠다는 생각이 여실히 보였다.

나는 〈디멘션〉을 이용해서 용암 속까지 감시하면서 길을 나아갔다.

"──마법 〈디멘션·멀티플〉."

계단을 찾아내기 위해서 차원마법을 강화했다. 길드의 임무를 위해 〈디멘션〉을 전개할 때와 같은 요령으로 마법의 감각을 얇게 펼쳐 나갔다.

미궁에는 성가신 마법이 많은 만큼 당연히 지상보다 펼치기가 힘들었다. 하지만 지상에서 사용했던 경험 덕분인지 그럭저럭 25층으로 가는 계단을 찾아낼 수 있었다.

동시에 24층의 특수한 구역이며 보스도 파악해낸다.

그리고 이상한 걸 발견한다.

미궁에서는 보기 드문 인공적인 구조물이었다.

제단이었다. 사람의 손길이 닿은 게 분명한 제단이 용암으로 둘러싸인 곳에 설치되어 있었다. 그리고 그 중앙에 검이 한 자루 놓여 있었다.

"……계단, 찾았어?"

내가 뭘 하고 있는지 파악한 스노우가 결과를 물었다.

"응, 찾았어. 그런데 이상한 것도 발견했어."

"이상한 것?"

"안쪽에 제단 같은 게 있고, 거기 검이 꽂혀 있어……."

"제단, 검. 아아, 그거구나."

스노우는 내 말을 듣고 혼자서 고개를 끄덕이고 있었다.

"그거라고? 뭔지 알고 있는 거야?"

"……알아. 하지만 이야기하기 귀찮아."

"아니, 좀 가르쳐달라고…….."

미궁 안의 정보는 목숨과 직결될 수도 있는 만큼, 귀찮다는 한마디로 넘어가버리면 곤란했다.

스노우도 그 점은 이해하고 있기에 마지못해작은 목소리로 설명하기 시작했다.

"……아마, **미궁의 드롭 아이템**."

"드롭? 몬스터가 떨어뜨리는 마석 말야?"

"그래, 그거랑 같은 거. 미궁이 과거의 아이템을 『드롭』하고 있어. 아직 탐색가들의 손길이 닿지 않은 23층 이하의 미궁에는 그런 것들이 누구의 손도 닿지 않은 채 남아 있어."

"미궁이 아이템을 떨어뜨리고 있다는 거야?"

"애초에, 여기는 대륙이 과거의 유산들을 뱉어내는 곳. 미궁은 대륙에 쌓인 마력과 과거를 수습해서 뱉어내는 순환기의 역할을 맡고 있어──라고, 학원에서 배웠어."

"처음 듣는 소린데. 미궁에 그런 기능이 있었다니."

"학원에서도 그걸 아는 사람은 얼마 없어. 어쨌거나, 그 제단은 과거의 유물일 거야. 그 검은 어쩌면 과거의 명검 같은 것일 수도 있어."

"어려운 건 잘 모르겠지만, 나한테는 그게 제일 중요한 이야기인 것 같네. 여기서 그 검을 조사해볼게."

재미있는 이야기를 들었다. 그리고 나는 미궁의 존재에 대해서 내 나름대로 고찰해보았다.

방금 그 이야기를 들으니, 이 미궁이 자연적으로 생성된 건 아닐 거라는 생각이 들었다. 단순히 '이세계니까 이런 미궁이 있는 거다'라는 식으로는 생각할 수 없게 되었다.

이 미궁은 특정한 목적을 위해, **누군가**에 의해 만들어진 게 틀림없었다.

인간이 만든 거라고 생각하면, 미궁이 이렇게 인간에게 유리하게 만들어진 이유도 설명이 된다.

그렇다면 누가 미궁을 만든 것인가.

머릿속 한편으로 그런 생각을 해가면서 제단에 있는 검을 〈디멘션〉으로 '주시'해서 정보를 얻었다.

[루프 브링어]
공격력 7. 정신오염 +2.00

"……어때?"

"희귀한 물건인 건 확실해보여. ……하지만, 위험할 것 같아."

"……회수할 거야?"

"일단은 회수해두지. 돈이 될지도 모르니까."

스노우와 함께 수상한 제단으로 걸어간다. 도중에 포이즌 샐러맨더 몇 마리가 공격해왔지만, 용암 속까지 파악할 수 있는 나의 적수는 되지 못했다.

몇 분쯤 나아가다 보니, 용암의 강에 둘러싸인 제단에 다

다를 수 있었다.

일반적으로는 용암 때문에 접근할 수 없겠지만, 지금의 내 신체능력이라면 충분히 뛰어넘을 수 있을 것이다. 강의 폭은 10미터도 되지 않았다. 다만, 내 세계의 감각으로 생각하자면 세계기록에 가까운 거리인데 그걸 만만하다고 생각하는 나 자신이 약간 무섭게 느껴졌다.

"그럼, 뛰어넘어서 가져올게."

"……다녀와."

당연하다는 듯이 스노우는 뛰지 않았다.

나는 용암 속의 안전을 확인한 후 충분한 도움닫기를 해서 뛴다.

예상대로 여유롭게 뛰어넘는 데 성공했다. 곧바로 제단으로 다가가서 목표물인 검을 관찰한다. 가까이서 보니 그 검에 깃들어 있는 마력은 심상치 않은 수준이었다. 중견 마법사 한 명이 가진 마력에 버금가는 마력을 지니고 있는 것으로 보인다.

무엇보다 그 검은 아름다웠다.

기능미를 무시한 독특한 실루엣에 온통 검은색으로만 이루어진 디자인. 약간 삐죽삐죽한 느낌이 들지만, 그것 역시 풍미가 느껴지는 센스다. 결코 그 아름다움을 깎아내지는 않는다. 그리고 그 아름다운 검을 장식하고 있는, 아름다운 보랏빛 마력. 그것은 칠흑같이 검은 검의 일체감을 해치지 않은 채, 보라색의 악센트로서 검을 한층 더 돋보이게 해줬다.

알리버즈 씨와 같이 고안한 검도 근사했지만 이런 타입도 나쁘지는 않다.

아아, 무엇보다, 이 검은 검신에 새빨간 피가 묻으면, 얼마나 아름다울지——

"——〈쇼크〉!"

——내 등에, 마력의 충격파가 덮쳐들었다.

옆으로 몸을 날려서 그것을 아슬아슬하게 피했다.

곧바로 그 공격을 날린 인물에게 비난 섞인 목소리를 날렸다.

"스, 스노우, 다짜고짜 무슨 짓을……?"

"……아니, 검에 매혹돼 있어서. 일단 날려 버려서 제정신으로 되돌리는 게 어떨까 하고."

"매혹됐었다고? 내가?"

"검의 마력이 카나미의 몸으로 흘러들어가려고 했어. 엄청 위험한 물건이야, 그거."

그런 스노우의 말을 머릿속 한쪽에 담아 두고 다시 검을 쳐다본다.

흉흉한 원념과도 같은 검의 마력이 내 몸속으로 들어오려는 듯 꿈틀거리고 있었다. 그것은 아까까지 느껴지던 것 같은 아름다운 마력과는 거리가 먼, 절대로 인간이 건드려서는 안 되는 종류의 마력이라는 걸 보기만 해도 알 수 있었다.

척 보기에도 위험해보이는 이 검을 난 아까 아름답다고

생각했던 건가……?

"하, 하긴, 위험하긴 하네……."

"카나미가 접근하니까 본성을 드러내 보였어. 어쩔 거야? 포기할 거야? 아마, 가져가면 살인귀로 변할 것 같은데."

"아니, 포기 안 해. 다른 누군가가 이걸 소유했다가 살인 귀로 변하는 건 막고 싶어. 내 마법이 있으면, 아미 충분히 들 수 있을 테니까──."

"아, 아니, 나는 반대. 아마, 카나미가 갖는 게 세상에서 제일 위험할 것 같아서."

"만지지는 않을 테니까, 걱정 마. **이 정도 거리에서**, 검을 무력화시킬 거야. ──마법 〈디 윈터〉."

"조심해야 돼. 만에 하나 실패하면, 제일 먼저 내가 카나 미 손에 죽게 된다는 걸 잊지 마. 정말 조심해야 돼."

불안한 표정의 스노우를 무시하고 마력을 전개했다.

물론 자신이 있기에 회수를 시도하는 것이었다. 내 〈디 윈터〉를 사용하면 어느 정도 거리에서도 마력에 간섭할 수 있다. 나에게 접근하려 드는 검의 마력을 몇 미터 떨어진 곳 에서 조금씩 제압해나갔다.

동시에 천천히 검 쪽으로 다가갔다.

검의 마력에 닿지 않도록 한 발짝 한 발짝 나아갔다.

몇 분 동안 시간을 들여서, 나는 간신히 검에 다다랐다.

지금부터가 진짜 시작이었다. 꼼꼼하게 마력을 회피해가 면서 이번에는 〈아이스〉를 영창했다.

물론 표적은 검 그 자체였다.

검은 신변의 위험을 느꼈는지 마력을 꿈틀거려서 내 마력을 거절하려 했다. 하지만 나는 다시 〈디 윈터〉에 마력을 불어넣어서 그 시도를 저지했다. 몇 초 후, 얼음이 달라붙은 마검 한 자루가 완성되었다.

나는 세심한 주의를 기울여서 그 검을 '소지품' 안에 집어넣었다.

"후우……."

나는 한숨을 내쉬고 땀을 훔쳤다. 이제 봉인은 완료다.

용암을 뛰어넘어서 스노우 곁으로 돌아갔다.

"다녀왔어."

"……수고했어. 그거, 미궁 안에서는 꺼내지 말아줘."

"그래, 알았어."

"으──음, 불안한데. 그거 그냥 여기서 부숴 버리면 안 돼?"

"아니, 부수는 것보다는 알리버즈 씨나 신성마법을 쓸 줄 아는 다른 사람을 불러서 해체하는 게 나을 것 같아. 뭔가 재료로 쓸 수 있을지도 모르니까. 어쩌면 엄청난 목돈을 만질 수 있게 될 가능성도 있어."

"확실히 해체하기만 하면 돈이 되긴 할 거야. 그렇지만 역시 불안해."

웬일인지 스노우가 끈질기게 물고 늘어지는걸 보니, 그만큼 불안하다는 것이리라. 할 수 없이 '소지품' 속에서 〈루프 브링어〉를 꺼냈다.

"스노우가 그렇게까지 이야기한다면, 일단 부러뜨려 두기라도 할까……."

"……응, 부러뜨리자. 나한테 맡겨."

그리고 스노우는 〈루프 브링어〉의 얼음 덩어리에 손을 얹고 마법을 영창했다.

진동 마법을 코앞에서 얻어맞은 〈루프 브링어〉는 뚝 하고 두 동강이 나버렸다. 동시에 〈루프 브링어〉에서 흘러나오던 흉악한 마력이 잠잠해지는 것을 느꼈다. 이제 이 검의 마검으로서의 가치는 완전히 상실된 건지도 모르겠다. 하지만 그 대신 안심을 얻을 수 있었다.

"응, 이제 됐어. 고마워, 카나미."

스노우는 감사인사를 하면서 두 동강이 난 〈루프 브링어〉를 나에게 돌려주었다.

"아니, 억지로 회수한 건 나였으니까. 고맙다는 인사를 들을 이유는 없어."

그 말에 대해 스노우는 살짝 웃는다. 그리고 미궁 안쪽을 가리키며 말했다.

"그럼, 갈까?"

약간이나마 스노우의 목소리에 생기가 생겨난 것 같은 느낌이었다.

정말로 미약하긴 하지만 의욕이 생긴 것처럼 보였다.

"그래."

그 작은 불꽃이 꺼지지 않도록 서둘러 미궁 탐색을 재개했다.

◆ ◆ ◆ ◆ ◆

아까 〈루프 브링어〉를 발견한 뒤로, 미궁의 드롭 아이템에 대해서도 주의를 기울이며 나아가기 시작했다. 하지만 아까 발견한 〈루프 브링어〉 같은 레어아이템은 좀처럼 만나기 힘들었다. 가끔씩 미궁의 드롭 아이템을 찾아낼 때도 있긴 했지만, 아무런 마력도 없는 낡은 소품이며 장신구가 대부분이었다.

그런 것들을 모으다 보니 어느새 우리는 24층과 25층을 클리어한 상태였다.

계단 자체는 〈디멘션〉을 이용해서 찾아낼 수 있었고 덮쳐드는 적들도 그다지 큰 위협은 되지 않았다. 참고로 25층에는 용암 대신 열탕이 강처럼 흘러서 증기가 안개처럼 시야를 방해했다. 다만 내 마법은 시야를 방해하는 타입의 공격과는 상성이 좋아서 〈디멘션〉과 '주시'를 구사하면 싸움에서 불리할 일은 없었다. 다행히 적들도 모습을 감추는 몬스터들이 대부분이었기에 클리어하는 데 채 1시간도 걸리지 않았다.

──그리고 26층.

순조로운 미궁 탐색에 그늘이 드리운 건 이 26층의 중간

쯤이었다.

원인은 26층에 출몰하는 몬스터 크리스털 골렘.

이름 그대로 온몸이 수정으로 이루어진, 움직이는 석상이다. 그런데 그 수정의 강도가 보통이 아니었다.

나와 스노우의 일격으로도 흠집조차 내지 못 할 정도의 강도였다. 게다가 마법에 대한 방어력도 높아서 아무리 때리고 또 때려도 결정타를 주지 못했다.

"──빌어먹을! 뭐 이렇게 단단해?!"

나는 파손된 다섯 번째 검을 내던지고 여섯 번째 무기를 꺼냈다. 이제 예비용 검도 얼마 남지 않았기에 스노우용으로 가져온 큼직한 무기를 억지로 장착한다.

그런 내 옆에서 스노우가 마력을 담은 일격을 꽂아 넣는다.

"──〈임펄스 브레이크〉!"

〈디멘션〉을 전개하고 있는 덕분에 스노우가 구축한 마법 공격을 이해할 수 있었다.

거대한 도끼가 수정 몸체에 격돌해서 불꽃이 튀었다. 그 충격을 마력으로 증폭시킴으로써 한층 더 강력한 파괴력을 만들어내고 있는 것 같았다.

투박한 공격이기는 했지만 이 크리스털 골렘에게는 유효한 수단인 모양이다.

이제야 그 단단한 수정에 균열이 생겼다.

"내 공격은 안 통해! 무기만 못쓰게 될 뿐이야! 스노우, 한 번 더 부탁할게!!"

　나는 몸에 맞지 않는 대검을 휘둘러서 크리스털 골렘을 후려쳤다. 대미지는 들어가지 않아도 자세를 무너뜨리는 것 정도는 할 수 있을 것이다.

　"이거 쓰면 피곤한데──〈임펄스 브레이크〉!"

　스노우는 자세가 무너진 크리스털 골렘을 도끼로 찍어내렸다. 도끼가 균열이 생겨난 부분에 정확하게 박히자 드디어 수정 몸통이 깨져나갔다.

　"──겨, 겨우 물리쳤네. 하아, 하아."

　"하아, 하아……."

　빛으로 변해사라져 가는 크리스털 골렘을 앞에 두고 우리는 거칠게 숨을 몰아쉬었다.

　마석을 주우면서 상황을 확인했다.

　"……카, 카나미, 남은 무기 있어?"

　"남아 있긴 하지만, 이 페이스로 가면 27층에 도착하기 전에 다 떨어질지도 모르겠어……."

　"어째 적들이 만만치 않아진 것 같으니까, 나는 이쯤에서 돌아갔으면 좋겠는데?"

　"아니, 아직 괜찮아. 단단한 녀석들은 움직임이 둔해. 그냥 무시하고 지나가버리면 그만이야."

　스노우는 집요하게 귀환하길 원했다.

　사실 〈커넥션〉을 통해서 스노우 혼자 돌려보낼 수는 있었다. 하지만 스노우가 돌아가버리면 내가 곤란해진다. 스노우 없이는 결정타를 먹일 수 없는 몬스터가 출현하기 시작한 이상, 나 혼자서 진행하는 건 피하고 싶었다.

"……우우, 여기서 26층까지 혼자서 돌아가는 것도 싫은데."

"아니, 혼자서 돌아갈 생각은 안 해도 돼. 정 힘들면 〈커넥션〉을 만들어줄 테니까."

"지금, 정말로 힘들어."

"HP도 MP도 아직 한참 남아 있는데……?"

"카나미, 숫자에만 사로잡혀 있다가는 본질을 놓칠 수 있어."

"그래, 조심할게. 하지만 너는 아직 더 나아갈 수 있어. 그건 의심의 여지가 없어."

"에, 에에──."

스노우의 스테이터스를 알려주면서 설득한다.

애초에 스노우는 아직 마법을 몇 번 쓰지도 않았다. 힘이 남아돌 수밖에 없다.

"그럼 일단, 앞으로──큭!"

잡담에 빠져 있을 때 〈디멘션〉이 몬스터의 접근을 알렸다.

다수의 크리스털 골렘이 이쪽으로 다가오고 있었다.

그 즉시 27층으로 가는 새로운 루트를 산출해서 스노우의 손을 잡아끌며 걸어갔다.

"스노우, 단단한 녀석들이 접근하고 있어. 다른 길로 가자."

"……26층은 계속 도망만 다니는 수밖에 없겠구나."

스노우는 내 손을 맞잡고 발걸음을 옮겼다.

크리스털 골렘과 싸우기 싫다는 기분은 나와 같은 모양이다. 그 몬스터가 주는 경험치는 짭짤하지만 수지타산이 안 맞아도 너무 안 맞는다.

발을 묶는 것만으로도 무기를 소모하고 결정타를 먹이려면 반드시 MP를 소비해야 하는 성가신 몬스터다.

다만 맞닥뜨리지 않도록 피하기는 쉬웠다.

애초에 움직임이 느린 데다 미궁을 배회할 때는 더더욱 느리다. 〈디멘션〉만 있으면 맞닥뜨릴 일은 절대로 없었다.

약간 먼 길을 돌아가야 하겠지만 수지타산이 안 맞는 싸움을 하는 것보다는 낫다.

나와 스노우는 두 번 다시 크리스털 골렘과 싸우지 않은 채, 27층으로 내려가는 계단에 도달해서 서둘러 계단을 내려갔다.

27층은 25층 전후의 용암 및 열탕지대와는 딴판으로 시원한 인상이 느껴지는 회랑이었다.

나는 우선 회랑 벽의 재질을 확인한다.

투명에 가까운 하늘색 돌에 검을 꽂아 넣으니, 끼잉 하는 날카로운 소리가 울려 퍼지고, 도리어내 검의 이가 나가고 말았다.

"이거, 아까 그 크리스털 골렘이랑 똑같잖아……?"

"……수정 같네."

아니, 정확하게 따지면 아닐 것이다. 내가 아는 수정은 이렇게 단단하지 않다.

이 정도면 마(魔)의 수준에 도달한 별개의 광물이라 해도 과언이 아니었다.

그리고 이 벽이 그 마의 광물로 이루어져 있다는 사실에 나는 불길한 식은땀이 나는 걸 느꼈다.

"회랑이 크리스털이라는 건⋯⋯."

"⋯⋯몬스터도 그쪽 계통?"

그럴 가능성이 컸다.

미궁의 지형과 거기 서식하는 몬스터들은 기본적으로 융합되어 있다. 강이 있으면 수생 몬스터, 나무가 우거진 곳이라면 곤충 몬스터, 열기가 있는 곳이면 화염 몬스터, 지금까지의 경험이 그 추측을 뒷받침하고 있다.

〈디멘션〉을 전개해서 다음 계단을 찾는 동시에 27층의 몬스터를 경계한다.

인간형 수정이 배회하고 있는 걸 포착했다. 예상대로 크리스털 골렘 계열이 속출한다.

게다가 그게 전부가 아니었다.

26층과는 달리, 각양각색의 다양한 몬스터들이 있었다. 물론, 그 모든 몬스터들의 몸이 수정으로 이루어져 있었다.

날아다니고 있는 것은 새나 나비. 땅에 기어다니고 있는 것은 거미나 개미 등등, 성가신 몬스터들이 수두룩하다. 가장 큰 문제는 그 가벼운 몸놀림이었다. 크리스털 골렘은 둔하지만 작은 크리스털 몬스터들은 움직임이 빨랐다. 26층

161

에서 했던 것처럼 손쉽게 도망칠 수는 없을 것 같았다.

"우와, 단단하고 빨라 보이는 몬스터들이 널려 있어."

"……좋아, 돌아가자. 그만 돌아가자. 당장 돌아가자."

"아니, 조금 더 가보자. 적어도, 스노우의 MP가 떨어질 때까지는 가봐야지."

"그거, 내 마법을 중심으로 싸운다는 이야기야?"

"나도 일단 싸우기는 할 거지만, 결정타는 스노우가 날려야겠지."

"과, 과로로 쓰러져버릴 거야……."

"쓰러지면 〈커넥션〉에 던져 넣어줄 테니까, 걱정할 것 없어."

"악마야. 악마 마스터야."

"아니, 어차피 안 쓰러질 거잖아. 아직 한참 여유도 있고……."

게으름을 부리려고 드는 스노우의 손을 잡아끌고 미궁 탐색을 재개했다.

우선은 적당한 몬스터를 상대하면서 분위기를 파악해보기로 한다.

키 1미터가량의 수정 개미가 단독으로 어슬렁거리고 있는 것을 발견하고 검을 휘두르며 달려들었다.

[몬스터] 크리스털 앤트 : 랭크 26

이름으로 미루어보아 개미의 습성을 가진 크리스털 골렘 같은 녀석일 거라 판단했다.

그리고 그 작은 체구가 나에게 조그만 희망을 안겨주었다. 거구의 크리스털 골렘이 아니면 검도 통할 것이다. 그렇게 기원하면서 휘두른 나의 검은──날카로운 소리와 함께 튕겨나갔다.

"큭!"

온 힘을 다한 내 일격은, 크리스털 앤트의 몸을 찢어발기는 데 실패했다.

하지만 크리스털 골램 때와는 달리 금이 가 있었다. 방어력만 보자면 이 녀석은 크리스털 골렘보다 아래일 거라는 걸 알 수 있었다.

습격자를 맞이한 크리스털 앤트는 쇠를 긁는 듯 날카로운 소리를 내며 이빨을 겨눈다.

그 독특한 소리를 듣고 다른 몬스터들을 떠올린다. 21층과 22층의 몬스터들이다. 녀석들은 무리 지어다니는 것을 무기로 삼는 몬스터들로 동료를 부를 때 비슷한 소리를 내곤 했다.

나는 공격을 계속하면서 〈디멘션〉으로 약간 먼 곳의 몬스터들을 파악한다.

아니나 다를까 날카로운 소리를 들은 다른 크리스털 앤트들이 갑자기 민첩한 움직임을 보이며 우리를 향해 몰려오고 있다.

"이런, 주위에 있는 개미들까지 모여들고 있어!"

"……에, 에에에."

더 이상 수단 방법을 가리고 있을 때가 아니었기에, '소지품' 속에서 스노우용 대형 도끼를 꺼냈다. 그리고 혼신의 힘을 다해크리스털 앤트를 후려쳐서 벽에 내동댕이쳤다.

상대가 크리스털 골렘이었다면 금도 가지 않았으리라.

하지만 크리스털 골렘보다 약간 낮은 방어력이라면 충돌한 벽의 재질 차이가 명암을 가른다. 수정 벽에 내팽개쳐진 크리스털 앤트는 몸에 금이 가고 움직임이 둔해진다. 그 순간에 스노우의 일격이 적중하고, 크리스털 앤트는 산산조각으로 깨져나갔다.

생각보다 빨리 격파했지만, 느긋하게 여유 부릴 시간은 없었다.

엄청난 수의 크리스털 앤트가 이리로 몰려오고 있었다.

손에 든 대형 도끼를 살펴보니 단 한 번의 공격에 볼품없이 이가 나가 있었다. 스노우의 무기도 칼날이 무뎌져서 단순한 타격용 무기로 변해버렸다.

"더는 힘들겠는데……. 스노우, 일단 26층까지 돌아가자."

"……찬성."

아무런 대응책도 생각 안 하고 이대로 싸웠다가는 순식간에 '소지품' 속 무기가 고갈되고 말 것이다. 그것을 알게 된 우리는 지금까지 온 길을 거슬러 돌아갔다.

크리스털 앤트의 맹공을 피해가며 26층까지 내달렸다.

27층과는 달리 여기는 발이 느린 몬스터밖에 없었다.

일단 한숨을 돌리고 우리는 이야기기를 나눴다.

"오늘은 여기가 한계일 것 같은데……?"

"……도, 돌아가자."

스노우는 두 말 없이 찬동했다.

좀 무리하면 27층까지는 돌파할 수 있을 것이다.

하지만 오늘은 일단 27층의 특성을 알아낸 것에 만족하기로 했다.

"──마법 〈커넥션〉."

나도 스노우도 HP는 전혀 줄지 않았다.

하지만 그 대신 많은 무기들이 망가져버렸다. 이런 이유로 퇴각할 수밖에 없게 되는 경우도 있다는 교훈을 얻은 채 우리는 미궁 탐색을 마쳤다.

◆ ◆ ◆ ◆ ◆

"이것 참, 엄청나게 깨먹었구먼, 마스터."

"적이 워낙 단단해서요……."

그 후, 우리는 알리버즈 씨의 공방을 찾아가서, 파손된 무기를 모조리 보여주었다.

전에 왔을 때와는 달리 공방은 정신없이 바빴다.

처음 보는 대장장이들이 몇 명 늘어나 있었고 그들은 비좁은 공간에서 정신없이 작업에 몰두하고 있다. 내 주문대로 인원을 늘려서 작업속도를 끌어올리고 있는 것이리라.

"적이 단단하다?"

"네. 26층에 있는 몬스터는 몸이 수정으로 돼 있어서 성가시더라고요."

"26층이라고? 우리는 상상도 못 할 세계잖아. ——아, 맞아, 그 녀석에게서 나온 마석 같은 건 갖고 있나?"

"조금 정도는 갖고 왔어요……."

'소지품' 속에서 크리스털 골렘 마석을 꺼내서 보여줬다.

"이건…… 크리스털 골렘의 마석인가……?"

"알아보시겠어요?"

"내가 기억하기로 서부의 영산(靈山)에 출몰하는 몬스터가 이거랑 같은 재질이었을 거야. 초고경도물질 중 하나지. '레이크리스털'이라고 부르기도 해. 미궁에도 있는 줄은 몰랐군."

들자 하니 미궁 밖에도 그 단단한 몬스터들이 존재하는 모양이다.

"그 '레이크리스털'을 벨 수 있는 검이 필요해요."

"나 참, 우리 마스터께서 또 무리한 부탁을 하시는군…… 이라고 말하고 싶지만, 사실 그 문제는 조금만 더 참으면 해결될 거야."

"네……?"

"지난번에 주문한 무기라면 벨 수 있어. '크레센트 펙트라즐리'는 '레이크리스털'보다 광물적인 특징이 우수하니까.

깃들어 있는 마력의 함유량 차이가 엄청나지."

"다행이네요. 그런데, 그 무기는 언제쯤 완성되나요?"

"이 정도 예산에, 이 정도 인원을 동원했으니까. 내일 밤까지는 완성될 거야."

"내일 밤이라……. 알았어요."

생각보다 완성 예정일이 빨라서 안심했다.

제철에 대한 지식은 없지만, 그래도 검이 그렇게 쉽게 완성될 거라고는 생각하지 않았었다. 마법기술의 은덕 덕분이거나, 아니면 여기 있는 대장장이들의 유능한 건지도 모른다.

"오늘 업무는 다 끝났나?"

"이제 휴식을 취하는 것만 남았어요."

"그럼, 마스터의 미궁 탐색 이야기 좀 들려주지 않겠어?"

"제 이야기를요? 왜요?"

"미궁에서 곤란했던 일이나, 이런 게 있었으면 좋겠다 하는 생각이 들었던 걸 가르쳐주면, 한가할 때 만들어줄 수도 있잖아. 그리고 영웅인 마스터의 이야기를 들어보고 싶다는 개인적인 이유도 있고."

"영웅은 아니지만, 하긴 정보 공유는 필요하겠죠."

알리버즈 씨에게는 앞으로도 여러 번 신세를 지게 될 것이다. 그와의 협력관계를 다져두면 앞으로의 미궁 탐색이 편해질 것이다.

나는 고개를 끄덕이고 천천히 미궁 탐색 이야기를 시작

했다.

참고로 공방까지 따라왔던 스노우는 "그만 가서 잘래"라면서 공방을 나갔다. 또 이야기가 길어져서 그대로 하루가 다 갈 거라고 생각한 것이리라. 딱히 틀린 건 아니었기에 굳이 말리지 않았다.

"――헤에, 대단한데. 그 용암지대에서 화염 속성 마석을 손에 넣었단 말이지? 열기 때문에 곤란을 겪고 있다면, 화염에 간섭할 수 있는 매직 아이템을 만들어주지. 다행히 화염 속성 마석은 얼마든지 있으니까."

"고마워요. 혹시 부족해지면 마물을 사냥해서 가져올게요."

"그렇게까지 많이 필요한 건 아니니까 괜찮아. 간단한 목걸이를 만드는 것뿐이니까. 마음 같아서는 마스터에게 어울리는 전신갑옷이나 방패를 만들고 싶지만, 마스터의 전투 방식에는 안 맞는 것 같아서."

"무거운 건 사양하고 싶은데요……."

"그 이외에 호수나 늪에서 적응할 수 있게 도와주는 아이템도 있으면 편리할 것 같군. 한번 견적을 내보지."

"정말 고마워요."

"그리고……그래, 어디 가서 통나무라도 좀 사 와. 스노우가 쓸 무기도 만들어줄 테니까. 어차피 망가뜨릴 거면 차라리 통나무로 싸우는 게 낫지. 그리고 내가 듣기로 크리스털 계열 몬스터에게는 타격이 더 유효하다는 모양이니까."

나와 알리버즈 씨는 전투 면에 관해서도 이야기를 나눴다.

그런 다음 수리가 끝난 무기를 받아들고 통나무를 구할 수 있는 곳을 찾아갔다. 연합왕국 주변은 지금도 개척 중이라 목재 가격은 저렴했다.

일단 통나무를 100개 정도 구입해서 '소지품'에 넣었다.

너무 많이 산 건가 싶어서 걱정했지만 무사히 다 들어갔다.

지금 내가 할 수 있는 준비는 이제 다 끝났으니 곧바로 마리아의 방으로 돌아갔다.

오늘의 성과는 27층까지. 다음 탐색의 공략법을 머릿속에 떠올리면서 또 하루가 지나갔다.

4. 길드의 간단한 업무

이튿날 이른 아침, 어제 쌓인 경험치를 소비하기 위해서 나와 스노우는 교회에서 기도를 올렸다. 그리고 나는 레벨 16, 스노우는 레벨 17이 되었다.

예정대로라면 오늘 밤이면 나와 스노우의 무기가 완성될 것이다.

그 무기 없이는 27층에서 다수의 무기를 소모하게 될 거라는 건 알고 있기에, 밤까지 뭘 할지 망설이면서 나와 스노우는 길드 『에픽 시커』로 돌아가려 했다. 그런데 길드 입구에 많은 사람들이 몰려들어 있는 것을 발견하고 나는 발걸음을 멈췄다.

입구에 모여 있던 사람들의 눈길이 내 쪽을 향한다.

눈이 마주쳤을 때, 나는 거기 모인 사람들의 높은 레벨에 눈이 휘둥그레진다. 굳이 '주시'하지 않아도 알 수 있다. 그 몸에서 흘러나오는 마력의 질이, 그 역량을 가르쳐준다.

레벨이 오르면서 차원마법의 정밀도도 향상된 덕분인지, 공기 속의 마력에 대한 이해도가 증가한 것 같은 느낌이다.

그리고 그 인파 속에서, 유난히 짙은 마력을 가진 남자가 앞으로 나온다.

"그 풍모로 보아하니, 네가 길드『에픽 시커』의 길드 마스터 맞지?"

"네, 네에, 그런데요⋯⋯."

"먼저 자기소개부터 하지. 나는 길드『슈프림』의 길드마스터, 엘미라드 싯다르크다. 잘 부탁한다."

높은 마력을 가진 남자, 엘미라드 싯다르크는 나를 향해 손을 내밀었다.

그 손을 맞잡으면서 남자를 '주시'했다.

[스테이터스]

이름 : 엘미라드 싯다르크 HP 200/201 MP 299/299 클래스
: 기사

레벨 : 20

근력 4.79 체력 2.81 기량 4.12 속도 7.29 지능 7.19 마력
18.09 소질 1.67

선천 스킬 : 속성마법 1.92

후천 스킬 : 마법전투 1.88 검술 0.89

선천 스킬에 속성마법이 있고 마력이 특출한 수준인, 두 말 할 나위 없는 재능이었다.

더불어 연령에 비해 높은 레벨과 스킬로 미루어보아 젊은 시절부터 많은 노력을 해왔음을 엿볼 수 있었다.

어깨까지 치렁치렁하게 기른 금발에 날카롭게 찢어진 눈이 인상적인 남자다. 귀족적으로 보이는 복장과 의연한 몸가짐에선, 전체적으로 만만치 않은 자라는 인상이 느껴

졌다.

"으음, 아이카와 카나미에요. 아직 앞뒤 구분도 못하는 풋내기지만, 잘 부탁드릴게요."

"앞뒤 구분도 못한다……. 뭐, 그렇다고 치지……."

악수를 마치자마자 싯다르크 씨는 곧 거리를 벌렸다.

약간 언짢아하는 것 같은 느낌이었다.

나도 모르게 무례한 짓을 한 건지도 모른다. 아무래도 나는 '이방인'이니까. 실수를 저지를 가능성은 얼마든지 있다.

내 예의범절에 문제가 있었는지를 물으려고 스노우 쪽으로 고개를 돌렸다.

거기에는 씁쓸한 표정의 스노우가 있었다.

"시, 싯다르크 경……?"

그리고 싯다르크 씨의 이름을 뇌까린다.

스노우는 경칭으로 '경'을 붙였다. 그 점으로 미루어보아 그가 상당히 높은 지위에 있는 인물임을 알 수 있었다.

"오랜만이네, 스노우. 학원생 시절에 부르던 것처럼, 그냥 엘이라고 불러도 돼."

"아뇨, 여기는 학원이 아니니까요……."

"우리 사이에 그렇게 서먹하게 굴 것 없잖아? 아무 문제 없어."

"알았어요……."

대화로 미루어보아, 두 사람이 학원에서 같은 반 급우였음을 알 수 있었다.

이 잘나 보이는 사람을 어떻게 대해야 할지 나로서는 알수 없었기에 스노우에게 일임할 생각에 한 발짝 물러선다. 싯다르크 씨는 아무 말 없이 그런 나를 보내준다. 하지만 스노우는 물러서는 나에게 비난의 눈길을 보내왔다. 말은 하지 않았지만 알 수 있다. "도망치지 마"라고 말하는 것 같았다.

나는 눈짓으로 "잘 해봐"라고 대답하고 빙긋 미소 지어보였다.

"그나저나, 스노우 오늘은 『에픽 시커』에 부탁을 좀 하려고 온 거야. 같은 학원 출신끼리 힘을 좀 빌려줄 수 없을까?"

싯다르크 씨는 길드마스터인 나를 제쳐두고 계속 스노우에게만 말을 걸었다.

"부탁이요?"

"그래. 듣자 하니, 네가 돌아온 후로 『에픽 시커』는 눈부신 활약을 하고 있다던데. 활약이 대단해도 너무 대단해서, 국가에게서 의뢰받은 업무를 하루 만에 해치워버렸다고 들었어. 그런 너한테 협력을 부탁하고 싶은 일이 있어서 말이지."

"아, 아뇨, 저는 딱히——."

"네가 겸허한 여자라는 건 나도 잘 알고 있어. 하지만 나는 다른 우둔한 자들과는 달리, 네 힘을 정당하게 평가하고 있지. 길드의 업무를 단 하루 만에 끝내는 건 네가 아니면 아무도 부릴 수 없는 재주야."

싯다르크 씨는 상당한 안목의 소유자인 모양이다. 스노우가 가진 힘의 유용성을 이해하고 있었다.

"아뇨, 저는 정말 아무것도 안 했어요. 모든 건 팰린크론 레거시와 새로운 길드마스터 덕분이에요."

"흐음……. 팰린크론은, 뭐, 이해가 되긴 해. 하지만 거기 그 패기 없는 남자가 도움이 되고 있다고?"

패, 패기가 없다고……?

폄하당하고 있다는 건 알겠지만 어떻게 대꾸해야 할지를 모르겠다.

어쨌건 나에게 패기가 없다는 이야기는 일리 있는 말이었기에 고개를 끄덕이려고 했다가 스노우의 따가운 눈총을 받았다.

눈으로 "지금 당장 패기를 내뿜어, 패기를"이라고 말하고 있는 걸 알 수 있었다. 하지만 패기라는 게 내고 싶다고 해서 마음대로 낼 수 있는 게 아니다. 가만히 고개를 가로젓는 수밖에 없었다.

그것을 본 스노우는 뽀로통하게 뺨을 부풀리고 다시 싯다르크 씨를 돌아보았다.

"……카나미는 우수한 마스터에요. 틀림없이."

"틀림없이? 이거 놀라운데. 신중한 성격인 네가 그렇게 단언하는 걸 본 건 오랜만이야. 이 남자가 그 정도로 유능하다는 건가?"

"네, 우리 『에픽 시커』의 마스터니까요……. 무엇보다, 제가 파트너로서 인정하고 있는 유일한 사람이기도 하고요."

스노우는 분명하게 나를 파트너라고 말했다.

말수 적은 스노우의 입을 통해서 그런 말을 들은 건 처음인지라, 나는 쑥스러워서 뺨을 긁적거렸다. 자세히 보니 스노우의 뺨도 약간 붉어져 있는 것 같은 느낌이 들었다.

그 모습을 본 싯다르크 씨의 얼굴에는 불쾌한 기색이 역력했다.

"……알았어. 스노우가 그렇게까지 이야기하는 걸 보면, 시험해볼 가치가 있는 인간이라고 판단하는 수밖에. 이번 협력 의뢰에도 도움이 되기도 하니까."

"협력 의뢰라고요……?"

"그래, 오늘 예정돼 있는 라우라비아 국의 계획에 결원이 발생했어. 그 인원 충원을 길드『에픽 시커』에 부탁할 생각이야."

"그 계획이 어떤 건지 자세하게 말씀해주세요."

"계획은 단순해. 얼마 전에 텅 비어버린 10층과 20층의 '정도'를 라우라비아의 손으로 정비하는 거지."

"'정도'의 공사라……. 가디언이 사라져서 마력을 상실한 방에 새로운 결계를 치는 계획이라는 거군요……."

"역시 스노우야. 눈치가 빠르다니까."

예전의 10층은 미친 듯이 타오르는 불길 때문에 최소한의 '정도'밖에 깔리지 못했다. 내가 알기로는 9층과 11층을 잇는 가느다란 '라인'이 있는 게 고작이었다고 알고 있다.

그걸 말끔하게 정비해서 몬스터를 쫓아내는 결계를 구축한다는 것이다.

길드『슈프림』은 그 업무에 대한 협력을 부탁하러 온 것이라는 이야기다.

"마스터에게 확인해볼게요."

"……그래, 알았어."

스노우는 물러서 있던 나에게 다가와서 손을 붙잡고——한층 더 물러났다. 그리고 싯다르크 씨에게 목소리가 들리지 않는 걸 확인하고 내 발을 밟았다.

"아얏!"

"……카나미, 왜 날 두고 물러난 거야?"

"아니, 같은 학원 친구잖아? 나 나름대로 배려하려고 그런 건데."

"그렇구나, 최악의 오지랖이네. 그럼 다음 질문, 왜 아무 반박도 안 한 거야?"

"패기가 없다는 말? 그 정도는 굳이 받아칠 필요도 없어. 나를 깔보고 있다는 건 나도 알지만, 나는 그런 건 신경 안 쓰니까. 그리고 패기가 없다는 건 사실이기도 하고."

"……카나미한테도 분명한 패기가 있어!"

"아, 아니, 없는 것 같은데……?"

태어나서 지금까지 패기가 있다는 소리를 들어본 적은 한 번도 없었다. 지금 스노우에게 들은 게 처음이었다.

"어찌 됐건, 계속 얕보이는 건 곤란해. 카나미는 우리의 대표니까, 조금이라도 맞받아쳐."

"그건 내 방식이 아냐. 얕보이기 싫어서 맞받아치는 것도, 체면 때문에 허세를 부리는 것도, 나랑은 좀 안 맞는 것 같아. ……행동으로 보여주면 사람들도 분명 알아줄 거야. 나는 그런 길드마스터가 되고 싶어."

"또 안이한 소리를. 어쨌거나, 지금 카나미가 얕보이고 있는 걸, 나는 도저히 못 참아."

"고, 고마워. 그렇지만 나중에 본때를 보여주면 되잖아?"

"……."

내 방침을 듣고 스노우는 입을 다물었지만 대꾸할 말이 없어서 그런 건 아니었다.

내 말에 납득하지 못하고 있다는 건 얼굴만 봐도 알 수 있었다. 스노우는 평온을 중시하는 내 사고방식에 대해 불만을 품고 있었다. 단지, 나에 대한 설득을 단념한 것뿐이리라.

"……스노우, 아직 안 끝났어?"

한참동안 이야기를 나누고 있는 우리를 보며 싯다르크 씨가 소리친다.

스노우는 땅이 꺼질 듯 한숨을 짓고 냉정함을 되찾았다.

"……하아. 그럼 카나미, '정도' 공사 보조 의뢰는 어떻게 할 거야?"

"가능한 한 협조할 거야. 그게 라우라비아에서 활동하는 길드의 역할이니까."

"그래."

내 대답을 들은 스노우는 싯다르크 씨 쪽으로 돌아갔다.

"마스터는 협력 요청에 응하겠다는 모양이에요."

"그거 다행이군. 고맙다, 스노우."

"……감사인사는 마스터에게."

스노우는 피곤한 얼굴로 대꾸한다. 말투가 평소의 맥 빠지는 목소리로 돌아가려 하고 있다.

"물론이지. 『에픽 시커』의 길드마스터와 멤버들에게도 감사하고 있고말고. 그럼, 곧바로 계획의 상세사항을 전달하지. 시간에는 한도가 있으니까."

"……네. 그럼 『에픽 시커』 안으로 들어가서 이야기해요."

스노우는 싯다르크 씨 일행을 건물 안으로 안내한다.

그 모습을 지켜보면서 나는 업무와 무관한 생각을 하고 있었다.

보아하니, 높은 사람이 있으면 스노우는 업무를 땡땡이치지 않는 모양이다. 그 특징을 앞으로의 미궁 탐색에 유효하게 활용할 방법이 없을까……그런 생각을 하고 있으려니, 스노우가 커다란 목소리로 나를 불렀다.

나는 허둥지둥 그들을 쫓아 『에픽 시커』 건물 안으로 들어갔다.

길드 『슈프림』과의 대화는 그리 오래 걸리지 않았다. 사실상 계획이 이미 완성돼 있었던 영향도 있었지만, 애초에 우리 길드 『에픽 시커』에게는 발언권이 없었기 때문이었다. 그날이 지나기 전에 라우라비아 국이 주도하는 '정도' 공사계획이 개시되었다.

계획을 수행하는 일행은 미궁 앞에 집결해서, 싯다르크 씨의 구령에 따라 신속하게 안으로 들어갔다.

이 계획에 참가하는 인원은 국가의 관리 한 명과 '정도'를 보수하는 마법기사 3명. 호위를 맡은 각 길드의 정예 멤버 몇 명씩으로 구성된 소수의 파티였다.

참가하고 있는 길드들은 하나같이 라우라비아의 주력들이었다. 각 길드들의 정예멤버들인 만큼 개개인의 능력치도 높았다. 그리고 그 정점에 서 있는 게 바로 싯다르크 씨였다.

길드 『슈프림』의 영향력도, 개인의 힘도, 집안도 톱클래스. 탐색 지휘를 그가 맡는 건 당연한 일이었다.

국가에서 파견되어 온 관리도 싯다르크 씨에게는 한 수 접고 들어가는 모양이다.

이야기를 들어보니 싯다르크 가문은 라우라비아 왕가의 혈통이라, 연합국 전체로 따져도 상당한 고위 귀족이라는 모양이다.

"오──, 그거 대단하네요. 한마디로 왕족이라는 건가요? 아니, 공작이라고 해야 하나?"

"카나미 군, 그런 것도 몰랐어?"

미궁의 '정도' 안을 걷는 중 옆에서 걷던 테일리 씨가 황당해하며 말했다.

길드 『에픽 시커』의 참가 멤버는 나와 스노우와 테일리 씨 이렇게 세 명이다. 원래는 보르자크 씨도 데려오고 싶었지만 워낙 갑작스런 일이라 부를 시간이 없었다.

일행의 행렬 뒤쪽에서 나는 테일리 씨와 잡담을 하고 있었다.

"죄송해요. 워낙 시골에서 와서……."

"그렇다면 어쩔 수 없지. 그럴 때 도와주라고 나나 보르자크가 있는 거니까. 뭔가 모르는 게 있으면 사양 말고 물어보렴."

"그래야겠네요. 오늘은 한가할 것 같으니까, 이것저것 여쭤봐야겠네요."

"한가하다니……. 일단 여긴 미궁 안인데……."

"이렇게 강한 멤버들이 함께 있고, 그것도 20층까지만 가는 거니까 아마 계속 한가할 거예요."

"그래도 자칫 잘못하면 사망자가 나오는 게 미궁이라고."

"제가 계속 정찰하고 있어요. 그러니까 걱정할 것 없어요. 아무도 죽을 일은 없을 거예요."

"아무도 안 죽는다니……. 다른 길드 사람들은 안 구해줘도 돼. 이런 건 자기 책임이니까."

"그건 저도 알지만……. 만약에 누군가가 죽을 위기에 처한다면, 아마 제 몸이 저절로 움직일 거예요. 비록 그 사람이『에픽 시커』멤버가 아니라고 해도…….”

“하아……. 안이하구나. 그런 식으로 행동했다가는, 목숨이 몇 개가 있어도 남아나지 않을 텐데?”

“하긴 그럴지도 모르죠……. 스노우한테도 그런 이야기 자주 들어요…….”

하지만 그래도 상관없었다. 손이 닿는 범위 안에서는 최대한 손을 써야지 안 그러면 나는 후회감에 짓눌리고 말 것이다. ‘구할 수 있는 사람은 힘닿는 데까지 구한다’라고 이미 각오했다.

──그렇게 생각한 순간 묘한 위화감이 느껴졌다.

마치 근본적인 부분에서 뭔가가 바뀌어 있는 것 같은 감각이었다.

……내가 한 각오는 정말로 그런 각오였던가?

…………

해답은 나오지 않았다. 약간의 불안감을 안은 채 미궁을 걸어갔다.

출몰하는 몬스터는 전방에 있는 사람들이 처치해주니 거의 걷기만 하면 되는 쉬운 일이었다.

참고로 스노우는 싯다르크 씨의 부름을 받아 앞쪽에 가 있었다. 높은 사람의 지시에 거스르지 못해서 마음고생을 하고 있는 걸 〈디멘션〉을 통해 알 수 있었다.

“그런데, 카나미 군은 뭘 물어보고 싶어?”

“글쎄요. 우선 귀족에 대해 더 자세히 알고 싶어요. 오늘 만난 싯다르크 씨가 그렇게 대단한 사람이라는 걸 몰랐었으니까…… . 그 바람에 좀 망신을 당한 건지도 모르겠어요."

"하긴. 싯다르크 가문을 몰랐던 건 좀 문제긴 해. 그럼 높은 순으로 차례차례 가르쳐줄게."

이렇게 해서 이세계의 귀족에 관한 테일리 씨의 강의가 시작되었다.

테일리 씨는 헛기침을 한 번 하고 교사처럼 입을 열었다.

"우선, 왕가에 대해 설명할게. 요즘에는 왕족의 위엄이 좀 떨어져가고 있지만, 그래도 제일 위에 있는 건 왕족이야. 다만 후즈야즈만은 교회가 더 지위가 높지. 후즈야즈는 왕족의 힘이 약하거든. 그 나라는 제도부터가 좀 특수하니까. 거기에 갈 때는 왕족보다도 교회를 더 조심해야 한단다."

"알았어요. 나라에 따라 문화가 다르다는 거군요."

"다음은 귀족이야. 같은 귀족이라고 해도, 힘이 있는 건 지위가 높은 귀족뿐이란다. 중견귀족 정도는, 흔히 있는 상인들보다도 지위가 낮은 경우도 있어."

"에에, 귀족들도 다 같은 귀족이 아니라는 거네요."

"그리고 그중에서도 가장 조심해야 하는 게, 아까 이야기했던 싯다르크 가문. 흔히 말하는 4대 귀족 중 하나란다. 일단 헤르빌샤인, 싯다르크, 워커, 아레이스, 이 네 가문에게는 고개를 숙이는 게 상책이란 이야기지."

"기억해뒀어요. 그 네 가문의 눈 밖에 나지 않게 조심할게요."

"좋아. 그럼, 그러는 김에 스노우 '워커'한테도 좀 더 다정하게 대해 주렴."

"어, 다정하게 대하고 있는데요?"

"지금 같은 때일수록, 스노우는 카나미 군이 지켜주기를 바라고 있을 거야. 쟤도 저래 봬도 엄연한 여자애니까 말야."

"지금도 꼼꼼하게 〈디멘션〉으로 지키고 있으니까 괜찮아요."

"아니, 그게 아니라……. 하아, 그만 됐어. 다음으로 넘어가자. 위험한 귀족이나 호족, 유력 상인에 대해서 가르쳐줄게……."

아마 테일리 씨는, 스노우를 싯다르크 씨 곁에서 떼어놓아 달라는 이야기를 하려는 것이리라.

스노우가 싯다르크 씨를 껄끄럽게 여기고 있다는 건 한눈에 봐도 알 수 있었다. 마음 같아서는 농땡이를 피우고 싶은데 그가 곁에 있으면 농땡이를 피울 수도 없다. 최악의 상성이라 해도 과언이 아니었다.

하지만 나는 그게 스노우에게 도움이 될 거라 생각하고 있다. 그러니까 어지간히 심각한 상황이 벌어지지 않는 한 이번 일에 대해서는 도와주지 않을 생각이었다.

스노우의 농땡이 습관을 개선하는 계기가 될 수도 있다고 생각한 것이다.

테일리 씨가 이야기하는 동안 일행은 한 층 한 층 내려갔다.

기본적으로 '정도'를 따라서 걷고 있기 때문에 전투는 드물었다. 하지만 아무래도 통상적인 파티들보다 많은 인원이 몰려다니고 있는 만큼 몬스터들도 몰리기 마련이다.

적의 접근 사실은 〈디멘션〉을 통해서 감지하고 있었다. 하지만 랭크가 낮은 몬스터를 레벨 20에 가까운 사람들이 상대하는 것인 만큼 굳이 내가 나설 필요도 없었다.

나는 멀찌감치 떨어져서 사고가 일어나지 않도록 관찰하고 있기만 하면 됐다.

그런 나와는 딴판으로 싯다르크 씨는 끊임없이 누군가에게 지시를 내리고 있었다. 보아하니 그는 남들을 지휘하기를 좋아하는 고압적인 성격인 모양이다. 스노우와는 정반대의 성격처럼 보이건만 어째선지 스노우에게 상당히 마음을 써주는 것 같았다.

신기하다 싶어서 은근슬쩍 테일리 씨에게 그 점에 관해묻는다.

"——그건, 스노우가 집안은 좋으면서 자아가 약한 애라서 그런 거야. 스노우는 자기주장을 안 하니까. 저 사람 입장에서 보면 스노우처럼 다루기 쉬운 양갓집 규수는 없거든."

"스노우의 자아가 없다……? 저한테는 억지도 자주 부리고 그러는데요."

"그러니? 스노우는 전력을 다하지는 않지만 묵묵히 최소한의 자기 몫은 다하는 스타일이라고 알고 있는데?"

"아뇨, 서류 같은 건 저한테 다 떠넘기고 항상 투덜거리기만 하는데요?"

"헤에, 그랬을 줄이야……. 아마 마음에 들어서 그런 걸 거야. 오빠인 글렌 군을 대할 때도 그런 식으로 굴었으니까."

"그런 건가요……?"

"옛날 생각나는걸. 예전에, 글렌 군이『에픽 시커』에 있던 시절, 나는 길드의 말석에 있었어. 하지만 그래도 그때 그 광경은 기억하고 있어. 뛰어난 실력을 갖고 있지만 마음이 약한 글렌 군 뒤에서 항상 스노우가 잔소리를 하곤 했었지."

"헤에, 정다운 남매네요. 스노우는 남매간에 사이가 나쁘다고 했었는데 그건 쑥스러워서 그렇게 말한 거였나 보네요."

"으——음, **예전에는** 사이가 좋았었지. 하지만 지금은 어떠냐고 묻는다면 좀 애매하긴 해. 글렌 군도 스노우도 어떤 사건을 계기로 사람이 달라졌으니까. 아마, 예전처럼 정다운 사이는 아닐 거야."

"어떤 사건……? 무슨 일이 있었던 거죠……?"

"그건 본인에게 물어보렴. 내가 이야기하면 카나미 군과 스노우의 극적인 드라마에 찬물을 끼얹는 셈이 될 테니까."

"드, 드라마라니……."

테일리 씨는『에픽 시커』중에서는 진지한 편에 속하는 사람이라고 생각했었는데, 낭만적이고 어딘가 좀 이상한걸 보니 그녀 역시 틀림없는『에픽 시커』의 일원인 모양이다.

"그 이야기가 워낙 중요한 거라서 그래. 그 대신 더 재미있는 걸 가르쳐줄게. 아까, 왜 엘미라드 싯다르크가 스노우 워커한테 마음을 써주는지 물었었지? 사실은 아주 간단한 이야기야.”

“으음…….”

“왜냐하면, 저 둘은 약혼한 사이거든!!”

테일리 씨는 신이 난 얼굴로 내게 새로운 사실을 가르쳐 주었다.

아니, 오히려 그쪽이 더 본인에게 들어야 할 이야기인 것 아닐까……?

“오, 오오……. 약혼이라…….”

“어머나, 안 놀라네? 더 놀라거나 당황하거나 할 줄 알았는데…….”

보아하니 내 반응이 마음에 안 드는 모양이다. 어렴풋이나마 알 것 같다. 이 사람은 나와 스노우에게 이야기 속 영웅과 히로인의 모습을 원하고 있는 것 같은 경향이 있었다.

“아뇨, 그거랑 비슷한 이야기는 이미 들었거든요. 게다가 두 사람 다 4대 귀족인 데다 나이도 가깝고, 학원도 같은 곳에 다녔고요. 싯다르크 씨의 대응을 보면, 충분히 가능성이 있는 이야기라고 생각했어요.”

“아아, 그렇구나. 그나저나, 어때? 저 둘이 약혼한 사이라는 이야기를 들으니까, 어떤 생각이 들었어? 이 누나한테 이야기해줘. 응?”

“아뇨, 별생각 안 들었는데요. 좋은 혼담인 것 같긴 하지만…….”

"에, 에에——……. 그거 진심으로 하는 이야기야, 카나미 군……?"

"어찌 됐건, 저 둘의 이해관계는 일치하는 셈이라고 생각해요. 그리고 보아하니 싯다르크 씨 자체는 나쁜 사람도 아닌 것 같고요. 저런 사람은 외부의 적에게는 엄격하지만 가까운 사람에 대해서는 자상한 법이에요. 재능이 넘치고 성취욕도 높으니까 분명 스노우의 장래는 반석에 오를 거예요."

"……으, 으——음. 역시 넌 좀 이상한 애구나."

"이, 이상해요? 방금 제 대답에 이상한 요소 같은 게 어디 있었다는 거죠? 만약에 이상한 요소가 있었다고 해도 테일리 씨한테 그런 소리를 듣기는 싫은데요."

두 사람의 혼담에 대한 객관적인 평가를 이야기하자 테일리 씨는 굳어진 얼굴로 내 머릿속을 걱정했다.

하지만 나이에 비해 생각이 지나치게 낭만적인 테일리 씨한테 그런 이야기를 듣고 싶진 않다.

"나야말로 너한테는 그런 소리 듣고 싶지 않다고. ……있잖아, 카나미 군은 스노우를 안 좋아하니?"

"그걸 어떻게 알겠어요. 아직 만난 지 얼마 되지도 않았는데."

"그래도 어느 정도 좋냐, 싫냐 하는 감정은 있을 거 아냐? 어때? 우리 스노우는 마음에 드니? 안 드니?"

"아니, 그런 걸 생각할 여유가 없다니까요……. 동생을 위해서 정신없이 일하고 있는 몸이다 보니까……."

"거기서 여동생 이야기가 나오는 걸 보면, 팰린크론이 이야기한데로 시스콤이구나⋯⋯."

"왜 그런 결론이 나오는 건데요⋯⋯."

"시스콤으로 판정받기 싫거든, 지금 당장, 솔직하게 대답해봐! 어서!"

테일리 씨는 진지한 표정으로 나를 닦달했다.

이렇게 진지한 테일리 씨를 보는 건 처음이다. 역시 『에픽 시커』의 일원들은 진심을 발휘하는 포인트가 이상하다.

솔직하게 말하자면 나는 시스콤으로 판정받는다고 해도 별 불만은 없다.

실제로도 세상에서 제일 소중하게 여기는 건 동생이다. 틀림없이.

하지만 일단은 테일리 씨의 흥분을 가라앉히기 위해서라도 일단은 대답해둬야겠다.

"그래요. 스노우를 좋아하긴 해요. 예쁘기도 하고."

"그렇게 선선히 인정해버리는 것도 어째 좀 찜찜한걸⋯⋯."

"그럼 어쩌라는 말씀인지⋯⋯."

"으──음, 카나미 군은 원래 그렇게 건조한 성격이었던가⋯⋯?"

"어, 이게 건조한 건가요⋯⋯."

별로 들어본 적이 없는 단어에 고개를 갸웃거렸다.

나는 내가 메마른 녀석이라고 생각한 적은 없었다. 오히려 감정이 풍부한 편이라고 생각하고 있다. ──분명 나는 그렇

189

게 생각했지만 돌이켜 보면 방금 전의 대화는 확실히 좀 건조했던 것 같기도 하다. 스노우에 대해서 너무 냉정했다.

내가 원래 이렇게 담담하고 합리적인 녀석이었던가······?

이 정도까지──.

지끈거리는 머리를 억누르고 테일리 씨에게 억지 미소를 지어보였다. 가까스로 그녀에게는 들키지 않고 넘어갈 수 있었다.

그 후로도 우리는 시답잖은 이야기를 거듭하며 시간을 보냈다.

그리고 일행은 별문제없이 10층에 다다랐다.

물론 평소에 탐색할 때보다 두 배 이상 되는 시간이 걸리기는 했지만.

곧바로 일부는 잠시 눈을 붙이고, 일부는 주위를 경계하며 공사를 개시했다.

잠시 빈 시간을 이용해서 나는 방 한쪽에 있는 〈커넥션〉으로 다가갔다. 눈에 띄지 않는 천을 덮어두었고 미궁이 어둠침침하기도 해서, 다른 탐색가들에게 들키지는 않은 모양이다.

공사는 기본적으로 방 중심부에서 이루어지고 있고, 굳이 구석 쪽으로 가려는 사람은 없는 것 같았기에, 나는 눈을 붙이는 그룹에 들어가서 안심하고 잠을 청하려고 했다. 그때 한 목소리가 말을 걸었다.

"······카나미."

어느 틈엔가, 스노우가 기진맥진한 모습으로 옆에 앉아 있었다.

"왜 그래?"

"……피곤해. 아주 피곤해. 엄청 피곤해."

"일이라는 건 다 그런 거야. 힘 내."

위로의 말을 건네고 '소지품' 속에서 음료수를 꺼내서 건 냈다.

"……다음에는 나랑 같이 전방에 와줘. 부탁이야."

스노우는 음료수를 받으면서 가냘픈 목소리로 애원했다.

"내가? 하지만 싯다르크 씨는 내키지 않아 할 것 같은데?"

"……상관없어. 나는 카나미랑 같이 있는 게 좋아."

"그거, 그냥 나한테 일거리를 떠넘기고 날로 먹으려고 그 러는 거 아냐? 이건 길드 멤버들끼리만 하는 일이 아니잖 아. 그런 이유 때문에 배치 위치를 바꾸는 건 안 돼."

"따, 딱히 날로 먹으려고 그러는 건 아냐."

"그렇다고 해도, 일방적인 행동이라는 건 마찬가지잖아. 오늘 하루만이라도 참을 수 없어?"

"미안. 그래도 와줬으면 해. 나는 카나미 곁에 있는 게 좋 아. 곁에 있고 싶어."

스노우는 고집스럽게 내게 동행을 요구했다. 뭔가 좀 이 상하다 싶어서 작은 목소리로 스노우에게 묻는다.

"에——, 아——, 싯다르크 씨가 그렇게 싫어?"

"……싫은 건 아냐. 너무 귀찮아."

"귀찮다면, 늘 하던 것처럼 대응하면 되잖아. 괜히 신경을 쓰니까 그렇게 불편한 거 아냐? 분명히 싯다르크 씨도 이해해줄 거야."

"이상한 대응은 못해. 저 사람이 그냥 넘어가더라도 집안 사람이 화낼 거야. 그렇게 되면 더 귀찮아져."

보아하니 집안 사정이 얽혀 있는 것 같다. 약혼을 한 사이인 만큼 그 약혼 상대를 함부로 대하는 건 집안 망신에 해당하는 건지도 모른다.

"내가 곁에 있다고 해도 그 귀찮은 게 덜해지거나 하지는 않을 텐데?"

"귀찮은 건 마찬가지지만 마음이 편해져. 안심할 수 있어."

"그야, 내가 있으면 전투 면에서는 안심할 수 있긴 하겠지만……."

"어쨌든, 부탁이야."

스노우는 간절한 표정으로 다시 내게 애원한다.

워낙 필사적인 표정이었기에 나는 결국 고개를 끄덕일 수밖에 없었다.

"알았어. 그렇게까지 부탁한다면, 하는 수 없지."

"……다행이다……."

내가 고개를 끄덕이는 걸 보자 스노우는 눈을 감고 쌔근쌔근 잠이 들어서 내게 몸을 기댔다.

사람들 눈에 띄면 곤란할 것 같아서 '소지품' 속에서 담요를 꺼내서 스노우의 머리 밑에 받쳐주었다.

나는 스노우에게서 약간 떨어진 곳에서 쪼그려 앉아 휴식을 취한다.

아무래도 스노우는 정말로 힘들었던 모양이다.

될 수 있으면 스노우 혼자 힘으로 극복해주기를 바랐지만 그렇게 순탄하게 풀리지는 않을 것 같다.

지치고 힘들어서 마음이 꺾여버릴 것 같은 상태로 돌아오고 만 모양이다. 다시 말해 그녀는 둔한 것 같으면서도 실제로는 마음이 약한 사람인 것이다.

……일단 그 점을 알고 나니 더는 내버려둘 수 없었다.

오늘은 스노우를 도와주기로 마음먹고 다시 눈을 붙였다.

눈을 떴을 때 스노우를 도와줄 수 있도록 힘을 비축하기 위해.

◆ ◆ ◆ ◆ ◆

몇 시간 후, 10층 공사를 마친 일행은 20층으로 향한다.

마지막까지 〈커넥션〉의 존재를 들키지 않아서 일단 한시름 덜었다. 어쩌면 생각보다 더 은폐 효과가 좋은 건지도 모르겠다.

11층으로 내려가면서 진형에 다소 간의 변경이 이루어졌다. 물론 실질적인 리더인 싯다르크 씨가 전부 다 결정한 것이었다. 사람을 보는 그의 안목은 탁월하고 전술 구상 능력도 예리하다보니 아무도 불만을 제기하려 하지 않았다.

……스노우를 제외하고.

"엘, 카나미도 전방에 배치해주면 안 될까요?"

"『에픽 시커』의 길드마스터를 전방에? 내가 가진 정보에는, 감지마법과 빙결마법을 주로 쓰는 마법사라고 나와 있는데? 그렇다면 진형의 중심부, 혹은 후방에 배치하는 게 알맞아."

찍 소리도 할 수 없을 만큼 적절한 판단이었다.

내가 가치를 발휘하는 건 전원을 지원할 수 있는 중심부나 후방일 것이다. 아직 길드에서 활약한 지 며칠 되지도 않은 나에 관한 정보를 그는 훤히 꿰뚫고 있다.

싯다르크 씨의 뛰어난 정보수집능력과 해석능력을 방금 그 한마디로 이해할 수 있었다.

"아뇨, 카나미가 가진 능력은 그게 다가 아니에요. 검도 쓸줄 알아요."

"물론, 그것도 알고 있어. 하지만 전문 분야는 마법이라고 들었어."

"그건 잘못된 정보에요. 의심의 여지없이 카나미의 검술 실력은 일류에요. 그리고 카나미는 저와 페어를 이룰 때 힘을 발휘해요."

"……알았어. 그렇게까지 이야기한다면, 일단 전방에 배치해도 좋아. 하지만, 결과와 상황에 따라서 바로 변경할 거야."

"고맙습니다."

스노우의 끈질긴 설득 끝에 싯다르크 씨는 내 참전을 허가했다.

하지만 그건 스노우의 의견에 납득했기 때문이 아니라 스노우에게 자신의 도량을 과시하기 위한 행동으로 보였다. 그렇기에 내 곁을 스쳐 지나가면서 싯다르크 씨는 위압적인 말을 던졌다.

"조금이라도 다른 사람에게 민폐를 끼치면, 그 즉시 후방으로 배치시킬 테니, 그리 알도록."

"알았어요. 최선을 다할게요."

무난한 표현을 골라 대답하며 고개를 숙였다.

"흥. 너도 명색이 길드마스터라면 스노우를 이용하지 말고 자신의 말로 뜻을 전해라……."

그러나 나에 대한 싯다르크 씨의 인상은 점점 더 악화되어가기만 할 뿐이었다. 보아하니 내가 스노우를 통해 내 의견을 전한 걸로 보인 모양이다.

변명해봤자 소용없을 거라고 판단, 나는 그저 침묵을 지켰다.

진형의 선두로 가는 싯다르크 씨의 뒷모습을 바라보고 있으려니 스노우는 옆에서 불만스런 기색을 보인다.

"……카나미 바보."

"에, 에에……? 내가 뭘 잘못했는데?"

"……전부."

"싯다르크 씨처럼 성실한 사람과 으르렁거려봤자, 아무

195

런 이득도 없어. 스노우는 나를 부채질해서 뭘 어쩌려는 건데……?"

"……저게 성실하다고? 흐응."

나는 스노우의 손을 잡아끌고 앞쪽으로 이동했다.

후방과는 달리 전방은 전투가 벌어지는 빈도가 잦았다. 열을 지어이동하는 만큼 적에게 발견당하기도 쉬워서 평소에 탐색할 때보다 몇 배는 더 많은 적들의 습격을 받았다. 행렬 속도도 더뎌지니 여럿이서 탐색하는 게 얼마나 어려운지를 실감할 수 있는 상황이었다. 하지만 싯다르크 씨는 이렇게 높은 난이도의 임무를 완벽하게 해내고 있었다.

남들 위에 서는 자의 그릇을 가진 자라는 것이 그에게는 분명히 존재했다. 성격이나 능력도 그렇지만, 무엇보다 지위 자체가 그것을 거들어주고 있었다. 모든 이들이 "다른 사람도 아닌 싯다르크 가문이니까"라는 이유만으로도 그를 따랐다.

다만 싯다르크 가문이라는 지위가 도리어그를 짓누르고 있는 것처럼 보이기도 해서 약간 위태롭게 느껴지는 면도 있었다.

나를 비롯한 정예 병력들이 싯다르크 씨의 지시에 따라서 검을 휘둘러나갔다.

그러던 중 덤벼든 몬스터를 내가 일도양단해서 처치했을 때 싯다르크 씨의 표정에 변화가 엿보인 것을 나는 놓치지 않았다.

이걸 보고 나를 재평가해주면 좋으련만…….

그리고 아니나 다를까 스노우는 내 뒤에 숨어서 농땡이를 피우기 시작했다.

전과 달라진 게 없이, 싯다르크 씨의 눈을 피하면서 내 뒤에서만 싸우고 있었다. 싯다르크 씨와의 교류를 통해서 스노우를 갱생시키겠다는 꿍꿍이는 이제 완전히 끝난 거나 다름없었다.

점점 더 깊은 미궁으로 내려감에 따라 '정도'로 넘어와서 공격하려는 몬스터들이 늘어났다.

때로는 몬스터들이 단체로 덮쳐드는 일도 있었다.

나는 만일의 사태에 대비해서 무리 가장 앞으로 나섰다. 으스댈 생각은 없지만 단순한 전투능력만 따지자면 내가 제일 뛰어났다. 내가 많이 싸우면 싸울수록 전체의 위험부담은 감소한다.

몬스터의 목을 열 개 가까이 베었을 때 싯다르크 씨가 말을 걸었다.

"아이카와 카나미라고 했던가……. 아까부터 마법 쓰기를 꺼리는 것 같던데, 너는 검사인가?"

"아뇨, 검도 쓸 줄 알긴 하지만 마법사예요."

"팰린크론에게 길드마스터 자리를 일임 받은 것도 이해가 가는군. 촌놈이라고 만만하게 봤었는데 자리에 상응하는 실력은 있는 모양이니까."

"아뇨, 저는 아직 한참 멀었어요."

"……나는 그런 겸손은 질색이야. 비꼬는 소리로밖에는 안 들리니까. 너도 남들 위에 서는 자라면 더 위엄 있는 태도를 보이는 게 좋지 않겠나?"

"으……. 죄송해요. 원래 타고난 성격이 이래서……."

"왜 거기서 사과하는 거냐. 아무래도 너와는 성격이 안 맞는 것 같군……."

실력에 대해서는 높이 평가해준 모양이지만 내 성격은 마음에 들지 않은 것 같았다. 나는 싯다르크 씨 같은 사람이 싫지 않은데 애석한 일이었다.

하지만 그런 내 생각을 곧이곧대로 이야기해봤자 역효과만 생겨나리라.

그의 길드마스터다운 행동을 배우기 위해, 말없이 싯다르크 씨를 따라가면서 그의 일거수일투족을 관찰했다.

따라하려는 건 아니지만, 다른 길드 길드마스터의 방식을 보고 배우는 건 나쁜 일이 아니다.

싯다르크 씨의 지시 하달 방법을 관찰하면서 덮쳐드는 적을 격퇴했다.

더불어 〈디멘션〉으로 스노우와 테일리 씨 쪽에도 주의를 기울였다. 지금 내 실력이면 이 정도 병렬작업쯤은 딱히 어려울 것도 없다.

별 탈 없이 미궁 안을 나아간다. 다만 16층에 다다를 쯤엔 이제 슬슬 멤버들 사이에 피로한 기색이 엿보이기 시작했다. 행군 속도는 눈에 띄게 느려지고 많은 사람들의 표정이

어두워져 있었다.

그러자 곧바로 싯다르크 씨의 격려가 날아든다.

"모두들, 조금만 더 가면 돼! 너희들 정도 되는 실력자들이라면 충분히 해낼 수 있을 거라고 나는 믿는다!"

기운을 북돋워주려고 박차를 가했지만 말만 가지고는 해결되지 않는 경우도 있었다. 사기라는 건 그렇게 손쉽게 오르는 게 아닌 것이다.

싯다르크 씨는 초조한 기색으로 멤버 전체에게 면밀한 주의를 기울이며 행군을 재개했다.

그런 그를 보조하기 위해 나는 항상 그 가까이에서 대기하고 있었다. 그 점을 깨달은 싯다르크 씨는 이해가 안 가는 듯 내게 말을 건다.

"너는 안 피곤한가……?"

"저는 괜찮아요. 체력은 자신 있으니까요. 필요한 일이 있으면, 얼마든지 시키세요."

"……나를 얕잡아보지 마라. 무슨 일이 있어도 네게 기대는 일은 없을 거다. 오히려 그 반대다. 내가 모두를 지킬 거란 말이다."

"……그러세요."

내 걱정은 오히려 역효과만 낸 모양이다.

조금씩이나마 이제 싯다르크 씨에 대해 좀 알 것 같았다. 그는 어마어마한 책임감에 지배당하고 있었다. 아마도 출생 성분으로 인해생긴 압박감에 얽매인 채로 사춘기를 보내면서, 편향된 가치관을 구축한 것 같았다.

위태로움의 정체를 이제 좀 알 것 같았다.

싯다르크 씨는 책임감에 지배당한 채 앞장서서 걸어갔다.

그 뒤에서 지켜보고 있다 보니 〈디멘션〉의 범위 안에 몬스터 무리가 들어온 게 감지되었다. 서둘러 그 사실을 싯다르크 씨에게 보고했다.

"싯다르크 씨, 이대로 가면 몬스터 무리와 맞닥뜨리게 돼요. 일단 진행방향을 바꿔서 '정도' 밖으로 벗어나는 게 좋겠어요."

"뭐라고? 그리고 보니, 너는 감지마법을 쓸 수 있다고 그랬었지. 그게 정말인가?"

"네, 정말이에요. 대량의 벌레 몬스터들이 이쪽을 향해 다가오고 있어요."

"──아니, 진행방향은 이대로 유지한다. 예정보다 너무 많은 시간이 걸렸어. 더 이상의 시간 소모는 용납할 수 없다."

"하지만, 이대로 충돌하면 피해가 막대할 거예요. 시간보다 안전을 우선시하는 게──."

"몬스터의 종류는 벌레라고 했지? 그렇다면, 내 마법으로 일소할 수 있어⋯⋯!!"

몬스터의 종류는 말하지 않는 편이 나았었던 것 같다.

상대가 벌레 몬스터라면 마법으로 대처할 수 있을 거라고 생각한 것 같았다. 그리고 싯다르크 씨는 충분히 그걸 해낼 수 있는 마법사이다 보니 혼자서 모든 걸 다 해결하려 하고 있었다.

불길한 예감이 들었다. 그를 쳐다보고 있으려니 누군가가 떠오를──것 같았지만 결국 떠오르지 않았다.

어리석기 짝이 없는 '누군가들'을 내가 알고 있는 것 같은 느낌이 들었다…….

"저는 반대예요. 너무 위험하고, 만에 하나 성공한다고 하더라도 싯다르크 씨의 부담이 너무 커요."

"아까도 이야기했지만, 나를 얕잡아보지 마라. 16층에서 나오는 몬스터 무리쯤은 식은 죽 먹기야."

들어줄 기색이 보이지 않았다.

싯다르크 씨가 전권을 쥐고 있는 이상 몬스터 무리와의 조우는 받아들이는 수밖에 없을 것 같았다.

곧 찾아올 전투의 순간을 대비해서 싯다르크 씨는 몸속의 마력을 가다듬었다.

나는 〈디멘션〉으로 몬스터 무리의 움직임을 파악해서 조우할 타이밍을 그에게 상세하게 알려주는 것 외엔 내가 할 수 있는 일은 없었다.

그리고 그 순간이 찾아왔다──.

"──무, 무리다! 몬스터 무리가 나타났다!!"

전방에 배치된 검사 한 명이 눈앞에 나타난 몬스터 무리를 목격하고 공포에 찬 비명을 질렀다.

그 목소리를 계기로 멤버들 사이에 동요가 일었다.

미궁 탐색 경험이 있는 자라면, 몬스터 무리의 위험성을 알고 있다. 여력이 없을 때는 최대한 피해야만 하는 적인 것이다.

하지만 나와 싯다르크 씨 입장에서는 이미 예상하고 있던 일이다.

당황하는 멤버들을 방치해두고, 냉정하게 마법을 구축해나간다.

"싯다르크 씨! 적들이 최대한 접근할 때까지 끌어들인 후에 쏘셔야 해요!"

"말 안 해도 그 정도는 알아!『만물을 쫓아내라』『만물을 불살라라』『만물을 지배하라』!"

'영창'은 힘차고, 마법구축은 정밀했다.

그 마법은 몬스터 무리가 대열에 접근하기 직전에 완성되었다.

"──〈플레임 블라스트〉!!"

싯다르크 씨로부터 화염의 탁류가 뿜어져나왔다.

그 거대한 불꽃은 무시무시한 열기를 내뿜으며 16층의 몬스터 무리를 모조리 집어삼켰다.

무엇보다 적 몬스터와의 마법 상성이 좋아서 불에 약한 벌레 몬스터들은 몸에 달라붙는 화염에 그슬려져서 잇따라 목숨이 끊어져나갔다.

몇몇 몬스터들이 그 불길로부터 몸을 피하기는 했지만 그 녀석들은 내가 〈디멘션〉으로 파악해서 검으로 처리했다.

그 결과 고작 몇 초 만에 몬스터 무리를 전멸시키는 데 성공했다.

"오, 오오! 과연 싯다르크 경이야!"

"역시, 리더는 믿음직하다니까……."

"그 많던 무리를 순식간에……. 다행이야……."

순식간에 사라져버린 위기에 멤버들은 기쁨에 찬 환호성을 내질렀다.

"크윽……."

그러나 그와는 반대로 싯다르크 씨의 표정은 괴로워 보였다.

아마도 방금 그 마법을 쓰느라 MP를 모조리 소모한 것이리라. 굵직한 구슬땀을 흘리면서 거칠게 숨을 몰아쉬었지만 그는 쉴 생각을 하지 않았다.

오래지 않아 숨을 고르고 일그러졌던 얼굴을 가다듬고 소리쳤다.

"좋아! 모두들 걱정 마라! 어떤 적이 나타나건 내가 모조리 해치워버릴 테니까! 천천히 조금씩 20층까지 가는 거다!!"

싯다르크 씨는 기회를 놓치지 않고 전체를 고무시켰다.

멤버들의 표정이 밝아진 걸 확인한 싯다르크 씨는 다시 앞쪽으로 돌아서서, 고통에 찬 표정으로 돌아왔다. 곁에 있는 나는 그 괴로움을 가감 없이 이해할 수 있었다.

"괜찮으세요?"

"이 정도는 아무 문제없다. 쓸데없는 걱정 마. ……그보다,

아까 그 감지마법은 훌륭했다. 네 전황 파악과 시간 지정이 없었더라면 이렇게 성공할 수는 없었을 거야. 고맙다."

"아뇨, 지금은 그것보다 싯다르크 씨의 안색이──."

"……문제없다고 했을 텐데."

내 말을 가로막는 목소리가 연약해진 걸로 보아 방금 전 마법으로 모든 힘을 소모한 게 틀림없었다. 하지만 그의 자존심이 내 도움을 용납하지 못하는 것 같았다.

나는 선두에 선 싯다르크 씨를 지켜보고만 있을 수밖에 없었기에 묵묵히 그 뒤를 따랐다.

걷는 동안 내 마음속은 평안하지 못했다.

집안의 권위를 지키기 위해서 싯다르크 씨는 누구의 도움도 빌리려 하지 않을 것이다. 그를 그렇게 만든 싯다르크 가문이 마음에 들지 않았다. 도무지 마음에 들지 않았다. 그건 스노우의 얼굴을 그늘지게 하는 워커 가문도 마찬가지였다.

귀족의 권위라는 것에 대해 부아가 치밀었다.

자연스럽게 내 안에서 4대 가문에 대한 인상은 형편없이 악화되었다.

──지금은 16층. 목표인 20층까지 앞으로 4층.

나는 앞길에 대한 불안감에 휩싸인 채 미궁 안을 나아갔다.

◆ ◆ ◆ ◆ ◆

그런 내 불안은 완벽하게 적중했다.

16층, 17층까지는 적의 습격이 적어서 아무런 문제도 없었다.

피로가 좀 쌓인 건 사실이지만 큰 몬스터 무리를 섬멸한 덕분에 전체적인 사기는 높게 유지되고 있어서 순조롭다고 해도 과언은 아니었다.

하지만 18층을 나아가던 도중 또 다시 진행방향 앞쪽에 몬스터 무리가 감지되었다.

이 일행의 불운에 나는 이를 갈았다.

"크, 큰일 났어요. 또 무리가 나타났어요."

"큭, 뭐라고……?"

내가 보고하자 싯다르크 씨도 조바심이 난 건지 되물었다.

"싯다르크 씨, 이번에는 정말 피해서 가는 게 좋겠어요."

"아니, 먼 길로 돌아가지는 않을 거야. 예정한시간에 맞추지 못하면, 나에 대한 평가가──싯다르크 가문에 대한 평가가 떨어질 테니까……!!"

"하지만 대응 수단이 없잖아요."

"이번에도 내가 섬멸해버리겠다. 진행 방향은 바꾸지 않아……!"

"무리에요. 싯다르크 씨는 이미 한계를 넘어섰어요. 다른 멤버들도 지쳐 있기는 하지만 싯다르크 씨만큼은 아니에요."

"나를 얕보지 마라! 문제없다고 하지 않았나! 일행을 이끄는 건 나란 말이다! 이 일은 완벽하게 마치고 말 거다!"

내가 뭐라고 하건 싯다르크 씨는 그의 자존심이 후퇴를 용납하지 않는 이상, 결국 몬스터 무리와 싸울 것이다.

나는 그를 기절시켜서 강제적으로 휴식을 취하게 하는 방법을 고려해보았다.

하지만 리더를…… 그것도 다른 길드의 길드마스터이자 4대 귀족의 일원인 싯다르크 씨를 공격했다가는 엄청난 문제가 될 게 틀림없었다. 『에픽 시커』의 길드마스터로서 그런 짓을 할 수는 없었다. 하는 수 없이 나는 섬멸 가능성을 조금이라도 끌어올리기 위해 협조하기로 했다.

"……빨간 털을 가진 짐승 무리예요. 앞으로 30초 정도면 조우할 거예요."

"18층에 빨간 털……. 그 녀석인가……. 그렇다면, 물 속성 마법을 쓰면……."

동시에 싯다르크 씨는 마법 구축을 시작했다.

하지만 나의 〈디멘션〉이 그가 구축한 마법이 허술하다는 것을 내게 가르쳐주었다. MP의 한계까지 마력을 쥐어짜고 있지만 몸 상태가 완전하지 못하다 보니 허점이 생겨나고 있는 것이다.

아까처럼 정확하고 강력한 마법은 쏠 수 없을 것이다.

애초에 무리를 단번에 섬멸시킬 정도의 대마법은 그의 몸에는 맞지 않는 것도 사실이었다.

이대로 가면 위험하다고 판단한 나는 약간 뒤쪽에 있는 스노우 쪽으로 이동했다.

"스노우, 네가 싯다르크 씨한테 충고 좀 해줘. 싯다르크 씨는 또 몬스터 무리와 싸울 작정이야. 이번에는 정말로 위험해."

"……또 몬스터 무리? ……어쨌거나, 싫어."

그러나 스노우는 고개를 가로저었다.

"왜지? 이대로 가면 임무가 실패로 끝나게 될 수도 있어. 무엇보다 싯다르크 씨가 위험해진다고."

"……그런 건, 알 바 아냐. 엘미라드 싯다르크가 어찌 되건 나랑은 상관없는 일이야. 어쨌거나 귀찮으니까 끼고 싶지 않아. 이제 지긋지긋해."

그리고 그 이유를 간결하게 이야기했다.

스노우에게 있어서는 임무도 싯다르크 씨도 중요하지 않아보였다.

거침없이 대꾸하는 스노우를 본 나는 더 이상의 재촉을 포기하고 선두에 있는 싯다르크 씨 뒤로 돌아갔다. 그는 이미 영창을 시작한 상태였다.

"──『먹이를 집어삼켜라』『먹이를 휘저어라』『먹이로 변환시켜라』──."

영창을 마쳐갈 쯤엔 몬스터 무리를 육안으로 확인할 수 있게 되었다.

전방에 있는 멤버들은 꿈틀거리며 나타난 짐승 무리를 보고 전 멤버들에게 전달했다.

"나, 나왔다! 젠장, 또 패거리야! 이번에는 빨간 개들이 몰려오고 있어!!"

곧바로 멤버 전원이 몬스터 무리의 출현을 알게 되자 모두의 시선이 리더인 싯다르크 씨에게로 모여들었다. 그 시선에 부응하듯이 싯다르크 씨는 힘차게 소리쳤다.

"모두들 걱정하지 마라! 내가 모조리 쓸어내버릴 테니까——〈타이들 웨이브〉!!"

마법명을 외치는 동시에 주위의 마력이 물결쳤다.

압축된 마력이 물로 변환되고 나아가서 공기 속 수분까지 휘감아서 대량의 물로 변해나간다. 그것은 공중에서 소용돌이치는 격류로 변하고, 그 부피를 점점 더 키워 나가더니 최종적으로는 해일로 변화했다.

——물 마법 〈타이들 웨이브〉. 무시무시한 마법이었다.

그러나 안타깝게도 그 마법으로도 몬스터 무리를 섬멸할 수는 없다는 것을 나는 〈디멘션〉을 통해 이해할 수 있었다.

혀를 차는 동시에 싯다르크 씨를 '주시'했다.

[스테이터스]

HP 74/201 MP 0/299

그의 스테이터스는 최악이었다.

한계를 넘은 광범위 마법의 사용. 20시간 가까이 리더로서 긴장을 풀 수 없었던 것. 시간을 아끼기 위해서 무리한 행군을 계속해온 것. 그 모든 것들이 싯다르크 씨의 힘을 깎아먹어버렸다.

아마 싯다르크 씨는 이제 움직일 수 없을 것이다.

방금 전 사용한 『타이들 웨이브』는 그의 모든 것을 건 마법이었다.

그러니까 간단히 말하자면 '몬스터 무리는 섬멸하지 못한 채 리더가 행동불능 상태에 빠진다'는 상황인 것이었다.

"실례할게요! 싯다르크 씨!"

일행이 마법의 해일을 지켜보는 가운데 나는 홀로 움직였다.

내가 양팔로 부축하자, 싯다르크 씨는 휘청거리면서도 미약한 저항을 보였으나, 나는 개의치 않고 뒤쪽으로 데려갔다.

목적지는 스노우였다.

스노우는 싯다르크 씨를 안고 나타난 나를 보고 놀랐지만, 나는 스노우의 사정 따위에는 개의치 않고 싯다르크 씨를 스노우에게 떠넘겼다.

스노우는 허겁지겁 양손의 무기를 버리고 그를 받아주었다.

"다음은——!"

곧바로 전열의 선두로 돌아가서 〈타이들 웨이브〉와 몬스터 무리의 충돌 결과를 확인했다. 마법이 모든 것을 휩쓸고 빨간 짐승들을 벽에 내팽개침으로써 섬멸에 성공한 것처럼 보였으나 부족했다. 아직 부족한 것이었다.

단순히 물의 양이, 기세가──공격력이 부족했다.

대형 마법을 보고 환호성을 내지르던 일행의 얼굴이 서서히 파랗게 질려갔다.

〈타이들 웨이브〉의 공격을 받고 쓰러져 있던 몬스터들이 한 마리 한 마리 일어서서 분노에 찬 얼굴로 이쪽을 쳐다봤다.

100마리는 됨직한 수많은 몬스터들은 아직도 건재했다.

그리고 몬스터들은 자신들을 공격한 적 무리를 향해 노골적인 적의를 드러내고 있었다.

상황을 '주시'해나갔다.

[몬스터] 플레임 울프 : 랭크 17

우선은 몬스터에 관한 상세정보부터.

그리고 일행 한 사람 한 사람의 스테이터스를 확인했다. 누가 어느 정도 레벨이고, 어떤 직업을 갖고 있고, 주특기가 무엇인지를 빠짐없이 파악했다.

물론 위치정보도 빼놓지 않았다. 어떤 사람이 어디에 있고, 누가 곁에 있고, 어떻게 하면 최대한의 상승효과를 발휘할지를 계산했다.

그것은 인간의 능력을 초월한 마법과도 같은 속도의 연산이었다.

누구 한 사람도 죽지 않게 전술을 조합해나갔다. 찰나의 순간까지도 아껴가며 생각을 이어가면서 마지막엔 다짐했다.

절대로 죽게 하지 않겠다.

다시는 그 누구도——!

내가 다짐하는 사이에 파랗게 질려 있는 일행들이 저마다 절규하고 있었다.

"——트, 틀렸어! 섬멸에 실패했어!!"

"마법의 공격력이 부족했어! 하나같이 아직 팔팔하잖아!"

"왜 몬스터 패거리를 피해가지 않은 거야! 젠장 이러다 죽겠어!"

"싸워보는 수밖에 없어! 준비해! 포메이션을 짜!"

비명과 불평의 말을 터뜨리면서도 전원이 무기를 움켜쥐었다. 공황상태에 빠지지 않은 건 다행스러운 일이었다.

그리고 플레임 울프들이 이쪽으로 달려들었다.

동시에 나도 전술 구성을 완료했기에 마법을 구축하는 동시에 선두에 나서서 검을 뽑았다.

"——마법 〈디 윈터〉!"

〈디 윈터〉의 범위를 확장시킨다. 대상은 나 자신과 적이 아니었다.

범위 확장의 대상은 동료들이다. 일행 전원을 대상으로

냉기를 확산시켰다.

그리고 나는 소리쳤다.

"제가 선봉에 설게요! 여러분은 차분하게 달려드는 적들을 요격해주세요!!"

싯다르크 씨가 했던 것처럼 최대한 낭랑한 목소리를 낼 수 있도록 노력하면서 전원에게 소리쳤다. 동시에 〈디 윈터〉로 가볍게 전원의 머리를 식혀주었다.

당연한 일이지만 플레임 울프들은 대부분이 포효를 내지르며 나를 공격하려 들었다.

여러 마리의 플레임 울프들이 나를 향해 달려들었고 나는 그들을 향해 검을 휘둘렀다. 다만 100마리에 가까운 몬스터들을 나 혼자서 처치하는 건 불가능하기에 즉사를 노리지는 않았다. 따라서 내가 도모하는 것은 몬스터에게 부상을 입히는 것. 검을 쥔 손의 힘을 빼고 지나치게 깊이 찌르지 않으면서 쓰다듬듯이 베어나갔다.

죽일 수는 없지만 죽이는 것보다 많은 적들을 공격할 수 있었다.

그리고 뛰어난 실력을 가진 길드 정예 병력이라면 부상당한 플레임 울프의 숨통을 충분히 끊을 수 있으니 자신들의 손으로 적을 처치하면서 사기도 오를 것이다. 지금은 나 혼자만의 효율이 아닌 전체의 효율을 우선시해야 하는 상황이었다.

플레임 울프들을 차례차례 베어나갔지만 나를 무시한 채

뒤쪽으로 달려가버리는 녀석들도 여럿이었다.

길드의 정예 병력들은 무기를 움켜쥐고 플레임 울프를 요격했다. 내가 처음에 외친 고함이 효과를 발휘했는지 많은 사람들이 냉정함을 유지하고 있었다.

나는 나에게 달라붙는 플레임 울프를 상대하면서 의식의 대부분을 〈디 윈터〉에게로 배분했다. 마법의 다음 대상은 싯다르크 씨의 〈타이들 웨이브〉에 의해 생겨난 물이었다.

회랑 여기저기에 물웅덩이가 생겨나 있었다. 지난번에 14층에서 라인스키터를 함정에 빠뜨렸던 작전의 발전형이었다. 그때는 〈디 스노우〉를 사용했었지만 이번에는 〈디 윈터〉를 사용하기로 한다.

그 위력은 아마 〈디 윈터〉와는 차원이 다를 것이다. 완전히 다른 마법이나 다름없다.

그렇다면 이 새로운 마법의 이름은——.

"——마법 〈디 윈터 · 프로스트(終霜)〉."

작은 목소리로 마법명을 자아내는 동시에 전장의 냉기를 급격하게 증폭시켜나갔다.

그와 병행해서 수십 명의 정예 병력들과 100마리 몬스터들의 싸움을 모조리 파악한 결과, 탐색가들이 열세에 놓여 있다는 결론이 도출됐다.

플레임 울프의 이빨이 한 남자의 등을 향해 닥쳐들고 있었다. 남자는 눈앞에 있는 적에게 지나치게 집중하느라 그 공격을 알아채지 못하고 있었다. 이대로 두면 남자는 등 뒤에서 날아온 일격을 얻어맞고 죽게 될 것이다. 하지만 그런 사태는 내가 용납하지 않는다.

〈디 윈터 · 프로스트〉가 남자의 등 뒤로 닥쳐드는 플레임 울프의 발밑에 있는 물웅덩이를 얼려서 그 움직임을 막았다. 다리가 얼어붙은 플레임 울프가 작은 비명을 내지르자, 등 뒤의 비명소리를 들은 남자는 몸을 돌리더니 움쭉달싹 못하고 있는 플레임 울프에게 검을 꽂아 넣었다.

——일단 한 명은 구해냈다. 다음.

다음은 영창에 집중하고 있는 마법사가 위험에 처해있다. 마법 영창이 늦어져서 플레임 울프의 공격 위협에 노출된 여자 마법사를 발견한다.

마력을 집중시켜서 달려들려 하는 플레임 울프에게 〈디 윈터 · 프로스트〉를 발동시켰다. 거기에 필요한 물은 〈타이들 웨이브〉에 의해서 플레임 울프의 몸에 흥건하게 묻어 있던 물을 사용했다. 아무것도 없는 상황에서 얼리는 건 어렵지만, 재료가 될 물이 있는 상황이라면 편했다.

플레임 울프의 젖은 몸이 빠득빠득 소리를 내며 빙결되어 갔다. 완전하게 얼려 버리지는 못했지만 빙결 때문에 플레임 울프의 움직임이 둔화되었다.

결과, 플레임 울프의 공격은 늦어졌고 마법사의 요격마법은 성공했다.

——두 명 째. 다음.

차원마법을 이용해서 곤경에 처한 다음 동료를 찾았다.

그리고 적재적소에 정확하게 마법을 발동해나갔다. 세 명, 네 명, 다섯 명──불리한 상황에 처한 동료들을 구해냈다.

물론 그러는 동안에도 최전선에서 플레임 울프들을 상대하고 있었다. 그 작업이 수십 초 동안 이어진 끝에 나는 겨우 근처에 있던 플레임 울프들을 모조리 해치울 수 있었다.

그 수십 초 동안 가까스로 사망자 생기는 것을 막아내는 데 성공했다.

나는 긴장의 끈을 풀지 않은 채 최전선에서 대열 한가운데로 이동했다.

이동하면서 전체의 상황을 파악하고 우렁찬 목소리로 지시를 내렸다.

다행스럽게도 여기까지 오는 길에 전원의 이름은 파악해둔 상태였다.

"──아나에스 씨는 지금 바로 우측 전방에 있는 사람을 지원해주세요! 그리고 후방에서 전위를 맡아줄 사람이 부족해요. 여유가 있는 사람은 뒤쪽으로! 토르 씨는 거기 그 플레임 울프를 해치우고 나면 뒤쪽에 있는 아르딘 씨를 도와주세요! 스노우는 싯다르크 씨를 나에게 맡기고 대열의 선두로 이동!!"

싯다르크 씨가 움직이지 못하는 이상 누군가가 대신 지시를 내려야만 했다.

스노우는 불만스러운 표정을 지었지만 잠시 망설인 끝에, 단 한마디 말을 남긴 채 싯다르크 씨를 나에게 넘겼다.

"……하고 싶어서 하는 건 아냐."

나는 고개를 끄덕이고, 스노우에게서 넘겨받은 싯다르크 씨의 몸을 부축했다.

스노우가 그럭저럭 제대로 싸우면서 앞쪽으로 이동한 걸 확인했을 때쯤 약간 멀찍이 떨어진 곳에서 비명소리가 터져 나왔다.

"트, 틀렸어! 여기는 더 이상 못 버텨! 이러다 당하——."

물론 그것도 이미 파악한 상태였다.

"——〈디 윈터 · 프로스트〉!"

쓰러질 위기에 처한 먼 곳의 동료를 빙결마법으로 구하자 그것을 본 동료들은 놀란 표정이 되었지만 상황을 납득하기 시작했다.

"그랬었군. 아까부터 적들이 얼어붙은 건 다 네가 한 거였단 말이지!"

"딱 적당한 타이밍에 얼려줘서 고맙다! 『에픽 시커』의 카나미라고 그랬었지, 아마?"

"싯다르크 옆에 있던 녀석이군! 좋은 마법이야!"

여기저기서 발생하고 있는 빙결마법이 나의 힘이라는 걸 이해한 사람들은 내 지시에 따르기 시작했다.

"보셨다시피, 상황이 위험해지면 제가 빙결마법으로 구해드릴게요! 전황은 감지마법을 통해서 파악하고 있으니까, 지금만이라도 좋으니 제 지시를 따라주세요!!"

갑작스런 부탁이었지만 모두의 대답은 예상보다 훨씬 더

흔쾌했다.

"너도 라우라비아의 길드마스터 중에 하나잖아?! 그렇다면 지시에 따르는 것쯤은 아무 문제없다고!"

"상황이 상황인 만큼, 하는 수 없지! 빨리 지시나 내려!"

"우리 리더는 쓰러져 있으니까 대행을 부탁할게요!"

그들도 숙련된 탐색가들이니 지금 이 상황에서 가장 올바른 판단이 무엇인지를 본능적으로 이해한 것이리라.

전체에게 지시를 내려줄 것을 나에게 부탁했다.

"그럼, 지금 바로 최적의 진형으로 변경할게요! 토르 씨는 곧바로 후방으로 이동해서 중앙의 기술자들을 보호해주세요! 아나에스 씨는 현재 위치에서 적들을 요격하세요. 당신 정도의 레벨이라면 혼자서도 해낼 수 있어요! 거기 있는 세 분은 모여서 같이 행동하세요. 좌측 전방으로 이동해서 습격에 대비하세요! 그리고──."

'주시'를 통해 얻은 스테이터스 정보를 바탕으로 전원을 최적의 위치로 이동시킨다.

여러 명을 한 팀으로 짤 때 소속 길드는 고려하지 않았다. 지금은 그런 걸 따지고 있을 상황이 아니었다. 〈디 윈터 · 프로스트〉로 전원을 보조하면서 쉴 새 없이 지시를 내렸다. 불만스러운 기색을 보이는 자들도 몇몇 있긴 했지만 내가 전개한 빙결마법의 위력을 보여주고 그럭저럭 납득시켰다.

몬스터 무리를 상대로 단 한 명의 사망자도 발생시키지 않기 위해, 나는 그것을 위한 최적의 해법을 끊임없이 도출했다.

그러는 와중에 내 부축을 받고 있던 싯다르크 씨가 신음했다.

"아, 자, 잠깐, 이 임무는 내 거다……. 내가 지시를……."

당장이라도 정신을 잃을 것 같은 상황에서도 싯다르크 씨는 책임을 포기하려 하지 않았다.

"지금은 쉬고 계세요. 싯다르크 씨는 충분히 책임을 다했어요. ……더 이상은 지시를 내릴 수 있는 상태가 아니에요."

솔직히 말하자면 대답하는 시간도 아까우니 웬만하면 그냥 잠들어 있었으면 좋겠다는 심정이었지만, 섣불리 자극했다가 무모한 행동이라도 하면 곤란했기에 최대한 부드러운 목소리로 대꾸했다.

"비, 빌어먹을……. 젠장……."

내 대답을 들은 싯다르크 씨는 울분에 찬 얼굴로 욕지거리를 내뱉었다.

하지만 동정하고 있을 시간이 없었다. 그 옆에서 전체를 지휘하기 위해서 연신 목청을 높이자, 그 뒤로 싯다르크 씨는 더 이상 참견하지 않았다.

대충 10분정도의 시간이 흐르고 나니, 100마리를 넘던 플레임 울프들은 전멸해있었다. 회랑 여기저기에 얼음 기둥이 솟아 있는 가운데 모든 플레임 울프들은 빛과 함께 마석으로 변해갔다.

그리고 회랑이 환호성으로 가득 찼다.

"좋았어, 전부 해치웠어! 아주 훌륭했어, 『에픽 시커』의 빙결마법사!"

"고맙다! 아까는 정말 죽는 줄 알았다고!!"

"……『에픽 시커』의 길드마스터 덕분이군. 적절한 지시였어."

탐색가들은 살아남았다는 사실에 안도하는 동시에 입을 모아 나를 칭찬해주었다.

곧바로 〈디멘션〉을 이용해서 재차 전체를 파악한다.

나에게 있어서 중요한 건 칭찬이 아니었다. 아니, 길드마스터라는 입장에서는 찬사도 중요하긴 하지만 내 목적은 그게 아니었다.

한 사람 한 사람의 HP를 확인하고 미궁에 들어온 당초의 인원이 모두 있는지를 헤아려보았다.

그리고 사망자가 한 명도 발생하지 않았다는 걸 확인하고 나서, 커다랗게 안도의 한숨을 내쉬었다.

"다행이야, 아무도 안 죽었어……."

하지만 그 대가로 절반 이상의 MP가 소모되었다.

허탈감과 함께 몸에서 힘이 빠져나간다.

어깨로 부축하고 있던 싯다르크 씨를 자칫 떨어뜨릴 뻔했다가 허겁지겁 다시 힘을 주었다.

다시 몇 분의 시간을 들여서 전원이 다 같이 상황 확인을 마치고 아무도 죽지 않았다는 것을 확인하고 나니 모두의 기쁨이 한층 더 커졌다.

그때는 나 역시 성취감과 함께 모두와 기쁨을 공유했다.

◆ ◆ ◆ ◆ ◆

몬스터 무리를 전멸시킨 후, 18층과 19층을 나아가는 동안에도 내가 지휘를 맡게 되었다.

한계를 넘은 마법 운용 때문에 싯다르크 씨는 목소리를 내기도 힘든 지경이 되어 있었기 때문이었다.

하지만 일행 가운데 그에 대한 불만의 목소리는 전혀나오지 않았다.

앞선 싸움에서 단 한 명의 사망자도 발생하지 않았던 게 주효했다. 그 활약 덕분에 지휘관으로서의 내 수완을 인정받은 모양이다. 더불어 『에픽 시커』가 최근에 보여준 눈부신 활약에 착안해서 그 길드의 길드마스터를 시험해보자는 식의 움직임도 있었다.

그 기대에 부응하기 위해 긴장의 끈을 풀지 않고 일행을 선도해나갔다.

그러다 보니 〈디멘션〉이 적을 포착한다.

"……전방으로부터 대형 몬스터가 오고 있어요. 카마인 미노타우로스에요. 지금 바로 행군을 중단하고 마법사 분들은 도열해주세요. 무거운 무기를 쓰시는 분들은 그 뒤에서 대기하고 계세요. 모퉁이에서 공격 대상이 나타나는 즉시 마법을 연사할 거예요. 만약에 마법으로 숨통을 끊지 못

했을 경우에는 마법사 분들은 후퇴해서 전위를 맡기세요. 이 전략이면 아마 완승할 수 있을 거예요. 혹시 상황이 위험해지면 제가 빙결마법으로 지원할 테니까, 마음 편히 싸우시면 돼요."

곧바로 지시를 내리고 기습에 대비한 진형에서 요격 진형으로 변경했다.

처음에는 적도 없는데 진형을 변경하는 것에 대한 거부반응도 적잖이 있었다. 하지만 지금까지 여러 번 최적의 해답을 낸 덕분에 이제는 고분고분 움직여주고 있다.

"앞으로 5초…… 3, 2, 1, 쏘세요."

동시에 전방의 모퉁이에서 소의 머리를 가진 괴물이 모습을 드러내자 충분한 영창 시간을 가진 마법사들의 마법이 산탄총처럼 덮쳐들었다.

아무런 저항도 하지 못한 채 카마인 미노타우로스는 빛이 되어 사라져 갔다.

"끝났네요. 그럼 계속 가죠."

상대가 사라진 것을 확인한 후 진행을 재개했다. 그런 내 뒤에서 일행들이 약간 술렁거리는 것이 아마 내 초인적인 탐지능력에 대해서 이야기하고 있던 모양이다.

물론 그 대화 역시 〈디멘션〉을 통해 포착하고 있었다. 기본적으로는 "믿음직하다"라는 칭찬의 목소리가 많긴 하지만 그 비정상적인 탐지마법에 대한 구체적인 정보를 궁금해하는 목소리도 적지 않았다.

궁금하긴 하지만, 상대는 임무가 끝나면 경쟁상대가 될 타 길드의 길드마스터다. 그러니 궁금해도 물어보기는 힘들 것이다.

솔직히 나도 가르쳐줄 수는 없는 입장이다 보니 어색한 웃음을 지으며 일행을 선도하는 수밖에 없었다. 이렇게 해서 우리는 아무 문제없이 20층에 도달했다.

〈디멘션〉 덕분에 몬스터 무리를 회피할 수 있었고, 몬스터가 나타나더라도 반드시 선수를 칠 수 있으니, 문제가 일어나려야 일어날 수가 없었다. 만약의 사태에 대한 보험으로 전투 중에는 〈디 윈터 · 프로스트〉 준비도 해두고 있었다.

휑뎅그렁하게 비어 있는 20층에 도착한 일행은 저마다 '정도' 보수 작업으로 이행해나갔다.

나는 싯다르크 씨를 부축한 채 약간 떨어진 곳에서 휴식을 취했다. 둘이 땅바닥에 주저앉았을 때 이윽고 그가 입을 열었다.

"미안하다……."

딱 한마디 작은 목소리였다.

"아뇨, 신경 쓰실 것 없어요."

"큭. 이번에는 내가 졌지만…… 다음에는 꼭……!"

다만 그 억센 성격 자체는 억누르지 못한 모양이다. 아마 자존심이 패배를 용납하지 못하는 것 같았다. 참 고된 인생을 살고 있는 사람이구나 하는 생각이 들었다.

싯다르크 씨는 쉬도록 하고 나도 공사를 거들었다. 이따금씩 억지로 움직이려 하는 싯다르크 씨를 몇 번이나 말려야 했다.

그런 작업을 몇 시간가량 되풀이한 끝에 우리는 드디어 작업을 완수했다.

가느다란 선에 불과했던 '라인'이 눈에 띄게 굵직해지고 피부로 느낄 수 있을 만큼 결계가 강화되었다. 구석에 설치해둔 〈커넥션〉에 영향이 미치지 않을지 걱정했었는데 20층도 별문제없는 모양이다. 아무래도 넓은 방의 구석까지는 결계의 영향도 미치지 않은 것 같았다.

그리고 일행은 의뢰 달성에 환호성을 내지르고 잠시 휴식을 취한 후, 지상을 향해 출발했다.

하지만 싯다르크 씨의 몸 상태는 아직 회복되지 않았다. 자신의 힘에 비해 너무 강한 마법을 한계를 넘어가면서까지 연발하는 바람에 떠안은 부담을 하루아침에 회복할 수는 없는 모양이다.

내가 부축해주려 했지만 싯다르크 씨는 거부했다.

"됐어……. 전투는 무리지만, 이제 걷는 것 정도는 할 수 있어……."

위태로운 발걸음으로 대열 속을 걸어갔다. 하지만 목소리를 높여 가며 선도하려고 하지는 않는걸 보니 그 정도 체력은 없었던 모양이다.

아니, 그라면 체력이 없더라도 억지로라도 하려고 했을

것이다. 단순히 일행의 현재 상태를 이해하고 있기에 잠자코 있는 건지도 몰랐다. 파티의 멤버들은 나에게서 지시를 받으려 하고 있었다. 20층까지 다다르는 동안 싯다르크 씨와 나 중에 누구를 따를지를 결정한 것이다.

그 기대에 부응하기 위해서 나는 대열 중심에서 지시를 내리는 수밖에 없었다.

"그냥 이대로 가서도 돼요. 몬스터는 없어요――."

그 말을 듣고 일행은 안심한 듯 미궁 안을 진행했다.

그 모습을 지켜보고 있으려니 스노우와 싯다르크 씨가 근처에서 나누는 이야기 소리가 귀에 들어왔다.

두 사람의 표정은 진지하고 스노우 특유의 나른한 기색도 전혀 찾아볼 수 없었다.

살짝 그들의 이야기를 훔쳐 들었다. 그렇게 먼 거리도 아니었으므로 〈디멘션〉도 필요 없었다.

"――……그건, 싯다르크 가문의 초대라는 건가요?"

"그래. 원래는 이 일을 완벽하게 완수하고 나서 초대 이야기를 하려고 했었는데……. 한심한 꼴을 보여서 미안하게 됐다……."

"아마, 워커 가문과 싯다르타 가문, 양가 모두 승낙했기에 나온 이야기겠죠……. 하지만, 엘은 정말 그래도 괜찮은 거예요?"

"나는 스노우를 환영해. 그래서 하는 이야기야."

이야기의 흐름으로 보아 싯다르크 씨가 스노우를 집으로

초대하고 있다는 걸 알 수 있었다.

두 사람의 사생활에 얽힌 이야기임을 깨닫고 훔쳐 듣는 걸 중단했다.

하지만 스노우는 이야기를 일찌감치 마무리 짓고 내 쪽으로 다가왔다.

"⋯⋯카나미, 싯다르크 가문의 집에 불려가게 됐어. 내일은 하루 종일 붙잡혀 있게 될 것 같아."

"으, 으음, 그걸 왜 나한테 이야기하는 거야?"

"길드마스터의 허가가 필요하니까."

"아아, 그런 거였구나. 그야 물론, 난 상관없어. 마음 편히 다녀와도 돼."

"하루 종일 붙잡혀 있게 될 거야. 괜찮아? 정말 괜찮아?"

"⋯⋯자기가 직접 거절하기 힘드니까, 나를 빌미로 삼으려고 하고 있는 거 아냐?"

"그런 거 아냐. 그냥, 확인을 해본 것뿐이야. 마스터, 정말 허가해줄 거야? 내일 미궁 탐색을 할 때 내가 없어도 괜찮겠어? 말리는 게 좋은 거 아냐? 응?"

"아니, 허가는 내줄 건데⋯⋯."

"⋯⋯하아, 쓸모없기는."

"아주 못 하는 말이 없네⋯⋯."

예상대로 스노우는 나를 이용해서 제안을 거절하려 했던 것뿐이었던 모양이다. 조금이라도 내가 난색을 표하면 모든 책임을 나에게 떠넘기려 했을 터였다.

그것도 4대 귀족 가운데 두 가문을 물 먹인 것에 대한 책임을⋯⋯. 무시무시한 일이다⋯⋯.

"⋯⋯그럼, 엘한테 보고하고 올게."

스노우는 타박타박 싯다르크 씨 곁으로 돌아갔다.

아무래도 내일은 스노우 없이 혼자 미궁 탐색을 해야 할 것 같았다.

하지만 따지고 보면 그런 날도 있는 게 정상이다. 나는 내 사정을 이유로 다른 누군가를 속박할 생각은 없고, 그런 생각은『에픽 시커』의 운영에 있어서도 마찬가지다.

내일의 솔로 플레이 탐색 계획을 구상하면서, 일행을 선도해 나간다.

솔직히 내가 선도하면 위험한 상황에 이를 일은 없었다. 다만 너무 많은 것들이 보이는 탓에 별 것 아닌 위험까지 회피하느라 먼 길을 돌아가게 된다는 것이 결점이었다.

예정 시간보다 한참 늦어지긴 했지만 우리는 아무 문제없이 20층에서 지상까지 행군할 수 있었다.

다만 지상으로 올라온 이후의 일들은 모르는 게 많았기에 싯다르크 씨에게 눈짓을 보내 도움을 청했다.

싯다르크 씨는 고개를 끄덕이고, 내 대신 입을 연다.

"이제 우리『슈프림』이 사후 처리를 맡겠다. 모두들 오늘은 나 때문에 여러모로 고생을 끼쳤다. 정말 고맙다. 진심으로 감사한다."

우선은 멤버 전체에게 한마디씩 건넨 후, 그리고 각 길드마스터를 불러서 보상과 앞으로의 일정에 대해 논의했다. 끝으로 싯다르크 씨는 나에게도 말을 걸었다.

　『에픽 시커』 길드마스터 아이카와 카나미. 오늘의 조력에 감사한다. 보상 등의 문제에 관해서는 차후에 『에픽 시커』 본부로 사람을 보내도록 하지. 그때까지 기다려주도록.”

　“알았어요.”

　무난한 대화를 나누고 작업에 관한 대화는 그것으로 끝났다.

　그리고 헤어질 때가 되자 싯다르크 씨는 개인적으로 내게 말을 건넸다.

　“아이카와 카나미. 나는 절대로 너에게 지지 않을 거다……. 똑똑히 기억해두도록…….”

　일방적인 선전포고였다. 지상으로 돌아오는 동안 묘하게 얌전해서 좀 이상하다고 생각했었는데 그의 마음속에서 나는 라이벌이라는 포지션으로 자리 잡은 모양이다. 오늘 일에 대해서는 패배를 인정하겠지만 다음에는 지지 않겠다는 의지가 느껴졌다.

　내가 뭐라고 대답하기 전에, 싯다르크 씨는 멀어져버렸다.

　그리고 뒤쪽에서는 테일리 씨가 얼굴 가득 웃음을 머금은 채 그 모습을 지켜보고 있었다.

　“어느 틈엔가 일이 재미있게 돌아가기 시작했는걸. 흥미로운 전개야.”

"이런 걸 재미있다고 하니까, 테일리 씨가 좀 이상하다는 거예요. 저는 대귀족인 싯다르크 씨와 원만한 관계를 맺고 싶었는데……."

"후훗, 아주 근사하다니까. 스노우의 약혼자 엘미라드 싯다르크의 라이벌이 된 카나미 군! 앞으로 어떤 이야기가 기다리고 있으려나. 우후훗."

"기다리고 있는 이야기 같은 건 없어요."

"일단 앞으로 어떻게 될지 기대해보자고. 그나저나 나는 이제 어떻게 할까? 해산하는 거야?"

"해산해도 돼요. 뒤쪽에서 기진맥진한 스노우한테도 그렇게 전해주세요."

"알았어. 그럼, 다음에 또 보자고, 카나미 군."

그렇게 말한 테일리 씨는 뒤쪽에서 고개를 푹 숙이고 있던 스노우를 부축하며 마치 모녀지간처럼 정답게 데려갔다. 일행 전체도 해산하는 분위기로 흘러가더니 조금씩 인원이 줄어들었다. 해산하면서 나에게 인사를 건네는 사람도 많은걸보니, 역시 후반부의 지휘가 인상적으로 느껴졌던 모양이다.

나도 해산 분위기에 편승해서『에픽 시커』본거지로 돌아갔다.

다만 목적지는 알리버즈 씨의 공방이었다.

이미 밤도 깊었고 딱히 볼일이 있는 것도 아니었지만, 무기 제작의 진행상황 정도는 알 수 있을 것이다. 작업이 예정대로 진행됐다면, 완성품을 받아볼 수 있을지도 몰랐다. 내 전용 검을 마음속에 그려 보자 저절로 발걸음이 빨라졌다. 뭐니 뭐니 해도 애검(愛劍)의 존재는 남자의 로망인 것이다.

어두워진 아우라비아의 시가지를 지나 불이 켜져 있는 공방에 다다랐다.

"실례합니다——."

인사하면서 나는 공방 안으로 들어간다. 그리고 내부의 참상에 경악한다.

여러 젊은 대장장이들이 쓰러진 채, 겹겹이 쌓여 있었던 것이다. 대부분은 먼지투성이로 너저분하게 잠들어 있었고 깨어 있는 자들은 눈 밑에 짙은 다크서클을 드리운 채 당장이라도 죽을 것 같은 표정을 짓고 있었다.

그런 빈사상태와도 같은 얼굴을 한 사람들 중 하나인 알리버즈 씨가 나를 보고 다가왔다.

"……하핫, 이거 마스터 아닌가! 마침 잘 왔어!"

"아, 알리버즈 씨. 안녕하세요."

알리버즈 씨는 상쾌한 웃음을 지으며 다가오고 있긴 했지만, 딱 보기에도 철야작업을 했음을 알 수 있었다. 이렇게 들떠 있는 게 마지막 기력일 가능성이 높았다.

"마스터의 검이 완성됐거든. 이쪽에 있어. 한 번 가서 보라고."

알리버즈 씨에게 이끌려서 공방 안쪽으로 들어갔다.

거기에는 한 자루 직검(直劍)이 장식되어 있었다.

예전에 내가 요구한 디자인 그대로였다. 순백색 칼날에 파란 문양이 새겨진 좌우대칭의 직검이었다. 그 옆에는 칼집이 장식되어 있다.

[크레센트 펙트라즐리의 직검]
공격력 4. 장착자 속도의 10%만큼의 공격력을 가산한다
적대자의 속도가 소지자의 속도를 웃돌 경우, 소지자의 속도에 30%의 보정이 붙는다

"이게, 내 검……?"

"그래, 맞아. 마스터를 위해 만들어낸 역작이지. 사양 말고 받아줘."

그렇게 말하고 알리버즈 씨는 내게 검을 건넨다.

〈크레센트 펙트라즐리의 직검〉을 받아들고 그 가벼운 무게에 놀랐다.

"가볍잖아?"

"후훗, 가볍지? 하지만 걱정할 것 없어. 가볍기는 해도, 튼튼함 하나는 보장할 수 있으니까. 이 공방에 있는 어떤 물건도, 그 검에 흠집도 낼 수 없지. 아니면 혹시 마스터 카나미는 무게감 있는 검을 즐겨 쓰는 타입이었나?"

"아뇨, 제 검술은 제 독자적인 스타일이라서 무게 때문에 곤란할 일은 없어요. 기쁘기만 할 따름이에요."

"그거 다행이군."

검을 가볍게 휘둘러보고 칼집 안에 집어넣었다. 그 일련의 동작들이 예전보다도 몇 배는 더 빠르게 느껴졌다. 아니, 실제로도 몇 배 더 빨랐다. 이 검은 그만큼 다루기가 쉽고, 가볍고, 손에 착 달라붙었다.

"이거 정말 좋은데요. 정말로 크리스털을 벨 수만 있다면 완벽하겠어요."

"벨 수 있고말고. 현장에 가보기 전에는 확인할 수 없지만 자신은 있다고."

"정말 고맙습니다. 그럼, 내일 시험해볼게요."

감사인사와 함께 고개를 숙인다. 이제 미궁 탐색을 재개할 수 있다.

"그리고 전에 이야기한 불꽃에 간섭할 수 있는 매직아이템을 주지. 이것도 순도 높은 마석을 써서 만든 작품이야. 자, 받아."

알리버즈 씨는 반짝반짝 빛나는 무언가를 내게 던진다.

[레드 탈리스만]
장착자의 화염속성내성에 +20%의 보정

생김새는 빨간 보석으로 만든 펜던트였다.

"크기는 작은데 효과는 굉장하네요. 이런 걸 잔뜩 갖고 미궁에 가면 편리하겠는데요."

"혹시 여러 가지를 들고 갈 생각이라면 매직아이템 간에 서로 간섭하는 경우도 있으니까 조심하라고. 물론, 그 검과 레드 탈리스만은 저로 간섭하지 않는다는 걸 확인한 상태지만."

"고맙습니다. 이제 20층 이후의 탐색이 훨씬 편해질 수 있겠어요."

"아니아니, 고맙기는 뭘. 그건 오히려 내가 해야 할 소리야. 마스터가 강해지면, 나는 그것만으로도 즐겁거든. 마스터가 더 깊은 미궁으로 들어가면 나는 거기서 마스터가 입수해온 마석을 가지고 본업인 공부도 할 수 있으니까. 얼마든지 혹사시켜 달라고."

"알았어요. 다음에는 더 많은 마석을 가져올 테니까, 각오하세요."

우리는 웃으며 주먹을 맞대고 이 유익한 관계를 지속시켜 갈 것을 약속했다.

거기에 스노우용 중장비까지 받아들고 나서 알리버즈 씨의 공방을 나섰다.

그리고 마리아의 방으로 돌아가서 천천히 오늘 일어난 이야기를 해주고 잠이 들었다.

이렇게 해서 나는 오늘도 충실한 하루를 보냈다.

웬만큼 고민거리가 있고 그럭저럭 노력하고 작은 즐거움을 느끼는 생활.

이것이야말로 내가 오랫동안 꿈꿔 왔던 것——.

내가 바랐던 행복……이라고 생각해도 되는 걸까?

이렇게도 모든 게 순조롭건만 여전히 머릿속에는 미약한 고통이 달라붙어서 사라질 줄을 몰랐다.

통 사라지지 않는 것이다. 그렇기에 나는 내일도 미궁에 가기로 마음먹었다.

빨리 30층에 가서 팰린크론과의 계약 사항을 완수하기로 다짐했다——.

◆ ◆ ◆ ◆ ◆

이튿날 아침, 웬일로 일찍 출근한 스노우가 집무실에서 나를 기다리고 있었다.

스노우는 싯다르크 씨의 집에 가기 위해서 평소의 민족의상이 아닌 감색 벨라인 드레스를 입고 있었다. 머리장식도 고급스런 것으로 바뀌어 있어서 평소의 부족민 같은 이미지는 말끔히 사라지고 어엿한 양갓집 규수로 탈바꿈해 있었다.

과다한 장식이 새겨진 보석이 머리의 뿔을 감췄고 옷자락이 긴 스커트가 꼬리를 감추고 있는 덕분에 드래고뉴트다운 면모는 조금도 찾아볼 수 없었다. 흠잡을 곳 하나 없는 새침한 미소녀가 거기에 있었다.

그 미소녀는 아까부터 힐끔힐끔 이쪽으로 눈길을 던져 댔다.

연신 "하아, 가기 싫어"라고 투덜거렸고 심지어는 "누구나 좀 납치해줄 사람 없으려나——?"라는 넋두리까지 늘어놓는 지경에 이르렀다.

연신 이쪽을 쳐다보면서도 끝끝내 말을 걸지는 않는 그 태도가 짜증났기에 나는 인정사정없이 스노우를 무시한 채 혼자 〈커넥션〉을 통해 미궁으로 향했다.

오늘은 새로운 검 〈크레센트 펙트라즐리의 직검〉을 시험 해보는 것이 가장 큰 목적이었다.

목표는 26층의 크리스털 골렘.

그 녀석을 벨 수만 있으면 미궁의 난이도가 내려갈 것이다.

나는 26층을 향해서 단숨에 나아갔다. 애먹을 만한 녀석 은 22층의 리오 이글뿐이었다. 물론 늘 그랬듯이 무시해버 린 덕분에 아무런 문제도 일어나지 않았다.

얼마 지나지 않아 20층에서 문제의 26층까지 주파해낸다.

그리고 〈디멘션〉으로 적절한 크리스털 골렘을 선택, 〈크 레센트 펙트라즐리의 직검〉을 움켜쥐었다.

──전투는 순식간에 끝났다.

크리스털 골렘이 주먹으로 내리치는 순간에 가로로 검을 휘둘러서 적의 몸통을 벤다.

단지 그것뿐──정말 그것뿐이었는데도 크리스털 골렘 의 상반신이 쪼개져서 미끄러지더니 쨍그랑 하고 땅바닥에 떨어졌다. 일격으로 크리스털 골렘을 일도양단한 것이다.

마치 발포 스티로폼을 베는 것 같은 감각이었다.

빛이 되어 사라져 가는 크리스털 골렘의 모습을 바라보며 그 손맛을 언어로 변환했다.

"괴, 굉장해……!!"

상상 이상의 날카로움을 목격하고 나니 감탄의 목소리밖에 나오지 않았다. 무기의 공격력이 좀 달라졌다고 해서 이렇게까지 많은 게 달라질 줄은 몰랐었다.

무엇보다 검의 이가 전혀나가지 않았다는 점이 컸다. 이 정도면 얼마든지 싸울 수 있었다.

나는 26, 27층도 충분히 해볼 만 하다는 결론을 내리고 의기양양하게 미궁 안쪽으로 나아갔다.

도중에 몇 마리의 크리스털 골렘을 상대하게 되었지만 경도라는 우위를 상실한 몬스터는 10층 부근에 출몰하는 몬스터와 다를 게 없는 위력이었다.

아무 문제없이 잇따라 베어나갔다.

그것은 27층에서도 마찬가지였다. 27층에서 나타난 적은 26층보다 날쌘 몬스터가 많기는 했지만 그들 역시 경도에 의존하는 몬스터인 건 마찬가지였으므로 난이도 자체는 크게 다를 게 없었다.

수정으로 이루어져서 반짝거리는 새와 곤충들을 베어나가면서 성큼성큼 안쪽으로 나아갔다.

무리를 불러 모으는 몬스터도 몇몇 있었지만 〈디멘션〉을 이용해서 조우를 회피하기만 하면 그만이었기에 그다지 문제가 될 건 없었다. 그 결과 1시간도 되지 않아서 28층에 다다를 수 있었다. 〈크레센트 펙트라즐리의 직검〉 덕분에 탐색이 순조로워져서 기쁘기만 할 따름이었다.

27층은 투명한 수정 동굴이었지만 28층은 그와는 약간 달랐다.

투명하고 하얀 세계가 아닌 컬러풀한 무지개색 세계로 변모해 있었던 것이다.

벽이 특수한 광석으로 이루어져 있다는 점은 마찬가지였지만 27층과는 달리 수정만으로 통일돼 있는 건 아니었다. 광석의 이름은 모르겠지만 무지개색으로 반짝이고 있었다.

그 단단한 벽에 검을 꽂아 보았다.

보석이 돈이 될 것 같아서 찔러 본 건 아니었다. 벽의 경도는 전투와 밀접한 관련이 있기 때문이다. 지난번처럼 적을 벽에 내동댕이치는 전법이 유효할지를 확인하기 위한 행동이었다.

벽이 쪼개지고 광석이 손바닥에 떨어졌다. 그러나 손바닥에 떨어진 광석은 금세 그 광채를 잃고 탁하고 거무튀튀한 돌로 변했다. '주시'해보아도 단순한 돌이라고 나오는 걸 보면 벽을 쪼개 봤자 돈이 될만한 걸 건질 수는 없을 것 같다.

관건이었던 경도는 위층의 수정보다 연한 것 같았다.

주위를 경계하면서 길을 따라 나아가며 〈디멘션〉으로 계단과 보스를 찾는 작업도 병행했다. 〈크레센트 페트라즐리의 직검〉이 통하지 않는 상대를 만나거나 상대의 공격이 내 몸을 스치게 될 때까지는 일단 계속 나아가보기로 했다.

무엇보다 〈크레센트 페트라즐리의 직검〉을 장착한 내 수준에 맞는 층은 더 깊은 곳일 거라는 확신이 있었던 것이다.

아직까지 상대의 공격을 한 방도 얻어맞지 않았으니, 그렇게 생각할 수밖에 없었다. 좀 더 깊은 곳까지 들어가도 안전할 것이다.

그리고 여유롭게 무지개색 회랑을 나아가다 보니 별안간 옆쪽의 벽에서 팔이 튀어나왔다.

그 팔이 튀어나오는 순간, 나는 〈디멘션〉으로 이미 파악하고 있었으므로 곧바로 거리를 벌려서 팔이 닿지 않는 곳까지 물러났다.

처음 보는 패턴이었지만 이 정도는 충분히 예측 가능한 범위 안의 공격이었다. 게임 속 미궁에서 흔히 나오는 함정이리라. 이 정도 공격쯤은 지금의 내 몸에 스치지도 못한다.

먹잇감이 멀어져버리자 벽에서 튀어나온 팔은 아무것도 없는 허공을 움켜쥐었다.

팔은 그 뒤에도 계속 뻗어나왔고, 이윽고 벽 안에서 크리스털 골렘의 색깔만 바꿔놓은 것 같은 몬스터가 나타났다.

[몬스터] 레인보우 골렘 : 랭크 27

24층에 출몰하던 포이즌 샐러맨더와 같은 타입의 몬스터라 판단했다. 기습을 통한 선제공격을 주로 사용하며 자신이 유리한 지형에서 싸우기를 즐겨하는 몬스터이리라.

검을 움켜쥐고 레인보우 골렘에게 다가갔다.

벽 안으로 돌아갈 틈을 주지 않도록 연속공격으로 단숨에 해치우고 싶었다.

나는 레인보우 골렘의 몸을 손쉽게 찢어발겨서 해체해나갔다. 보아하니 이 검은 28층의 몬스터도 종잇장처럼 찢어발길 수 있는 모양이다.

레인보우 골렘을 조각조각 썰어나가다 보니 장비에 대한 내 생각이 예전과 달라져 있음을 깨달았다.

지금까지는 장비에 연연하기보다는 나 자신의 레벨을 올리는 편이 더 빠를 거라고 생각했었지만 깊은 층의 특수한 몬스터를 상대해보니 이야기가 달라졌다.

상대방의 특성에 맞는 무기를 준비해 가면 탐색 효율이 몇 배로 뛰어올랐다.

특성에 맞는 무기인 〈크레센트 펙트라즐리의 직검〉이 있는 덕분에 레인보우 골렘은 산산조각이 나버렸다. 다만 그 산산조각 난 몸은 점토처럼 물컹물컹하게 꿈틀거리기만 할 뿐, 좀처럼 빛으로 변해 사라질 기색을 보이지 않는다. 크리스털 골렘과는 달리 묘하게 끈질기기에 꼼꼼하게 쪼개서 결국 마석으로 바꾼 다음, 미궁 탐색을 재개한다.

다만 또 기습을 당하기는 싫었기에, 벽에 손을 대고 〈디멘션〉을 전개시켜본다. 그러나 마력은 벽 내부까지는 침투하지 못하는 모양이다.

어떤 물질에든 빈틈은 있다는 걸 알고 있는데도, 이 벽에는 마력이 침투하지 못한다. 용암에는 침투시키는 데 성공했으니까 벽에도 침투시킬 수 있을 줄 알았는데, 그렇게 일이 순탄하게 풀리지는 않는 모양이다. 지금의 나는 **어째선지** 용암이나 화염 같은 뜨거운 것에 대해 깊이 이해하고 있다. 언제부터 그렇게 된 건지는 모르겠지만, 24, 25층 정도의 열에 대해서는 전혀 위협을 느끼지 않는다. 내 힘으로 대처할 수 있는 현상이라 여기고 있다.

반면에 이 벽의 구성물질인 광석에 대해서는 좀처럼 이해하지 못하고 있다.

원래 세계의 지식도 통하지 않는 광석이다. 무엇이 바탕이 되고, 어떤 분자로 구성되어 있고, 어떤 이치 속에 존재하는 건지, 전혀 알 수가 없다. 따라서 〈디멘션〉이 투과하지 못한다.

미궁에서 돌아가거든 알리버즈 씨에게 광석에 대해 물어보는 게 좋을지도 모르겠다. 재질과 특성을 알면, 침투시킬 수 있게 될 가능성도 있다.

나는 벽을 깎아내서 돌을 채집하면서 나아간다. 알리버즈 씨에게 줄 선물이다.

그러는 동안, 몇 번이나 레인보우 골렘의 습격을 받았다.

발밑에서 무수한 손들이 뻗어나오지를 않나, 천장에서 떨어져 내려오지를 않나, 다양한 수법을 동원해서 덮쳐들었지만 나에게 있어서는 딱히 위협이 되지 못했다.

벽에서 몬스터가 나오는 순간만 〈디멘션〉으로 포착하면 레인보우 골렘의 속도로는 나에게 손도 댈 수 없기 때문이다.

지금의 나에게 있어서 28층은 전혀 문제가 되지 않았다.

아무런 지장도 없이 나아가서, 29층으로 가는 계단을 발견하고 주저 없이 내려갔다가 그 새로운 세계를 보고 놀란다.

29층은 지금까지 겪어보지 못한 특색을 갖고 있었다.

지금까지 통과해온 회랑은 특수한 지형을 갖고 있기는 할지언정, 길이라는 체제는 유지하고 있었다. 예외였던 건, 가디언의 방인 10층과 20층뿐이었다. 하지만 이번에는 가디언의 방도 아니건만, 길도 없는 탁 트인 공간만이 펼쳐져 있었다. 그리고 지면은 돌이 아닌 모래였다.

29층은 일곱 빛깔로 빛나는 모래 위를 걸어가야 할 것 같다.

"가능하면 오늘은 30층으로 가는 계단만 찾고 돌아가고 싶은데……."

경계를 풀지 않은 채 29층을 나아가기 시작한다.

하지만 모래가 너무 부드러워서 좀처럼 속도가 나지 않는다. 29층에서는 몸을 쓴 공격은 힘이 잘 안 들어갈 것 같다. 공격마법을 주로 쓰는 탐색가라면 별문제 없긴 하겠지만…….

없는 건 없는 거니 어쩔 수 없다. 지금은 일단 전진해나가는 수밖에 없으리라.

그 도중에 단독으로 행동하고 있는 적 몬스터가 〈디멘션〉에 걸려들었기에, 시험 삼아 교전을 시도해본다.

[몬스터] 주얼 피시 : 랭크 29

모래의 바다 속을 헤엄치는 일곱 빛깔의 거대 물고기였다.

지면에서 헤엄치는 주얼 피시는 서서히 속도를 높여서 나를 향해 도약하더니 그 송곳니를 번뜩였다. 급가속한 주얼 피시의 이빨 공격에 나는 몸을 틀어서 회피했다.

피하기는 했지만 그 몬스터의 최고 속도에는 놀라지 않을 수 없었다.

지금까지 겪은 보석계 몬스터들은 하나같이 움직임이 둔했었지만 이 녀석은 달랐다. 22층의 리오 이글을 연상케 하는 속도였다. 어쩌면 그 새보다 더 빠를지도 모른다.

나는 지금 필요한 마법을 순간적으로 선택한다.

"——마법 〈디 오버 윈터〉, 로드."

그 마법을 언제든지 발동시킬 수 있도록 구축을 마치고 몸속에 압축해서 숨겨두었다.

아직 발동시키지는 않았다.

〈디 오버 윈터〉는 소모가 심한 마법이기에 수십 초씩이나 사용하면 그것만으로도 전투불능 상태에 빠져버릴 것이다. 그렇기에 발동시키는 건 1초——아니, 그 절반이면 충분하다.

"——마법 〈디 윈터〉."

겨울의 결계를 전개해서 주얼 피시의 움직임을 저해했다.

동시에 주위의 냉기를 강화시켜나갔다.

주얼 피시는 주위의 모래 속을 헤엄쳐 다니며 끊임없이 내 빈틈을 노렸다.

그리고 내 배후를 포착한 순간 주얼 피시는 나를 향해 덤벼들었다.

"릴리즈(解放)."

폭으로 치자면 몸을 중심으로 주위 50센티미터. 〈디 오버 윈터〉가 전개된다.

〈디 오버 윈터〉의 결계 안으로 들어온 주얼 피시의 속도가 급감하면서 밀도 높은 차원속성 마법이 나에게 막대한 정보를 가져다주었다.

주얼 피시가 0.01초 동안 얼마만큼 움직이고 있는지를 0.01초 단위로 파악한다.

위치관계는 완벽하다. 〈디 오버 윈터〉의 정보수집능력은 그뿐만이 아니라 주얼 피시의 근육 조직 속 움직임을 모조리 포착해서, 어디에 힘이 들어가고 있는가 하는 것까지 파악해냈다.

자세, 중심, 힘을 주는 순간, 그 모두를 파악하고, 계산해서——주얼 피시의 움직임을 예측한 것이다.

이제 남은 건 그 예측 지점에 검을 가져가는 작업뿐이다. 움직임이 무뎌진 주얼 피시는 그런 공격을 절대 회피하지 못 할 것이다.

——1초 후, 가로로 저며진 주얼 피시의 몸이 허공에 나동그라졌다.

주얼 피시는 멀찌감치 떨어져서 빛이 되어 사라져 갔다.

"후우……."

머리를 싸쥔 채로 주얼 피시의 마석을 주우러 갔다.

솔직히 말해서 이 마법의 마력소모는 심각한 정도다.

다만 사용법에 따라서는 훨씬 더 강력해질 수 있는 마법이라는 생각 역시 들었다.

사실 방금 전 전투에서는 군더더기가 너무 많았었다. 저 정도 물고기를 베는 데에, 그렇게까지 많은 정보는 필요없었다. 약간 속도를 둔화시키고, 약간의 위치정보만 파악하는 정도로도 처리할 수 있는 상대였다. 그런데 마법의 위력을 제대로 조절하지 못해서 몬스터의 근육 조직의 움직임까지 파악해버렸다. 게다가 단순하게 따져도 사용시간도 너무 길었다. 아직 반성할 점이 많다.

"컨트롤만 제대로 되면, 지금보다 더……."

더 사용 시간을 감소시키고 정보 수집도 적의 시선을 파악하는 정도로 해둬야겠다.

그렇게 하면 사용 후의 두통도 없앨 수 있을지도 모른다.

사용한 MP를 헤아리면서 마석을 주우려 한 순간──오른쪽 다리가 모래 속으로 끌려들어 갔다.

"어──?!"

구멍에라도 푹 빠진 것처럼 오른발이 땅속으로 빠져버릴 것 같은 지경이 되었다. 재빨리 왼발에 힘을 주어서 빠져나오는 데 성공했다.

마석 줍기를 단념하고 〈디멘션〉을 전개했다.

전개한 방향은 **모래** 속이다. 물론 〈디멘션〉 침투는 수월치 않았다. 하지만 벽처럼 밀도가 높은 곳과는 달리, 모래로 된 지면에는 빈 공간이 많았다. 그 공간을 통해 마력을 침투시켰더니 대강이나마 적들을 포착할 수 있었다.

모래 속 깊은 곳에서 한 마리의 몬스터를 발견했다.

[몬스터] 에디 앵커 : 랭크 29

형태는 거대한 거미처럼 보였지만, 곧 의견을 재고했다.

이름으로 보아 적은 거미가 아니라 개미지옥에 가까웠다.

하지만 적에 대한 대처 수단을 알 수 없었기에 나는 일단 거리를 벌리기 위해 다리에 힘을 주었다. 하지만 부드러운 모래로 이루어진 땅바닥이 푹 꺼져서 좀처럼 움직일 수가 없었다.

발밑의 모래가 기묘한 움직임을 보이기 시작했다. 〈디멘션〉을 통해 에디 앵커가 모래를 조종해서 나를 땅속으로 끌어들이려 하고 있는 것을 파악했다.

하지만 균형이 무너진 나는 양손을 땅바닥에 짚고 말았다.

이대로 가면 모래의 탁류에 휩쓸려서 에디 앵커에게로 끌려가고 말 것이다.

"——마법 〈디멘션 · 멀티플〉."

모래의 부드러운 정도, 모래의 흐름, 모래의 질 등, 발과 접촉하는 모래에 대한 정보를 수집, 정리해나간다.

뒤이어 주위에 활용할 만한 것이 없는지를 확인.

──주위 100미터 범위 안에는 모래의 물결뿐이라 아무것도 없다.

멀찍한 곳에 또 한마디의 에디 앵커가 있는 것을 발견한다.

──다만, 너무 멀어서 현재 상황에 대한 영향력은 없음.

나를 끌어들이고 있는 에디 앵커의 상태를 확인.

──여섯 개의 다리와 마력을 이용해서 모래를 조종하며 커다란 입을 벌려서 먹잇감이 들어오기를 기다리고 있다. 그 감각은 광석에 버금갈 정도로, 아주 단단해 보였다.

그렇다면──.

"──마법 〈프리즈〉."

'소지품' 속에서 물을 꺼내서 모래 위에 뿌렸다. 동시에 빙결마법을 발동하여 부드러운 모래를 강제적으로 굳혀나갔다. 그랬더니 잠시 동안이나마 힘을 주어딛을 수 있는 발판이 생겼다.

곧바로 나는 얼어붙은 부분을 딛고 모래에서 탈출, 도약했다.

목적지는 에디 앵커 바로 위. 정수리 위를 차지한 순간 나는 손에 들고 있던 검을 있는 힘껏 아래로 투척했다. 모래 속을 파고 들어간 검은 벌려져 있던 에디 앵커의 입 속으로 빨려 들어갔고, 몬스터에게서 선혈이 뿜어져나왔다.

나는 멀찍이 떨어진 모래 지면에 착지해서 〈디멘션〉으로 적의 상태를 확인했고, 마침 그 순간 에디 앵커가 빛이 되어 사라졌다.

"후우……."

한숨 돌리고 나서 검과 마석을 회수할 방법을 궁리하기 시작했으나──하지만 그 고민은 예상치 못한 사태에 의해 중단되었다.

──모래의 움직임이 멈추지 않는 것이었다.

모래를 조종하고 있었던 것으로 추정되는 에디 앵커가 사라졌는데도 불구하고 땅속으로 끌어당기는 모래의 움직임이 멈추지 않았다. 아니, 오히려 더 강해졌다. 모래로 된 땅바닥에 소용돌이가 생겨났을 정도였다.

다시 모래 속으로 〈디멘션〉을 전개해서 원인을 찾는다.

그리고 이 29층 밑바닥에 구멍이 뚫려 있다는 것을 깨닫는다.

그 구멍은 아래층까지 이어져 있는 것 같았다. 그 구멍을 막고 있던 에디 앵커가 사라진 탓에 모래가 거세게 아래쪽으로 빨려 들어가고 있는 상태였다.

한층 더 거세진 모래의 소용돌이가 발을 붙잡았다.

이러다가는 이대로 빨려 들어가서 30층으로 떨어지고 말 것이다.

──나는 망설였다.

30층으로 떨어질 것인가 말 것인가.

마음만 먹으면 도망치는 것도 불가능하지는 않았다. 아까 했던 것처럼 물과 마법 〈프리즈〉로 발판을 만들면 해결할 수 있었다. 하지만 문제는 30층에 떨어진 〈크레센트 펙트라즐리의 직검〉이었다.

아무리 귀한 물건이라 해도 무기는 무기, 단지 소모품이 므로 목숨과 바꿀 수는 없었다. 다시 한 번 라인스키터를 사냥해서 〈크레센트 펙트라즐리〉를 손에 넣으면 얼마든지 더 만들 수 있을 것이다.

그렇기는 하지만 알리버즈 씨가 혼신의 힘을 담아 만들어준 작품을 고작 하루 만에 잃어버리는 건 너무 불성실한 짓이다. 그리고 여기서 〈크레센트 펙트라즐리의 직검〉을 잃는 것은 미궁 탐색 계획을 대폭 늦어지게 만든다. 목숨과 바꿀 수는 없지만……그래도, 단순히 아깝다는 생각이 드는 것도 사실이었다.

……높이는 걱정할 필요 없을 것이다.

떨어질 곳에는 부드러운 모래가 있으므로 현재의 내 신체 능력을 고려하면 대미지를 입는 일은 없을 것이다. 걱정되는 점은 혼자서 30층에 돌입하게 된다는 것.

예정대로였다면 스노우와 함께 가디언에게 도전할 계획이었던 것이다.

"큭……."

솔직히 가디언에게 승리할 자신은 있었다. 이세계에 온 후로 지금까지 고전이라 할 만한 싸움을 해본 적은 없었다는 사실이 나에게 자부심을 안겨주었다.

어쩌면 혼자서 손쉽게 해치울 수 있을 가능성이 높을지도 모른다.

"그렇다면……."

〈크레센트 펙트라즐리의 직검〉을 우선시하자.

조금이라도 고전할 기색이 보이거든 그때 도망쳐도 늦지 않을 거다.

"……가지러 가볼까."

크게 숨을 들이쉬고 허파 안에 공기를 채웠다.

각오를 다잡고 모래 속으로 스스로 뛰어든다.

모래를 헤집으며 헤엄쳐 가서 29층 바닥에 있는 구멍을 찾아냈다. 물론 눈을 떠서 찾아낸 건 아니었고 〈디멘션〉에 의지해서 헤엄치고 있었다.

그리고 그 구멍을 빠져나간 나는 30층의 공간으로 곤두박질쳤다.

지면에 착지해서 곧바로 30층을 둘러봤다.

환상적인 공간이었다. 모래가 깔린 지면에는 일곱 빛깔로 빛나는 꽃이 피어 있었고, 일곱 빛깔로 빛나는 수정 기둥이 무수하게 늘어서 있었다. 그리고 천장에는 일곱 빛깔 종유석들이 수없이 매달려 있었다.

그 때문인지 30층의 구조는 종유동굴을 연상케 했다. 하지만 일곱 빛깔로 빛나는 광석들이 이곳이 평범한 종유굴이 아니라는 것을 일깨워주었다.

28, 29층과 비슷하다. 아니, 28, 29층이 이 층의 영향을 받은 건지도 모른다. 그런 생각이 들 만큼 이 층은 **완성**되어 있었다.

나는 떨어져 있던 〈크레센트 펙트라즐리의 직검〉을 주워 들고 30층 안을 걸었다.

와그작와그작 꽃을 밟는 소리가 울려 퍼졌다. 30층에 피는 꽃은 식물이 아니라 광물이라는 것이 발바닥을 통해서 느껴졌다.

그 아름다운 꽃을 밟으며 걷기를 몇 초, 진행방향 앞쪽에 사람의 모습이 나타났다.

내 예상이 맞는다면——.

[서티 가디언(三十守護者)] 땅의 이치를 훔치는 자

"……30층의 가디언?"

그 사람은 내 목소리에 반응해서 이쪽을 쳐다보았다.

탁한 밤색 머리칼을 늘어뜨린 청년이었다. 옷자락의 실밥이 터진 옷을 입고서 피곤하기 그지없어보이는 눈을 하고 있었다. 눈동자 색은 보랏빛이 감도는 회색——비둘기색에, 눈 밑의 짙은 다크서클이 특징적이었다. 나이는 나보다 약간 연상일까. 내 세계로 따지면 대학생 정도에 해당하는 나이로 보였다.

청년은 이마에 손을 짚고 어리둥절한 표정을 보였다.

그리고 내 목소리에 대해서 대답한다.

"──그, 그래, 맞아. 나는 가디언이다. 그건 나도 알아. 그 점만은 의심의 여지가 없어. 하지만, 그때, 나는 그 녀석과 약속해서── 그래서, 그래서──!!"

전혀 몬스터처럼 보이지 않는 이 청년이 가디언? 정말로?

청년은 엄청난 혼란에 빠져 있는 것 같았다.

전해지는 이야기에 따르면 가디언은 탐색가가 해당 층에 들어가는 동시에 출현한다고 한다.

어떤 구조에 의해 그렇게 되는 건지는 모르겠지만 만약에 그게 소환 같은 거라고 친다면 갑자기 불려온 청년이 혼란에 빠지는 것도 무리는 아닐지도 몰랐다.

청년은 자기 자신에게 설명하듯이 독백을 이어갔다.

그저 공허한눈을 이리저리 굴려 가며 상황을 파악하려 애쓰고 있었다.

"그래서……?! 그래서, 나는 어떻게 된 거지? ……마, 맞아. 분명히, 마지막에는 그 바보랑 같이 빨려 들어가서……──?!"

청년은 별안간 눈을 부릅뜨고 그 자리에 주저앉았다.

그 순간 청년의 머리 위를──검은색의 거대한 낫이 스쳐 지나갔다.

"──해치울 수 있었는데!!"

그 녀석은 **아무것도 없는 곳에서** 느닷없이 나타나더니 기쁨이 묻어나는 목소리로 외쳤다. 그 녀석도 역시 몬스터가 아닌 인간의 모습을 하고 있었다.

큰 낫을 휘두른 것은 몇 살 되어 보이지 않는 어린 여자아이었다.

초등학생 정도의 키를 가진 소녀가 20터쯤 되는 부정형의 어둠 같은 낫을 들고 공중에 떠 있다. 조금의 티도 없는 갈색 피부에 자기키만큼 길게 뻗은 흑발──그리고 살의가 넘치는 붉은 두 눈까지 모든 것이 이상했다.

무엇보다 가장 이상한 건 내가 '주시'해도 그 여자아이에 대한 정보를 전혀 얻을 수 없다는 점이었다.

소녀는 혀를 차면서 그러면서도 즐거운 표정으로 청년에게 다음 일격을 날렸다.

그 공격에, 청년은 모든 의문이 풀렸다는 표정으로 신음했다.

"아앗! 아아, 그랬구나! 젠장, 그렇게 된 거였어!!"

그리고 맨주먹으로 자세를 가다듬고 소녀의 공격을 회피하면서 주위 상황에 눈길을 돌렸다.

그러는 와중에 또 다시 나와 눈이 마주치더니 청년은 나를 향해 소리친다.

"여기는 위험해! 당장 여기서 도망쳐!!"

청년은 내 신변을 걱정하며 후퇴할 것을 재촉했다.

"에, 에에?!"

나는 상황을 이해할 수가 없어서 얼빠진 소리를 냈다.

설마 30층에 도착해서 그곳의 가디언으로부터 도망치라는 소리를 들을 거라고는 생각도 못 했다. 나를 방치하고

여자아이와 전투를 시작하는 것도 예상의 범주를 벗어나도 너무 벗어나는 일이었다.

"『리퍼(死神)』는 위험해! 내가──『땅의 이치를 훔치는 자』 로웬이 막고 있는 동안에 빨리 도망쳐!"

청년은 자신이 가디언『땅의 이치를 훔치는 자』라는 것을 인정하고, 자신의 이름을 로웬이라 소개했다. 동시에 그는 소녀를『리퍼』라 부르며 진심으로 나를 걱정하는 표정을 보였다.

그러나 나는 움직일 수 없었다.

그가 정말 가디언이라면 그는 적이다.

물리쳐야 할 적……이라는 건 분명했다. 하지만 로웬 씨는 너무나도 인간적이어서 예상했던 상황과 달라도 너무 달랐다.

어쩔 줄 몰라서 옴짝달싹 못 하고 있으려니 소녀 쪽도 곤혹스런 얼굴로 소리쳤다.

"어, 어라, 뭔가 이상하잖아?! 로웬, 뭔가 이상하다구!!"

하지만 그러는 와중에도 로웬 씨에 대한 공격의 고삐를 늦추지는 않는다. 당장이라도 그 목을 쳐 버릴 기세로 공격을 퍼부으면서 그렇게 말한 것이다.

로웬 씨는 고속으로 덮쳐드는 소녀의 낫을 피하면서 대꾸한다.

"당연하지! 이제 다 끝났어! 그 싸움은 끝났단 말이다! 네 술사는 이미 죽었어! 네가 나를 공격할 이유는 더 이상 없다는 이야기야!!"

"에에?! 그럴 수가, 그럴 수가! 그렇게 끔찍한 소리 하지 마, 로웰!"

"더 이상 움직였다가는 몸을 유지할 수 없게 될 거야!"

그 말을 끝으로 로웰 씨는 낫을 종이 한 장 차이로 피한 다음 소녀의 팔을 붙잡고 매쳤다.

두 사람이 싸우는 모습을 멀리서 지켜보고 있으려니 둘의 실력차는 확연해 보였다.

소녀는 움직임이 빠르긴 하지만 아무런 기교도 없는 공격을 되풀이할 뿐이었다. 그에 반해서 로웰 씨의 움직임은 세련돼 있었다. 두 사람의 기량 차이가 너무 크다.

저 정도면 시간이 아무리 흘러도 낫의 칼날이 로웰 씨에게 닿을 일은 없을 것이다.

매쳐진 소녀는 고통스러운 표정으로 목을 움켜쥐고 신음했다.

공기가 부족해서 고통스러워하는 것처럼 보이기도 했다.

"우, 우우……. 아파아……."

"내가 뭐랬어! 마력이 빠져나가기만 하고 보충되지는 않으니까 그렇게 되는 거다!"

로웰 씨의 말에 소녀는 쏘아보는 시선으로 답한다.

그리고 어렴풋이 웃으면서 뇌까렸다.

"아, 아니야……. 나는 더 싸울 수 있어. 나는 아직 살아 있어……. 아지이익……!!"

"이, 이봐, 설마──?!"

소녀의 심상치 않은 분위기를 감지한 로웬 씨는 손을 뻗어서 소녀를 제지하려 한다. 그 직후 소녀의 몸이 일그러지더니 검은 안개로 변해서 허공에 녹아들었다.

나는 〈디멘션〉을 전개하고 있던 덕분에 알아챌 수 있었다. 소녀는 몸을 전부 마력으로 변환해서 공기 중의 마력 속에 녹아든 것이다.

그리고 마력으로 변해이동, 내 등 뒤로──.

"큭──! 이번에는 나를 노리는 건가?!"

"이쪽 좀 쳐다봐, 오빠."

그야말로 그건 순간이동에 가까웠다.

상대가 등 뒤로 워프한 것에 놀라서, 나는 검을 뽑는 동시에 고개를 돌린다.

거기에는 얼굴 가득 웃음을 머금은 소녀가 있었다. 장난에 성공한 아이 같은 순진무구한 어린아이의 미소다. 소녀는 내 어깨에 손을 올리고 손가락으로 내 뺨을 찔렀다.

"히힛, **돌아봤네요?**"

나는 펄쩍 뛰어소녀에게서 거리를 벌렸고──목덜미에 통증과 열기를 느낀다.

"아얏!"

소녀에게로 검을 겨눈 채 손을 목에 갖다 댄다.

소녀에게서는 아무런 적의도 느껴지지 않았다. 하지만 모종의 공격을 받았을 가능성이 높았다.

내가 거리를 벌린 후, 로웬 씨는 신이 나서 웃는 소녀에게로 덮쳐든다.

"리퍼! 다른 사람을 끌어들이지 마!!"

"이미 늦었어, 로웬! 이 오빠는 내가 가졌어!"

소녀는 로웬에게서 도망치듯이 펄쩍 뛰면서 '나를 가졌다'라고 표현했다.

그 표현의 의미를 이해하는 데에는, 그리 오랜 시간이 걸리지 않았다.

열기가 깃든 목덜미에 〈디멘션〉을 집중시킨다.

거기에는 어느 틈엔가 검은 문양이 떠올라 있었다. 마법진을 연상케 하는 그 문양은 열기를 내뿜으면서 내 마력을 빨아들여갔다.

〈디멘션〉이 마력의 움직임을 가르쳐주었다.

빨려나간 마력은 리퍼라는 소녀에게로 흘러가고 있었다.

자세히 보니 어느샌가 소녀의 이마엔 내 목덜미에 있는 것과 비슷한 문양이 떠올라 있었다. 문양에서 문양으로 〈연결고리〉 같은 게 만들어져서 지금 틀림없이 내 마력을 앗아가고 있는 것이다.

"히힛. ──『공허의 악마는』『사랑스런 당신의 뒤에』『그곳이 나만의 자리』."

나의 마력을 앗아간 소녀의 몸에 힘이 넘쳐났다.

그리고 주문을 영창하고 이름을 외쳤다

"──『내가 바로』『그림 림 리퍼(그림자를 그리워하는 사신)』!!"

자신이 '리퍼'라는 것을 선언했다.

"세상에 이런 우연이 다 있네! 이 오빠도 그 사람이랑 똑같아! 히히힛! 같은 차원속성 마법사라구! 자, 자! 비어 있던 술사 자리는 이 오빠가 채워줬어! 자, 로웬. 이제 어쩔 거지?!"

소녀의 힘이 용솟음칠 때마다 나에게서 마력이 빠져나갔다.

이 소녀는 나에게서 마력을 앗아가서 그 마력으로 움직인다는 사실에 의심의 여지가 없었다.

그 모습을 본 로웬 씨는 초조한 목소리로 신음하고 내 쪽으로 다가왔다.

"큭, 하는 수 없지……! 소년, 이름이 뭐지?!"

"카나미…… 아이카와 카나미에요……."

목에 손을 댄 채로 이름을 밝혔다.

소녀에게서는 사악한 기운이 느껴지지만 가디언인 로웬 씨에게서는 아무런 악의도 느껴지지 않았다. 일단 이름을 가르쳐주는 것 정도는 별문제없을 거라 판단했다.

그런데 내 이름을 들은 로웬 씨는 소스라치게 놀란다.

"아, 아이카와 카나미라고?!"

보아하니, 내 이름을 듣고 뭔가 마음에 집히는 게 있는 모양이다.

하지만 놀란 기색을 보인 것도 잠시였을 뿐 로웬 씨는 곧바로 입을 다물고 진지한 표정으로 돌아온다.

"어, 어쨌거나, 카나미 군! 미안하지만 협조 좀 해줘야겠어! 그 '저주'를 풀려면 저 녀석을 물리치는 수밖에 없어!"

로웬 씨는 내 목에 생겨난 문양을 '저주'라 표현하고 그 저주를 풀고 싶으면 싸우라고 했다.

"……뭐, 뭐가 뭔지 잘 모르겠지만 저 애가 뭔가 사악한 존재라는 건 알 것 같아요! 이대로 가면 뭔가 안 좋은 일이 벌어진다는 것도!"

아무리 목을 손으로 누르고 있어도 마력이 빠져나가는 걸 막을 수는 없다는 걸 깨닫고 로웬의 제안에 찬성했다.

"히힛, 후히힛, 아하하핫, 아하하하하──!"

줄곧 명랑하게 웃어대기만 하는 리퍼 소녀에게 맞서 나는 가디언과 어깨를 나란히 하고 검을 움켜쥐었다. 당초의 예정과는 전혀 다른 전개지만 하는 수 없었다.

우선은 눈앞에 있는 적을 어떻게든 처리해야만 했다. 소녀를 공격하기 위한 최선의 방안을 머릿속으로 도출하기 시작했다.

그리고 다음 순간 그녀의 큰 낫이 주위의 수정들을 모조리 깨부수어버렸다.

그것을 종이 한 장 차이로 피하면서 로웬 씨에게 물었다. 뭐든지 대처를 하려면 정보가 필요하기 마련이다.

"로웬 씨! 저건 몬스터인가요?!"

"아니, 몬스터는 아냐! 물론 가디언도 아니고 인간도 아냐! 저건 단순한 '마법'! 지성을 갖고 움직이는 '마법'이야!"

"마법?!"

생각지도 못했던 상대의 정체에 의문 어린 목소리가 튀어나왔다.

"그래, 오로지 나를 죽이기 위한 목적으로 만들어진 저주의 마법이지. 동화를 모티브로 해서 만들어진 마법으로, 마법명은 이름 그대로 『그림 림 리퍼』다. 그 동화를 떠올리면서 싸우도록 해!"

"저기, 도, 동화?! 죄송해요, 저는 그 동화 몰라요!!"

뜬금없이 동화라니 무슨 소린지 알 길이 없었다.

그림 림 리퍼라는 건 들어본 적도 없는 이름이었다.

"전 세계적으로 유명한 동화잖아?!"

"아뇨, 전 정말로 모른다니까요!"

이 세계에서는 유명한 동화이겠지만 이방인인 나로서는 알 길이 없는 이야기였다.

나는 여전히 심각한 표정으로 사각에서 날아드는 소녀의 낫을 연신 회피했다.

그런 내 모습을 보고 내 말이 거짓이 아니라는 걸 느낀 로 웬 씨는 이야기를 이어간다.

"알았어! 요점만 간단히 말하지! 저 녀석은 '보고 있을 때는 존재하지 않는다. 그리고 보고 있지 않을 때만 실체화한다'. 그런 규칙 속에서 살아가는 동화 속의 악역이야. 시선 밖에서 칼부림을 날리는 녀석이니 카운터로 공격해야 돼!"

"안 볼 때만 실체화……? 아, 알았어요!"

그 점만 해도 성가시기 짝이 없었다.

아무리 생물이 아닌 마법이라고는 해도 지나치게 사기적인 특성인 것이다.

순간이동을 거듭하면서 사방팔방에서 덮쳐드는 소녀의 낫질을 피했다. 솔직히 말해서 이 공격에 대해 카운터로 반격한다는 건 너무나 어려운 일이었다.

그런데 뭔가 부자연스러운 느낌이 들었다.

소녀는 로웬 씨에 대해서만 온몸의 털이 곤두설 정도의 살기를 내뿜을 뿐 나에 대해서는 전혀 살기를 보이지 않았다. 공격할 때도 급소는 노리지 않는 것 같은 느낌이었다.

"나 참! 오빠는 좀 떨어져 있어! 나는 로웬을 죽이고 싶은 것뿐이니까아!!"

내가 로웬 씨의 배후를 보호하듯이 싸우고 있으려니 소녀는 짜증 섞인 얼굴로 거리를 벌리고 툴툴대며 화를 냈다.

"저, 저기, 그럼 나를 죽일 생각은 없다는 거……?"

"당연히 안 죽이지. 오빠는 내 소중한 먹이인걸. 못 움직이게 하려는 것뿐이라고."

"머, 먹이라니……. 어쨌거나, 내 마력 좀 그만 빨아먹어 줬으면 좋겠는데……."

"그건 못 그만둬! 마력을 그만 빨아먹으면 로웬이랑 싸울 수 없게 되니까, 죽을 때까지 빨아들일 거야!"

"죽을 때까지라니……. 그럼, 싸우는 수밖에 없잖아……."

검을 고쳐 쥐면서 소녀를 쏘아봤다.

하지만 나도 살기는 내뿜지 않았다. 상대가 사람의 형태를 하고 있어서 안 그래도 싸우기 껄끄럽던 마당에 이렇게 어린애 같은 반응이 돌아오니 기세가 꺾여버렸다.

"카나미 군, 소용없어! 일단 한 번 몸을 강탈당하면 죽을 때까지 마법을 빨아 먹히게 돼 있어!"

주저하는 나에게 로웬 씨는 이대로 가면 죽을 거라면서 겁을 주었다.

……그러나 나는 그 말을 믿을 수 없었다.

처음 만난 사람의 말을 곧이곧대로 받아들여서는 안 된다는 생각 때문이기도 했지만 무엇보다 그가 이야기하는 것만큼의 위협성이 느껴지지 않았던 것이다.

마법을 빨아 먹히고 있는 건 사실이었다. 하지만 그것 때문에 목숨을 잃을 정도인가 하면, 그렇지는 않았다.

리퍼 소녀는 가늘게, 얇게, 조금씩만 마력을 빨아먹고 있었다. 전투에 지장이 발생하긴 하지만 생사를 가를 만큼의 문제는 아니었다.

소녀는 나에게서 빼앗아간 마력을 먹음직스럽게 곱씹고 마력을 구축하려 했다.

"히힛, 정말 신선한 마력이야! 예전보다도 더 몸이 가벼운 것 같아! 이 정도면 두 사람의 시선에서 도망치는 것도 식은 죽 먹기겠어!"

마법 그 자체인 소녀 자신도 마법을 사용할 수 있는 모양이다.

"──마법 〈디멘션·나이트메어(黑泡沫)〉!"

그것은 내 마법과 상당히 유사했고 〈디멘션〉이라는 단어가 붙어 있는 이상, 동일 계통의 마법이라는 건 의심의 여지가 없었다. 하지만 그뿐만이 아니다. '나이트메어'라는 추가 단어의 발상도 나와 비슷하다는 느낌이 들었다.

차원속성의 마력이 30층을 가득 채워가고 그 영역 내에 검은 거품이 일기 시작했다.

그 마법의 전모를 〈디멘션〉으로 파악하니 그것은 기본적으로 내 〈디멘션〉과 크게 다르지 않은 것 같았다. 그리고 그 검은 거품 속에 순간이동을 하기 위한 마법이 담겨 있다는 것도 느낄 수 있었다. 그 사용법은 〈디 스노우〉와 유사한 면이 있었다.

거품의 색깔이 검은 것은 공간을 지배함과 동시에 적의 시야를 봉쇄하기 위함이리라.

소녀는 자기 입으로 선언한 대로 형체를 숨긴 채 우리의 사각으로 순간이동했다.

재빨리 〈디멘션〉을 넓게 전개해서 그 사각을 없앴다. 하지만 소녀는 그 〈디멘션〉의 확장을 〈디멘션·나이트메어〉로 파악, 〈디멘션〉이 비교적 엷게 전개된 곳을 감지해서 이동했다.

내 〈디멘션〉은 공간에 대한 정보를 수집하는 마법이지만 그 공간 내의 정보를 항상 자동적으로 수집하는 건 아니었다. 기본적으로 원하는 정보를 의식해서, 원하는 곳에 대한 정보만을 파악하게 되어 있다.

다시 말해 어지간히 주의를 기울이지 않는 한 약간의 빈틈 정도는 생기게 마련이었다.

소녀는 그 빈틈을 찔러서 이동하고 있는 것 같았다. 〈디멘션〉 정밀도 대결 끝에 그녀는 로웬 씨의 후방 근처로 이동하여 낫을 옆으로 휘둘렀다.

로웬 씨는 몸을 젖혀서 그 공격을 피했다. 옷자락에 낫이 스친 것처럼 보였지만, 낫이 스치기 직전에 내가 〈디멘션〉으로 인식해준 덕분에 그 낫은 실체를 잃어버렸다.

소녀는 자신의 공격이 옷깃에도 미치지 못한 것을 보고 뾰루퉁하게 뺨을 부풀렸다.

그런 다음 몇 번인가 로웬 씨에게 낫을 휘둘러보았지만 내 〈디멘션〉이 방해하는 바람에 그 모든 공격들이 빗나가 버렸다.

"끄으읏! 아──진짜! 오빠가 전개한 마법, 왜 그렇게 거추장스러운 건데에?!"

그런 상황에 화가 치민 소녀는 표적을 나로 변경했다.

보아하니 나의 〈디멘션〉에 대항할 만한 수단은 갖고 있지 않은 모양이다.

소녀는 이쪽에 의식을 집중시키고 내 목덜미에 새겨진 문양과의 연결고리를 강화하려 했다.

"그렇다면, 더 마력을 쥐어짜서 마법을 못 쓰게 만들어줄게!"

그 모습을 본 로웬은 당황해서 나에게 주의를 촉구했다.

"카나미 군, 일단 떨어져서——."

"아니에요, 로웬 씨. 이제 괜찮아요."

하지만 이미 소녀에 대한 정보는 충분히 수집됐기 때문에 그럴 필요는 없었다.

처음에는 소녀의 특수한 능력에 놀랐지만 이제는 적응이 됐다.

"이제 대충 파악했으니까요."

조용히 전투 종료를 선언했다.

이쪽에 대해 간섭하려 드는 소녀를 무시한 채 다른 마법을 구축해나갔다. 솔직히 말해서 이 '저주'인지 뭐니 하는 가느다란 연결만 가지고 내 MP를 고갈시키는 건 불가능할 것이다. 거대한 저장고에 바늘구멍을 뚫은 정도에 불과해서 대국에 큰 영향은 끼치지 못했다.

"전 마력 운용을 〈디멘션·멀티플〉로 전환시켜 육안을 통한 공간 인식을 우선시한다."

공간 인식 능력을 더 높은 수준으로 끌어올리고 차원마법을 공간 전체에 가득 채워서 소녀가 실체화할 여지를 없애 나갔다.

〈디멘션〉이 엷게 걸려 있는 공간을 만들지 않는 것. 의식을 빈틈을 찌를 기회를 완전히 제거하는 것.

그렇게만 해도 소녀를 무력화시킬 수 있었다.

"어, 어라? 이거 왜 이래?!"

소녀는 내 마력이 30층 전체에 짙게 침투한 것을 〈디멘션 · 나이트메어〉로 감지하기가 무섭게 바로 몸을 녹여서 순간이동했다.

검은 거품을 이용해서 끊임없이 공간 안을 도약했지만 단한 번도 실체화에 성공하지 못했다.

"어, 어라? 어디에 가도 다 보이잖아?!"

소녀의 이마에는 식은땀이 흘렀고 얼굴은 일그러져 있었다.

"포기하시지. 내가 가까이 있는 이상 너는 두 번 다시 실체화할 수 없어. 단 1밀리미터의 틈새도 없이, 단 1초의 빈틈도 없이, 나는 너를 계속 감시할 테니까."

순간이동하는 찰나의 시간에도 〈디멘션〉의 시야에서 놓치지 않았다.

마력의 흐름을 감지하면 순간이동의 행선지도 예측할 수있다. 그리고 100개 이상의 검은 거품들에 대해서도 이미 분석을 마친 상태다.

이제 소녀는 우리에게 위해를 가하지 못한다.

그녀가 낫 이외의 공격을 하지 않는 이상 외통수에 걸린 셈이었다.

"마, 말도 안 돼! 비겁해! 이건 너무하다고! 아, 정말!!"

소녀는 순간이동을 되풀이한 후, 성난 기색이 역력한 얼굴로 내 몸을 때리려 했지만 실체화가 불가능한 상황이라서 건드리지도 못했다.

"후우. 상성이 좋아서 다행이야. 이 정도면 일단 한숨 돌릴 수 있겠군⋯⋯."

숨을 크게 내쉬고 두 사람과 만난 이후로 줄곧 이어진 급전개가 멈춘 것에 안심했다.

로웬 씨도 소녀의 모습을 보고 그 점을 이해한 듯 긴장을 풀고 우리 쪽으로 다가왔다.

"굉장한데, 카나미 군⋯⋯. 그런데, 마력은 괜찮아?"

"그다지 힘들지는 않은데요? 솔직히 목숨이 위태로울 정도의 공격도 아니었고⋯⋯."

그 말을 들은 로웬 씨는 심각한 얼굴로 고민하기 시작했다.

"힘들지 않다? 장소 때문인가⋯⋯? 아니, 단순히 카나미 군의 마력이 엄청난 건가⋯⋯?"

납득하지 못하는 기색의 로웬 씨를 보고 소녀가 둥실둥실 떠올라서 다가왔다.

날뛰어봤자 소용없다는 걸 깨달았는지 낫도 없앤 상태였다.

나는 경계했지만 나에게 말을 거는 소녀의 태도는 경쾌했다.

"으──응, 단순히 마력량의 차이인 것 같아. 로웬이랑은 달리 이 오빠는 마력이 엄청난걸. 내가 계속 빨아먹었는데도 아직 여력이 남아 있는 것 같은걸. 무엇보다 상성이 끝내줘!"

"그렇게나 달라⋯⋯?"

그 말에 로웬 씨도 경쾌한 태도로 되물었다.

"응, 오빠가 촉촉한 사과라면 로웬은 말라빠진 건과일이라고나 할까?"

"마력이 적어서 미안하게 됐네……. 아니, 오히려 내가 일반적인 거라고!"

"소, 소리치지 말라고. 어쨌거나 로웬이 생각하는 것 같은 일은 안 벌어져. 이 오빠라면 아마 나를 계속 유지시킬 수 있을 거야."

"리퍼를 유지시킬 수 있다고……? 말도 안 돼……."

로웬 씨는 소녀가 도출해낸 해답을 믿을 수가 없다는 표정이었다.

그리고 어째선지 뭔가 안심하고 있는 것처럼 보이기도 했다.

하지만 믿기 힘든 건 오히려 내 쪽이었다.

조금 전까지 목숨을 걸고 싸우던 사이건만, 로웬 씨와 소녀는 아무 일도 없었다는 듯이 대화를 나누고 있는 것이었다.

사이가 좋아 보이다 못해 마치 정다운 옛 친구처럼 보일 지경이었다.

일단 상황을 파악해야겠다는 생각에 나는 두 사람의 대화에 끼어들었다.

"저기요, 이야기 좀 해도 될까요?"

"음, 뭐지, 카나미 군?"

로웬 씨는 고민을 중단하고 온화한 표정으로 이쪽을 쳐다보았다.

"저는 30층의 가디언을 처치하러 여기까지 온 건데요……."

"그, 그러고 보니 그랬었구나. 지금 나는 미궁의 가디언이었지. 이런저런 일들에 휘둘리느라 깜박했었어."

그리고 여전히 구김살 없는 얼굴로 자신이 가디언이라는 것을 시인했다.

지금까지 내가 들었던 이야기와는 한참 달랐다.

가디언은 무자비한 몬스터로 마주친 인간들을 덮쳐서 무수한 사망자들을 발생시키는 광기에 찬 괴물이라고 그러지 않았던가……? 나는 분명 그렇게 들었었는데…….

"어? 오빠, 로웬을 죽이러 온 거야? 그럼, 나랑 같이 죽이자! 마음 같아서는 나 혼자서 죽이고 싶지만, 오빠라면 같은 편으로 받아줄게!"

로웬을 대신해서 소녀가 무자비하고 광기 어린 반응을 보였다.

소녀와도 이야기해보고 싶긴 하지만 지금은 로웬 씨가 먼저였다.

"자, 잠깐만 기다려줘. 으음——리퍼. 우선은 로웬 씨랑 이야기부터 할게."

호칭에 대해 좀 고민했지만 일단은 '리퍼'라고 부르기로 한다.

"우우——, 나만 쏙 따돌리지 말라고! 나도 끼워달란 말이야!"

"따돌리는 거 아냐. 네 이야기도 나중에 들어줄 테니까, 지금은 좀 얌전하게——."

"싫어싫어! 나 다 알아! 그런 식으로 끝까지 무시하려는 거잖아!"

"아니, 그럴 생각은——."

"있잖아, 있잖아. 그보다 우선 마법부터 좀 풀어줘! 이런 게 있으면 아무것도 못 건드——."

"마법 〈디 윈터〉."

"에, 에에?! 아, 숨막혀어어어——!"

〈디 윈터〉를 한정적으로 전개시킨다.

대상은 목덜미의 문양에서 뻗어 있는 리퍼와의 '연결고리'였다. 방법 자체는 마법에 간섭할 때와 크게 다르지 않았다. 진동 정지의 방식을 응용해서 흐름을 억누르는 것뿐이다.

그렇게만 해도 소녀에 대한 마력 공급을 멈출 수 있었다. 아니, 마음만 먹으면 오히려 마력을 빨아들이는 것도 가능할 것이다.

마력 공급원이 막힌 소녀는 공기라도 잃은 것처럼 고통스러워하기 시작했다.

마력을 빨아 먹히면서도 방치해뒀던 것은 이렇게 할 수 있다는 자신이 있었기 때문이었다.

곧바로 마력 공급을 재개해주고 리퍼를 타이른다.

"자, 조용히 해."

"……네."

리퍼는 완전히 겁에 질린 얼굴로 힘없이 물러간다. 그러면서 "혼내는 방법까지, 그 사람이랑 똑같잖아……"라며 뇌까리고 있었다. 보아하니 방금 그 방식에 대한 트라우마가 있는 모양이다.

내가 사용할 수 있는 마법과 리퍼와의 상성이 좋아서 다행이었다. 이제 리퍼는 완전히 봉쇄된 거나 마찬가지였다.

하지만 약간 찜찜한 구석이 있었다.

아무리 리퍼가 누군가에 의해 만들어진 '마법'이라 해도 이건 상황이 나에게 너무 유리하게 돌아가는 게 아닐까 싶었다. 마치 내가 사용할 수 있도록 마련된 마법 같지 않은 가…….

아니, 그건 나중에 고민하자. 지금은 로웬 씨와 이야기해 보는 게 먼저다.

"으――음, 먼저 여쭤보고 싶은 건 로웬 씨는 정말로 30층의 가디언인가요?"

"카나미 군, 미안하지만 존댓말은 좀 안 써주면 안 될까? 존댓말을 들으면 영 싱숭생숭해서 말이야."

"어, 존댓말이요?"

"육체연령만 따지면 별 차이도 없잖아. 부탁한다."

그 말마따나 보아하니 우리의 연령에는 별 차이가 없는 것처럼 보였다. 로웬 씨가 약간 더 많은 정도였다.

"……알았어, 로웬. 그럼 나를 부를 때도 '군'은 빼고 편하게 이름만 불러줘."

"물론 그래야지, 카나미. 그런데 무슨 질문이었지? 내가 정말 가디언이 맞느냐 하는 거였나?"

"내가 알고 있는 상식으로 보면 로웬이 가디언일 리가 없어. 차라리 리퍼가 가디언이라면 이해가 가겠지만……."

"아니, 저 바보는 그냥 덤일 뿐이야. 의식 직후에 내 근처에 있었던 바람에 휘말려든 거지."

"그럼, 결국 로웬은 몬스터라는 거야?"

"그래, 몬스터다. 다만 다른 녀석들과는 달리 아직 타락하지는 않았으니까 거의 인간에 가깝지만 말이지."

그렇게 말하고 로웬은 자기 자신에게로 눈길을 돌렸다.

아무리 보고 또 봐도 평범한 인간과 다를 게 없었다.

"어, 으음, 그건 곤란한데. 나는 보스 몬스터가 있다는 이야기를 듣고 물리치러 온 건데……."

"아니, 신경 쓸 것 없어. 어차피 나는 인간으로서 죽을 수 없는 몸이니까. 몬스터를 상대한다는 기분으로 싸워도 돼."

"인간으로서 죽을 수 없다? 무슨 뜻이지?"

"아아, 일단 한 번 심장이 멎으면 완전히 몬스터화할 거야. 그렇게 된 상태에서 처치하면, 제30층의 시련은 완전히 클리어되는 거지. 지금 바로 하겠어?"

"……으──음, 그래도 영 내키지가 않는데."

"하긴, 썩 내키진 않겠지……. 같은 처지였다면 나도 검을 뽑을 수 없었을 테니까……."

로웬 씨는 쓴웃음을 지으면서 어깨를 으쓱했다.

그나저나 정말 난감했다. 이러면 팰린크론과의 거래 조건을 달성할 수 없게 된다.

가디언이 이렇게 말이 통하는 상대일 줄은 몰랐었다. 과거에 가디언이 출현했을 때는 많은 사망자가 발생했다고 들었는데 로웬 씨의 경우와는 달랐던 모양이다.

어쨌거나 억지로라도 심장을 정지시켜서 몬스터화시켜야 하나.

인간의 모습이 아니라면 검을 겨눌 수 있을 것이다. 아마도.

"──으──음, 그럼, 거래를 하지."

내가 고민에 잠겨 있으니 로웬 씨가 제안해왔다.

"거, 거래?"

또 거래다. 팰린크론과의 거래를 성립시키기 위해서 로웬과 거래하는 것이다.

RPG 게임 중에 다수의 심부름 이벤트가 연발하는 경우가 있는 걸 떠올렸다. 이걸 해라, 저걸 해라 하는 식으로 본래 스토리와는 별 상관이 없는 시간 끌기용 이벤트는 게임 속에 흔히 존재했다.

일단 현재 시점에서는 그 소녀 2인조 문제만 해결하면 되니까 그냥 모든 걸 무시하고 레벨업만 하는 게 좋을지도 모른다는 생각까지 들었다.

"그래, 단순한 거래야. 내 소원을 들어줘. 그렇게 하면, 나는 죽을 거다."

"소원이 이루어지면 죽는다⋯⋯? 그 말 믿어도 되는 거야?"

"애초에 가디언들은 이미 죽은 몸이야. 남은 미련이 몸을 움직이고 있는 것뿐, 실제로 살아 있는 건 아냐. 따라서 미련을 잃으면 힘도 잃게 되고, 소원이 이루어지면 아예 사라지지."

로웬은 자기 자신이 이미 죽은 몸이라고 말한다.

아까 자기를 몬스터로 취급해도 상관없다고 한 것은 죽음에 대한 각오가 되어 있는 상태이기 때문이었던 모양이다. 말문이 막힌 나를 무시하고 로웬은 다시 말을 이었다.

"오히려 죽는 게 내 소원이야. 그러니까 신경 쓰지 말고 죽이러 오면 돼."

그리고 어렴풋한 웃음을 짓는다.

내 마음고생을 조금이라도 줄여주려는 배려가 느껴진다.

나는 이 다정한 가디언의 마음에 부응해줘야겠다고 생각했다.

"알았어. 로웬이 그렇게까지 이야기한다면 그 방법으로 가디언을 죽이기로 할게."

"고맙다, 카나미."

나와 로웬은 악수를 나눴다.

짧은 시간 동안의 교류였지만 로웬이 나쁜 사람이 아니라는 건 알았다. 그걸 안 이상 그런 로웬에 대한 협조는 아끼지 않을 생각이었다. 물론 이해타산을 고려한 것도 있었다.

로웬은 강하다. 아까 싸우는 모습을 보건대, 무기도 들지 않은 상태로 보이지 않는 곳에서 고속으로 덮쳐드는 낮 공격을 유유자적하게 피할 수 있는 정도의 역량이 있는 걸 알 수 있었다.

앞으로 내가 상대하게 될 두 소녀에 대해서도 믿음직한 전력이 될 게 틀림없다.

거래 내용에 따라서는 로웬이 미련을 풀 때까지 내 아군이 되어 줄지도 모른다. 그렇게 앞날에 대한 이야기를 하려 했을 때, 한참 동안 잠자코 있었던 리퍼가 더 이상 참지 못하고 소리친다.

"그, 그건 안 돼. 로웬은 내가 죽일 거라고! 그런 식으로 죽는 건 절대 안 돼!"

보아하니 리퍼는 자기 자신의 손으로 로웬을 죽이는 것에 집착하고 있는 모양이다.

리퍼가 오직 로웬을 죽이기 위한 목적만으로 만들어진 마법이라면 그런 해답에 이르는 것도 무리는 아닐지도 몰랐다.

"몇 번을 말했지만 그 명령을 한 녀석은 이미 죽었잖아……. 너도 이제 좀 이해할 때도 된 거 아냐? 이제 나를 죽일 필요가 없단 말이야."

"그 정도는 나도 알고 있어……. 그, 그렇지만, 그럼 나는 뭘 하면 되는 건데……? 뭘 위해서 살면 되는 건데……?"

"그건 너 스스로 결정해. 살아간다는 건 원래 다 그런 거야. 태어나기도 전에 다 정해져 있는 게 오히려 더 이상한 거라고. 자신이 해야 할 일은 살아가면서 스스로 찾는 거야."

로웬은 부드러우면서도 힘 있는 말투로 리퍼에게 삶에 대해 설명했다.

나도 그 말에 동감이었다. 적어도 누군가를 죽이기 위한 삶이라는 건 문제가 있다고 생각했다.

"그건 너무…… 어렵다고오……."

그 말을 들은 리퍼는 당장이라도 울음을 터뜨릴 것 같은 얼굴을 하며 검은 안개로 변해간다.

"아, 잠깐! 어딜 가는 거야?!"

로웬은 허둥대며 리퍼를 제지하려 했다.

하지만 나는 리퍼가 어디로 도망치려는 건지 알고 있었다. 아니, 알 수밖에 없었다.

검은 안개로 변한 리퍼는 내 안으로 들어온 것이었다. 〈디 윈터〉로 거부할까 하는 생각도 했지만, 그 직전의 슬픈 표정을 보고 생겨난 동정심 때문에 무의식적으로 받아들였다.

"로웬, 리퍼는 내 안으로 들어왔어. 어쩐지 내 안에서 토라져 있는 것 같아……."

"카나미 안에……? 그, 그랬었군. 그렇다면 됐어……."

로웬은 리퍼가 무사한 걸 알고 안심한 기색이었다.

아무래도 로웬은 자신을 죽이려고 드는 리퍼를 걱정하고 있는 것처럼 보였다. 그것은 마치, 못난 여동생의 앞날을 걱정하는 오빠의 모습처럼 보이기도 했다.

"하지만 어쩐지 몸이 좀 무거워진 것 같기도 하고……."

"리퍼는 '저주'니까. 최상급의 저주를 안고 있는 셈이니까 몸이 무거워질 만도 하지."

"애, 얘를 어쩌면 좋지……?"

"……뭐, 리퍼는 바보이긴 해도 나쁜 애는 아냐. 잘 타이르기만 하면 충분히 쓸만한 마법이야. 축하한다, 카나미. 오늘부터 전설의 사신사(死神使)가 된 거니까."

그리고 로웬은 못난 여동생을 돌봐줄 사람을 찾아내기라도 한 것 같은 표정을 보였다.

"될 수 있으면 사양하고 싶은데……."

로웬은 그걸로 만족할 수 있다 해도 나는 납득할 수 없었다.

죽지는 않는다 해도 소중한 MP가 깎여나가는 건 분명한 사실이기 때문이다.

"미, 미안. 방금 그건 농담이었어. 리퍼를 쫓아낼 수 있도록 나도 협조하지. 카나미를 대신할 술사를 찾거나, 봉인할 방법을 찾을 수 있으면 좋을 텐데……. 다만, 나는 마법에 대해서는 문외한이니까 내 힘으로는 어떻게 해볼 수가 없어. 이봐, 다른 가디언들은 살아 있나?"

"아니, 10층의 가디언도, 20층의 가디언도 둘 다 죽었다고 들었어."

"큭, 마법에 능한 가디언이 있었다면 리퍼를 구해줄 수 있었을지도 모르는데……. 그랬군. 다들 사라졌단 말이지……."

로웬은 당연하다는 듯이 리퍼를 '구해준다'라고 말했다.

두 사람은 서로를 죽고 죽이려 드는 사이이긴 하지만 역시 그게 전부는 아닌 모양이다.

그 점에 대해서는 차차 확인해봐야겠다.

이야기가 일단락됐기에 나는 가장 중요한 점을 확인해보기로 했다.

그렇다 가장 중요한 점 말이다.

"그런데 로웬의 소원이라는 건 뭐지……?"

그것은 땅의 이치를 훔치는 자, 로웬을 죽이는 방법.

"소원이라……. 글쎄, 여러 가지 소원이 있었던 것 같아."

로웬의 대답은 썩 시원시원하지는 않았다.

하지만 천천히 뭔가를 애써 기억해내는 것처럼 연신 표정을 바꿔 가면서 말을 자아냈다.

"아마, 가장 큰 소원은 기사로서 유명해지는 것이었을 거야……."

아무것도 쥐고 있지 않은 오른손을 펼쳤다가 움켜쥐면서 자기 스스로를 타이르듯이 고백을 이어간다.

"아아, 맞아. 나는 내 검술을 세상에 떨치는 게 소원이었어. 그게 어린 시절부터 가져 왔던 꿈이었어. 그건 틀림없어……. 그 소원만은 의심의 여지가 없어……."

로웬은 쑥스러워하면서 어린아이들이 동경할 법한 유치한 꿈을 입에 담았다.

그리고 확신에 찬 표정으로 다시 말을 이었다.

"──그래, 나는 명예와 영광을 갖고 싶어. '영웅'이 돼서,

많은 사람들의 칭송을 받고 싶어."

어린아이 같은 미소를 지으며 더없이 단순한 욕구를 언급했다.

그것은 더없이 순진하고, 아름답고── 그리고 어쩐지 공허하게 느껴졌다.

"그러지 않으면 보상받지 못해."

그런 마지막 뇌까림과 함께 로웬의 고백은 끝났다.
그 모습 역시 어딘지 공허하게 보였다…….

5. 30층의 가디언

30층에서 로웬과 리퍼를 만난 후, 우리는 함께 〈커넥션〉을 타고 『에픽 시커』 집무실로 돌아왔다.

마침 스노우가 창가에서 졸고 있는 중이었다. 평소에 입던 민족의상 차림으로 돌아와 있는 것으로 보아 싯다르크 가문에서의 용건은 끝났다는 걸 알 수 있었다.

〈커넥션〉에서 나타난 우리를 발견하고 스노우는 졸린 눈을 비비며 이쪽으로 눈길을 돌렸다.

"……어, 어서 와──?"

스노우는 말끝에 물음표를 붙이고, 내 등 뒤로 눈길을 향했다.

나는 로웬을 앞으로 데려와서 소개했다.

"저기, 이 사람은 30층의 가디언인 로웬이야."

"잘 부탁한다. 로웬이야. 방금 카나미가 이야기했다시피 미궁의 몬스터니까 존댓말 같은 건 필요 없어."

로웬은 손을 가슴에 대고 정중하게 고개를 숙였다.

스노우도 반사적으로 고개를 숙였다.

"……바, 반가워. 나는 스노우. 자, 잘 부탁해. ……응? 그렇지만, 저기, 어라?"

상황 파악이 좀처럼 잘 안 되는 모양이다.

그야 그럴 만도 한 게 가디언이라면 탐색가들 사이에서는 공포의 대상으로만 인식되고 있다. 그런 가디언이라 자처하는 녀석이 느닷없이 눈앞에 나타나면 누구나 당황하기 마련이다.

"간단히 설명하자면, 나쁜 사람은 아니어서 30층에서 데려온 거야."

일단 위험이 없다는 점부터 이야기해두었다.

우선은 안전하다는 점을 이해시키는 게 중요하다.

"……우, 우와아."

스노우는 도무지 믿기 힘든 광경이라도 보는 것 같은 눈길로 나를 쳐다봤다.

"로웬은 기사로서 대성하면 죽는다고 하니까 거기에 협조해줄까 해. 가디언은 미련이 없어지면 사라진다는 모양이야. 싸우는 것보다는 미련을 없애주는 게 훨씬 더 안전하지."

그런 스노우의 의문에 나는 충분한 이유가 있어서 로웬을 데려왔다는 점을 전달했다.

"……어, 그 말을 믿는 거야?"

"믿어. 믿어도 된다고 판단했어. ──오늘부터 로웬을 길드 『에픽 시커』의 손님으로 맞아들여서 머물게 할 생각이니까, 여러모로 돌봐줬으면 해."

"으, 으응──?"

그리고 이미 정해진 거래 내용을 스노우에게 말해준다.

로웬을 곁에 두고 전력으로 삼기 위해, 로웬의 소원을 들은 후 내가 두 소녀 때문에 곤경에 처해있다는 걸 이야기하니 그는 자신이 호위를 맡겠다고 나섰다.

나는 스노우에게 최소한의 전달사항을 전달하고 바깥의 야음을 확인했다. 태양은 저물고 이제 조금만 더 있으면 사방이 깜깜해질 것 같았다.

"그리고 '리퍼'가 몸에 들어와버렸으니까, 이것저것 조사도 해봐야 될 것 같아. 시설이 닫히기 전에 가야 되니까, 좀 서둘러야겠어. 스노우는 로웬이랑 같이 기다려줘."

공적인 기관 중에는 책을 취급하는 곳도 있었던 것으로 기억했다. 다만 밤이 늦어지면 들어갈 수 없을 가능성도 있기에 서둘러 집무실 창문을 통해 뛰쳐나갔다.

"어, 리, '리퍼'? 도대체 미궁에서 무슨 일이 있었던 거야?"

"흐음. 그 일은 내가 설명해주지. 기다리는 동안 심심하니까."

자세한 설명을 요구하는 스노우에게 로웬이 나를 대신해서 대답했다.

"……에, 아, 네."

가디언이 예의 바르게 설명해주려 하자, 스노우도 자연스럽게 얌전해졌다. 〈디멘션〉으로 그 모습을 확인하고 나는 라우라비아 시가지로 뛰쳐나갔다.

그리고 도서관을 향해 전력질주하기 시작했다.

"뭐야, 이거?! 끝내준다! 이게 전부 다 책이야?! 오빠!"

리퍼는 30층에서 나온 후로 지금까지 줄곧 얌전하게 있었지만 라우라비아의 도서관에 들어서자 갑자기 기운이 넘쳐났다. 보아하니 이렇게 많은 책들이 늘어서 있는 모습을 본 적이 없었던 모양이다.

참고로 리퍼는 이제 알몸이 아니었다. 마력만 공급해주면 의복도 구성할 수 있어서 지금은 새까만 외투를 몸에 휘감고 있었다.

등 뒤의 사각에서 리퍼가 떠들어대는 목소리를 듣고 곧바로 〈디 윈터〉로 마력 공급을 제한했다.

"——우, 우아아! 내, 내가 뭘 잘못했는데?!"

일단 미궁 밖에서는 공중에 떠다니지 말라고 타일러 둔 덕분에 주위 사람들이 보면 그저 시끄러운 어린애가 들어온 정도로만 보일 것이다. 하지만 그래도 리퍼의 시끄러움은 문제였다.

실체화가 풀린 리퍼에게 다가가서 작은 목소리로 말을 걸었다.

"도서관에서는 조용히 해야 돼. 안 그러면 쫓겨나."

"도서관? 왜 도서관에서는 조용히 해야 하는 건데?"

리퍼는 나를 따라서 작은 목소리로 물었다. 상황을 파악하자마자 목소리를 낮추는 걸로 보아, 상식은 없을지언정 잘 타이르면 말귀는 알아듣는 아이인 것 같았다.

"리퍼, 도서관도 몰라?"

"나한테 그런 걸 기대하면 안 된다고. 왜냐면 나는 로웬을 죽여야 한다는 것 말고는 아무것도 모르니까."

어쩐지 득의양양한 말투였다. 로웬을 죽이는 사명에 대해 긍지를 갖고 있는 것처럼 보였다. 하지만 한편으로는 잘난 오빠를 자랑하는 동생 같은 모습으로 보이기도 했다.

두 사람이 친밀한 사이라는 건 더 이상 의심의 여지가 없었다.

"……이봐, 넌 지금 몇 살이지?"

"응? 태어난 지 1년도 안 됐는데?"

"하아……."

한숨을 지으면서 휘적휘적 손을 움직여 리퍼를 밖으로 데려갔다.

"리퍼, 나는 지금부터 도서관에서 책을 빌려올 거야. 그때까지 여기서 기다리고 있어."

"에, 에에?! 나 혼자서 여기서 기다리라고?! 그러지 말고 가르쳐줘! 도서관이 어떤 건지!"

도서관 밖으로 나오자마자 다시 리퍼의 목소리가 커졌다.

도서관 안까지 다 들릴 것 같아서 조마조마했다. 도서관 안에서 큰 목소리를 내면 안 된다는 명령은 지키고 있지만 그 외의 응용은 불가능한 모양이다.

"나중에 가르쳐줄게. 지금은 일단 너를 위해서 책을 빌려올 거야. 그러니까 여기서 잠자코 기다려줘. 자, 착하지?"

"착해……? 응, 나 착한 애라구."

리퍼는 '착하지'라는 말에 반응해서 잠시 생각에 잠긴 후 얌전해졌다.

"……알았어. 기다릴게."

"그, 그래."

생각보다 고분고분하게 리퍼는 길 한쪽에 쪼그려 앉아서, 땅바닥의 모래를 검지로 깨작거리는 놀이를 시작한다. 보통 아이들 같으면 단순히 시간을 때우기 위한 모래장난 정도일 것이다. 그러나 리퍼는 그것마저 즐거워하는 것 같았다. 어쩌면 지상에 있는 모든 것을 다 신기하게 느끼고 있을 가능성도 있어 보였다.

어느 정도의 시간쯤은 괜찮을 거라 판단하고 서둘러 도서관 안으로 들어갔다.

담당직원에게 말을 걸어서 '동화'와 '저주'에 대한 책을 찾아줄 것을 부탁했다.

『그림 림 리퍼』가 나오는 '동화'도, '저주'에 대해 적혀 있는 책도 금방 찾을 수 있었다. 두 책 모두 대중적으로 널리 알려진 책이라 쉽게 찾을 수 있었던 모양이다.

우선 〈디멘션·멀티플〉을 이용해서 동화 쪽부터 속독했다.

이 동화는 오랜 옛날부터 구전되어 온 것으로 많은 사람들 사이에 퍼져 있다고 한다. 이 세계 사람들에게 동화에 대해서 물으면 가장 먼저 『그림 림 리퍼』가 나올 정도라는 것이다.

무난한 내용의 동화였다. 어두운 곳에서는 조심해야 한다는 정도의 교훈적인 내용이 담긴, 내 세계에서도 있을 법한 동화다. 약간 살벌한 표현도 있긴 했지만 딱히 유별난 정도는 아니다.

결국 내가 알아낸 것은 『그림 림 리퍼』는 '시야에서 놓치면 덮쳐드는 사신'이라는 점뿐이었다. 약점도 없고 해결법도 없다.

하는 수 없이 다음 책인 '저주' 관련 책을 집어들었다. 먼지를 뒤집어쓴 오래된 마법책이었다.

오랜 옛날에는 다양한 '저주' 마법들이 성행했다고 적혀 있다. 하지만 성인 티아라라는 인물이 마법의 기초를 구축한 뒤로는 얼마 안 가 쇠퇴했다고 한다.

성인 티아라의 마법과는 달리 '저주'는 많은 대가를 필요로 한다. 그렇기에 사람들은 자연스럽게 '저주'를 배척하게 되었다고 적혀 있다.

그리 오래 읽지 않았는데도 '저주' 사용이 얼마나 까다로운지를 알 수 있다.

우선 MP뿐만이 아니라 HP까지 소모해야 하기에 실전성이 떨어진다. 컨디션을 악화시키고, 수명을 갉아먹고, 병에 걸리는 경우도 있다고 한다. 실패라도 하면 그야말로 파멸. 그리고 기본적으로 남을 저주하면 상대방에게만 저주가 걸리는 게 아니라, 저주를 건 장본인에게도 '저주'가 돌아오는 경우도 많았다고 적혀 있었다.

그 설명이 사실이라면『그림 림 리퍼』의 술사는 내가 되고, 대상자는 로웬이 된다. 다시 말해『그림 림 리퍼』는 로웬뿐만 아니라 나까지 죽이게 될 가능성이 있다는 이야기다.

나는 성가신 녀석을 맡게 됐다고 탄식하면서 책장을 넘겨 나갔다.

그랬더니 '저주'의 사례 항목에서 '리퍼'라는 단어를 발견할 수 있었다.

'리퍼'의 '저주'가 확인된 것은 1000년 전, 어떤 전쟁에서 발견된 것이 시초였다고 한다.

이 서두만 보고도 나는 이야기의 신빙성이 떨어진다고 생각했다. 이 세계의 문화 레벨로 1000년 전의 일을 정확히 기록하는 건 불가능하게 보였기 때문이다.

그래도 안 읽는 것보다는 나을 거라는 생각에 계속 책장을 넘겼다.

──1000년 전, 인간과 몬스터가 싸우던 거대한 전쟁의 와중에 '저주'의 마법 하나가 확인 된다. '저주'는 진격하는 기사단 한가운데에 느닷없이 출현해서 수많은 병사들을 죽였다. 그 '저주'는 검으로 찔러도, 마법으로 꿰뚫어도 죽지 않았다. 그리고 안개처럼 사라졌다가 등 뒤에서 나타나서 수많은 기사들의 목을 베어나갔다. 그야말로 '리퍼(사신)'라는 표현이 딱 들어맞는 존재였다.

……이야기는, 최후에는 어떤 무명 기사가 '리퍼'와 맞붙는 내용으로 마무리되었다.

'리퍼'를 없애는 방법은 단 하나인데, 그것은 사각에서 날아드는 공격에 맞춰서 검을 휘두르는 것.

무명 기사는 자신의 목을 대가로 '리퍼'의 목을 쳤다고 한다.

그 이후로 '리퍼'의 '저주'는 두 번 다시 이 세상에 모습을 드러낸 적이 없었다──라고 적혀 있었다.

나는 책에 담긴 정보가 불충분한 것에 혀를 찼다.

애초에 '리퍼' 이야기의 인용 출처가 '지방의 신화'라고 나와 있는 점부터가 수상쩍기 그지없었다. 어째서 이 '리퍼'를 '저주'라고 판단한 것이며 어째서 '리퍼'는 단 한 번밖에 나타난 적이 없었던 것인가. 그 '리퍼'의 술사는 누구였던가. 중요한 부분이 너무 많이 빠져 있었다.

더 이상 조사해봤자 의미가 없을 거라는 걸 깨닫고 자리에서 일어섰다.

담당 직원을 불러서 아동용 그림책을『에픽 시커』명의로 빌리고 밖으로 나왔다.

밖에서 두 여자아이가 노는 목소리가 들려온다.

거기에는 낯선 여자아이와 놀고 있는 리퍼가 있었다.

마법의 검은 안개를 만들기도 하고 없애기도 하면서 여자아이와 놀아주고 있었다.

"우와아, 굉장해. 까만 연기가 잔뜩 나오잖아. 언니 정말 마법사였구나!"

여자아이는 눈이 초롱초롱해져서 검은 안개를 쫓다

닌다.

하지만 리퍼는 내가 나타난 것을 깨닫고 안개를 지웠다.

"아, 우리 오빠가 왔어…… 미안해, 더는 못 놀 것 같아……."

"에에──, 언니, 나랑 더 놀자."

여자아이는 불만스런 얼굴로 리퍼에게 다가가며 떠나지 못하도록 붙잡기 위해 그 손을 잡으려 했다. 하지만 리퍼는 소스라치게 놀라며 그 손길을 피했다.

"저, 정말 미안. 그래도 안 돼. 그게 내 **규칙**인걸. ……이제 시간도 늦었으니까, 너도 그만 돌아가보는 게 좋을 것 같아."

"……응, 알았어."

리퍼의 태도를 보고, 여자아이도 단념한다.

"또 보자."

"응."

그리고 두 사람은 서로에게 손을 흔들며 작별인사를 주고받았다.

여자아이가 시야에서 사라진 것을 확인하고 나서, 나는 리퍼에게 말을 걸었다.

"리퍼, 너도 '술사인 나'와 '대상자인 로웬'이 없을 때는 그냥 평범한 여자애구나. 미안, 괜히 방해했나 보네."

"아니, 그런 거 아냐."

리퍼는 조용히 고개를 가로저었고 나는 천천히 내 생각을 입에 담았다.

"저 정도 나이의 어린애랑은 별문제없이 커뮤니케이션을 할 수 있는 거였군. 뜻밖인데."

"커뮤니케이션?"

"그래, 같이 놀 수 있다는 거야?"

"같이 논다? 나는 로웬이랑도 놀고 있는데?"

"아니, 그건 아냐. 그건 놀이가 아냐."

"놀이가 아니라고?"

"리퍼는 즐거울지도 모르지만, 로웬은 안 즐겁잖아. 놀이라는 건, 양쪽 모두가 재미있는 걸 말하는 거야."

"헤에——."

내 말을 듣고 리퍼는 연신 고개를 끄덕인다.

그 점이 뜻밖이었다. 처음 만났을 때의 인상이 나빴던 탓인지, 더 광기에 차 있고 말이 안 통하는 상대일 거라고 생각했었는데, 그건 오해였는지도 모르겠다.

"……너, 생각보다 순진한데."

"이유는 모르겠는데, 오빠가 하는 이야기는 엄청나게 이해가 잘 돼. 로웬이 하는 말은 도대체 무슨 소린지 이해가 안 가는데."

"아니, 로웬이 하는 이야기도 그냥 일반적인 이야기인 것 같은데……."

"뭐라고 해야 되지? 오빠가 하는 말은 내 몸에 스며들어. 그 사람이랑 같은 마법이라서 그런 걸까? 무지하게 내 마음 속에 울려 퍼지는 거 있지!"

"같은 마력……. 그랬군……. 그런 건지도 몰라……."

내 말은 이해할 수 있는데 로웬의 말은 이해 못 하는 이유. 그것은 리퍼가 원래 그런 식으로 만들어졌기 때문인지도 모른다.

술사가 하는 말은 듣고 대상자가 하는 말에는 귀를 기울이지 않도록 만들어진 거라고 생각하면 모든 게 이해가 갔다. 의지를 가진 공격마법이라면 그 정도의 장치는 심어둔다 해도 이상할 게 없었다.

──다만, 그것은 더없이 불쾌한 것이었다.

나 스스로도 놀랄 정도의 분노가 솟구쳐 올라서 나도 모르게 움켜쥐고 있던 주먹에서 피가 흘러나왔다.

"왜 그래, 오빠?"

"아니, 아무것도 아냐……."

나는 주먹이 흐르는 주먹을 등 뒤로 숨기고 억지 미소를 지어보였다.

리퍼의 관심을 돌리기 위해 머릿속으로 적당한 화젯거리를 찾았다.

"……그나저나, 너는 왜 나를 부를 때 오빠라고 하는 거지? 내가 자기소개를 할 때 너도 들었었잖아? 내 이름은 아이카와 카나미라고."

"으──응, 이유는 잘 모르겠지만, 오빠는 그냥 오빠라는 느낌이 들어. 그렇게 부르면 안 돼?"

"아니, 별 상관없긴 한데……."

거절할 이유는 없었다. 리퍼는 나를 오빠라고 불러도 좋을 정도의 외모를 갖고 있었고 나도 오빠라고 불릴 정도의 나이였다. 아무런 문제도 없을 터였다.

"그럼, 돌아가자. 그림책도 빌려왔으니까, 로웬한테 읽어달라고 해."

"그림책?! 그 그림책이란 말이지──! 고마워! 아, 그치만 도서관에 대해서는 제대로 가르쳐줘야 돼. 그 정도로 얼렁뚱땅 넘길 생각은 말라고!"

나는 리퍼의 손을 잡아끌고 『에픽 시커』로 돌아갔다.

"그래, 그래. 가면서 가르쳐줄게."

"후훗, 이 세계에도 재미있어 보이는 일이 잔뜩 있잖아. 이렇게 즐거울 수가!"

우리는 수다를 나누면서 어두컴컴한 길을 걸어갔다.

멀리서 보면 우리는 영락없는 남매지간으로 보일 것이다.

그것이 조금 불안하고 하지만 동시에 조금 편안했다.

옛날로 돌아간 것 같은 기분이 들어서 아주 조금이나마 기분이 좋았던 것이다…….

집무실로 돌아온 나와 리퍼를, 로웬의 활기찬 목소리가 맞이했다.

"카나미, 스노우한테 근사한 이야기를 들었어!"

"근사한 이야기?"

"이제 곧, 이 나라에서 실력을 겨루는 대회가 열린다고 그러던데. 거기에 나가서 우승하면, 내 소원도 분명 이루어질 거야. 그 대회에 참가하는 것 정도는 카나미의 도움을 받지 않아도 될 것 같고."

"그러고 보니, 그런 것도 있었던 같기도 하고……. '무투 대회'라고 그랬지, 아마? 그러고 보니 딱 좋긴 하네. 로웬의 소원에도 딱 들어맞고."

"그래, 당장 등록하러 가야겠어!"

"아니, 잠깐잠깐. 시간이 너무 늦었어. 가려면 내일 가자고."

나는 당장이라도 뛰쳐나가려 하는 로웬을 다독인다.

"끄응, **지금은 밤인가**? 그렇군……. 그럼 하는 수 없지……."

로웬은 애석해하며 발걸음을 멈추었다.

그가 얌전해진 것을 확인하고 나는 피곤에 찌들어 있는 스노우에게 말을 걸었다.

"어라? 스노우, 지쳤어……?"

"……으, 응. 엄청난 질문공세에 시달렸어."

"수고 많았어. 하지만, 덕분에 로웬의 사람됨을 어느 정도 알 수 있겠지?"

"확실히 나쁜 사람 같지는 않아. 그렇지만 악인이라고 해서 겉보기에도 악인처럼 보일 거라는 보장은 없다는 이야기는 해줘야겠어."

"너무 비뚤어진 거 아냐?"

"그리고 카나미 입장에서의 악인과, 내 입장에서의 악인 은 아마 다를 거야."

"그야 그렇긴 하겠지만 말야. 스노우, 그렇게 로웬이 마 음에 안 들어?"

"······아니, 저 사람은 아무 문제없어. 난 단지, 다른 일이 마음에 안 드는 것뿐이야."

"다른 일?"

"그만 됐어. 아무 문제없어. 그렇지만, 피곤해. 엄청나게 피곤해. 그만 갈래."

스노우는 휘청휘청 움직여서, 창문을 통해 집무실 밖으로 나간다.

요즘 들어 집무실 창문이 출입구 대용으로 쓰이는 경우가 많은 것 같은데······.

나는 스노우를 배웅하고 나서, 로웬 일행에게 말을 건다.

"자, 그럼 우리도 눈 좀 붙일까······. 일단, 내 여동생 방 으로 가자."

"······잠깐만, 카나미. 설마, 우리까지 그 여동생 방에 재 우려는 건 아니겠지?"

"응? 그러면 안 돼?"

"당연히 안 되지. 카나미, 우리 걱정은 안 해도 돼. 우리 는 인간이 아니니까. 잘 곳 정도는 어떻게든 될 거야."

"어떻게든 되다니……. 어떻게 되는데?"

"마침 잘 됐군……. 몬스터다운 모습을 보여주지……."

그런 말과 함께 로웬은 내게 양팔을 내보인다.

그러자 돌과 돌을 비벼대는 것 같은 소리와 함께 오른팔이 수정으로 변화했다.

"수정으로 변했잖아……?"

"나한테는 가고일 계통 몬스터가 섞여 있으니까. 이 정도는 식은 죽 먹기지."

"저기, 그걸로 뭘 하려고……?"

"석상으로 변한 나를, 이 건물 위에 놓아 둬. 주위 경계와 휴식을 동시에 할 수 있으니 일석이조. 아마 부적 구실도 할 수 있을 테고."

"어, 그런다고 쉴 수 있는 거야……?"

"얼마든지. 애초에 몬스터는 인간만큼 휴식을 필요로 하지 않아. 그리고 나는 네 호위를 맡은 몸이야. 이 정도는 할 기회를 줘."

나는 로웬의 눈을 빤히 응시하며 그 말의 진위를 살폈다.

적어도 내가 보기에는 거짓말을 하는 것 같지는 않다.

"알았어. 로웬은 그렇게 하도록 해. 하지만 리퍼는 어쩔 거지?"

"저 녀석은 공중에 띄워 두고 자게 하면 되지 않을까? 아마 충분히 가능할걸."

"아니, 그건 좀 곤란할 것 같은데……."

밤에만 남자 석상이 건물 위에 우뚝 서 있게 되는 것만 해도 충분히 수상쩍은 일이다. 거기에 그보다 더 이상한 괴기현상이 『에픽 시커』에 일어나는 건 곤란하다. 그나마 석상은 변명할 길이 있지만, 하늘에 떠 있는 여자아이에 대해서는 변명할 말이 없다.

"싫어, 난 싫어! 기껏 지상에 올라왔으니까, 침대에서 자고 싶어!"

당연하다는 듯, 리퍼는 반대한다.

"리퍼, 우리는 더부살이야. 조금 자중하는 것도 배워. 그리고 자중하는 뜻으로 하늘에서 자."

"아니, 자중하는 뜻으로 하늘에서 자는 건 내가 곤란한데……."

로웬도 로웬대로 좀 엉뚱한 구석이 있는 것 같다고 생각하면서 끼어든다.

"나는 오빠랑 같이 잘 거니까, 상관없어!"

"일단, 리퍼는 내 여동생 방으로 같이 가자. 여자애인 리퍼를 길바닥에서 자게 할 수는 없으니까."

"역시 오빠라니까!!"

나는 손짓으로 리퍼를 불러들였다. 로웬은 놀란 기색이 역력한 표정으로 그 모습을 쳐다보고 있었다.

하지만 로웬은 곧 표정을 원래대로 되돌리고는 어깨를 으쓱하고 우리와 반대방향으로 걸어갔다.

"그러겠단 말이지……. 그럼, 나는 밖에 나갔다 오마. 리퍼, 소란 피우지 말고 얌전히 굴어.”

로웬은 리퍼에게 신신당부하고 창문을 통해 밖으로 나가더니 날렵한 몸놀림으로 지붕에 올라갔다.

창문을 통해서 나갈 거라고는 미처 예상하지 못했었기 때문에 말릴 수도 없었다. 하지만 잘 생각해보면 나와 스노우도 창문을 통해 드나들었었기 때문에, 어쩌면 로웬은 그걸 보고 창문을 출입구로 착각하고 있는 건지도 모르겠다.

내일 다시 만나거든 그 착각을 바로잡아줘야겠다고 마음속으로 다짐하면서 나는 리퍼를 데리고 마리아의 방으로 향했다.

산만한 리퍼를 타이르면서 위층으로 이동해서 마리아의 방에 다다랐다.

노크를 하고 나서 안으로 들어갔다.

방 안에는 침대 위에 앉은 마리아가 있었다. 내가 온 것을 깨달은 마리아의 얼굴이 환해졌다. 하지만 그 밝던 얼굴은 내 등 뒤에 리퍼가 있는 걸 알아채자마자 굳어버렸다.

시력은 잃어버린 상태지만 누군가가 있다는 걸 발소리를 통해 알아챈 모양이다.

“마리아, 나 왔어.”

“어, 어서 오세요. 오빠…….”

마리아는 여전히 굳은 표정으로 인사를 건넸다. 하지만 두 눈은 리퍼에게로 고정되어 있는 상태였다.

“저기, 이 녀석은 당분간『에픽 시커』에서 맡게 된 아이야.

이름은 리퍼. 서로서로 친하게 지내줘."

"리, 리퍼? 그 아이는 대체——."

마리아가 채 말을 끝맺기도 전에, 리퍼가 중간에 끼어든다.

"오오, 어른이 아니잖아! 좋아좋아, 나이스한 여동생을 갖고 있구나, 오빠!"

리퍼는 신이 나서 마리아에게로 다가갔다.

보아하니 자기 또래와 이야기하고 싶다는 생각을 해왔던 모양이다.

"오, 오빠라구요?"

하지만 굳어졌던 표정이 한층 더 뻣뻣해져 있는걸 보니 마리아 쪽이 문제가 있어보였다.

"왜 그래, 마리아?"

"오빠, 이 아이랑은 무슨 관계에요?"

"으, 으——음, 미궁에서 길을 잃고 있던 걸 보호한 거야. 리퍼는 미궁에서 강한 쇼크를 받는 바람에 기억이 불안정해져 있으니까, 다정하게 대해주면 좋겠는데——."

그 변명은 30층에서 로웬과 의논해서 정한 것이었다.

참고로 로웬은 수행을 위해 방랑 중인 기사로 설정되어 있다.

"헤에……. 그러니까 오빠는 쇠약해져 있던 여자아이를 데려다가 오빠라고 부르게 시키고 있다는 건가요? 그것 참, 숭고하기 그지없는 취미네요……."

"아니, 내가 그렇게 부르라고 시킨 건 아니라, 자기가 멋대로 그렇게 부르고 있는 것뿐인데……."

어째 분위기가 심상치가 않았다. 굳어져 있던 마리아의 표정은 어느 틈엔가 풀어져서, 빈틈없는 미소로 바뀌어 있었다. 웃고 있다는 건 분명했지만 그 미소에서는 끝을 알 수 없는 중압감이 느껴졌고, 내 피부에서는 식은땀이 분출되기 시작했다.

"그렇게 부르라고 시킨 게 아니다? 그렇지만, 그렇게 부르는 걸 말리지도 않은 거잖아요?"

"그, 그야 뭐, 그렇긴 한데……."

"다시 말해, 그건 오빠라고 불리는 걸 선택했다는 뜻이에요. 중죄라고요."

"어, 죄를 묻는 거야?!"

마리아가 내뿜는 열기에 가까운 압박감이 한층 더 강해진다.

큰일이다. 뭐가 큰일인지는 모르겠지만, 본능이 큰일이라면서 요란한 경보를 울리고 있었다.

변명을 위해 내 연산능력을 극한까지 가동시키려 했을 때, 리퍼가 천진난만한 목소리로 끼어들었다.

"음, 으음, 저기, 언니? 오빠를 너무 괴롭히면 못쓴다구."

그 목소리를 들은 마리아는 갑자기 열기를 상실한다.

"어, 언니라고요? 절 보고 하는 말인가요?"

"응, 내가 더 작으니까. 언니를 부를 때는 '언니'라고 부르고 싶은데, 안 돼?"

언니라는 말을 들을 때마다, 마리아의 얼굴이 조금씩 누그러져간다.

"뭐, 뭐라고 부르든 저는 별 상관없긴 하지만……."

"앗싸! 고마워, 언니!"

감사의 말과 함께 리퍼가 안겨들자 마리아의 표정이 굳어졌다. 정확히 표현하자면 뺨이 누그러지는 걸 막기 위해서 애써 퉁명스러운 표정을 유지하려 애쓰는 것처럼 보였다.

〈디멘션 · 멀티플〉을 발동시켜서 감지한 것이니 틀림없다. 지금 마리아는 자신이 기뻐하고 있다는 걸 리퍼에게 들키지 않기 위해서 필사적으로 감정을 숨기고 있었다.

"……네, 저는 언니라고 불러도 상관없어요. 그렇지만, 오빠를 오빠라고 부르는 건 그만두세요."

"에, 왜?"

"그, 그건……──오빠한테는 저라는 여동생이 있으니까, 오빠라고 부르는 사람이 두 명이나 있으면 헷갈리잖아요."

"딱히 헷갈릴 거 없을 것 같은데? 정 마음에 안 들면 나는 언니 여동생이라고 치면 되잖아. 그렇게 하면 언니의 오빠는 내 오빠가 되기도 하니까!"

"제 여동생이요──?!"

〈디멘션 · 멀티플〉을 해제했다.

이 정도면 리퍼한테 맡겨둬도 혼자서 잘 해결할 수 있을 것 같은 느낌이 들었을 때문이었다.

리퍼는 로웬이 얽히면 광기에 찬 '사신' 리퍼로 변하지만 그 이외의 상황에서는 순진무구한 여자아이다. 여기서 내가 어설픈 변명을 하는 것보다, 리퍼에게 맡겨두는 게 좋을 것이다.

"있잖아, 언니! 나도 그 푹신푹신한 곳에 들어가도 돼? 침대에서 자는 거 처음이거든!"

"어, 네? 침대 말인가요……. 그 정도는 안 될 것도 없긴 한데……."

"히히히, 고마워!"

리퍼는 침대 위로 올라가서 도서관에서 빌려온 그림책을 펼쳤다.

마리아는 뺨이 붉어진 채 그런 리퍼를 받아들인다. 이제 추측은 확신으로 변했다.

마리아는 여동생 같은 존재에 약한 것이다……!

집단 내 최저 연령으로 대우받는 경우가 많았던 것. 나이에 비해 발육이 늦어서 어린아이로 취급받는 경우가 많았던 것. 그런 사정들이 겹쳐서 언니라고 불리는 것을 엄청나게 기뻐하는 것 같았다.

"으음, 그건 뭐죠……?"

"그림책이야. 오빠가 도서관에서 빌려다줬어."

"그림책이라. 의안인 저랑은 인연이 없는 물건이네요."

"눈이……? 그럼, 내가 읽어줄게!"

그리고 자연스럽게 마리아는 리퍼를 돌봐주기 시작했다.

그 모습을 지켜본 후, 나는 담요 한 장을 빌려서 방 한쪽에 쪼그려 앉았다.

이제 둘이서 알아서 하도록 내버려두고 나는 그냥 잠들어도 별문제없을 것이다.

"──아, 오빠한테는 나중에 할 이야기가 있으니까 자면 안 돼요."

하지만 내가 눈을 감은 순간 마리아의 싸늘한 목소리가 스쳐 지나갔다. 나는 식은땀을 흘리면서 그런 마리아를 향해 고개를 끄덕일 수밖에 없었다.

리퍼가 그럭저럭 무마해준 줄 알았었는데 그건 환상에 불과했었던 모양이다.

그래도 지금은 리퍼가 그럭저럭 방파제 구실을 해주고 있으니 오늘 밤은 일단 안심하고 잠들 수 있을 것 같다.

마리아와 리퍼가 같이 노는 소리를 자장가 삼아서, 나는 꿈속의 세계로 도망쳐 갔다.

그리고 이튿날 아침──.

"──어쩜 이렇게 아름다운 빛이! 이게 하얀 태양?! 이게 '파란 하늘'이야?! 아아, 어쩜, 어쩜 이렇게 아름다운 수가!!"

해가 뜨는 동시에 건물 위에서 들려오는 환호성 때문이 눈이 떠졌다.

나는 파랗게 질린 얼굴로 곧바로 방 창밖으로 고개를 내밀어서 지붕 위에 있는 로웬에게 주의를 주었다.

"로, 로웬! 시끄러워, 조용히 좀 해!"

"이 하늘이! 바로 그 '파란 하늘'이란 말인가……! 이것이 바로, 모두가 꿈꾸던 광경……. 아아, 다행이야! 세계는 결국 '파란 하늘'에 다다른 거구나……."

하지만 격앙된 로웬은 내 주의에는 귀를 기울이려고도 하지 않았다.

살짝 눈물까지 머금고 있는 것처럼 보이기까지 했다.

할 수 없이 〈프리즈〉를 사용해서 로웬의 머리를 식혀주었다.

"추, 춥잖아?!"

"조용히 좀……. 아침이잖아……."

"미, 미안하다, 카나미……. 좀 지나치게 흥분했군……."

로웬은 고개를 숙여 사과한다.

그러나 『에픽 시커』 본거지 안에서 자고 있던 길드 멤버들이 깨어난 것을 〈디멘션〉으로 파악했다. 바로 뒤에서는 내가 창가로 달려가는 걸 보고 덩달아서 달려온 리퍼가 공중에 둥실둥실 뜬 채로 하늘을 쳐다보고 있었다.

"응, 으으──응? 뭐야, 이거. 파래, 무지 파래! 헤에, 이게 '파란 하늘'이구나. 이쪽 하늘이 더 예쁘지 않아, 로웬?"

"동감이야, 리퍼. 그 우중충한 하늘은 비교도 안 될 정도야."

두 사람은 태연자약하게 이야기를 주고받고 있었지만, 나는 골치가 아파졌다.

"수다는 그만 떨고, 빨리 건물 안으로 들어와. 사람들이 이상하게 생각하고 여기로 올지도 모른다고. 그리고 리퍼, 미궁 밖에서는 떠다니지 말라고 했을 텐데."

로웬은 내가 곤란해한다는 걸 그제야 깨달았는지, 얌전히 마리아의 방으로 들어왔다. 물론 창문을 통해서다.

참고로 리퍼는 안개로 변해서 내 안으로 들어왔다. 이유를 물으니 "떠다니지 않고 걸어다니는 게 귀찮아서"라고 대답한 걸 보면, 나를 탈것 정도로 생각하고 있을 가능성이 있었다.

마리아는 새로이 나타난 로웬을 보고 놀라기는 했지만 리퍼의 보호자 같은 녀석이라고 설명하니 순순히 납득해주었다.

리퍼 때와는 달리 위기감은 느껴지지 않은 걸 보니 역시, 리퍼가 '오빠'라고 부르도록 허락한 게 문제였었던 모양이다.

다음으로 멤버들에게도 로웬에 대해 설명해두었다. 간밤에 『에픽 시커』 안에서 묵은 자들이 몇 명 있었는데 그들 모두가 로엔의 괴성을 들어버린 이상, 최대한 빨리 소개해둘 필요가 있었다.

〈디멘션〉으로 멤버들을 찾아서, 로웬을 데리고 다니며 자기소개를 시켰다.

빈객이라고 소개하자, 뜻밖에도 다들 선선히 받아들여주

었다. 듣자 하니, 외국의 빈객을 받아들이는 건 길드 운영 과정에서 흔히 있는 일이라는 모양이다.

그렇게 자기소개를 되풀이하다 보니, 스노우가 잠에서 깨는 것이 〈디멘션〉을 통해 느껴졌다.

복도에서 스노우와 만나서 아침 인사를 나눴다.

"……좋은 아침. 그런데 오늘은 뭘 할 거야?"

"좋은 아침, 스노우. 로웬을 길드 멤버들에게 소개하는 작업도 그럭저럭 끝났으니까, 로웬이랑 같이 '무투대회' 참가 신청을 하러 갈까 해. 그러니까 오늘은 임무도 미궁 탐색도 없어."

"……좋아. 그럼 나는 집무실에서 잘게. ……아아, 오늘은 아주 좋은 하루가 될 것 같아."

"아마 잘 수는 없을걸. 리퍼는 여기 두고 갈 테니까."

"……어, 어? 왜?"

"리퍼가 있으면 시간을 너무 많이 잡아먹을 것 같으니까. 정말 그게 다야. 자, 나와, 리퍼."

짤막하게 대답하고, 몸속에서 리퍼를 내몬다.

"오옹? 나는 집 보는 거야?"

질척질척하게 내 그림자로부터 기어나온 리퍼가 고개를 갸웃거렸다.

"그래, 맞아. 그림책은 두고 갈 테니까, 거기 그 언니한테 읽어달라고 해."

"그림책? 음, 으──음……. 하긴, 굳이 따지자면…… 그림책 쪽이 더 좋긴 해. 어젯밤에는 계속 나 혼자서만 읽었으니까. 좋아, 다녀와──! 로웬이랑 오빠."

아마도 리퍼는 바깥구경보다 그림책이 더 좋은 모양이다.

안심하고 어제 빌린 그림책을 '소지품' 속에서 꺼내서 스노우에게 강제로 떠넘겼다.

"⋯⋯엉? 그, 그림책?"

"응, 부탁할게."

"⋯⋯자, 잠깐만, 카나미. 나는 아직──."

스노우는 거부하려 했지만 곧바로 리퍼가 다가가서 어리광을 부리기 시작했다.

"언니, 읽어줘! 읽어줘!"

"에, 에에? 에에──⋯⋯."

스노우는 곤혹스러운 얼굴로 웃었지만 그렇다고 매정하게 내치지는 않았다.

일단 일을 떠넘겨 놓기만 하면 스노우는 그럭저럭 책임감을 갖고 임무를 수행한다. 그 점은 틀림없으니 일단 리퍼는 걱정할 필요 없으리라.

나는 스노우와 리퍼가 둘이서 집무실로 들어가는 것을 확인하고 로웬과 함께 시내로 나섰다. 다만, 무투대회 선수 등록을 어디에서 하면 되는 건지 잘 몰랐기에, 일단은 가볍게 라우라비아 공적 기관들을 돌아다니며 '무투대회 관련 정보'를 수집했다.

그런 끝에 참가 등록을 받는 관청을 찾아냈고 우리는 그

안으로 들어갔다.

비교적 넉넉한 공간을 차지한 목조 건물이었다. 그 내부는 수많은 사람들로 북적이고 있었다.

라우라비아에서는 보기 드문 인종들이 많은 것으로 보아 국적이 다른 사람들이 대부분이라는 걸 알 수 있다. 그 대부분이 상당한 실력을 갖춘 무예가들이라는 것을 발걸음만 보아도 알 수 있었다.

생전 처음 보는 무기와 방어구를 장비한 우람한 거한들이 살벌한 눈빛으로 어슬렁거리고 있었다. 시기적으로 보아 거의 전원이 '무투대회' 참가자일 것이 분명했다.

"우와아…… 이거 대단한데."

"후후후, 이 분위기 마음에 드는데. 역시, 전투 전에는 이래야 제맛이지."

나는 살벌한 분위기에 위축되었지만 로웬은 반대로 흥분해있었다.

내 생각보다도 더 호전적인 성격인 것 같았다.

가능한 한 빨리 이곳을 뜨고 싶다는 생각에 〈디멘션〉을 전개해서 정보를 수집, 접수창구를 찾았다.

구석 쪽에 비어 있는 창구가 눈에 띄었기에 로웬을 데려가서 말을 걸었다.

"실례합니다. '무투대회' 참가에 대해서 문의하고 싶은데요……."

"『첫 번째 달 연합국 종합기사단종 무도회』 참가자 분이시

307

죠? 그럼, 여기에 사인 좀 부탁드릴게요."

자세한 설명을 듣고 싶었지만 접수창구 아가씨는 다짜고짜 계약서 같은 종이를 내밀었다.

……처, 첫 번째 달? 무도회? '무투대회'가 아니라?

낯선 단어들이 열거되는 바람에 반사적으로 얼어붙어버렸다.

그러나 로웬은 조금의 주저도 없이 깃털 펜을 받아들고 사인을 하기 시작했다.

"아, 로웬, 제대로 확인도 안 하고——."

"보나마나 이게 맞을 거야. 요컨대 연합국이 개최하는 기사들을 위한 대회라는 거잖아. 대회 이름을 거창하게 짓는 건 흔히 있는 일이야."

"아무리 그렇다고 해도, 이용 규약 같은 건 좀 제대로 읽어보는 게 좋을 것 같은데."

접수창구 직원이 내민 종이에 빼곡하게 적혀 있는 글자들을 보고 로웬에게 주의를 촉구한다.

"이런 건, 대회 중에 죽더라도 불만 제기하지 말라는 내용이 대부분이야. 그리고 보상을 줄이기 위한 함정들이 꼼꼼하게 적혀 있는 경우도 많지. 하지만 이번 대회의 참가 목적은 명예니까 아무 문제없어."

"그렇다면 다행이지만……."

"그런데, 카나미는 참가 안 하는 거야?"

"응? 나도?"

그러고 보니 직원이 내민 종이는 두 장이었다.

『에픽 시커』를 위해서라도 나도 대회 참가를 고려해볼 만했다.

다만, 그 소녀 2인조 문제가 남아 있는 상황인 만큼 지금은 그쪽에 집중하는 편이 좋을 거라 판단했다. 대회에 정신이 팔려서 그 두 소녀에 대한 대응이 소홀해지면 안 된다.

내가 생각을 정리했을 때, 접수창구 아가씨가 나에게 말을 걸었다.

"……저기, 카나미 씨, 맞죠?"

"응? 아, 네. 그런데요. 제 이름을 어떻게 아시죠?"

갑자기 이름이 불리는 바람에 놀라버렸다.

"아, 역시 그랬구나. 처음에 들어왔을 때부터 계속 카나미 씨일지도 모른다고 생각했었어요. 사람을 잘못 본 게 아니라서 다행이에요!"

"어, 응?"

"아, 죄송해요. 괜히 저 혼자 흥분해서……. 최근에 취임한 『에픽 시커』 길드마스터는 라우라비아에서는 엄청난 유명인사라서……. 그래서 인상착의에 대해서도 소문을 들어서……."

"아아, 그래서 제 이름을 알고 있었던 거군요."

보아하니, 떠도는 소문을 통해서 나를 알고 있었던 모양이다. 이런 곳에서 접수창구 직원으로 일하고 있어서 그런 이야기에 대해서도 해박할 것이다.

내가 쑥스러워하고 있으려니 접수창구 아가씨가 내게 손을 내밀었다.

"저, 팬이에요. 악수 한 번 해주시면 안 될까요?"

"아, 네. 저 같은 녀석이라도 괜찮으시다면."

팬. 다시 말해 응원해주고 있다는 이야기이리라.

나는 쑥스러워하면서도 손을 내밀었다.

"'저 같은 녀석'이라니……. 정말 소문으로 듣던 그대로네요. 목에 화상 흉터가 있는 미남. 실력은 뛰어나지만, 약간 소심한 게 결점."

접수창구 아가씨는 악수를 나누면서, 나에 대해 떠돌고 있는 소문을 가르쳐주었다.

"미, 미남이요……? 무슨 말도 안 되는……."

"카나미 씨 정도면 충분히 미남이에요. 탐색가들이란 대개 우락부락한 사람들밖에 없으니까요. 좀 기대해볼 만한 젊은이에 대해서는 살짝 과장해서 떠들어대는 건 라우라비아의 활기를 돋우기 위해서라도 꼭 필요한 일이에요."

"아아, 그렇군요……."

그 이론적인 이야기에 납득해서 쓴웃음을 지으면서도 그 이야기를 받아들였다.

다만, 어째선지 그런 내 뒤에서 로웬이 "부러운데. 혜성처럼 나타난 젊은 기사. 그런 것도 괜찮은 것 같아"라면서 나를 부러워하고 있었다.

어쩌면 로웬이 마음속으로 꿈꾸는 영광이라는 건 꽤 허들이 낮은 건지도 모르겠는데……

"그건 그렇고, 카나미 씨의 경우는 말인데요……. 『첫 번째 달 연합국 종합기사단종 무도회』에는 라우라비아 국의 추천 멤버로 등록돼 있는데요? 이런 경우는 정말 희귀하니까, 제가 잘못 기억하고 있을 리는 없어요."

"추, 추천 멤버? 그건 본인의 허락도 없이, 제멋대로 결정되는 건가요?"

"아뇨, 그런 건 아니에요……. 으음, 추천 담당관은 팰린크론 레거시라고 적혀 있네요. 이 사람한테 별 이야기 못 들었나요?"

"아, 이제 다 알았으니까 됐어요."

팰린크론 레거시. 단지 그 이름을 들은 것뿐인데도 모든 일이 다 해결되고 말았다.

그러고 보니 팰린크론은 국가의 일도 하고 있었다. 그 연줄로 나를 추천 멤버에 쑤셔 넣은 게 틀림없었다.

"현재, 카나미 씨는 1인 파티로 등록돼 있어요. 어떻게 하시겠어요? 거기 계신 분과 파티를 맺으실 건가요? 그렇게 하시면 거기 계신 그 분은 예선을 치르지 않아도 되는데."

"저기, 이 대회는 혼자서 도전하는 게 아닌가요?"

"그건 짝수 달 대회에요. 첫 번째 달은 '기사단종'. 다시 말해 3인 파티로 치르는 토너먼트전을 치르게 돼 있어요."

내 세계의 지식으로는 이런 대회는 1대1 토너먼트가 많다고 알고 있다. 아무래도 지금까지 나는 잘못된 전제를 바탕으로 생각해왔던 모양이다.

"다시 말해, 나는 혼자서 세 번 시합을 치러야 한다는 건가요?"

"아뇨, 기본적으로는 1대3으로 싸우게 돼 있어요. 다만, 상대방이 예절을 중시하는 기사나 귀족이라면 1대1로 세 번 싸우게 되는 경우도 있을 거예요."

"그럼, 로웬은 내 파티에 들어오는 게 좋겠는데. 나머지 한 명은 스노우나 리퍼라도 끌어들여서……."

"잠깐만."

하지만 로웬은 그런 내 말을 끊고서 그 이유를 진지한 얼굴로 이야기했다.

"기껏 얻은 기회니까, 나는 카나미와도 싸우고 싶어."

"우승이 목적이라면 같은 파티에서 싸워도 되는 거 아니야……?"

"그래, 그렇지. 하지만 불길한 예감이 들어. 강적인 카나미를 피해서 우승한다면 과연 나는 정말 사라질 수 있을까……? 나 스스로가 납득하지 못 할지도 몰라……."

"아아, 하긴. 그런 경우도 있을 수 있겠지……."

로웬의 미련을 없애는 것. 그 기준은 로웬의 감정에 좌우되는 부분이 크다보니 로웬 자신이 납득하는 형태가 아니면 모든 게 다 헛수고가 돼버릴 가능성이 있었다.

"그러니까 혼자서 일반 참가로 참가할게. 기왕 우승할 거라면 명예도 나 혼자 독점하고 싶으니까."

"정말 까다롭기도 하네. 게다가 그렇게 되면 나도 최선을 다해서 대회에 임해야 하게 되는 거 아냐?"

"그렇게 되겠지. 이야, 정말 미안하게 됐어."

내가 건성으로 싸워서 로웬을 우승으로 이끌어봤자 소용없을 것이다.

만약에 내가 건성으로 싸웠다는 게 들키면 모든 게 물거품이 되고 만다.

"아니, 괜찮아. 『에픽 시커』를 위해서라도, 최선을 다해서 임하는 게 딱히 문제가 될 건 없어. 다만, 그렇게 되면 로웬의 목표 달성 난이도가 엄청나게 뛰어오르잖아. 난감한데."

"호오? 제법 자신만만하군."

"원래부터 30층의 가디언을 처치할 생각이었으니까, 당연히 그 정도 자신은 있었지."

"홋. 그럼 '무투대회'는 참 재미있어지겠군. 역시 토너먼트라면 강자들 사이를 뚫고 승승장구해야 제맛이지."

자신만만한 얼굴로 나를 보며 로웬은 전의를 불태웠다.

하지만 나는 '무투대회' 참가자 중에 로웬이 이야기하는 것 같은 강자가 있을까 하는 점이 마음에 걸렸다. 솔직히 말해서 연합국에 사는 사람들 가운데 가장 강한 건 바로 나일 것이다. 30층에 도달하고 나니 인류 최강의 탐색가인 글렌을 상대로 싸워도 충분히 승리할 자신이 생겼다.

과연 그런 나와 동등한 힘을 가진 걸로 보이는 로웬을 만족시킬 정도의 강자가 참가자 중에 있을까…… . 의심스럽기 짝이 없었다.

"죄송한데요, '무투대회'에는 어떤 사람들이 참가하나요?"

"어떤 사람들이 참가하냐고요? 글쎄요……. 우선은 매년 참가하는 각국 대표들이 이번에도 다 참가해요. 이 사람들은 시드권자예요. 그 이외에 실력에 자신이 있는 용병이나 범죄자들이 참가하죠."

"범죄자도요?"

"네, 그러고 보니 카나미 씨는 길드마스터가 되기 전에는 변경 지역에 사셨다고 그랬죠? 그렇다면 모르실 수밖에 없겠네요. 그럼 제가 설명해드릴게요."

"아, 네."

내 프로필도 어느 정도는 숙지하고 있는 걸 보니, 팬이라고 한 게 순 거짓말은 아니었던 모양이다.

"'무투대회' 개최지는 라우라비아 국과 엘트라류 국 사이에 흐르는 운하 위예요. 거대한 운하가 떠 있는 이동식 거대 극장 『브아르홀라』에서 치러지죠."

"운하 위……."

"시합을 벌일 때는 닻을 내려 두니까, 떠내려갈 걱정은 안 하셔도 돼요. 여기서 중요한 건, 『첫 번째 달 연합국 종합기사단종 무도회』가 열리는 날, 그 이동식 극장은 라우라비아와 엘트라류의 국경에 위치하게 된다는 점이에요. 다시 말해, 어느 국가에도 속하지 않는 곳에서 개최되기 때문에 어느 국가의 법도 적용되지 않는다는 거죠. 그러니 범죄자들도 자신의 죄목을 걱정하지 않고 참가할 수 있는 거랍니다."

"아니, 아뇨아뇨, 그런 말도 안 되는 논리가――."

"네, 물론, 무법지대라는 건 과장된 표현이긴 해요. 하지만 죄인들이 모여든다는 건 사실이에요. '무투대회'는 힘이 남아도는 무뢰배들에게 기회를 주는 자리이기도 하고, 돈 있는 자들이 용맹한 프리랜서를 고용하는 자리이기도 해요. 말하자면 대륙 규모의 구직활동의 장이라고나 할까요?"

"……하지만, 범죄자들이 대놓고 참가하다니, 좀 위험한 거 아닌가요?"

"그만큼 경비도 엄청나게 삼엄하답니다. 5개국 경비와 프로들이 눈을 번뜩이고 있죠. 여기서 말썽을 일으키기라도 한다면 다섯 나라 모두에서 범죄자 취급을 받게 되는 거예요. 평소의 다섯 배죠. 그러니까 어느 해에나, '무투대회'에서 말썽이 일어나는 일은 없어요."

이 이세계에는 이런 대회를 개최하는 문화가 있다. 그 점은 그냥 받아들이는 수밖에 없을 것 같았다.

요컨대 며칠 동안 무뢰배들의 대규모 축제가 열린다는 이야기였다.

"그리고 귀족 분들의 참가도 많아요."

"귀족들이요? 왜죠?"

뜻밖의 참가자였다. 귀족이라면 높다란 곳에서 구경만 할 줄 알았는데 그렇지도 않은 것 같았다.

"단순하게 기사로서 수련을 쌓기 위한 경우도 있고, 관록을 쌓기 위해 참가하는 사람도 있고, 참가 이유는 제각각이지만……역시 가장 큰 목적은 발언 기회를 얻기 위해서인 경우가 많아요. 이른바 구혼활동이 많죠."

"구, 구혼……? 아까는 구직활동의 장이라고 그러셨잖아요."

"양쪽 모두 겸하고 있답니다. 뭐니 뭐니 해도 대륙 최대의 대회니까요."

"야, 양쪽이군요……."

생각보다 성가신 대회인 것 같아서 살짝 불안해지기 시작했다.

"'무투대회' 본선에서 언급한 발언은 모두 공식화됩니다. 많은 권력자들이 입회한 가운데 내뱉는 발언인 만큼 그야말로 결투에서 하는 선서에 가까운 거죠."

"거기서 구혼하면 분위기가 아주 후끈하게 달아오르겠네요……."

"네, 아주 화끈하게 달아오르죠. 국민들이나 권력자의 지지를 얻으면 분위기를 타고 결혼까지 끌고 갈 수도 있어요. 그래서 지위가 낮은 남성 귀족들이 높은 지위의 여성 귀족과의 결혼을 허락받기 위해서 이용하는 경우가 많죠. 그리고 보는 사람들도 그걸 기대하기도 하고요."

접수창구 아가씨는 신이 나서 구혼에 대해 설명한다. 과거에 많은 사례가 있는 모양이다.

아무래도 접수창구 아가씨 같은 남들의 사랑 이야기를 재미있어 하는 사람들이 많은 탓에 용납되는 구혼방법인 것 같았다.

그리고 접수창구 아가씨는 진지한 얼굴로 주의를 촉구했다.

"카나미 씨, 로웬 씨. 부디 시합 전에 상대가 하는 발언에는 주의를 기울이셔야 해요. 두 분 모두 얼굴이 예쁘장하시니까 표적이 되기 쉬울 거예요. 어쩌면 분위기에 휩쓸려서 자기도 모르게 결혼하는 신세가 되거나, 일할 자리가 정해지거나, 파산하거나, 노예가 되거나 하는 경우가 생길지도 모르니까요."

"네? 저도 모르는 사이에 그런 일들까지 일어날 수 있다는 거예요……?"

"그게, 실은 꽤 많습니다. '그대만큼 훌륭한 기사는 본 적이 없네. 나를 이기면 내 딸을 주지!'라고 소리치고 일부러 지는 기사도 있고 '사랑하는 당신께 이 싸움을 바치겠습니다. 그리고 승리의 대가로 당신에게 내 마음을 전하고 싶습니다'라는 식으로 거절할 수 없는 분위기를 만들어놓고 고백하는 귀족도 있고, '이런 큰 무대에서 거는 보물이 푼돈이어서야, 관객들에게 면목이 없는 일! 어떠냐? 나와 함께 전 재산을 걸고 검을 부딪쳐 보지 않겠느냐!'라는 식으로 절묘하게 충동질해서 전 재산을 갈취하는 도적도 있고――."

접수창구 아가씨는 박진감 넘치는 연기를 곁들여서, 다양한 사례들을 가르쳐주었다.

파랗게 질린 얼굴로 그 이야기를 듣다 보니 하나같이 웃기 힘든 이야기들이었다. 한마디로 대회 때문에 인생이 꼬인 사람들이 한둘이 아니라는 이야기인 것이다.

접수창구 아가씨는 끝으로 주의를 주었다.

"한마디로 대회장의 분위기에 휩쓸려서 상대방의 말을 받아치겠답시고 이상한 규칙을 인정하면 안 된다는 이야기에요."

나는 연신 고개를 끄덕이고 접수창구 아가씨가 이야기한 주의사항을 마음에 새겼다.

──상대방의 말을 받아치겠다고 이상한 약속을 하면 안 돼! 절대로!

참가자들 중에는 딱히 강적은 없는 것 같지만, 대회의 규칙 자체가 강적인 모양이다.

로웬도 쓴웃음을 지으면서 고개를 끄덕이고, 작성을 마친 종이를 접수창구 아가씨에게 건넸다.

"됐어요. 이제 로웬 씨 참가 등록은 완료됐어요. 후훗, 카나미 씨의 친구 분이 참가하신다고 하니 기대되는걸요. 분명, 올해 '무투대회'는 후끈하게 달아오를 거예요. 그 유명한 '성인 티아라'의 '예언'에 등장하는 해니까요. 그래서 그런지 참가자 수도 역대 최다구요."

접수창구 아가씨는 받아든 종이를 옆에 있는 종이 다발 위에 올려놓고는 그 두께를 보며 웃는다.

"'성인 티아라'의 '예언'에 등장하는 해라는 게 그렇게 특별한 건가요?"

참가 인원에는 별 관심 없었지만 오히려 그 이야기의 앞부분이 마음에 걸렸다.

"네, 연합국 최대의 종교인 레반교에는 '예언'이 전해지고 있답니다. ──'시조 티아라가 재림하는 해' '검과 검이 이어지고, **진정한 영웅**이 나타난다'. 사람들은 그 '예언'을 믿고 있어요."

"아아, 그렇군요."

그런 예언은 내 세계에도 있었다.

다만, 이 세계에서는 거기에 종교가 얽혀 있어서 과도한 기대가 몰려 있는 모양이다.

"지난번의 '성탄제'가 애석한 결과로 끝난 만큼 '무투대회'에 더 큰 기대가 집중돼 있어요. 그래서 저도 기대하고 있어요."

"'성탄제'가 애석한 결과로 끝났다고요? 무슨 일이 있었는데요?"

"어라, 모르고 계셨어요? '예언'에 따르면 올해 '성탄제' 때 '성인 티아라가 재림'하게 돼 있었는데, 그 예언이 이루어졌다는 이야기는 조금도 들을 수 없었어요. 평소와 다를 것 없는 축제와, 평소와 다를 것 없는 의식으로 끝나 버리는 바람에 다들 실망이 이만저만이 아니에요. 그러니까, '무투대회'에서야말로 '예언'에 들어맞는 일이 일어날 거라는 그럴싸한 소문이 경건한 레반 교 신자들 사이에 퍼져 있어요."

이렇게 우리는 접수창구에서 일하는 사람이기에 알 수 있
는 이런저런 이야기를 듣고, 상세한 대회 규칙을 확인하고,
'무투대회' 참가 등록을 마친다.

　끝으로 접수창구 아가씨는 "응원할게요"라면서 손을 흔
들며 배웅해주었다.

　나와 로웬은 수다스럽기는 하지만 싹싹한 접수창구 아가
씨를 만난 것에 감사하며 건물 밖으로 나섰다.

　"참가 등록 기한 마감 직전이었군. 카나미가 딱 적절한
시기에 깨워줘서 다행이야."

　"하긴, 그러고 보니 딱 좋은 시기이긴 했네. 그럼 이제 스
노우와 리퍼한테 줄 선물이라도 사서──."

　우리는 별문제없이 일이 마무리된 것에 대해 안심했고 나
는 곧바로 버릇처럼 〈디멘션〉을 전개해서──한 소녀의 존
재를 감지했다.

　"확실히 딱 좋은 시기였어, 지크."

　"──?!"

　은쟁반에 옥구슬 굴러가는 소리처럼 맑고 투명한 여인의
목소리가 울려 퍼졌고 나는 고개를 돌려 건물 위로 눈길을
돌렸다.

　거기에는 비현실적으로 아름다운 소녀가 앉아 있었다.

　심장이 요동쳤다.

이 광경을 언젠가 어디선가 본 적이 있는 것 같은 느낌이 들었다.

그렇다. 언젠가, 어디선가──.

그 아름다운 소녀──라스티아라 후즈야즈는 살짝 웃으며 땅으로 내려와서 우리 쪽으로 다가왔다.

"아는 사이야?"

로웬은 그녀의 범상치 않은 힘을 꿰뚫어 보고 긴장된 표정으로 묻는다.

"일단 아는 사이이긴 하니까…… 내가 이야기해볼게……."

한 발짝 앞으로 나서서, 나는 〈디멘션 · 멀티플〉을 전개했다.

소녀는 새침하게 그리고 더없이 친근하게 말을 걸었다.

"또 가디언과 친해진 거야? 지크도 참 꾸준하다니까."

적의는 없는 것처럼 보였다.

하지만 경계를 풀지는 않았다. 『에픽 시커』에 대해 적지 않은 적대행위를 취한 적이 있는 상대다 보니 무슨 짓을 저지를지 몰랐다. 상대의 페이스에 말려들지 않고 질문을 던졌다.

"오늘은 혼자서 온 거냐……?"

"정서가 불안정한 디아는 세라랑 같이 행동하는 중이야. 오늘은 나 혼자 왔어."

일방적인 질문에 대해 라스티아라 후즈야즈는 흔쾌히 대답했다.

나는 긴장을 풀지 않은 채 다음 질문을 던졌다. 줄곧 궁금했었던 점이었다.

"……그런데, 너는 대체 무슨 목적으로 이러는 거지?"

"으──음, 목적이라. 글쎄. 목적은 단 하나, 동료를 되찾는 거야."

나는 그 말을 믿을 수 없었다.

지난번에 했던 이야기와 종합해보면 목적은 나와 마리아라는 이야기가 된다. 그러나 나도 마리아도 그녀들을 전혀 모르는 걸 보면 동료일 리가 없었다.

"그래서 말인데, 나도 '무투대회'에 참가해볼까 해서 말이야. 자, 너희들도 좀 도와줘."

라스티아라 후즈야즈는 우리를 손짓해 부르고는 등을 내보인 채 건물 안으로 들어가려 했다. 그녀가 한 말이 사실이라면 안에 들어가서 참가 등록을 하려는 생각인 모양이다.

"어이! 왜 내가 너를 도와줘야──."

"'너'가 아니라 라스티아라. 다 **보이**잖아? 그러니까 제대로 이름으로 불러줘. 그렇게 해주면 나도 카나미라고 불러줄 테니까."

따지려던 내 목소리는 그런 라스티아라의 조용한 목소리에 의해 차단됐다.

조용하지만 반론을 용납지 않는 힘이 있었다. 아마도 내가 '너'라고 부르는 걸 도저히 참을 수 없었던 모양이다.

"……라스티아라. 내가 너를 도와줄 이유는 없어."

호칭이야 뭐라고 부르든 상관없을 거라고 판단하고 이름을 불러준 후에 내 의견을 피력했다.

"으──음, 이해 못 하겠어? 나는 그냥 여기서 난리를 피워버릴 수도 있어."

"그게 나한테 협박이 될 수 있을 것 같아……?"

"후후──, 카나미한테는 효과적인 협박일 것 같은데?"

라스티아라는 웃으면서 호언장담했다.

확실히 여기서 라스티아라와 싸우고 싶지는 않았다. 이런 도심부에서 싸움을 벌이면 틀림없이 시가지에 피해가 미칠 것이다. 그렇게 확신할 수 있을 만큼 눈앞에 있는 이 소녀는 강했다.

나는 라우라비아를 위해 일하고 있는 입장인 만큼 도시의 혼란은 피하고 싶었다.

"하아, 알았어. 도와주면 되잖아……."

라스티아라를 따라서 다시 건물 안으로 들어가는 수밖에 없었다.

그 모습을 본 라스티아라는 '역시나' 하는 표정을 짓는다. 그리고 어째선지 뒤에 있는 로웬도 뭔가 즐거워하는 표정이었다. 지금의 내 모습이 우습고 재미있다는 걸까.

기왕 맺은 인연이니만큼 아까 그 접수창구 아가씨 앞에 줄을 선다. 그녀라면 또 이런저런 것들을 친절하게 가르쳐 줄 것 같았다.

라스티아라와 눈짓으로 견제를 주고받는 사이에 우리 차

례가 돌아온다.

우리와 마찬가지로 종이를 받아 든 라스티아라는, 익숙한 손놀림으로 서류의 필요 항목을 채워나간다. 그런데, 그것을 받아 든 접수창구 아가씨는 그 내용을 보고 눈이 휘둥그레졌다.

"라, 라스티아라 후즈야즈…… 님……?"

"응, 라스티아라 후즈야즈. 냉큼 등록해줘."

자세히 보니, 접수창구 아가씨의 손이 바들바들 떨리고 있는 것 같았다.

"저기, 이상한 질문일지도 모르지만……. 정말 본인이신가요……?"

"물론이지. 내가 가짜 이름을 쓸 리가 없잖아? 나는 누구누구랑은 다르니까."

라스티아라는 내 쪽으로 눈길을 돌린다. '누구누구'가 바로 나를 가리키는 말이었다는 듯이.

"이봐, 누굴 보고 하는 소리야? 확실히 말해두지만 아이카와 카나미는 가명이 아냐."

그런 눈길을 받다니 억울하기 짝이 없는 일이었다. 나는 지금껏 가명 같은 건 한 번도 쓴 적이 없었다.

"그렇겠지. 그러니까 문제라는 거야……."

그 말을 들은 라스티아라는 기가 막힌다는 듯 한숨을 지었다.

접수창구 아가씨는 라스티아라가 본명을 쓰고 있다는 걸

이해하고 말을 잇는다.

"괘, 괜찮으신 건가요……? 후즈야즈 국으로부터 제1급 체포명령이 떨어진 이름으로 등록하시다니……. 일이 엄청나게 커질 수도 있을 텐데요……?"

"걱정해줘서 고마워. 그렇지만 이런 대회는 출전자의 출신이나 경력을 묻지 않는 게 암묵적인 규칙이잖아? 그러니까 별문제없을 거야."

"그야 그렇지만……. 라스티아라 님은 랭크가 다르다고나 할까, 사정이 특수하다고 할까……."

대화의 흐름으로 미루어보아, 라스티아라 후즈야즈가 특수한 죄인이라는 걸 알 수 있었다. 죄인인데도 '님'을 붙이는 걸 보면 원래는 귀족 집안 영애였을 가능성이 높은 것 같았다.

"어떤 사정이 있건 '무투대회' 당일의 '브아르홀라' 안에서는 법이 적용되지 않으니까, 괜찮아, 괜찮아. 그리고 재미있을 것 같지 않아? 내가 참가하면."

"그, 그야, 분명히 분위기가 달아오르기는 하겠지만……. '무투대회'가 끝나고, '브아르홀라'에서 나가는 순간, 전 경비원들에게 포위당하게 될 거예요. 그래도 참가하시겠어요?"

"그래, 그렇게 되면 카나미가 어떻게든 해결해줄 테니까 걱정 없어."

밑도 끝도 없이 나에게 창끝을 돌린다.

아무래도 내가 전 연합국의 경비원들을 적으로 만들어가

면서까지 라스티아라를 구하기 위해 싸워 줄 거라고 생각하는 모양이다. 터무니없는 생각이었다.

도대체 어떻게 하면 그런 발상을 할 수 있을지 신기해서 견딜 수가 없을 지경이었다.

"이봐, 왜 내가 너를 도와줄 거라는 거지? 그럴 리가 없잖아?"

"아니──, 분명히 도와줄걸? 이건 돈을 걸어도 좋을 정도야."

"그럼, 나는 안 도와줄 거라는 쪽에 돈을 걸지."

"오, 걸려들었네, 카나미. 그럼 진 사람은 상대방이 원하는 걸 뭐든지 들어주는 걸로."

"내가 질 일은 없을 테니까 상관없어. 나는 분명 희희낙락해서 경비원들을 도와줄 테니까. 틀림없이."

농담처럼 라스티아라와 약속을 나눴다. 그 말을 들은 그녀는 환하게 웃었다.

지금까지 갖고 있었던 그녀의 이미지와는 조금 달랐다.

처음에는 위험인물이라고만 생각했었는데 이야기를 나눠 보니 꼭 그렇지만도 않았다. 오히려 그 반대였다.

말로는 표현하기 힘들지만──라스티아라와는 **잘 맞는다.**

어쩐지 호흡이 잘 맞는 것이다.

이 소녀와 이야기하기만 해도 가슴이 쿵쾅거렸다. 자연스럽게 농담이 튀어나오고, 대화가 즐겁게 느껴졌다.

이건 마치──

"알았어요. 그 말씀대로 '무투대회'는 라스티아라 님을 거부할 수 없어요. 참가등록을 승인하겠습니다. 예선은 죄인용 대회장이 될 거예요."

심란한 표정으로 고민하던 접수창구 아가씨는, 체념한 듯 고개를 푹 숙인다.

"응, 걱정할 것 없다고──. 고마워."

라스티아라는 접수창구 아가씨에게 감사를 표하고, 참가등록을 마쳤다.

우리는 나란히 건물을 나서면서 나는 곧바로 이번 일의 이유를 따져 물었다.

"그건 그렇고, 라스티아라는 왜 대회에 나가려는 거지?"

"카나미랑 단둘이 있을 기회가 좀처럼 안 생겨서, 어쩔 수 없이."

"다시 말해, 너는……."

"응. 훼방꾼 없는 곳에서 카나미랑 싸우고 싶어. 그리고 그 수상쩍은 팔찌를 박살낼 거야."

"팔찌를……? 팔찌는 대체 왜……?"

"아무래도 그게 핵심인 것 같아서 말이야. 스노우도 눈짓으로 그렇게 대답했었고."

보아하니 스노우가 알려준 모양이다. 그리고 나는 스노우가 했던 말을 떠올렸다.

그렇다. 처음 만났던 날 밤의 일. 그때 했던 말을.

"그러니까, 지금의 나는 과거의 기억을 잃은 상태고, 그게 다 이 팔찌 때문이다── 네 말은 그런 이야기야?"

"그래, 맞아. 뭐야, 다 알고 있잖아."

나는 커다란 한숨을 내쉬고, 냉정하게 정보를 분석한다.

──불분명한 구석이 많은 과거. 거듭 몰려오는 두통. 모순이 있는 기억. 기억에 없는 경험.

──팰린크론의 태도. 스노우의 말. 라스티아라와 디아블로 시스의 존재.

그 모든 것들을 취합한 결과, 한 가지 가정이 생겨났다.

"그래, 하긴 그럴 가능성도 있을지도 모르겠군."

"어라, 생각보다 말귀를 잘 알아듣는데."

눈앞에 있는 이 소녀를 믿는다는 건 아니었다. 그저 여러 사람들의 말을 취합한 결과일 뿐이었다.

한 번쯤 고려해봐야 할 가능성. 검토해볼 필요가 있다. 그 점은 알고 있었다.

알고 있건만──.

"하지만 가능성은 가능성일 뿐이야. 그게 사실이 되지는 않아. 절대로……!!"

어째선지 그걸 생각해볼 마음이 들지 않는다. 팔찌를 빼봐야겠다는 생각도 들지 않는다.

저주에라도 걸린 것처럼 그런 생각에 진지하게 임할 수가 없었다.

그런 가설은 도무지 받아들일 수 없다…….

사랑하는 동생과 함께 보내는 이 편안한 세계가 그릇된 세계였다니——.

몸속에서 돌아다니는 마법이 끈적끈적한 피로 변해서 내 모든 것을 옭아매는 착각에 휩싸였다. 누군가가 심장을 움켜쥐고 있는 것처럼 숨이 막혔다.

"그런 거였구나……."

강하게 부정하는 나를 보고 라스티아라는 처연한 표정으로 고개를 숙였다.

그런 라스티아라를 보니 입이 제멋대로 움직여 뇌까렸다.

"미안하지만, 이 팔찌는 못 풀어. 이건 무엇보다 '소중한 것'이니까……!!"

그래, 그렇다.

'이것'은.

'이 세계'는.

'여동생이 곁에 있다는 것'은 그 무엇보다 소중하다.

그러니까 '이것'만은 양보할 수 없다.

——그렇게 되어 있다.

"무엇보다 소중하다……. 그럼 어쩔 수 없지. 이렇게 되리라는 건 처음부터 알고 있었으니까."

라스티아라는 약간 쓸쓸한 표정을 보였다.

하지만 얼마 안 있어 원래의 시원시원한 얼굴로 돌아와서, 내 쪽으로 한 발짝 다가온다.

"걱정할 것 없어. 지금 당장 손을 쓸 생각은 없으니까. 섣

불리 집적거렸다가 만약에 그 팔찌에 자살하는 마법이라도 심어져 있으면 곤란하니까. 팔찌를 제거할 때는 이것저것 준비가 필요할 테니……."

"준비……?"

"디아의 컨디션이 정상일 것. 또 하나는 다른 사람이 참견할 수 없는 상황일 것."

"그 상황이 바로 '무투대회'라는 거야?"

"'무투대회'에서는 5개국이 전부 서로를 견제하면서 균형을 이루고 있는 상태가 되니까. 시합 중에 카나미를 보호하고 싶어도, 라우라비아는 움직일 수 없어. 괜히 움직였다가 '무투대회'가 물거품이 되면 나머지 네 나라에게 치명적인 구실을 제공하는 셈이 되니까."

그러고 보니 내가 듣기로도 '무투대회'에 있어서 각국의 역학관계는 복잡하다고 한다.

일종의 삼각관계——아니, 오각관계를 이루고 있기 때문에 어떤 나라도 섣불리 움직일 수 없다.

"거기서 정정당당하게, 각자의 소원을 걸고 싸워보자는 건가……."

"응. 거기서 척 하고 그 팔찌를 풀어버릴 거야. 알기 쉽고 좋지 않아?"

상당히 상식적인 수단이었다.

말하자면 이건 변칙적인 결투 신청이다.

라스티아라는 내 팔찌를 손에 넣기 위해서 신변의 안전을 건다. '무투대회'에서 소지품을 거는 건 흔히 있는 일이라고 들었다. 아예 '아이카와 카나미의 팔찌를 얻기 위해서 붙잡힐 걸 각오하고 참가했다'라고 떠들기라도 하면 대회장의 분위기를 거스를 수 없게 될 가능성이 높았다.

수단은 정상적이고 논리도 갖추어졌다고 볼 수 있었다.

그것은 라스티아라 후즈야즈에 대해 내가 품고 있던 이미지와는 전혀 달랐다.

더 무식한 방법으로 억지를 쓰려 드는 인물일 거라고만 생각했었다.

——하지만, 영 마음에 들지 않는 점이 하나 있었다.

"하지만 그건 네가 나보다 강하다는 걸 전제로 하고 있다는 거 아냐?"

그것은 '라스티아라 후즈야즈'가 '아이카와 카나미'를 이길 수 있다는 생각을 바탕으로 한 제안이었다.

"꽤 괜찮은 대결이 될 것 같은데? 지원이 주특기인 카나미랑은 달리, 나는 직접 전투에 특화돼 있으니까. 무엇보다 대인전에 대한 경험이 달라. 내 안에는 영웅 한 명 분의 전투경험이 통째로 들어 있으니까."

"그건 너무 낙관적인 예측일 텐데. 지원이 주특기라고 해서, 직접전투에 소질이 없다는 식의 발상은 난센스야. 제대로 된 시합이라면, 내가 패할 요소는 없어."

어째선지 나는 눈앞에 있는 이 소녀에게 지고 싶지 않았다.

라스티아라라는 소녀보다 더 강해지고 싶다고 진심으로 절실하게 생각했다.

그것은 좋아하는 아이 앞에서 폼을 잡고 싶어하는…… 어린아이의 마음과 비슷하게 느껴졌다.

그 속내를 들키지 않도록 적의를 담은 시선으로 라스티아라를 쏘아보았다.

라스티아라도 지지 않고 마주 봤다.

마주 보는 가운데 정적이 찾아온다.

이야기가 중단되었을 때 제3의 목소리가 끼어들었다. 로웬이었다.

"하핫, 예상치 못하게 내 입장에서도 반가운 전개가 돼가는군. 두 사람 모두 자신감이 넘쳐서 좋아. 아주 좋아! 아아, 이거 재미있어지는걸. 역시, 서로 칼날을 주고받는 자리는 이래야 제 맛이지."

로웬은 나와 라스티아라가 서로 아는 사이라는 걸 눈치채고, 지금까지는 참견을 자제하고 있었지만 이야기가 매듭지어진 것을 보고는, 들뜬 얼굴로 자신의 기분을 늘어놓기 시작한다.

생각지 못한 강적의 등장에 들떠 있는 모양이다.

그리고 히죽 웃고는.

"──그래도 미안하지만 우승은 내가 차지하겠다."

나에게도 라스티아라에게도 지지 않겠다고 선언했다.

그것은 기사의 선서와도 같은 장엄한 선언이었다.

목소리와 함께 정체불명의 압박감이 내게 덮쳐들었다. 로 웬의 마력은 얼마 되지 않는다. 다시 말해, 이 압박감은 마력이 아니라, 그 이외의 무언가라는 이야기가 된다.

끝없이 뿜어져나오는 로웬의 무언가에 압도돼서 나와 라스티아라는 식은땀을 흘렸다.

"미안하지만, 지금 가디언은 불청객인데 말이지……."

그에 맞서 라스티아라도 난폭한 마력으로 주위를 휘감아버렸다. 그것은 단순명쾌하고 강대했으며 그렇기에 무시무시한 압박감을 지녔다.

"…………."

또 다시 눈싸움을 벌인 끝에 다시 정적이 찾아왔다.

"…………."

정적 속에서 어째선지 라스티아라와 로웬의 눈길이 슬쩍 이쪽을 향했다.

어, 으음? 이거, 나도 뭔가 한마디 해야 하는 건가……?

보아하니 두 사람 모두 그걸 기대하는 것으로밖에 안 보였다.

상황의 흐름으로 보아 〈디 윈터〉라도 전개해서 한기를 통한 압박감을 내뿜어야 하는 건지도 모르겠다.

하지만 그렇게 대놓고 기대하니 오히려 나서기가 껄끄럽다.

그래서 나는 아무 말도 하지 않은 채 두 사람의 눈싸움을 지켜보았다.

"…………."

정적 속에서 시간이 흐른다.

끝끝내 인내심의 한계에 달한 라스티아라는 식은땀을 흘리면서 나를 향해 말했다.

"……이, 있잖아, 카나미는 뭐 할 말 없어?"

"아니, 딱히 없는데……?"

"아──아, 나 참! 반응이 시원찮다니까──! 안 그래──?"

라스티아라는 로웬에게 동의를 청했다.

"그렇군. 기껏 흥미진진하던 흐름이 멈춰버렸잖아."

로웬은 고개를 끄덕이고 라스티아라의 뒤를 이어서 나를 몰아붙였다.

예상치 못한 배신이다.

이 두 사람은 분명 지금 막 만났을 텐데 묘하게 사이가 좋아 보였다.

뭔가 통하는 게 있는 건지도 모르겠다. 나쁜 의미로.

그 뒤로 긴박했던 분위기는 완전히 깨져버리고 우리는 마주 보며 웃었다.

나는 최소한의 경계까지 풀지는 않았지만 서서히 그 경계심마저 흐려져 가고 있었다.

그리고 대수로울 것 없는 대화를 나눈 후 라스티아라는 "그럼, 내일도 바쁘니까, 나는 이제 그만 가 볼게. 둘 다, '무투대회'에서 죽지는 마"라는 말을 남기고 떠나갔다.

지붕 위를 따라 이동하며 지난번에도 그랬던 것처럼 재빠른 속도로 떠나갔다.

순식간에 〈디멘션〉의 적용 범위 밖으로 사라진 것을 확인하고 경계를 풀었다.

옆에 있는 로웬은 예상치 못한 적의 등장에 흥분하고 있었다. 라스티아라와의 싸움이 기대돼서 견딜 수가 없는 기색이었다.

이렇게 해서 라스티아라와의 두 번째 조우는 무사히 끝을 맺었다.

◆ ◆ ◆ ◆ ◆

대회 참가 신청을 마친 우리는 『에픽 시커』 본거지로 돌아왔다.

스노우 일행의 모습이 집무실에 보이지 않았기에 〈디멘션〉으로 위치를 파악했다. 위층에 있는 마리아의 방에 모두가 보여 있는 걸 발견하고 그곳으로 향했다.

"아, 어서 와, 오빠."

"어서 오세요, 오빠."

"……이제야 왔네."

그 방에 들어가니 3인3색의 인사가 나를 맞이한다.

신기한 광경이다. 저마다 대바늘을 들고 털실뭉치를 굴리면서 뜨개질을 하고 있었다.

"뭐가 어떻게 된 거야……?"

"……뭐든지 해보려고 이것저것 하다 보니까, 뜨개질에 정착했어."

그렇게 말하고 스노우는 손에 들고 있던 실을 내게 내보였다.

"왜 하필 뜨개질을……?"

"싸움 말고 내가 그나마 할 줄 아는 게 이것밖에 없으니까."

스노우 주위에는 완성된 목도리가 두 개 뒹굴고 있었다. 참고로 마리아와 리퍼는 이제야 겨우 하나가 완성되어 가는 중이다.

보아하니 스노우는 자신의 특기인 뜨개질을 두 사람에게 가르치고 있는 모양이다.

아마도 슬슬 그림책에도 질렸을 리퍼를 달래기 위한 고육지책으로 어쩔 수 없이 가르치고 있는 것 같았다.

"헤에, 스노우는 뜨개질에 재주가 있었구나."

"……옛날에 조금 연습한 적이 있었으니까."

스노우는 쑥스러운 듯 시선을 외면한다.

하지만 완성품을 보면 '조금 연습한 적이 있었던' 정도가 아니라는 걸 알 수 있었다.

스노우가 만든 목도리를 집어들고 살펴보니 줄무늬가 들어간 목도리와 체크무늬 목도리가 각각 하나씩. 돈을 받고 팔아도 될 정도의 수준으로 보였다.

"……필요 없으니까, 줄게. 그거."

"어, 준다고?"

스노우는 시선을 돌린 채로 말했다.

하지만 아무리 고개를 돌리고 있어도 〈디멘션〉을 이용하면 스노우가 쑥스러워하면서 말하고 있다는 걸 충분히 알 수 있었다.

"……나는 춥지도 않고, 남아도니까."

"그래, 받아 둘게. 고마워."

나는 목도리 하나를 목에 감고 나머지 하나를 '소지품' 속에 집어넣었다.

"아, 오빠. 내 것도 줄게."

그 모습을 보고 있던 리퍼도 옆에서 끼어든다.

약간 떨어진 곳에서 지금 막 완성된 목도리를 내게 집어 던졌다.

리퍼도 스노우와 마찬가지로 목도리를 필요로 하지 않았다. 그녀가 입을 수 있는 건 자신이 구성한 마력의 옷뿐이다.

"고마워."

어설픈 완성도의 목도리를 받아 들고 리퍼에게도 가볍게 감사의 말을 건넸다.

"오, 오빠! 제 것도 받아 주세요."

그리고 마리아도 그 흐름을 타려고들었다.

"아니, 마리아는 직접 써. 스노우랑 리퍼는 자기들이 쓸 일이 없어서 준 것뿐이니까——."

"안 돼요. 받아주세요."

내가 논리적으로 거절하려 하자 마리아는 상냥한 미소를 머금고 같은 말을 되풀이했다.

"아, 네. 감사합니다."

그 미소에서는 라스티아라와 로웬조차 뛰어넘는 압박감이 뿜어져나왔기에 나는 더 이상 버티지 못하고 마리아의 목도리를 받아 들었다.

마리아는 시력을 잃은 상태라 그 눈꺼풀 속에 있는 것은 의안이다.

하지만 그런 핸디캡에 아랑곳하지 않는 완성도의 목도리였다. 손재주가 좋다는 건 알고 있었지만 이 정도일 줄은 생각지 못했다.

목도리를 받아 드는 나를 뒤에 있는 로웬이 부러움 섞인 시선으로 바라보고 있었다.

로웬은 헛기침을 하면서 리퍼에게로 다가갔다.

"아──, 어흠어흠. 리퍼, 내 건 없어?"

"응? 내가 왜 로웬한테 줘야 되는데?"

하지만 그런 그의 작은 희망은 리퍼에 의해 일도양단됐다.

"아니, 잠깐잠깐. 카나미보다 내가 훨씬 더 오래 같이 다녔잖아? 상식적으로 생각해서 내 몫도 있는 게 정상일 텐데."

"어, 그렇지만 로웬은 적이잖아?"

"어, 어떻게 그럴 수가……. 이건 말도 안 돼……."

로웬은 미간에 주름을 새기고 진심으로 울분을 토해내고 있었다.

마치 생일날에 사랑하는 여동생에게 아무것도 받지 못한 오빠 같은 모습이었다.

그런 그의 기분을 뼈저리게 잘 이해할 수 있었던 나는 가없은 로웬에게 사과했다.

"뭔가, 미안."

"하루 이틀 일도 아니니까 괜찮아……."

"자주 있던 일이구나……."

로웬은 곧 고개를 들었다. 이런 고난에는 익숙한 모양이다.

그 점이 오히려 더 애잔하게 느껴졌다.

지금까지 로웬이 어떤 인생을 살아왔을지 짐작이 가서 그 어깨에 손을 올렸다.

"나중에 내가 로웬 목도리를 만들어줄게. 나는 이런 건 자신 있으니까……."

"고맙다, 카나미……. 역시, 친구가 최고라니까……."

나도 모르는 사이에 친구로 격상돼 있었다.

나와 로웬은 마주 보고 웃으며 서로의 우정을 확인했다.

조금씩이나마 이제 로웬의 사람됨을 좀 알 것 같다.

성실하고 어른스럽지만, 어딘가 어린애 같은 성격을 갖고 있다. 리퍼에 대해서는 엄격한 말투로 대하곤 하지만, 그 근간에는 분명히 자상함이라는 밑바탕이 깔려 있다. 신뢰할 만한 사람이다.

──그렇다. 신뢰할 만한 '사람'.

더 이상 로웬을 가디언으로──몬스터로 인식하기는 힘들 것이다. 서로 마주 보고 웃으면서 그 점을 재확인했다.

하지만 문제 될 건 없을 것이다.

로웬과는 '무투대회'에서 시합을 하게 되었지만 목숨까지 걸 생각은 없었다.

인간과 인간으로서의 관계를 유지한 채, 로웬의 소망을 이루어줘서 성불시킬 것이다.

그런 계획을 실행함에 있어 로웬을 몬스터로 인식할 필요는 없었다.

그렇기에 아무런 거리낌도 없이 웃었다.

문제없다.

분명 문제없을 터였건만…….

어째선지 나는 마음속 깊은 곳의 불안을 털어낼 수 없었다…….

6. 최강의 검사

목도리를 받은 후, 나는 로웬의 손에 억지로 이끌리다시피 해서 미궁으로 갔다.

목적은 레벨업이라고 했지만 그 외에 다른 꿍꿍이도 있는 것 같다.

참고로 리퍼는 지상에서 놀고 싶다고 했기에 스노우에게 맡겨두고 왔다. 스노우도 미궁 탐색보다는 편할 거라고 판단한 듯, 리퍼를 돌보는 일을 흔쾌히 맡아주었다.

헤어질 때 즐거운 얼굴로 새 바느질 도구를 꺼내는 모습이 보였던 걸 보면 제법 의욕이 있는 모양이다.

"──자, 이렇게 해서 친구 카나미와 함께 미궁에 오긴 했는데."

"어, 언제부터 친구가 된 건데……?"

21층을 걸으면서 나와 로웬은 대화를 나눈다.

"곰곰이 생각해보니 또래 친구가 생긴 건 난생 처음이라는 걸 깨닫고 말았어……. 내 미련을 해소하기 위해서라도 앞으로 잘 부탁한다, 카나미."

"알았어……. 굳이 부탁 안 해도 나도 로웬을 친구로 생각하고 있어."

로웬은 진지한 표정으로 더없이 쓸쓸한 이야기를 꺼냈다.

나는 그 쓸쓸함에 이끌려서 고개를 끄덕였다.

"다음 날도, 또 다음 날도 모두 정신없이 검을 휘두르기 바쁜 나날이었지. 친구 같은 걸 사귈 틈이 없었어……."

로웬은 과거의 추억을 회상하며 중얼거렸다. 서서히 눈이 공허해져 가는 것을 느끼고 나는 화제를 변경하기로 했다.

"저기, 로웬은 검술을 잘 써?"

"……그래. 아마, 세계에서 제일 강할 거야."

"어, 세계에서 제일?"

"그래, 세계에서 제일이지."

검술 이야기가 시작되자마자 로웬은 자신만만한 태도로 가슴을 폈다.

그리고 갑자기 미궁 안을 내달리더니 두리번거리며 몬스터를 찾기 시작했다.

로웬은 마법을 쓰는 것 같지는 않았지만 나와는 다른 수단으로 적을 탐지하고 있는 것 같았다. 몬스터 퓨리를 한 마리 찾아내더니 뽀각뽀각 손가락의 관절을 꺾었다.

"증명해주지. 아무 검이나 한 자루 줘."

나는 '소지품' 속에서 양산품 검을 꺼내서 로웬에게 던져주었다.

로웬은 그 검을 받아 들고 딱히 자세를 가다듬지도 않은 채 퓨리를 향해 걸어갔다.

당연히 퓨리는 포효를 내지르면서 혈관이 우락부락하게 도드라져 보일 만큼 힘이 가득 담긴 팔을 뻗어서 덮쳐들었다.

그 기괴한 네 개의 팔이 로웬에게 닿으려 한 순간──사삭 하는 가벼운 소리와 함께 가느다란 선이 퓨리의 팔에 스쳤다.

다음 순간 퓨리의 모든 팔이 로웬의 몸에 닿지 못한 채 땅바닥에 떨어졌다.

그렇다. 팔은 허공에 내팽개쳐지지도 않고 그대로 떨어진 것이다.

그 기술의 전모를 〈디멘션〉으로 파악할 수 있었기에 나는 그 경이적인 검술에 경악했다. 그야말로 신적인 수준이라 해도 과언이 아니었다.

〈디멘션〉의 파악 능력을 동원해도 로웬의 예비동작은 전혀 잡아낼 수 없었다. 움직이기 직전까지 로웬은 분명 몸 어디에도 힘을 주지 않았었다.

그리고 몬스터의 공격이 자신의 몸에 닿기 직전 로웬은 인체가 움직일 수 있는 최대한의 효율로 검을 휘둘렀다. 그게 전부였다.

말로 표현하자면 그렇게 간단한 일이지만 그것을 목격한 순간의 충격은 말로 형언할 수 없을 정도였다.

만약에 세상 모든 예술품이 내 주위를 둘러싸고 있더라도 이보다 더 큰 충격은 줄 수 없을 것이다. 로웬의 검술은 그야말로 예술의 수준을 뛰어넘은 어떤 경지에 도달해있었다.

검을 휘두르는 것──최대한의 효율로 그 동작을 한다는 것은 조금의 군더더기도 없는 움직임을 한 치의 어긋남도 없이 해낸다는 뜻이다.

다시 말해 1억분의 1초만큼의 오차도 없는 시간 속에서, 1억분의 1그램의 차이도 없이 체중을 이동시켜서, 1억 분의 1센티미터의 오차도 없는 궤도를 그려가며 검을 휘두른다는 것이다.

그런 천문학적인 난이도의 칼부림을 로웬은 대수롭지 않게 해낸 것이다.

그것이 얼마나 어려운 일인지를 〈디멘션〉을 통해 파악할 수 있었기에 나는 두려워하지 않을 수 없었다. 공포에 떨지 않을 수 없었다.

이건 힘을 빼는 법, 다리를 움직이는 법, 팔을 휘두르는 법, 검을 움직이는 법 같은 차원의 문제가 아니다.

검술의 이론을 뛰어넘은 궁극의 인체운용술이었다.

그리고 또다시 검의 궤적에 의한 가느다란 선이 뻗어나가자 퓨리는 산산조각이 나서 무너져 내렸다.

사라져 가는 퓨리의 빛 속에서 로웬이 이쪽을 돌아보았다.

자세히 보니 로웬 자신의 몸은 물론 검에도 피 한 방울 묻어 있지 않았다. 검의 움직임이 너무 빨라서 피가 적의 몸 밖으로 튈 틈조차 없었던 것이다.

"──이 정도면 전성기의 30퍼센트쯤 되겠는데."

로웬은 득의양양한 얼굴로 나에게 돌아왔다.

"이게……?"

이런 신적인 수준의 기술을 선보여놓고 이게 실력의 절반도 발휘하지 않은 거라고 하니 좀처럼 믿기 힘들었다.

"그래, 아직 너무 느려. 하지만 어쩔 수 없지. 30층의 가디언으로 불려 온 몸인 만큼 30층의 랭크에 맞춘 위력으로 지정돼 있는 걸 테니까."

"위력이 지정된다……? 그런 게 있는 거야……"

"그래, 30층 보스가 30층에 어울리는 위력이 아니면 인간들이 곤란할 거 아냐?"

"……그것 참, 엄청나게 다정한 규칙이네."

"그래, 미궁은 인간에게 다정해. 다정한 녀석이 만들었다는 모양이니까."

로웬은 별일 아니라는 듯이 미궁의 근원에 대해 이야기했다.

아마 지상 사람들은 아무도 모르는 이야기이리라.

"그 말은 이 미궁이 '누군가'에 의해 만들어진 거라는 이야기야……?"

"맞아. '규칙'상 만든 사람이 누구인지는 말 못 하지만……. '누군가'가 만들었다는 건 분명한 사실이야."

로웬은 의미심장하게 히죽 웃었다.

보아하니 가디언이 탐색가에게 제공할 수 있는 정보에는 한계가 있고 그는 그것을 '규칙'이라 지칭하고 있었다.

"로웬은 이 미궁에 대해 얼마나 알고 있지?"

"아니, 나도 그렇게까지 잘 아는 건 아냐. 내가 알고 있는 건 나는 미련을 없앨 기회를 얻는 대신 인간을 100층으로 유도하는 사명을 갖게 됐다는 것 정도야."

로웬은 약간 고민했다가 고개를 저으며 간략하게 대답했다.

그것이 정말인지 거짓말인지 나로서는 알 길이 없었다. 어쩌면 '규칙' 때문에 그렇게 대답할 수밖에 없는 건지도 모른다.

로웬의 안색을 살펴서 진실을 찾아보려 했지만 그는 어렴풋이 웃으며 재차 고개를 가로저었다.

"정말이야. 거짓말이 아니라고 친구에게 맹세하지. ……내 가디언화는 다른 가디언들 때보타 조잡하게 이루어지는 바람에 제대로 된 설명도 못 들었어. 그날 리퍼와 눈싸움을 벌이고 있다가 다짜고짜 빨려 들어간 거야. 아무런 이야기도 못 들은 채로."

"빠, 빨려 들어가다니, 어디에?"

"대륙에 빨려 들어간 거야. 그런 마법──아니, 마법진이 있어. 그렇게 해서 나와 리퍼는 우리도 모르는 사이에 이 미궁으로 전송된 거지."

"……알았어. 그럼, 다음은 '그날'에 대해서 가르쳐주지 않겠어? 로웬과 리퍼의 과거를 알고 싶어."

"우리의 과거라고 해봤자, 별 대단한 이야기는 없어. 나는 어떤 전쟁에 참가했던 한 사람의 기사였고, 리퍼는 그 전쟁에 투입됐던 어떤 한 사람이 쓴 마법. 그것뿐이야. 그래, 정말로 그게 전부였어……."

로웬은 기억을 되돌아보며 웃음 지었다.

그 미소로 보아 예전, 리퍼와 처음 만났을 때의 기억을 떠올리고 있다는 걸 짐작할 수 있었다.

나는 조금이라도 더 많은 정보를 얻고자 다시 묻고 늘어졌다.

"그 과거라는 건 어느 정도 지난 과거지? 아침에 보니까 하늘을 보고 놀라던 것 같던데, 그렇게까지 달라질 정도로 세계가 변한 거야?"

"으──음. 1000년 후로 이동한다는 이야기를 들었던 기억이 나니까⋯⋯아마, 1000년 전이겠지. 1000년이라는 세월이 지나면 당연히 세계도 변할 테고 하늘색이 달라진 건 정말 많이 놀랐어. ⋯⋯1000년 전은 매일같이 전쟁만 벌어지는 시시한 세계였어. 이름을 떨쳐보겠다고 그 전쟁에 뛰어들었다가 뜻을 이루지 못하고 죽은 게 바로 나라는 거지."

로웬은 별일 아니라는 듯이 자신의 최후를 이야기했다.

거기에는 수많은 감정들이 담겨 있었다. 후회나 비애뿐만이 아니라, 향수의 감정도 느낄 수 있었다.

이미 죽은 사람에게 어떤 말을 해주면 좋을지 몰라서 침묵하고 있으려니 로웬은 그런 나를 보며 웃었다.

"하핫, 신경 쓸 거 없다니까 그러네. 인생이라는 게 원래 다 그런 거야. 미련 없이 죽는 녀석은 거의 없을걸."

"그야 그럴지도 모르지만⋯⋯. 그래도, 죽은 사람 앞에서 웃을 순 없잖아⋯⋯."

"카나미도 참 고지식하다니까. 좀 더 마음 편하게 지내자고."

"마음 편하게……?"

로웬은 어깨의 힘을 빼라는 듯 어깨를 위아래로 으쓱거리며 긴장을 풀라는 제스처를 취했다.

"그래, 좀 더 즐기면서 사는 게 나아. 이 미궁을 즐겨줘."

"즐기라니, 뭘……?"

"미궁에 들어가면 들어갈수록 더 강해져. 강해진다는 건 즐거운 일 아냐?"

미궁의 가디언이 내뱉은 말은 의미심장했다.

마치 미궁은 인간을 강하게 만들기 위해서 만들어진 거라는 뜻처럼 들리는 말투였다. 대놓고 말하지는 않았지만 말의 행간을 통해서 미궁에 대한 로웬의 생각이 전해져왔다.

"그래. 강해진다는 건, 분명 즐겁기는 해……."

게임을 좋아하던 내 감성 때문에 레벨업이라는 작업이 즐겁게 느껴진다는 점은 틀림없었기에 거짓 없이 솔직하게 즐겁다고 대답했다.

"그래, 더 강해져줘. 그것 때문에 미궁으로 데려온 거니까."

"저기, 그 말은 즉……?"

"너는 자신의 생활을 지키기 위해 강해지고 싶겠지. 나는 가디언으로서 전도유망한 카나미를 강하게 만들고 싶어. 그러니 이해관계는 일치하는 셈이지, 그리고 미궁은 그러기에 안성맞춤인 수행장이야."

아무래도 로웬이 나를 미궁으로 데려온 것에는 그만한 이유가 있는 것 같았다.

"저기, 가디언에게는 인간을 100층까지 유도하는 역할이 있으니까, 그것 때문에 인간을 강하게 만들겠다는 거야?" "그래, 나는 그렇게 들었어."

믿기 힘든 이야기였다. 100층에는 어떤 소원이든 이루어주는 힘이 있다고 들었다. 그렇다면 상식적으로 그 힘을 지키기 위해서 탐색을 방해하는 것이 자연스러운 흐름 아닐까?

"100층에는 굉장한 보물…… 아니, 힘 같은 게 있는 거 아냐? 그럼 바꿔 말하자면 가디언은 그 힘을 인간에게 넘겨주기 위해서 존재한다는 이야기가 되잖아? 그게 정말이야?"

"으──음, 글쎄? 그 점에 대해서는 나도 잘 몰라."

나는 당연한 의문을 표한다. 하지만 로웬의 반응은 뜨뜻미지근했다.

"'글쎄'라니……."

"100층에 어마어마한 '힘'이 쌓여 있다는 건 확실해. 하지만 나는 그걸 지키라는 소리도, 넘겨주라는 소리도 들은 적 없어. 단지, 유도하라는 이야기를 들었으니까 그렇게 하는 것뿐이야."

"가디언의 사명이라는 것도 제법 엉성하군……."

"그 생각에 대해서는 나도 동감이야. 아무리 생각해도 여러모로 구조가 허술해. ──안 **어울리게.**"

내 말에 동의하고 로웬은 입을 다물었다. '안 어울린다'라는 건 미궁을 만든 '누군가'에 대한 이야기일까.

로웬은 그 '누군가'에 대해서는 말하지 않을 것이다. 규칙이 그렇다는 모양이니까.

그래서 나는 로웬이 말할 수 없는 이야기가 아닌 말할 수 있는 화제를 꺼냈다.

"강하게 만들어주겠다니 나도 대환영이긴 한데 로웬은 그래도 상관없는 거야? 내가 강해지면 로웬의 소망인 '무투대회' 우승이 더 어려워질 텐데?"

"그 점은 걱정 안 해도 돼. 상대가 강적이면 강적일수록 내가 얻는 영광은 더 커질 테니까, 내 입장에서도 나쁠 건 없는 이야기지. 그리고 '무투대회'만이 영광의 전부인 것도 아냐. 그게 안 된다면 다음 방법을 생각하면 돼."

"……응, 알았어."

내 입장에서도 그리 중요하지는 않은 이야기였다.

로웬의 목적은 이런저런 복잡한 조건이 충족돼야만 달성할 수 있지만 나는 달랐다.

내 목적은 강해지기만 하면 달성할 수 있는 것이기 때문이다.

강해지기만 하면 누구의 위협도 받지 않을 수 있다. 강해지기만 하면 언제든지 일대일 대결로 로웬을 없앨 수 있게 된다. 강해지기만 하면 팰린크론에게든 그 두 소녀들에게든 기억에 대해서도 강제로 물어볼 수 있다. 확실히 선택지가 늘어난다.

"좋아, 일단은 강해지는 것부터 생각하는 게 좋겠군. 로웬, 가자."

"그래, 일단은 30층 부근을 향해서 가도록 하지."

결국은 평소와 달라질 게 없었다.

미궁 탐색을 통해 스스로를 강화해가면서 돈을 모은다.

사태가 극적으로 변하지는 않겠지만 그것이 가장 견실한 방법이고 정답에도 가깝다.

나는 로웬과 함께 미궁 안쪽으로 나아갔다.

스노우와는 달리 로웬은 상당히 협조적인 파트너다.

농땡이를 피우는 일도 없고 투덜거리지도 않는다는 것만으로도 살 것 같았다. 무엇보다 엉성하게 싸우는 스노우와는 달리 그의 전투 방법은 치밀한 계획하에서 전투를 펼치고 있다는 점이 근사했다.

협력자와의 연계를 중시하고 최대한 효율적인 전투 결과를 도출해내는 전투법이었다.

까놓고 말해서 스노우와 다닐 때보다 100배는 더 싸우기 편했다.

사용하는 검이 평범한 검이기 때문에 크리스털 골렘에 대한 공격은 통하지 않았지만 전위 담당으로서의 교란 능력은 어마어마했다.

적의 눈앞에서 쉴 새 없이 공격을 회피하면서 때로는 합기도 같은 무술로 상대의 자세를 무너뜨렸다. 그 완벽한 미끼 역할 덕분에 효율을 끌어올려서, 몬스터 사냥에 필요한 소요시간을 절반 정도까지 줄일 수 있었다.

어제 걸린 시간의 반밖에 안 되는 시간 만에 우리는 30층까지 다다랐다.

우리는 적이 없는 30층에서 한숨을 돌리고 일곱 빛깔로 빛나는 바위에 걸터앉았다.

"그나저나 카나미는 좋은 마법을 갖고 있는데."

내가 전개하고 있는 〈디멘션〉이 보이는지 로웬은 주위의 마력을 가리키며 그 마법을 칭찬해주었다.

"지금 전개하고 있는 차원마법 이야기야?"

"그래. 내 움직임을 눈으로 좇아올 수 있는 건 그 마법 덕분이잖아?"

"맞아. 차원마법 덕분에 여러모로 도움을 받고 있어."

만약에 차원마법이 없었더라면 나는 아직도 미궁 10층 언저리에 있었을지도 모른다.

그만큼 차원마법은 내 힘의 대부분을 차지하고 있었다.

"카나미 자신의 센스도 보통이 아냐. 이거 편해질지도 모르겠는데."

"편해져? 편해지다니, 뭐가?"

"카나미의 '기량'과 '소질' 정도면 내 검술을 전수해줄 수도 있을 것 같다는 이야기야."

태연자약한 표정으로 로웬은 터무니없는 말을 꺼냈다.

"어, 그 검술을 전수해준다고……?"

21층에서 본 로웬의 초인적인 칼부림이 떠올라서 그 말을 도무지 믿을 수가 없었다.

"그래, 카나미는 카나미 스스로가 생각하는 것 이상의 재능을 갖고 있어. 이만큼의 '기량'과 '소질'이 있으면 습득하지 못 할 리가 없어. 평범한 스킬 정도는 뭐든지 다 습득할 수 있을 거야."

로웬은 '기량'과 '소질'이라는 단어를 되풀이한다. 그건 아마 스테이터스에 대해 말하고 언급하고 있는 것이리라.

"'기량'이나 '소질' 같은 수치가 스킬과 관련이 있다는 이야기야……?"

"그래, 관련이 있지. 뭐, 어차피 나도 그렇게 자세히 아는 건 아니라서 설명할 길은 없지만 말이야. 스테이터스며 스킬 같은 이야기가 퍼지기 시작한 건 내가 죽기 얼마 전이었으니까……."

스테이터스나 스킬이라는 개념은 1000년 전에 생겨난 모양이다.

"어쨌거나, 카나미라면 마음만 먹으면 세상 모든 스킬들을 다 습득할 수도 있을 거야. 그것도 엄청나게 쉽게."

"모든 스킬을……? 말도 안 돼……."

도무지 믿기 힘든 이야기다.

내 스테이터스가 뛰어난 수준일 거라는 자신이 있다는 건 사실이다. 팰린크론의 연줄로 소개받은 라우라비아의 신관은 내 레벨과 스테이터스를 확인할 때마다 경악에 찬 표정을 지을 정도다. 하지만 아무리 그렇다고 해도 그 검술을 간단히 따라할 수 있을 거라는 이야기는 믿기 힘들었다.

"거짓말이 아냐. 차원속성 마법사인 카나미라면, 분명 가능할 거야."

"그, 그렇다면 애초에 더 많은 스킬을 갖고 있었어야 하는 거 아냐? 지금 내가 갖고 있는 스킬은 '차원마법' '빙결마법' '검술' 이렇게 셋뿐이야. 그렇게 간단하게 익힐 수 있는 거라면, 지금쯤 더 많은 스킬을 갖고 있어야 할 텐데?"

"그건 카나미가 익히려고 하지 않았기 때문이야. 그렇게 쉽게 스킬을 익힐 수는 없을 거라고 무의식중에 생각해왔던 거 아냐?"

"그야, 그렇게 생각하는 게 당연하니까……."

스킬이 늘어나는 건 평생에 기껏해야 한두 개 정도라는 게 일반론이다. 그것이 이 세계의 상식이고, 내가 얻은 상식이기도 하다.

"잘 들어. 조건만 충족되면 간단해. 차원속성 마법사는 대체적으로 뛰어난 관찰 능력을 갖고 있어. 스킬을 갖고 있는 사람의 움직임을 그 차원마법으로 찬찬히 살펴보고 익히는 거야. 그렇게만 해도 스킬을 습득할 수 있지. 아마 카나미는 무시무시한 양의 정보를 감지하고, 그 모두를 인식하고, 기억할 수 있을 거야. 그리고 그 모두를 정확히 따라할 수 있는 재능이 있어. 그러니까 틀림없이 내 검술도 재현할 수 있을 거야."

로웬은 그렇게 호언장담하면서 손에 든 검을 정면으로 겨눈다.

오늘 처음 선보이는 자세다.

그리고 시범을 보이듯이 자세를 잡은 후 가볍게 검을 내리 휘두른다.

경쾌하지만, 아름다운 칼부림이었다.

그것은 하나의 완성된 검술로 보였다. 그 세련된 움직임에서 역사가 느껴진다.

"방금 그건, 어떤 유파의 검술 같은 거······?"

"······**역시 그랬군**. ······방금 내가 검을 휘두르는 모습만 보고 '모종의 기술'이라고 생각한 것부터가 범상치 않은 거야. 보통 사람들의 눈에는 그저 단순히 검을 휘두른 것으로만 보이지. 하지만 카나미는 근육의 꿈틀거림, 중심의 이동, 고정된 시선, 독특한 힘의 운용법, 팔의 움직임, 전신의 자세를 통해서 방금 그 칼부림이 '모종의 기술'이라는 걸 한눈에 간파해냈어. 그것이 얼마나 대단한 일인지 조금 더 자각하는 게 좋을 거야."

로웬의 지적에 나는 아무런 대꾸도 할 수 없었다.

최근에는 의식이 있을 때는 줄곧 차원마법을 전개해두고 그 범위 안에서 일어난 현상을 뭐든지 이해하려 애쓰는 게 버릇이 되어 있었다.

낯선 이세계에 적응하기 위한 처세법 같은 것이다.

그리고 나의 레벨이 상승하면서 그 처세법도 아예 별개의 기술로 승화하게 된 모양이다.

　확실히 지금의 내 실력이라면 인간이 움직일 수 있는 범위 안의 행동이라면 뭐든지 이해할 수 있을지도 모른다.

　내 세계의 기준으로 비유하자면——그 어떤 마술사의 마술이라도 보기도 전에 그 비법을 간파할 수 있고——프로야구 투수가 공을 던지기도 전에 던질 구종과 속도를 알 수 있고——수천 년의 역사를 간직한 권법의 비술이라 해도 공격당하기 전에 그 원리를 이해할 수 있을 것이다——그것도, 아마 단 한 번 보기만 한 것만으로도.

　친숙한 사례로 빗대어보니 그것이 얼마나 엄청난 일인지를 이해할 수 있었다.

　"일단, 내가 가진 모든 스킬을 카나미에게 복제해줄까 해. 그리고 내가 가장 자신 있는 스킬은 바로 '검술'이다. 그러니까 우선 내 '검'을 전수해주지."

　로웬은 다시 한 번 유려하게 검을 휘두른다.

　상단으로부터, 비스듬한 각도로, 가로 방향으로, 다양한 각도에서, 다양한 자세에서, 완성된 칼부림을 펼쳐 보였다. 내 눈은 줄곧 그를 응시하고 있었다.

　보아하니 그걸 보고 따라하라는 뜻인 모양이다.

　"가르쳐준다면 나도 기꺼이 배우긴 하겠지만……. 마법 〈디멘션 · 글래디에이트〉."

　그 아름다운 검의 움직임을 차원마법으로 파악했다.

마력을 로웬 주위에 충만하게 전개하고 그 움직임에 대한 모든 정보를 수집했다.

단순한 육체의 움직임뿐만이 아니라 로웬이 가진 마력의 작은 떨림을 비롯해서 심박수, 혈압, 땀의 양, 안광의 움직임 같은 세세한 정보까지 습득해나갔다.

기술이라는 건 몸만 가지고 이루어지는 게 아니라 마음가짐에도 크게 좌우된다. 그 정신상태까지 따라 하기 위해서 수집할 수 있는 최대한의 정보를 모아들였다.

꾸준한 반복 습득 끝에 도달했을 경지――그 휘둘러 내리는 동작을, 비스듬하게 베는 동작을, 몸통 베기를, 찌르기를, 후리기를, 모조리 기억해나갔다.

돌이켜보면 무언가를 이렇게 찬찬히 관찰해본 적은 없었다.

싸움에서는 최소한의 노력으로 필요한 최소한의 정보만을 수집하는 게 중요했기 때문이다. 따라서 〈디멘션〉으로 타인의 기술을 훔치겠다는 생각은 한 적이 없었다.

로웬의 화려한 연무가 끝나고 나는 지금까지 보고 익힌 대로 검을 휘두르기 시작했다.

내 초인적인 관찰력과 기억력을 활용해서 화려한 연무를 따라했다. 물론, 그 움직임은 로웬에 비하면 느렸다. 하지만 완전히 똑같이 움직이고 있다는 자신은 있었다.

"오――, 굉장한데. 정말 딱 한 번만 보고도 똑같은 움직임을 할 수 있다니 말이야. 착실하게 훈련하고 있는 검사가 보면 환장할 노릇이겠어."

느릿느릿한 내 연무를 본 로웬은 감탄어린 말과 함께 박수를 보냈다.

"아니, 내 마법의 특성 덕분에 쉽게 흉내 낼 수 있는 것뿐이야."

"아니아니, 그 흉내만 내는 데도 보통 사람이라면 몇 년은 걸릴 테니까──."

로웬은 쓴웃음을 짓고는 다시 다양한 형태의 검술을 선보였다.

나는 그것을 관찰하면서 자신의 경솔한 발언을 후회한다. 지금 로웬은 별 대수로울 것 없다는 듯이 검술을 펼쳐 보이고 있지만 과거에는 엄청난 훈련을 거쳤을 것이다. 방금 내가 한 말은 그런 노력을 무시하는 거나 다름없는 발언이었다.

"저기, 그게…… 미안해, 로웬."

"나한테 사과할 필요는 없어. 사과해야 할 상대가 있다면 이 세상의 모든 검사들이겠지. 나는 지금 유망한 제자를 얻어서 아주 기분이 좋으니까."

"어, 제, 제자? 내가?"

그 발언에 약간 몸이 굳어졌다.

"그래, '무투대회' 때까지 나의 **아레이스류** 검술을 마스터해보라고."

로웬은 거칠게 콧김을 내뿜으며, 멋대로 나를 제자로 만들었다.

나도 모르는 사이에 친구 취급을 받았던 것도 그렇고, 이번 일도 그렇고, 로웬은 폭주하기 쉬운 성격인 것 같다.

그나저나 아레이스 가문이라……. 지난번에 들은 이야기에 따르면, 이 시대의 검성님이 소속된 귀족 가문이라고 했다. 로웬은 그 가문의 조상일지도 모른다.

로웬은 흥분한 기색으로 자신의 망상을 늘어놓았다.

"그리고 '무투대회' 결승에서 자웅을 겨루는 스승과 제자──! 아레이스류 검술이 우아하게 난무하고, 사람들은 그 아름다운 검격에 홀려 버리는 거야. 이 정도면, 만에 하나 내가 패한다고 해도 우승자 카나미의 스승으로서 영광을 차지할 수 있겠지. ──'훗, 내 수제자 카나미여……. 드디어 스승인 나를 넘어섰구나……. 성장한 네 모습을 보니 기쁘기도 하고, 슬프기도 하군……. 지금 이 순간을 기해서 아레이스류 검술의 정통을 전수하도록 하마……' 같은 식의 대사는 어떨까? 전설 속 검술을 전수한 멋진 스승으로서 나는 민중들의 주목을 한 몸에 받게 될 테지!"

"응. 뭐, 로웬이 그걸로 만족한다면야. 제자라고 해도 상관없지만……."

전개가 너무 너저분하다는 점만 빼면 딱히 나쁘지는 않은 이야기였다. 손해보는 사람은 아무도 없었다.

누가 이기건 로웬은 명예를 얻을 수 있고 나는 로웬의 검술을 익힐 수 있다.

"좋아! 이거 눈에 확 띄겠는데. 나쁘지 않아."

로웬은 어린아이처럼 '무투대회'에서 얻을 영광에 대한 상상에 잠겼다.

"좀 진정해, 스승님. 차분하게 심호흡 좀 하고, 다음 검술이나 좀 가르쳐줘."

나는 검술 흉내 내기를 마치고 스승 로웬에게 다음 검술의 전수를 재촉했다.

내가 스승이라고 부르니 안 그래도 헤벌쭉하던 로웬의 표정이 한층 더 헤벌쭉해졌다.

그리고 손에 들고 있던 검을 봉처럼 빙글빙글 돌리고 춤이라도 추듯이 검을 번뜩이며 선언했다.

"홋, 좋아. 아레이스 가문의 3대 문주 로웬 아레이스가 이 자리에서 맹세하지. 아이카와 카나미를 아레이스 가문의 '검의 계승자'로 삼겠노라고!"

진심으로 즐거워 보이는 근사한 미소였다.

그 모습을 보니 나도 친구로서 기뻤다.

즐거운 건 좋은 일이다. 그것만으로 어지간한 고난은 떨쳐낼 수 있었다.

나는 쓴웃음을 지으면서 로웬의 모습을 눈에 아로새겨나갔다.

비록 그 끝에 피할 수 없는 죽음이 기다리고 있다 해도 로웬 아레이스는 진심에서 우러난 웃음을 짓고 있다. 그렇기에 나는 그런 그를 제지해야겠다는 생각은 하지 않았다——.

◆ ◆ ◆ ◆ ◆

──일곱 빛깔의 꽃밭 위에 종소리 같은 금속음이 울려 퍼졌다.

나와 로웬은 검과 검을 맞부딪치고, 보석 꽃들을 짓밟고, 어둠침침한 종유동굴에서 불꽃을 흩뿌려나갔다.

일반인이라면 눈으로 좇아가지도 못 할 만큼의 속도로 양측의 검이 오갔다.

얼핏 보면 죽고 죽이는 싸움으로만 보이겠지만 나와 로웬에게 있어서는 달랐다. 일반인 입장에서는 육안으로 확인하기도 힘들 만한 이 속도는 우리에게는 언제든지 공격을 중단할 수 있는 속도에 해당했다.

그리고 그 무시무시한 검격은 로웬의 검이 내 오른쪽 손목에 닿는 것으로 끝을 맺었다.

"하아, 하아. 젠장……. 로웬한테 한 방도 못 먹이다니……."

흐트러진 숨결을 가다듬으며 나는 검을 지팡이 삼아 짚고 좌절했다.

"아니, 잠깐 연습한 것만 가지고 검으로 나를 이길 수 있게 되면 내가 설 자리가 없잖아……."

로웬은 쓴웃음을 지으며 머리를 긁적였다. 그러나 나는 그 태연한 모습에 자신감을 잃었다.

"하지만 나는 〈디멘션 · 글래디에이트〉까지 썼는데……!"

마력을 소비해서 차원마법을 전개한 나에 비해 로웬은 마법을 쓰지 않았다. 그런데도 이런 결과가 나오다니 한심하기 짝이 없는 일이었다.

그런 나를 보고 로웬은 이해가 안 간다는 듯 고개를 갸웃거렸다.

"나를 못 이기는 것에 대해서 엄청나게 울분을 느끼는 것 같은데……. 혹시 카나미는 지금까지 한 번도 져본 적이 없었던 거야……?"

"…………."

그렇지는 않았다. 져본 경험이라면 얼마든지 있었다.

져보긴 했지만 그건 원래 세계에서 겪었던 일이었다.

그러나 이세계에 온 뒤로는 달랐다. 우대받은 스테이터스 덕분에 전투에 있어서는 무적의 전적을 뽐내고 있었다. 그런데 그 기록이 눈앞에 있는 로웬에 의해 깨지려 하고 있다.

제법……아니, 상당히 분한 기분이긴 했다.

"정곡을 찔린 모양이군. 하지만, 이건 훈련이야. 딱히 카나미가 나보다 뒤떨어진 건 아니니까. ……만약에 이게 실전이었더라면 나와 검술로 대결할 생각은 안 했을 거 아냐?"

"으음……. 하긴, 아마 안 할 거야……."

로웬의 약점은 명확하게 한눈에 알 수 있을 만큼 마력이 적다는 점이었다.

"철저하게 원거리에서 빙결마법으로 공격하거나, 활이나 함정 같은 것만 써서 공격하면 나로서는 대응할 수단이 없어. 그러니까 초조해할 필요도 없어. 초조해해봤자 좋은 일

같은 건 안 생기니까.”

그는 마법다운 마법도 구축해낼 수 없다.

그렇기에 검에 인생을 걸고 이만큼의 기술을 몸에 익힌 것이다.

하지만 그렇기에 더더욱——그런 로웬을 검으로 이기고 싶다는 생각에 휩싸였다.

유치한 욕망이 마음속에서 솟구쳐 나온다.

“그래도 나는 검으로 로웬을 이기고 싶어……!”

“흐음…….”

자연스럽게 말이 흘러 나왔다.

어린애 같은 이유였다. ‘최강의 기사’라는 지위에 있는 로웬이 내게는 너무도 눈부시게 보였다. 그 어감——울림이 내 마음을 휘어잡아버렸다.

원거리에서 싸우는 마법사가 아니라 그 누구보다도 앞장서서 싸우는 검사에 대한 동경에 휩싸여버렸다.

어차피 도전하는 건 공짜다.

“——좋아. 그렇게 나와야 재미있지!”

로웬은 그런 내 욕구를 피부로 느끼고 입매를 일그러뜨리며 웃었다.

검술 라이벌의 예상치 못한 등장에 가슴이 뛰는 모양이다.

그리고 훈련을 재개하겠다는 듯이 검을 휘두르며 내게 덮쳐들었다.

그 칼부림은 변함없이 예술적이었다.

로웬의 검술은 조금의 빈틈도 없다. 이론적으로 적이 방어하기 가장 까다로운 곳에, 이론적으로 가장 빠른 수단으로 검을 휘두른다. 그것이 기본이다.

그리고 더 성가신 것은 자기 몸의 모든 거동을 자신의 의지로 컨트롤하고 있다는 점이다. 따라서 세세한 부분에까지 수많은 속임수가 섞여 있다.

갑자기 시선이 움직이고, 예상치 못한 타이밍에 체중을 이동시키고, 엉뚱한 곳에 힘을 준다. 〈디멘션〉으로 상대를 파악하고 있는 나로서는 그것만으로도 혼란에 빠질 수밖에 없었다.

그런 속임수에 낚여서 최선과 거리가 멀게 검을 휘두르면 끝장. 다음 순간에는 로웬의 검이 내 몸에 닿아 있다.

로웬은 태연자약한 얼굴로 순식간에 그런 속임수를 무수히 연발한다. 〈디멘션〉도 쓰지 않은 일반인의 몸으로 말이다.

로웬은 몸도 마음도 어마어마한 경지에 다다라 있었다.

그 모든 것을 관찰하면서 나는 심장의 고동을 주체할 수 없었다.

심장이 쿵쾅쿵쾅 뛰어서 다량의 혈액을 온몸 구석구석 순환시켰다. 온 능력을 쏟아붓지 않으면 눈앞의 이 남자를 따라갈 수 없다는 걸 머리뿐만 아니라 몸으로도 알고 있었다.

로웬의 기술 하나하나 그 모든 것들이 역사에 남을 만한 예술품이다.

나는 검과 검을 맞부딪치는 야만적인 행위를 하고 있으면서도 마치 고명하고 드넓은 미술관 안을 거닐고 있는 것 같은 착각에 빠졌다.

잇따라 나를 매혹시키는 기술들. 그것을 흉내 내서 대응하면 또 다른 예술적 기술을 맛볼 수 있게 된다. 그리고 나는 또 그것을 흉내 낸다. 그러면 조금의 틈도 주지 않고 또 다른 예술을 구경할 수 있다. 그것이 너무도 즐겁고 또 즐거워서 견딜 수가 없을 지경이었다.

나는 시간 가는 것도 잊은 채 로웬이라는 이름의 미술관을 정신없이 거닐었다.

그것은 철없는 어린아이가 초롱초롱한눈으로 미지의 세계를 돌아다니는 모습과도 같았다.

어린 시절 많은 것들을 동경해왔던 기억. 액정화면 너머에서 검을 휘두르는 히어로. 피를 흘리면서도 서로가 가진 전부를 걸고 검을 휘두르는 모습. 그것이 무섭기도 했지만 한편으로는 멋지다고 생각하던 어린 마음. 야만하고 부도덕한 일이건만 너무나도 찬란하고 사랑스럽게 느껴지는 모순.

나에게 있어서 '검'이란 그런 존재였다.

그리고 그 '검'이라는 꿈이 지금 눈앞에 있었다.

나는 지금 그 '검'에 뒤쳐지지 않고 있었다. 그 어떤 스포츠보다도, 그 어떤 게임보다도, 그 어떤 쾌락보다도 즐거운 시간이었다.

얼마나 많은 시간이 흘렀는지도 모를 만큼 몰두한 끝에,

나는 이윽고 육체의 한계를 맞이하고 무릎을 꿇었다.

"하악, 하악, 하악!"

산소부족 상태에서 몇 킬로미터를 달려온 것처럼 몸이 무거웠다.

"하아, 하아……."

이쯤 되니 로웬도 약간 땀을 흘리고 있었다.

땀을 닦으면서 로웬은 신기하다는 듯 물었다.

"……혹시, 카나미는 엄청난 기억력을 갖고 있는 거야?"

다만 그 질문은 검술과는 관계가 없어보이는 것이었다. 나는 고개를 갸웃거리면서 대답했다.

"응? 뭐, 기억력은 자신이 있긴 한데……."

원래 세계에서도 기억력은 자신이 있었다. 그리고 그 암기능력은 이세계에서의 레벨 상승에 의해 초인적인 수준에 도달했다.

"그게 말이지, 고작 한시간 전에 배운 기술을 원본과 별 차이 없이 사용하는 걸 보고 놀라서 말이야……."

"일단 한번 외운 건 두 번 다시 잊어버리지 않을 자신이 있긴 해."

"보통은 수도 없이 반복 연습해서 그 움직임을 몸에 배도록 하는 식인데……. 카나미라면 그럴 필요조차 없는 건가……. 정말이지, '소질'이라는 건 참 무섭다니까……."

로웬은 운동에 의해 난 땀과는 다른 식은땀을 비질비질 흘린다.

"그래도 그 '소질' 덕분에 검술의 기초는 대강 다 익힌 셈이군. 좋아, 이 기세를 살려서 이번에는 오의까지 척척 익혀가자."

"어라, 벌써 오의를?"

"그게, 너무 빨리 습득해버려서 더 이상 가르칠 기초가 없어서 말이지…… 카나미의 말이 사실이라면 두 번 가르칠 필요도 없을 테고. 그러니까 이번에는 이걸 따라해봐. 지금까지 해왔던 거랑은 방법이 좀 다를 거야."

드디어 훈련은 오의까지 다다랐다.

아마 수십 년에 걸쳐서 한 사람에게만 전수하는 게 일반적인 기술을 몇 시간 만에 끝내버린 것이리라. 로웬은 쓴웃음을 지으며 마력을 가다듬었다.

보아하니 아레이스류의 오의는 마력을 사용하는 모양이다.

게다가 로웬의 얼마 안 되는 마력으로도 발동시킬 수 있는 가격 대 성능비가 좋은 기술인 것 같았다.

로웬의 마력은 손에 들고 있는 검으로 전해져 그 표면을 덮어간다.

그리고 검을 덮은 마력이 굳어져 가서, 실재하는 물질로서의 형태를 얻었다. 그 단단한 마력은 로웬의 의지에 따라 자유자재로 늘어났다 줄어들었다 했다. ──눈에 익은 기술이었다.

"……그거, 혹시 스킬『마력물질화』?"

"어라, 알고 있었어?"

"어, 응. 알고 있는, 것 같기도 하고……. 어라, 어디서 봤었더라? 으음……."

"뭐, 알고 있다면 길게 이야기할 것도 없겠군. 이게 있으면 검술의 폭이 넓어진다는 건 이해하겠지?"

내가 고개를 끄덕이는 동시에 로웬은 가볍게 검을 휘둘렀다. 그러자 손에 들고 있는 검으로는 절대 닿을 수 없는 거리에 피어 있던 꽃이 베어져서 툭 떨어졌다.

『마력물질화』로 칼의 길이를 늘인 모양이다.

"그럼 『마력물질화』를 천천히 한계까지 써볼 테니까…… 마력이 고정되는 과정을 찬찬히 해석해보도록……."

로웬은 검을 옆으로 눕히고 다시 한 번 마력을 신축시켰다.

이번에는 내가 그 구조를 해석할 여지를 주기 위해 아주 천천히 사용했다.

나는 〈디멘션 · 멀티플〉을 사용해서 그 신축 과정을 세부까지 관찰했다.

그 마력의 속성은 '무'에 가깝다. 로웬은 『땅의 이치를 훔치는 자』라고 했지만 그렇다고 딱히 땅 속성의 마법을 오의로 삼는 건 아닌 모양이었다.

아무 무늬도 없는 깨끗한 마력이 검에 휘감기고 꿈틀거리면서 팽창과 축소를 되풀이하고 있었다.

분자 진동을 관찰하는 요령으로 그 마력의 움직임을 추적해나간다. 마력의 입자가 어떤 식으로 움직이고, 어떤 식으로 작용하는지 그 법칙을 조금씩 해명해서 뇌리에 새겨 나갔다.

그 집중력은 점점 더 가속도가 붙어서 1초가 세분화되어 10분의 1초가 되고, 그것이 한층 더 세분화되어 100분의 1초가 된다. 그런 끝에, 100의 1초 이하의 세계에 얽혀 있는 법칙을 내 나름대로 이해했다. 그리고 '마력'이라는 물리법칙에 존재하지 않는 요소의 보정을 더해서, 그 현상의 계산식에 대입하여 채워나가는 식으로 정리해나갔다──.

"──응, 대강 알 것 같아."

"저, 정말로 한 번만 보고도 대충 다 알아내는구나……."

로웬이 놀라거나 말거나, 나는 『마력물질화』 재현 작업에 착수했다.

뇌리에 새겨진 마법구축 계산식──이른바 '술식'에 자신의 마력을 대입한다. 몸에서 넘쳐흐르는 마력을 조작해서 손에 들고 있는 검에 흘려보내고, 뒤덮고, 고형화한다.

하지만 마력이 제대로 굳어지지 않았다. 원인은 알고 있었다. 마력의 질적 차이 때문이었다.

로웬의 마력은 맑은 물처럼 고요했으며 그 무엇에도 물들지 않은 투명한 마력이었다.

그에 반해 내 마력은 격류와도 같이 불안정했다. 그리고 마력은 투명함과는 거리가 멀었다. 아무리 애써 봐도 차원과 빙결속성의 빛이 뒤섞이고 만다.

이 『마력물질화』의 요령은 '무'의 마력을 고요하게 고정시키는 것이다.

그 점은 분명 알고 있지만 좀처럼 뜻대로 되지 않는다.

"큭, 끄응, 어려운데……."

나는 미간을 찡그린 채, 뜻대로 고정되지 않는 마력에 애를 먹었다.

"……아아, 아무래도 이것까지 한 번에 재현할 수는 없는 모양이군. 사실 이 기술은 원래 온 인생을 걸고 수련해야 습득할 수 있는 녀석이니──."

애먹고 있는 나를 보고 로웬도 내가 실패한 것을 깨달았다.

하지만 그 실패를 감싸주려는 로웬의 말에 귀 기울이는 대신 나는 마력 고정을 단념하고 다음 술식을 시도한다. 사용하는 마력을 '무'로 바꿀 수 없다면 다른 마력을 써서라도 같은 해답을 도출해낼 수 있는 '술식'을 시험해보면 된다.

"그래, 어려워──그렇다면! 이렇게 해보면 되지──!!"

'무'의 마력이 아니라 이미 친숙한 '얼음'의 마력을 자아내서 그것을 검에 덮었다. 여기까지만 따지자면『아이스 플랑베르주(빙결검)』에 지나지 않았다.

거기에 공기 중의 수분을 끌어들여서 그것을 얼림으로써 '고형화된 마력'의 대용품을 만들었다. 그것을 거듭 되풀이해서 칼날의 길이를 연장시켜 보았다.

억지스럽지만…… 이제『마력물질화』의 대용 스킬이 완성된 셈이다.

나는 로웬이 했던 것처럼 검을 휘둘러서, 본래는 닿을 수 없는 거리에 있는 꽃을 얼음 칼날로 베어보았다.

이 스킬에 이름을 붙인다면──

"──스킬『마력빙결화』쯤 되려나?"

"아니…… 이건 그냥 완전히 별개의 스킬이라고 해야 되는 거 아닐까……? 굳이 따지자면 마법에 가까운 것 같은데……."

"하지만 결론적으로는 같은 효과잖아……?"

"뭐, 그렇긴 하지……."

아마 예리함 면에서나 강도 면에서나 로웬의『마력물질화』에는 미치지 못 할 것이다.

이『마력빙결화』는 그만큼 빈틈이 많은 이제 막 완성된 기술이다.

"그나저나 정말로 하루 만에 전부 다 마스터해버릴 기세인데. 이제 가르쳐줄 게 최종 오의밖에 안 남았잖아."

로웬은 내가『마력물질화』에 상응하는 것을 익혔다고 판단하고 다음 기술에 관한 이야기로 넘어갔다.

"최종 오의……. 듣기만 해도 근사한데……."

"기대에 찬물을 끼얹어서 미안하지만, 그게 엄청난 검술 같은 건 아니라서 말이지."

"어, 검술이 아냐? 검술의 최종 오의인데?"

"그래……."

로웬은 내 물음에 긍정하면서 눈을 감았다.

그리고 그 몸속에 있는 고요한 마력을 한층 더 고요하게 가라앉힌다.

미동조차 하지 않는 마력을 깃들인 채 그냥 가만히 서 있는 것처럼 보였다.

"응? 그게 최종 오의……?"

"그래, 원래는 이름도 없는 기술이지만……. 어떤 사람은 이걸 스킬『감응』이라고 불렀었지……. 이게 바로 내 강함의 비결이야."

그렇게 말하고 내게 손짓한다.

"싸워보면 알 거라는 거야……?"

내 의문에 대해 로웬은 가만히 고개를 끄덕였다.

그나저나 난감하게 됐다. 지금 로웬은 눈을 감고 조금의 마력도 쓰지 않은 채, 정말로 그냥 가만히 서 있을 뿐이었다.

아무것도 보이지 않는 상태이기에 지금 공격하면 그 공격을 그대로 얻어맞을 것이다.

하지만 잠깐의 고민 끝에 나는 로웬을 믿고 발을 앞으로 내디뎠다.

로웬 정도의 달인이라면 발소리나 공기의 흐름으로 방어할 수 있을지도 모른다.

그런 기대를 담아 그럭저럭 속도를 내어검을 휘둘렀고——그것은 로웬의 검에 의해 완벽하게 가로막히고 말았다.

그리고 내 검을 쳐낸 로웬은 그 기세 그대로 내게 검을 휘둘렀다.

그 움직임에는 조금의 망설임도 없어서 로웬의 검이 내 급소를 향해 뻗어왔다.

그것을 가까스로 막아내긴 했지만 맹공은 그에 그치지 않고 계속됐다.

마치 눈이 보이는 것 같은── 아니, 눈을 뜨고 있을 때보다도 더 정확한 움직임이었다.

몇 번의 검격 끝에 로웬의 검이 내 검을 쳐냈다.

"눈을 감고 있는데…… 어떻게……?"

만약에 로웬이 마력을 쓰고 있는 거라면 그나마 이해가 갔다. 하지만 로웬은 미세한 마력도 쓰지 않았다. 완전히 맨몸으로 싸워서 나에게 승리한 것이다.

"이게 바로 스킬 『감응』. 공기나 마력 같은 이 세계의 모든 것을 느끼는 힘이라더군."

그 스킬의 위력을 눈앞에서 목격하고 나니, 나는 어렴풋한 웃음만 흘릴 수밖에 없었다.

로웬의 설명이 사실이라면 〈디멘션〉과 상당히 닮은 능력이었다. 아니, 그 이상이었다. 로웬은 MP도 쓰지 않고 그런 능력을 발동시키고 있었다. 그것이 스킬 『감응』.

"지금 카나미는 이게 자기가 쓰는 마법과 비슷하다고 생각했을지도 모르지만…… 엄밀히 말하면 달라. 이성적으로 모든 것을 파악하는 카나미의 차원마법에 비하면, 이 스킬은 훨씬 더 본능적이야. 이 세상의 '이치'나 '흐름'을 감각적으로 이해하는 기술이지."

지금까지 배워온 검술들 중 대부분은 치밀한 계산에 의해 성립된 합리적인 기술이었다. 하지만 이 오의는 상당히 애매한 힘을 기반으로 구성되어 있어서 나를 당황하게 만든다.

"이게 있으면 어떤 상황에서도 마력이 없을 때에도 리퍼를 충분히 상대해낼 수 있어. 카나미가 갖고 있는 차원마법과 결합시키면 더 정밀도 높은 파악능력으로 승화할 수 있을 거야."

"좋아. 그럼 나도 좀 따라해볼게……."

눈을 감고 마력을 억누르고 차분한 심경으로 가만히 섰다.

그리고 방금 관찰해서 얻어낸 정보대로 로웬의 기술을 재현했다.

다만, 그건 말 그대로 그냥 멀뚱히 서 있는 것처럼 느껴졌고── 사라락 하는 로웬의 발소리가 들려왔기에 나는 경계태세를 취했다. 그러나──.

"──아얏!"

그 직후 이마에 딱밤을 얻어맞았다. 나는 그 고통에 반사적으로 눈을 떴다.

"자, 실패."

"어, 실패라니, 어어? 잠깐. 다시 한 번 해볼게."

"도전한다는 건 좋은 일이지."

나는 다시 같은 자세를 취했다. 이번에는 정말 온 힘을 다할 작정이었다.

내가 기억하고 있는 정보의 극도로 세세한 부분까지 완전히 복제했다.

심박수, 땀의 양, 호흡, 그 모든 것을 근접시켜 나갔다. 자세는 물론이고 힘을 주는 정도까지 완벽하게 따라 했다. 그리고 오감을 말끔하게 가다듬고 곧 덮쳐올 로웬의 딱밤 공격을──.

"──아얏!"

──막지 못했다.

"으──음, 갑자기 습득 능력이 떨어진 것 같은데……"

"아, 아니! 눈을 감고, 마력도 전혀 없이 무슨 수로 주위를 파악하라는 거야?!"

"할 수 있어. 실제로 나는 그 스킬을 이용해서 사각에서 덮쳐드는 리퍼의 공격을 회피하고 있으니까."

"말도 안 돼!! 아무것도, 정말 아무것도 안 했는데……!!"

그렇다.

이 스킬은 아무것도 하지 않는 것이다.

아무것도 안 하니까, 아무것도 알 수 없다. 당연한 귀결이다.

"그래, 아무것도 안 하니까 알 수 있는 거야. 몸의 기술이라기보다는, 마음의 기술이다. 카나미는 외면적인 건 잘 따라 하지만, 내면까지는 따라 하지 못하는 것 같군. ……한마디로 마음가짐이 틀렸다는 거겠지."

"아니, 아니아니, 마음가짐으로 어떻게 될 수 있는 문제가 아닐 텐데……!"

나는 로웬이 하는 말을 이해할 수 없었다.

"이 스킬, 카나미한테 딱 맞을 거라고 생각했었는데……."

내가 필사적으로 고개를 가로젓자 로웬은 애석하다는 표정으로 말했다.

그런 표정으로 쳐다봐도 어쩔 수 없었다.

이건 로웬만이 재현할 수 있는 고유 스킬일 가능성이 높다. 아니, 그럴 게 분명하다. 그렇다면 납득할 수 있다. 스킬『감응』이라니, 나는 마음의 기술 같은 건——.

"어째, 카나미는 마음과 몸이 아주 따로 노는 것 같은데."

로웬은 내게 다가와서 그 손을 내 이마에 갖다 댔다.

그리고 내 마음속을 살피듯이 눈을 감고 있었다.

단지 손을 대고 있는 것뿐, 거기에서는 아무런 마력도 느껴지지 않았다. 〈디멘션〉을 전개해봐도 뭘 하고 있는지 알 수가 없었다.

"따로따로 노는 데다, 수많은 사슬들이 휘감고 있는 것 같군……. 견고하고 억압적인 사슬이……."

그렇건만 로웬은 내 마음속의 상황을 정확하게 파악하고 그것을 언어로 변환해나갔다.

"스킬『감응』으로, 그런 것까지 알 수 있는 거야?"

"이 스킬도 어쨌거나 인간이 도달할 수 있는 궁극의 경지니까. 제법 편리해. 일종의 깨달음 같은 거라서 습득하기 힘든 게 문제지만……."

"뭐, 깨달음? 그, 그런 경지를 가르쳐주려고 했던 거야……?"

"카나미라면 할 수 있을 것 같아서."

"아니, 그렇게 쉽게 깨달을 수 있을 리가……."

나는 로웬이 내게 안겨준 시련의 난이도에 투덜거렸다.

깨달음이란 내 세계에서는 옛날이야기 속에나 나오는 개념으로 위대한 선조들 중에서도 고작 몇 명만이 다다를까 말까 한 수준이었다. 이렇게 어리석은 내가 그런 사람들과 어깨를 나란히 할 수 있을 리가 없었다. 하지만 로웬은 자신만만한 말투로 그런 내 생각을 부정했다.

"아니, 오히려 그 반대야. 카나미라면 손쉽게 도달하지 못하는 게 오히려 더 이상할 지경이야. 그런 정신 나간 힘을 갖고 있으면서……."

로웬의 진지한 독백을 들으니 나는 말문이 턱 막혔다.

단순히 차원마법이나 '소질'에 관한 이야기는 아닐 것 같았다. 그보다 훨씬 더 근본적인 것.

이세계에서 내게 주어진 모든 것. '우대'의 모든 것을 가리키는 것이 아닐까 싶었다.

로웬은 다시 말을 이었다.

"……어쩌면 지난번에 라스티아라 후즈야즈라는 여자아이가 했던 말이 맞았는지도 모르겠는데. 단언하기는 힘들지만 카나미의 마음이 보통과는 다르다는 건 분명해."

"……로웬도 그렇게 생각하는구나."

"그래, 그렇게 생각해. 내 스킬『감응』은 아이카와 카나미의 정신상태가 일반적이지 않다고 판단했어. ……하지만 그 이상은 아무 말도 안 할게. 나는 죽은 사람이고, 머지않아 사라질 존재니까. 말을 남겨주기는 해도 도와주지는 않을 생각이야."

로웬은 조언을 계속했다.

그건 너무 차갑지도 너무 다정하지도 않은 그야말로 스승으로서의 조언이었다.

"카나미, 일단 한 번 돌아갈까. 이제 제법 지쳤을 거 아냐?"

"하긴, 제법 지치기는 했어……."

"제법 지치는 정도로 유파 하나를 거의 다 마스터해버리다니, 세상 참 불공평하다니까."

"어째 아까부터 그 이야기를 물고 늘어지네, 로웬."

"그야 조금 물고 늘어질 만도 하지. 그만큼 불공평한 일이니까."

로웬과 나는 잡담을 주고받으면서 30층을 떠나려고 했다.

그 순간, 나는 깨달았다. 그의 마력이 옅어졌다는 것을──.

"로, 로웬. 어쩐지 마력이 좀 약해진 것 같은데?"

단순히 마력을 소비한 것과는 달랐다. 양이 줄어든 게 아니라, 마력의 질이 옅어진 것이다. 약해졌다는 표현이 가장 적절한 상태였다.

"그럴지도 모르겠군……. 카나미를 가르치는 게 생각했던 것보다 훨씬 더 즐거웠던 모양이야……."

로웬은 부정하지 않는다.

그리고 짤막하게 "충족감 넘치는 시간이었어"라고 덧붙였다.

살짝 웃기만 할 뿐 더 이상은 아무 말도 하지 않았다. 하지만 앞서 걷는 그의 뒷모습은 힘없이 휘청거렸다.

"그, 그렇구나……."

나는 이해했다.

단 몇 시간 만에 로웬이 갖고 있던 미련의 일부가 소멸됐다는 것을.

그리고 그의 '미련 해소의 거래'가 너무나도 쉽다는 사실을 이해했다.

너무나도 허들이 낮은 로웬의 소망.

아마도 그는 사소한 일로도 이 세상에서 사라져버릴 것이다.

하지만 그건 슬픈 일이 아니다.

그것이 그의 소원이며 행복의 결과인 것이다.

그렇기에 나는 그런 한마디밖에 할 수 없었다.

단 한마디만 뇌까리고 그 뒷모습을 쫓아가는 수밖에 없었다.

◆ ◆ ◆ ◆ ◆

로웬과의 미궁 탐색을 마친 후, 나는 홀로 팰린크론이 있으리라고 짐작되는 곳으로 향했다. 일단 '거래'의 경위를 보고하기 위해서였다.

내 멋대로 로웬을 『에픽 시커』의 빈객으로 받아들인 것도 보고해야 했다. 길드마스터는 나지만 그래도 실질적인 일인자는 오랫동안 길드를 관리해온 서브마스터들이기 때문이다. 겸사겸사 자기 멋대로 나를 '무투대회' 참가자로 등록한 것에 대한 해명도 요구할 생각이었다.

그리고 내 심신에 대해서도 한 번 더 물어봐야겠다.

정신마법에 일가견이 있는 팰린크론에게 치료를 부탁해야겠다는 생각도 했었지만 곧 고개를 가로저어부정했다. 팰린크론이 많은 것들을 감추고 있다는 건 틀림없는 것이라 그런 선택을 할 수 있을 만큼 그를……더 이상 무조건적으로 신뢰할 수는 없었다.

하고 싶은 이야기는 산더미처럼 쌓여 있었다.

스노우가 가르쳐준 길을 머릿속에 떠올리면서 걷는다.

위치는 라우라비아 가장자리에 있는 산의 산기슭. 그곳에 레일 셍크스──팰린크론과 함께 나를 '대화재'로부터 구해준 세 번째 서브마스터의 별장이 있다. 레일 씨의 친구인 팰린크론은 그곳을 빌려서 라우라비아에서 활동하고 있다고 한다.

길거리를 걸어가다 보니 서서히 인적이 뜸해졌다.

아마 별장이 있는 곳은 변경인 모양이다. 상당히 호화로는 별장이라는 이야기를 들었기에, 어떤 별장일지 좀 기대되기도 했다.

인적 드문 길을 걸은 끝에 나는 드디어 그 별장에 다다랐다.

아니, 정확히는 **그 별장 터에**──.

"어, 이건 뭐지……? 분명히 여기가 맞을 텐데……?"

별장은 무너져 있었다.

멀쩡한 석벽은 남아 있지 않고 지주가 되었어야 할 기둥은 모조리 부러져 있었다. 갖가지 가재도구들은 형체도 알아볼 수 없을 만큼 부서져 있었다. 지붕은 당연히 남아 있지 않았고 별장 내부는 난장판이 되어 있었다. 그 주위를 많은 사람들이 정신없이 뛰어다니고 있었다.

시종이며 집사, 건설업을 생업으로 하는 것으로 보이는 덩치 좋은 어른. 그 사람들의 대화들로 미루어보아 그들이 이 별장 터를 처리 및 재건축하고 있다는 걸 알 수 있었다.

그 사람들에게 지시를 내리고 있는 사람을 찾아내서 다가갔다.

얼굴에 무수한 흉터가 새겨진 남자──이 별장의 주인인 레일 씨가 있었다.

실력자인 그는 내 기척을 알아채고 이쪽을 돌아봤다.

약간의 적의를 보였다가 내 얼굴을 보고는 바로 힘을 뺐다.

"아아, 뭐야, 카나미 군이었잖아……. 마침 잘 왔어……."

레일 씨는 온화한 표정으로 나를 환대했다.

척 보기에도 여유가 없어보이는데도 미소로 맞이해주는 걸 보니 인격자 같았다. 다른 서브마스터들과는 사람됨부터가 달랐다.

"도대체 무슨 일이 있었던 거죠?"

"아니, 습격을 좀 당해서 말이지……."

"습격이라니……. 무슨 습격을 받으면 상황이 이 지경이 되는 거죠……?"

상태가 워낙 참혹했기에 나는 용 같은 것의 습격이라도 받은 게 아닐까 하고 생각했다.

하지만 레일 씨의 대답은, 여러 가지 의미에서 그보다 더 무시무시한 것이었다.

"소녀 하나한테 당했어."

"아니, 소녀라고요……? 거짓말이죠……?"

"단 한 명. 디아블로 시스라는 소녀의 손에 의해서, 여기는 황무지나 다름없게 됐어."

레일 씨는 웃는 얼굴로 이 상황을 받아들이고 있었다.

그러나 내 입장에서는 웃을 일이 아니었다.

"디, 디아블로 시스……?!"

나를 위협하는 2인조 중 한 명이다.

정신이 불안정한 아이로 그 우는 얼굴이 너무나도 아름다웠던 것이 인상에 남아 있다.

"……그 애는 도대체 뭐죠?"

레일 씨도 뭔가 알고 있는 것 같아서 그 정체를 물어보았다.

"글쎄……. 그 녀석은 팰린크론에 대해 원한을 갖고 있는 자객 같은 거야. 팰린크론은 여기저기서 원한을 샀으니까. 이런 건 종종 있는 일이지. ──종종 있긴 하지만, 사실 저택이 붕괴된 건 처음이야."

"자객……? 자객이라면, 뭐랄까, 밤을 틈타서 조용히 암살하거나 하는 거 아니에요……? 그런데 도대체 왜 이렇게……."

"아아, 처음에는 그랬어. 그런데 팰린크론이 잽싸게 도망쳐버리는 바람에, 디아블로 시스는 **화풀이**로 저택을 부숴버리고 도망친 거지."

"네? 화풀이로 저택을 무너뜨리다니……에에엣?!"

나는 레일 씨의 말을 도무지 믿을 수가 없었다.

하지만 처음 만났을 때의 모습을 떠올려보니, 그 애라면 충분히 그러고도 남는다고 생각을 고쳐먹었다.

"팰린크론이 말하길, 디아블로 시스의 몸통을 쓱 베어줬다고 그랬거든. 아마 그것 때문이겠지."

"그 녀석을 베었다고요……? 그 녀석도 참, 막 나가는 인간이네요……."

팰린크론도 디아블로 시스에 못지않게 막 나가는 짓을 저지르고 있다는 것을 알고, 앞으로 일체 동정하지 않기로 마음먹었다.

"저기, 그렇다면, 팰린크론은 지금 여기 없다는 건가요……?"

"그래, 이 저택에 없는 건 물론이고, 이미 이 나라에도 없어. 예정을 좀 앞당겨서 라우라비아 본국으로 이동했으니까. 웃으면서 도망치겠다면서 떠났지."

"웃으면서라니……. 그나저나, 곤란하게 됐는데요. 그 녀석과 거래를 하던 중이었는데……."

"그 점에 대해서는 걱정할 것 없어. 어지간한 일들은 내가 다 인계받았으니까. 거래라는 건 '가디언 토벌' 이야기지?"

"아, 네, 그거예요."

이미 다 알고 있었다는 듯 레일 씨는 내 고민을 해소해주었다.

"벌써 처치한 거냐? 마석을 증거품으로 보여주면 이야기해줄 생각인데……."

"아뇨, 아직 물리친 건 아니에요. 30층에 도착해서, 만나기는 했지만……. 저기, 처치할 수 있을 것 같지가 않아서……."

"소환은 성공했지만 처치하지는 못했다……. 그렇군. 역시, 30층의 가디언은 30층에 도달한 자에게 협조적이었다는 건가……."

레일 씨는 얼마 안 되는 정보만 갖고도 내가 처한 상황을 정확히 추측해냈다.

"알고 계셨나 보네요. 가디언들은 평범한 몬스터가 아니라는 걸."

"그래, 알고 있었어……. 그리고 그건 연합국의 기밀이기도 하지……."

그런 레일 씨의 말투로 보아, 그가 미궁 사정에 대해 상당히 해박한 지식을 갖고 있음을 느낄 수 있었다.

더불어 나에 대해서도——.

"레일 씨도 알고 계신가 보네요. 가디언에 대해서…. 제 팔찌에 대해서……. 그리고 라스티아라 후즈야즈와 디아블로 시스에 대해서……."

"그래, 그 팔찌에 대해서도 잘 알고 있어. 팰린크론은 성질이 더러운 녀석이니까 침묵을 지키면서 카나미 군이 답답해하는 모습을 즐기고 있겠지. 좋아, 내가 이야기할 수 있는 범위 안에서라면 지금 가르쳐주마."

　내 의도를 읽고 레일 씨는 상세한 이야기를 시작했다. 만약에 상대가 팰린크론이었다면, 내 의도를 읽고 한층 더 불안감을 부채질했을 것이다. 팰린크론이 라우라비아에 소환돼 간 것이, 오히려 유리하게 작용한 건지도 모른다.

　"처음부터 이야기하지……. 우선, 이 팔찌가 '카나미 군의 이세계 생활을 지탱하고 있다'라는 건 사실이야. 그걸 잃으면 네가 여기서 누리고 있는 행복은 모조리 붕괴돼 버릴 거다. **틀림없이**. 그러니까 팔찌를 지키는 건 곧 너 자신을 위한 일이기도 하지."

　레일 씨는 알기 쉽게 천천히 이야기를 이어갔다.

　"그리고 문제의 소녀들──라스티아라 후즈야즈와 디아블로 시스. 그 소녀들에 대한 것도, 네 행복을 위해서는 안 가르쳐주는 게 나아. 알게 되면 그 두 소녀가 네 짐이 될 게 분명하니까. 알게 되면 너는 틀림없이 괴로워하게 될 거다. 행복을 잃고 고난의 길을 걷게 되겠지. 팰린크론은 그래도 상관없다고 생각하고 있는 모양이지만 나는 절대로 추천은 못 하겠어. 그 길은 너처럼 마음 약한 아이가 갈 만한 길이 아니니까……."

　"그 둘이 저랑 모종의 관련이 있다는 건 부정하지 않으시네요……."

　"……그래, 부정도 긍정도 안 한다."

"이 팔찌가 나와 마리아의 기억을 바꿨다는 것도──."

"그것도 부정도 긍정도 안 할 거다. 하지만 착각하지는 말아줘. 봉인된 기억은 '불행'의 기억이야. 너희들이 행복해질 수 있도록 불필요한 기억을 애매하게 만든 거지. 말하자면 치료를 위한 조치 같은 거다. 그렇게 한 덕분에 너희들은 행복해질 수 있었지. 그 무엇에도 쫓기지 않고, 그 무엇도 두려워하지 않고…… 정말 예전과는 비교도 못 할 정도의 행복……. 사람은 행복해져야만 해. 특히 너와 마리아 같은 아이들은……."

레일 씨는 절실한 말투로 자신의 심정과 함께 사정을 이야기해주었다.

실례가 될 걸 알면서도 〈디멘션·멀티플〉을 통해 확인한 체온과 심박수로 미루어보아 거짓말을 하는 느낌은 없었다.

"이제 슬슬 어렴풋이 눈치챘을 거 아냐? '그 화재의 날'이 비극적인 사건이었다는 걸. 그게 네 동생 마리아에게 있어서 견디기 힘든 일이었다는 걸. 그 애의 두 눈을 보면 알 수 있겠지. 그 '대화재'를 떠올려내면 네 여동생은 불행에 몸부림 치고 현실과 마주할 수 없게 될 거다……. 하지만 그 팔찌에 몸을 맡기면 너와 네 여동생은 행복해질 수 있어. 그것 하나만은 확실하게 보장하지. 그에 필요한 완벽한 계획까지 내가 다 세워뒀다. 너는 라우라비아의 영웅이 돼서 부족함 없는 인생을 보낼 수 있고, 네 동생도 행복해질 수 있는 길이지."

레일 씨의 말투로 보아 진심으로 우리를 위해주고 있다는 걸 알 수 있었다. 그는 나와 마리아를 행복하게 해주기 위해 온 힘을 쏟아부으려 하고 있었다.

그리고 그렇게 동생 이야기를 끌고 나오면 나로서는 어찌해볼 도리가 없었다.

나는 나 자신에 대해서는 얼마든지 타협할 수 있지만 사랑하는 동생에 대해서는 타협할 수 없으니, 그것이 동생에게 있어 최선의 길이라면 나는 그것을 받아들일 수밖에 없었다.

"──하지만 그렇다 해도. 네가 모든 것을 알고자 하는 굳은 결의를 갖고 결심한 거라면 이야기가 달라지겠지. 모든 것을 가르쳐주고 너희 둘을 '불행'하게 해주마. 우리는 모든 계획을 포기할 거다. 아니, 다음 계획으로 이행한다……라고 표현하는 게 옳겠지."

그리고 레일 씨는 두 번째 선택지를 제시했다.

다만, 그건 너무 뻔하기에 선택하기 힘든 선택지였다.

"우리에게 있어서 30층의 가디언은 하나의 목표야. 그 존재를 타도할 수 있을 만큼 카나미 군의 심신이 강해진다면──그 존재를 타도하고 그럼에도 현재 상태를 바꾸기를 원한다면──진실을 가르쳐주는 것에 대해서도 이의는 없다. 모든 걸 다 이야기해주마. 이 '거래'는 그런 '거래'야."

레일 씨는 상황 설명뿐만이 아니라 '거래'의 진의에 대해서도 가르쳐주었다. 게다가 그 말 어디에서도 거짓이나 악의는 느껴지지 않았다. 팰린크론과는 달리 믿어도 좋은 사람 같았다.

"내가 너에게 해줄 수 있는 말은 대충 이 정도겠군……."

"고마워요. 그 녀석보다 100배는 더 많이 설명해주시네요……."

"팰린크론은 내가 한 이야기의 100분의 1도 설명을 안 했다는 건가. 하아, 녀석도 참 여전하군."

덕분에 현재 내가 처해있는 상황을 대략적으로나마 이해할 수 있었다. 레일 씨에게는 아무리 감사해도 모자랄 지경이다.

그 후에 '무투대회' 강제 참가에 대한 해명도 들었다. 듣자하니, 이 무투대회에서 명성을 떨치는 것도 계획의 일환이라고 한다. 출전할지 말지 하는 판단에 대해서는 내게 일임해주었다. 그리고 로웬과 리퍼를 『에픽 시커』에 머물게 하는 문제에 대해서는 두말 없이 허락해주었다.

하고자 했던 이야기는 이제 다 했다. 레일 씨 역시 저택 복구 작업이 바빠지기 시작했기에 오랫동안 이야기하고 있을 여유는 없었다. 나는 감사인사를 하고 바로 그 자리를 떴다.

그리고 돌아오면서 정보를 정리해나갔다.

요컨대 나와 마리아에게는 불행한 과거가 있었고 팰린크론은 그것을 은폐하고 있다. 다만, 팰린크론이 그 과거를 은폐하고 있는 이유는 불명. 스노우도 그 사실을 알고 있었다.

하지만 스노우 본인의 성격상 애매한 조언만 하고 넘어갔다. 마지막으로 레일 씨는 진실을 숨기고 살아가는 것이 우리의 행복으로 이어진다고 믿고 있다.

다만, 레일 씨는 우리의 행복을 바라는 것뿐만이 아니라, 타산적으로 『에픽 시커』의 영웅을 만들 계획도 세우고 있다. 반대로 말하자면 내 기억이 돌아오면 나는 『에픽 시커』의 영웅이 될 수 없다는 뜻이 될지도 모른다.

……아직 부족하다. 단순하게 따져도 아직 정보가 부족하다.

나와 마리아가 가진 '불행한 과거'의 전모가 보이지 않는다.

아마도 문제의 두 소녀는 그 '불행한 과거'와 모종의 관련이 있을 것이다.

라스티아라는 마리아를 동료라고 불렀다. 과거에 나와 마리아는 그 두 소녀와 동료지간이었는지도 모른다. 디아블로 시스의 태도로 미루어보면 그렇게 추측할 수 있다. 다만, 레일 씨는 내가 그녀들에게 돌아가는 걸 반대하고 있다. 그녀들은 '짐'이 될 것이고 화해는 '고난의 길'이 될 거라고 표현했다. 그 점으로 미루어보아 불행의 원인 가운데 하나가 바로 그녀들인지도 모른다.

나는 모든 능력을 동원해서, 상황의 흐름을 예측해본다.

우선 나와 마리아는 이세계에 흘러 들어왔고 나는 '지크'라는 가명으로 미궁 탐색을 시작했다. 그때의 동료가 아마

라스티아라와 디아일 것이다. 그런데 여러 불행이 겹쳐져서 '그 대화재의 날'이 일어난다. 그 결과 파티는 사분오열되고 나와 마리아는 『에픽 시커』의 손에 거두어졌다. 마리아가 시력을 잃은 것도 그 과정에서 벌어진 일일 가능성이 높다.

………….

아니, 이상하다.

왜 나만 '지크'라는 가명을 쓴 거지? 라스티아라는 마리아를 부를 때는 그냥 '마리아'라고 불렀다. 나는 가명을 쓰면서 동생인 마리아는 그냥 본명을 그대로 쓴다는 건 부자연스럽다.

……아니, 꼭 부자연스러운 것만은 아닐 수도 있지 않을까?

애초에 마리아라는 이름부터가 가명이고 나는 이 '팔찌' 때문에 그걸 알아채지 못하고 있는 것뿐인가?

다시 말해 마리아의 본래 이름은 마리아가 아니다? 아니, 그게 아니라──

──**여동생의 이름이 다르다.**

그 추측이 가장 그럴싸하게 느껴졌다.

또 한 가지 이상하게 느껴지는 대목은 '미궁 탐색을 하고 있었다는 것'이다.

지금 내가 미궁 탐색을 하고 있는 건, 마리아의 치료비를 벌고, 『에픽 시커』의 길드마스터라는 자리에 걸맞은 힘을 얻기 위함이다.

　이세계에 온 남매가 과연 위험부담을 감수하면서까지 미궁에 들어가려 할까?

　무슨 이유로 미궁 탐색을 했던 거지……?

　몸을 지킬 수 있는 힘을 얻기 위해 들어간 거라고 생각하기에는 무리가 있었다. 그 미궁이야말로 이 대륙에서 가장 위험한 곳이기 때문이다. 위험을 피하기 위해서 위험 속으로 뛰어든다는 건 이상했다.

　그렇다면 돈 때문인가? 하지만 생활비 마련을 위한 거라면, 굳이 미궁에 연연할 필요는 없다. 일거리는 얼마든지 있다. 남은 가능성은 치료비 정도……?

　동생의 치료비를 마련하기 위해서 당장 거금이 필요했다. 그래서 미궁에 들어갔다. 그렇게 생각하면 이해가 갔다. 하지만 그렇게 되면 '그 화재의 날'이나 '불행한 과거'가 설명되지 않는다. 레일 씨가 한 이야기에 따르면 마리아는 '대화재의 날'에 눈을 잃었고, 그것을 감추기 위해서 기억을 봉인했다고 했다.

　……아니, 애초에 그 대목부터 이상하지 않은가?

　그랬다면 기억을 봉인하는 건 마리아 하나면 충분했을 것이다.

　굳이 내 기억까지 봉인할 이유는 없다.

　──혹시 나에게도 이유가 있었던 건가?

　──마리아의 실명에 버금가는 불행이 나에게도 있었기

에 기억을 봉인한 건가?

레일 씨의 성격으로 보아 이유도 없이 기억조작을 할 리는 없을 것이다.

분명히 이유가 있을 텐데…… 실마리가 보이지 않는다…….

아직 정보가 부족하다. 아무리 생각해봐도 확신을 얻을 수 없었다.

기억을 되찾는 것이 정말 올바른 일일까……. 어째선지 조금씩 자신이 없어졌다.

팰린크론, 레일 씨, 스노우, 라스티아라, 디아블로 시스까지 그 누구에서도 나에 대한 적의는 느껴지지 않았다. 모두가 선의에서 우러난 행동을 하고 있는 것으로 보였다.

모두가 나를 위해 움직이고 있다.

그래서 알 수가 없고, **따스하다**.

그렇다.

그야말로──따스한 것이다.

아무도 내게 적의를 갖고 있지 않고 아직 이렇다 할 위험도 없었다.

이 배치, 이 상황이, 너무도 안전하다. 너무도 행복하다.

그렇건만 나와 마리아의 '불행'한 기억을 파내겠다고? 정말로?

그렇다면 그냥 이대로 지내도 되는 것 아니겠냐고 누군가가 귓가에 속삭이는 것만 같았다.

이대로 나아가면 안전하게 '행복'을 얻을 수 있다고 귓전에 속삭였다.

여기에 있으면 나는 '영웅'이 될 수 있을 거라면서 어린 시절의 꿈을 자극했다.

그런 보이지 않는 '무언가'에 등을 떠밀려서 나는 걸었다.

그리고 『에픽 시커』로 돌아가서 동료들의 마중을 받았다.

복도를 걸으니 나를 신봉하는 멤버들이 웃으며 말을 걸었다. 집무실에서는 파트너인 스노우가 나를 기다려주고 있었다.

귀를 기울이니 리퍼와 로웬이 즐겁게 떠드는 소리가 들려왔다.

위층으로 올라가니 사랑하는 동생이 안전하고 행복하게 지내고 있다.

더 이상 바랄 건 없다.

……그렇건만 피가 흐른다.

꽉 움켜쥔 주먹 안에서 핏방울이 뚝뚝 떨어진다.

"무슨 일 있어요, 오빠……?"

침대 위에 앉아 있던 사랑하는 동생이 내게 물었다.

"아니, 아무 일도, 없어……."

아무 일도 없다. 아니, 무슨 일이 생겨서는 안 된다.

뭔가에 발이 걸려서 바닥에 깔려 있는 레일을 벗어나면 눈앞에 있는 동생이 불행해진다.

하지만──본능이 '팔찌'를 풀라고 호소하고 있는 것도 사실이었다.

이 두통이, 이 위화감이, 이유를 알 수 없는 격렬한 분노가──이 '저주'를 없앨 수만 있다면, '팔찌'를 벗고 싶다는 충동에 휩싸인다.

조금씩, 아주 조금씩……. 손이 팔찌를 향해 뻗어나갔다.

그러나 뻗은 손이 팔찌에 닿기 직전──단숨에 핏기가 가셨다.

발끝까지 얼어붙는 것 같은 감각. 목숨보다도 소중한 것을 잃는 것 같은 공포.

온몸이 굳어버려서 더 이상 손을 뻗을 수 없게 되었다.

"괘, 괜찮아요, 오빠……? 몸이 좀 안 좋아 보이는데요……."

"……아, 아아, 괜찮아. ……그냥 좀 졸려서 그래."

나는 쓰러지듯이 침대에 드러누웠다.

머리가 뜨겁다. 그렇게 엄청나게 고민한 것도 아니건만 머리가 무거워서 견딜 수가 없었다.

마치 생각의 사슬이 뒤엉켜버린 것만 같았다.

생각이 뜻대로 움직이지 않아서 앞으로 나아가려고 해도 그 사슬이 방해하려고 들었다.

"……졸, 려서, 그래."

그리고 시야가 검게 물들어간다.

뻗었던 손은 팔찌에 닿지 못한 채, 힘을 잃고 침대에 떨어졌다.

동시에 의식이 암흑 밑바닥으로 곤두박질쳤다.

◆ ◆ ◆ ◆ ◆

꿈을…… 꾸고 있는 건가……?

손끝이 납덩이처럼 무거워서 팔을 들 수가 없다.

다리는 뭔가에 걸려서 움직일 수 없고, 신체의 자유를 빼앗겼다.

마치 진흙 펄 속에 빠진 것처럼 눈조차 뜰 수가 없다.

옴짝달싹 할 수조차 없다. 나는 그런 깊은 어둠 속에 표류하고 있었다.

그리고 어둠속에서 목소리가 들려온다.

"──아아, 상황이 어떻게 흘러가든 난 상관없어. ……상관없지만, 그래도 그렇게 술술 풀리는 것도 좀 억울하니까 말이지."

어렴풋한 그림자가 눈꺼풀 너머에 비친다. 그 그림자는 알아듣기 힘든 목소리로 말했다.

하지만 그렇다고 목소리의 주인을 알아보지 못 할 리는 없었다.

팰린크론 레거시다.

그리고 동시에 나는 이것이 꿈임을 확신했다.

이것은 과거의 꿈이다. 언젠가 있었던 패배의 기억이다.

잠들기 전의 어떤 행동을 계기로 기억해낸 것이다.

팰린크론이 내게 짊어지웠던 말을 '저주'를.

어둠 속에서 일렁일렁 흔들리는 그림자가 말을 잇는다.

"이 '팔찌'는 목숨보다 소중한 것──그렇게 설정해둬야겠군. 무엇보다 우선적으로 이걸 지키도록 해야 할 테니까. 심층심리에 깊숙하게 새겨두지."

'팔찌'에 대한 대답이다.

지금 이 순간 모든 해답이 상영되고 있다.

"으──음, 그래, 우선순위는 '동생인 아이카와 히타키'와 같은 수준으로 설정해두지. 그 정도 위치에 두면 안심할 수 있을 테니까."

그림자는 사악한 마력을 나에게 불어넣으면서 인간의 도리를 벗어난 소리를 태연하게 지껄인다.

마력이 내 안을 기어다니면서 마음의 상태에 간섭한다.

그리고 그림자는 내게 무언가를 건넨다.

"자, 이걸 차는 거야. 카나미 형씨."

어둠속에서 나는 그것을 받아 들었다.

가볍고 튼튼한 팔찌. 하지만 손바닥에서는 실제 무게 이상의 묵직함이 느껴진다.

마치 목숨보다 '소중한 것'을 떠받치고 있는 것 같은 중량이었다.

"그 팔찌가 바로, 앞으로 카나미 형씨가 지켜야 할 대상이야. 그걸 차고 '제20의 시련'과 '제30의 시련'을 극복해보라고. 카나미 형씨라면 해낼 수 있다고 믿는다고."

그림자는 웃으면서 나를 격려한다.

"살짝 착각시키는 것뿐", "근간은 건드리지 않는다"라는 건 다 헛소리였다.

용서 못한다. 그것이 승자의 권리라 해도 그것이 팰린크론 입장에서는 당연한 일이라 해도 그래도──절대로 용서 못 한다.

옴짝달싹할 수 없는 상태지만 질끈 움켜쥔 주먹에서는 끊임없이 피가 흐른다.

그 고통이 내 몸으로 하여금 기억하게 한다.

이 사악한 자를 용서하지 마라. 절대 용서하지 마라.

이 남자 팰린크론 레거시를 용서하지 마라.

……하지만 이것은 과거의 기억.

그 생각은 남지 않는다. 사라지는 걸 지켜보는 수밖에 없다. 그저, 사라지는 걸 지켜보고 있을 수밖에 없는 아득한 꿈.

알고 있다. 이 '언젠가의 꿈'을 매일 밤마다 꾸어왔기에 알고 있다.

잠에서 깨면 나는 여기서 본 모든 것들을 모두 잊어버린다. **그렇게 되어 있다.**

눈을 뜨면 자신의 손바닥에 흐르는 피를 보고 고개를 갸웃거리면서 나는 그날 꾼 꿈을 기억해내려 애쓸 것이다. 하지만 기억해낼 수 없으리라.

절대로 아무것도 기억해낼 수 없다…….

그렇기에 나는 기대하는 수밖에 없다.

내가 아닌 다른 누군가에게 기대하는 수밖에 없다.

지금이라면 그 마음이 물거품이 되지 않을 수 있다.

나와 '연결고리'로 이어져 있는 소녀에게로 이 격렬한 분노를 전할 수 있다. 약간 미답지 못한 구석도 많은 녀석이지만 그래도 아예 남에게 전하지 못하는 것보다는 낫다.

두근, 하고.

목의 문양을 통해서 어느 한 소녀에게로 이 마음이 흘러들어간다.

『남의 운명을 갖고 놀지 마』!『거짓을 용서하지 마』!『자기 소원을 오인하지 마』!

제발 내 절규를 들어줘!

그리고 이 마음을 다시 나에게 전해줘! 부탁이야!!

──**리퍼**!!

7. 그리고…… 무너지다

　——그리고 아무 일 없이 며칠이 지났다.

　결국 나는 팔찌에 손도 대지 못했다.
　어쨌거나 아직 시간은 충분한 것이다. 판단하기에는 아직
이르다. 진실을 확인할 크로스워드 퍼즐의 빈 칸이 남아 있
을 때는 하나씩 채워나가면 된다. 무엇이 옳고 무엇이 그른
지를 판단하는 건 그 퍼즐이 완성된 뒤에 해도 늦지 않다.
　그렇기에 나는 일단 현 상태를 유지하면서 모자란 정보를
천천히 모아 나가야겠다는 식으로 생각하기 시작했다.
　하지만 '무투대회'에서 결투하기를 약속한 이래로 라스티
아라는 전혀 접촉을 시도하지 않았다. 디아블로 시스 역시
마찬가지다. 그리고 스노우는 내 기억에 대해서는 관심이
없었고 레일 씨는 철저하게 '거래'에만 집중하고 있었다. 그
러다 보니 자연스럽게 기억에 대한 새로운 정보가 들어오지
않는 상태가 되었다.
　그랬기에 나는 기억의 정보원인 라스티아라 일당과 만날
수 있는 '무투대회'가 시작될 때까지 로웬과 함께 검술 수련
을 계속하는 수밖에 없었다.
　레벨을 올려둬서 손해볼 일은 없다. 라스티아라 일당으로
부터 정보를 캐내기 위해서도, 강해져두는 편이 유리하리

라는 점은 의심이 여지가 없고, 내 MP가 늘어나면 리퍼의
몸을 유지하기도 수월해진다.

물론 길드 활동도 게을리하지 않았다. 굳이 따지자면 오
히려 이쪽이 메인이라 할 수 있을 것이다. 국가로부터 받은
의뢰를 빠짐없이 완수하면서 라우라비아에 공헌할 수 있도
록 활동했다. 로웬과 리퍼도 짬이 날 때마다 도와줘서 큰 도
움이 되었다.

그런 보람이 있어서『에픽 시커』는 더 큰 활약을 펼침으로
써 라우라비아 전역에 그 명성을 떨치게 되었다.

자연스럽게 내 얼굴도 널리 알려져서 이제 길을 걷다보면
많은 사람들에게 인사를 받을 정도였다.

뛰어다니던 어린아이들이, 시장 상인들이, 순찰 중인 위
병들이, 라우라비아에 사는 시민들이 나를 향해 미소를 지
어준다.

요즘『에픽 시커』는 도시의 치안 유지 임무를 다수 수행하
고 있는 덕분에 시민들의 반응이 좋아졌다. 원래는 내 마법
과 상성이 좋은 업무를 선택하다 보니 그렇게 된 것이었는
데, 결과적으로 시민들의 지지를 얻게 된 셈이다.

그 모습을 보고 행동을 함께하고 있던 로웬이 흐뭇하게
웃곤 한다.

그것은 눈부신 것을 쳐다보는 것 같은 동경 어린 눈빛이
었다. 그 눈빛으로 보아, 이 도시에 살아가는 사람들의 평
범한 행복이 로웬이 바라던 것들 가운데 하나였음을 알 수

있었다.

　로웬의 그 욕심 없는 마음에 나는 약간 기가 막힐 정도였다. 수십 명이 둘러싸고 박수라도 쳐주면 사라져버리는 게 아닐까 싶을 만큼 그의 욕망은 얄팍한 것이었다.

　이따금씩 동네 꼬마들이 로웬을 "스승님"이라 부르는 것을 목격한다. 그런 말을 듣는 것만으로도 로웬의 마력이 살짝 약해진 것처럼 느껴지는 건 내 착각이라고 믿고 싶다.

　애초에 로웬 본인은 그 사실을 깨닫고 있기는 한 걸까…….

　약이 되지도, 독이 되지도 않는 그런 날들이 지나가고 어느덧 '무투대회'가 코앞에 닥쳐왔다.

　그리고 '무투대회'까지 사흘밖에 남지 않았을 때, 라우라비아 국으로부터 평소와 다른 통지가 내려왔다. 수신자명은 『에픽 시커』가 아닌, 나 개인의 명의로 되어 있었다.

　내용은 라우라비아 국에서 주최하는 '무도회'에 대한 초청이다. 『첫 번째 달 연합국 종합기사단종 무도회』와는 별개의 사교적인 목적의 순수한 '무도회'인 모양이다.

　봉투를 뜯어보니 『첫 번째 달 연합국 종합기사단종 무도회』가 힘을 겨루는 장으로 변질되어버렸기 때문에 그걸 대신해서 마련된 '무도회'라는 모양이다.

　길드의 우두머리라는 입장상, 거절할 수는 없었기에 결국 내 뜻과는 무관하게 참가는 결정된 것이나 다름없었다.

◆ ◆ ◆ ◆ ◆

　나는 평소에 안 입던 불편한 의상으로 몸을 감싸고,『에픽 시커』의 집무실에서 단골 멤버들과 '무도회'에 대해 이야기 하고 있었다.

　"하아, 무도회라……."

　"내 입장에서는 부러울 따름이군. 그런 자리에 초대받는 것이야말로 영광의 증명이니까."

　로웬은 집무실 창틀에 검을 기대어놓고 자신이 참가할 수 없는 걸 배 아파하고 있었다.

　"우울하기만 할 뿐이야. 이번에 참가하게 된 건 라우라비 아의 왕국이 우리한테 관심을 가졌기 때문이라더군."

　"왕족의 눈에 들다니, 그거야말로 부러운 일인데……. 뭐, 나는 따라갈 수 없지만, 참가 경험이 많은 스노우 군이 있으니까. 곤란할 때면 힘을 빌리도록 해."

　스노우도 같이 가게 되었기에 조금이나마 마음이 편했다.

　그녀는 양갓집 규수라서 이런 자리에도 자주 불려 간다고 한다.

　"그리고 나는 로웬이랑 단둘이 다녀야 된다는 거네──. 살의가 근질근질하게 들끓는걸!"

　집무실 천장 근처에 떠 있는 리퍼는 살벌한 소리를 해서 나를 불안하게 만들었다.

　그런 리퍼의 말에 로웬은 얼굴을 찌푸린다.

"또 그 소리냐. 지금은 네가 꼭 같이 나가고 싶다고 해서 같이 나가주는 거야. 엉뚱한 짓을 하면 파티에서 쫓아내버릴 줄 알아."

"……으음, 리퍼랑 로웬은 '무투대회' 최종예선에 참가한 다고 그랬던가?"

나는 확인을 취한다. 요 며칠 동안 로웬은 '무투대회' 예선에 참가해왔었다. 물론 이렇다 할 위기도 없이 최종예선까지 진출한 상태였다.

다만 불안한 게 있다면 로웬의 파티에 리퍼가 들어있다는 점이다.

듣자 하니 리퍼는 로웬과 함께 '무투대회'에 나간다는 모양이다. 리퍼는 로웬이 무슨 사고라도 당해서 죽어버리면 곤란하니까 곁에 있으려는 거라고 했지만 그 진의는 알 길이 없었다.

"그래, 가볍게 해치우도록 하지. 리퍼는 내가 돌볼 테니까, 카나미는 걱정 말고 업무에 충실하도록 해."

"리퍼도 최종예선에 데려가려는 생각인 것 같은데, 괜찮겠어?"

"리퍼라면, 어지간한 고수 정도는 충분히 상대할 수 있을 거야. 아마 부상조차 안 당할걸. 그리고 만약에 리퍼가 부상을 당할 위기에 처하면, 내가 끼어들 생각이고."

"아니, 나는 오히려 다른 참가자들이 걱정인데……."

"아, 아아, 그쪽이었군……. 그것도 걱정할 것 없다. 리퍼의 공격성이 도를 넘으면, 그때도 내가 끼어들 테니까."

요 며칠 사이에 리퍼에 대한 로웬의 대응이 점점 더 물러져 가고 있는 것 같은 느낌이 든다.

이제 로웬은 더 이상 리퍼를 '사신'으로도, '저주'로도 보고 있지 않은 것이리라. 지상에서의 평온한 생활이 좋은 면에서나 나쁜 면에서나 그의 인식을 바꿔놓은 것이다.

"……슬슬 출발 시간이야. 가자, 카나미."

어느 틈엔가, 집무실 문 앞에 스노우가 서 있었다.

싯다르크 가문에 초대받아 갔을 때와 비슷한 차림이었다. 오늘의 벨라인 드레스는 베이지색으로, 머리를 묶어서 틀어올린 청초한 모습이 스노우가 귀족 가문 영애라는 사실을 새삼 실감하게 됐다. 목덜미 밑으로 보이는 뽀얀 살결에서는 청렴함이, 손에 끼고 있는 긴 장갑에서는 기품이 느껴졌다.

"그래, 알았어. 나는 준비 끝났어."

"……안 끝났어. 옷깃 매무새가 흐트러졌잖아."

스노우는 내 목으로 손을 가져가서, 옷깃을 제대로 가다듬어주었다.

나도 나름대로 말끔하게 가다듬는다고 가다듬은 건데 스노우가 보기에는 아직 부족했던 모양이다.

"고마워."

"……응."

내가 인사하자 스노우는 가볍게 고개를 끄덕이고 나를 밖으로 데려갔다. 그에 맞추어 로웬과 리퍼는 최종예선 대회장으로 향했다.

『에픽 시커』의 본거지 앞에는 커다란 마차…… 같은 것이 기다리고 있었다. 내 세계의 마차와는 구조가 약간 달랐다.

"스노우 아가씨…… 이쪽입니다……."

마차 안에서 늙은 시종이 나와서 공손하게 인사한다.

아마 워커 가문의 시종일 것이다. 무도회가 열리는 라우라비아의 성까지 이 마차를 타고 이동하게 되어 있는 모양이다.

우리는 시종의 지시에 따라 마차에 올라타서 라우라비아 도심지로 향한다.

마차는 내부 장식도 호화로워서, 척 보기에도 소유자 가문의 품격을 엿볼 수 있었다. 워커 가문이 이 대륙에서 '4대 귀족'으로 불리는 이유를 이 화려한 마차 장식만 봐도 알 수 있었다.

처음 보는 마차 안을 둘러보고 있으려니 어느덧 우리는 라우라비아의 성에 도착했다.

라우라비아에는 유명한 성들이 여럿 있었는데 이곳도 그 가운데 하나였다.

오늘 파티에는 왕족들까지 참석하기에 성의 경비도 삼엄했다.

몇 번에 걸쳐서 거듭 신분을 조회하고 몇 겹으로 경계하는 경비병들 옆을 지났다. 우리는 성의 뜰에 도착해서 그제

야 마차에서 내렸다.

"──그럼, 다녀오십시오, 스노우 아가씨, 아이카와 님."

시종은 공손하게 인사하고 우리를 배웅했다. 보아하니 우리를 따라다니며 시중을 들어주지는 않는 모양이다.

"⋯⋯카나미, 가자."

스노우는 시종에게 치하의 말을 건네고 성을 향해 걸어갔다.

오늘은 스노우가 하자는 대로 하면서 지내겠다고 마음먹은 상태였다. 나는 고개를 끄덕이고 스노우 뒤를 따라 걸었다. 식물원에 필적하는 드넓은 정원을 지나고 코끼리도 지날 수 있을 만큼 커다란 성문을 지나서 무도회가 열리고 있는 대형 홀로 향했다.

그리고 드디어 대형 홀의 문이 열리자 시야 속에 찬란한 세계가 펼쳐졌다.

천장은 이상하리만치 높고 은백색으로 빛나는 샹들리에가 무수히 매달려 있었다. 악기를 든 연주자들이 안쪽에서 대기하고 있는 걸로 보아 일종의 콘서트홀 같은 곳임을 알 수 있었다. 어마어마하게 드넓은 공간의 측면에는 벽면 가득 거대한 유리창이 끼워져 있다. 내부의 물건들에는 하나같이 화려한 장식이 새겨져 있어서 이 공간의 가치를 끌어올리고 있었다.

옛날이야기 속에 나오는 무도회장의 이미지와 크게 다르지 않았다. 그야말로 귀족들을 위해 만들어진 공간 그 자체로, 내가 갖고 있던 이미지에서 벗어나지 않는다는 사실에 약간 안도했다.

나와 스노우가 대형 홀로 들어서니 안쪽에서 대화를 나누며 기다리던 사람들의 눈길이 잠시 이쪽을 향했다. 그 가운데 몇 명이 곧바로 이쪽으로 다가왔다.

스노우는 공간의 구석으로 이동하면서 가짜 미소로 그 사람들을 응대했다.

그 가짜 미소의 완벽함만 봐도 그녀의 풍부한 경험을 짐작할 수 있었다.

한 남자가 스노우에게 말을 걸자 그 외의 사람들은 그 뒤에서 대기하고 있었다. 차례대로 말을 거는 게 매너인지도 모르겠다.

"──오랜만에 뵙습니다, 스노우 워커 님. 요즘 들어 이런 자리에 얼굴을 잘 안 내비치셔서 많은 분들이 얼마나 걱정했는지 몰라요."

남자는 공손하게 인사한 후, 친근하게 스노우에게 말을 걸었다.

"오랜만이에요. 엘트라류 학원에서 공부에 매진하느라 참가 기회를 얻지 못했던 것뿐이에요. 저 때문에 걱정하셨다면, 죄송해요."

"아뇨, 스노우 워커 님의 건강한 모습을 다시 뵈어서 안심했습니다. 면학을 위한 것이었다면 어쩔 수 없죠. 학원 이야기를 좀 들을 수 있을까요?"

"네, 물론이에요."

남자가 엄청난 긴장 속에서 억지로 친근한 분위기를 연출하고 있다는 걸 〈디멘션〉을 통해서 알 수 있었다. 그 행동으로 미루어보아 워커 가문을 두려워하면서도 어떻게든 환심을 사고자 하는 그의 속내를 엿볼 수 있었다.

언제부턴가 그런 감정의 낌새까지 〈디멘션〉을 통해 알 수 있게 되었다. 요즘 너무 자주 로웬과 훈련을 하는 바람에 〈디멘션〉이 지나치게 민감해져 있는 것 같았다. 평상시에는 조금 억누를 필요가 있어보였다. 지금 이대로는 거짓말 판독기를 상시 가동하고 있는 거나 마찬가지였다.

나는 스노우와 남자의 대화를 뒤에서 지켜보았다.

이야기의 내용으로 미루어보아 남자는 라우라비아의 유명 상인 가문의 문주인데 워커 가문과의 친목을 다지기 위해 온 모양이다. 사소해 보이는 대화 중간 중간 워커 가문과의 거래에 대한 이야기가 은근슬쩍 끼어 있고 틈만 나면 장사에 도움이 될 만한 언질을 받으려 들었다.

훗날을 위해서 나는 그 대화를 기억해두었다.

그리고 일상적인 화제가 다했을 때쯤 남자의 시선이 이쪽을 향했다.

"그런데 저기 계신 분은 누구죠? 스노우 워커 님 정도의 실력자께서 호위를 거느리고 오시다니 별일이군요."

남자는 나를 호위 기사로 착각하고 있었던 모양이다.

나름대로 외모에 신경을 쓰고 온 것이었지만, 한 조직의 수장으로 보이기에는 아직 모자랐던 모양이다. 나는 자신 없는 말투로 짤막하게 자기소개를 했다.

"아이카와 카나미예요. 길드『에픽 시커』에서 라우라비아 국을 위해 활동하고 있습니다. 모쪼록 기억해주시면 영광 이겠습니다."

"오오, 이럴 수가……! 이거 실례했습니다. 소개가 늦었 군요. 저는 달루아 가문의 문주, 코너 달루아라고 합니다. 그나저나『에픽 시커』라면, 그 유명한──."

"네, 이분은 라우라비아 직속 길드『에픽 시커』의 길드마 스터세요."

스노우가 옆에서 끼어들어서, 내가 길드마스터라는 사실 을 강조한다.

"오오, 역시! 요즘 소문이 자자한 '영웅'님이셨군요!"

"에, '영웅'……?"

그의 말을 듣고 내 미소가 살짝 무너지고 말았다.

나도 모르는 사이에 나에 대한 대중들의 평가가 어마어마 하게 치솟은 모양이다.

"소문은 자주 들었습니다. 아이카와 카나미 님께서는 레 거시 가문의 문주이신 팰린크론 님에게 그 재능을 인정받아 서『에픽 시커』의 길드마스터가 되신 거라고 말입니다!"

"아, 네……."

남자가 갑자기 흥분해서 떠들기 시작하는 바람에 나도 모 르게 뒷걸음질을 쳤다.

하지만 옆에 있는 스노우가 웃는 얼굴로 "그냥 들어"라고 호소하는 통에 도망칠 수도 없었다.

　남자는 한참 동안 길드『에픽 시커』의 근황을 찬양하고 내가 수행한 업무 내용을 사사건건 칭찬했다. 척 보기에도 나를 치켜세워서 뭔가 거래를 이끌어내려 하고 있음을 알 수 있었다.

　나는 최대한 애매하게 대답하려 애쓰며, 때로는 스노우의 안색을 살피며, 신중하게 맞장구를 쳤다.

　그리고 길드에 대한 화제가 다 떨어지자 사내는 내 손을 움켜쥐었다.

　손바닥에서 단단한 금속의 감촉이 느껴졌다.

　〈디멘션〉을 통해 그가 내게 금화를 쥐여주었다는 걸 이해할 수 있었다.

　"이건 우리 가문에서『에픽 시커』에게 드리는 진심입니다. 라우라비아를 지탱하는 동지로서, 여러분의 활약을 기도하겠습니다."

　"아, 아뇨, 이런 건 받을 수——."

　나는 반사적으로 거절하려 했지만——.

　"받아줘, 카나미. 안 그러면 튀니까."

　스노우의 간언이 내 행동을 가로막았다. 참고로 목소리가 들린 곳은 왼쪽 귀에 찬 귀걸이다.

　언제든지 스노우의 조언을 얻을 수 있도록 마석이 부착된 귀걸이를 차고 온 것이다. 이게 있어서 진동마법 덕분에 작은 소리로나마 스노우의 말이 내게 전해졌다.

"가, 감사히 받아두겠습니다. 달루아 가문의 이런 진심이 있으니 길드 『에픽 시커』는 앞으로도 라우라비아에서 더더욱 약진할 수 있을 거예요. 마음 씀씀이, 고맙게 간직하겠습니다."

최대한 풀어진 표정으로 남자에게 감사의 뜻을 전했다.

그러자 남자는 만족한 듯 고개를 끄덕이고 그 자리를 떠나갔다.

이제 나는 저 남자에게 빚을 지게 되고 말았다. 그것도 단 한 번의 해후로, 딱히 호감을 가진 것도 아닌 자를 상대로. 그 무시무시한 사실에 나는 등줄기가 얼어붙는 심정이었다.

다음 사람이 이쪽으로 다가오기 전에 나는 스노우에게 물었다.

"스, 스노우……. 앞으로 계속 이래야 되는 거야……?"

"……당연하지. '영웅'이라면, 이런 건 일상다반사야."

"될 수 있으면, 저런 부류의 사람들한테 빚을 지고 싶지는 않은데……."

"거부하면 '빚' 정도가 아니라 '원한'이 생겨나. '영웅'이 피했다는 소문이 돌면 일이 심각해져. 그러는 건 추천 못해. 이것도 업무의 일환이니까 참아."

"이, 이게 업무라고……?"

"여기서 인사 한 번 하는 것만으로 천 닢 이상의 이익이 발생하는 경우도 있어. 지인 한 명이 생기는 것만으로 천 명의 인맥이 이어지는 경우도 있어. 계약 하나가 성립되면 한 전장에서 천 명의 목숨을 구할 수 있는 경우도 있어. 이것도 라우라비아에 공헌할 수 있는 엄연한 업무야."

나는 경제라는 것에 대해서는 잘 모른다. 하지만 스노우가 하고자 하는 말은 어렴풋이 이해할 수 있었다. 이해할 수 있었기에 침묵할 수밖에 없었다.

한마디로 '영웅'이라는 존재는 국익이 된다는 것이리라. 그렇기에 나 같은 신참까지 '영웅'으로 떠받들려 하고 있는 것이다.

단 몇 분의 대화만으로 얻은 수익을 손 안으로 가만히 헤아려본 나는 저절로 얼굴이 굳어진다.

당초 목적이었던 마리아의 치료비 정도는 이 금화만 가지고도 충분히 해결할 수 있으리라고 여겨질 만큼의 거금이었다. 나 개인에게 주는 돈이 아니라는 건 알고 있지만, 그래도 이런 터무니없는 수입을 보니 식은땀이 절로 흘렀다. 나도 모르는 사이에 더는 돌아갈 수 없는 곳까지 와버린 게 아닌가 하는 불안감이 엄습했다.

그리고 스노우와 나에게로 다가온 새로운 또 하나의 손님. 그 손님을 상대하며, 나와 스노우는 끊임없이 억지 미소를 지어야만 했다. 그리고 그 손님 너머에 줄지어 있는 사람들의 행렬을 보니 내 억지 미소는 점점 더 굳어졌다.

나와 스노우는 앞으로 이 모든 이들을 상대해야 한다.

그 시간을 연상하는 것만으로도 나는 우울해졌다.

하지만 그런 감정을 얼굴에 드러나서는 안 된다. 얼굴에 드러나면 눈앞에 있는 손님들에게 결례를 저지르는 꼴이 된다. 이 무도회가『에픽 시커』의 업무 중에서 가장 힘든 일이라는 걸 깨닫고, 나는 마음속으로 땅이 꺼질 듯 한숨을 지었다.

이렇게 해서 정신이 아득해질 만큼의 시간 동안, 우리는 억지 미소를 유지한 채 인사를 반복했다.

그런 보람이 있어서 몇 시간쯤 지나고 나니 우리에게 인사하기 위해 줄지어 있던 행렬이 그제야 끊어졌다. 나와 스노우는 그제야 한숨을 돌리고 서로의 얼굴을 마주 보았다.

"이제야, 한숨 돌릴 수 있게 됐네……."

"……아니, 아직 멀었어, 카나미."

스노우는 내 희망을 간단히 짓밟아버리고 홀 중앙으로 걸어갔다.

나 혼자서는 불의의 사태에 대응할 수 없기에 할 수 없이 스노우 뒤를 따라갔다.

중심부로 가는 도중에, 앞서 걷던 스노우에게 낯선 여인이 말을 걸었다.

"스노우 님…… 이리로……."

"알고 있어요."

스노우는 가볍게 고개를 끄덕이고 여자 뒤를 따라가면서 작은 목소리로 내게 말했다.

"……지금부터, 우리 집안사람과 이야기할 거야. 카나미

415

는 그냥 가만히 있으면 돼."

나는 말없이 고개를 끄덕였다. 스노우의 집안이라면 4대 귀족 가운데 하나인 워커 가문이라는 이야기다. 그만큼 지위가 높은 가문을 상대해야 하는 상황이라면, 솔직히 나는 아무것도 하고 싶지 않았다.

대형 홀 중앙으로 다가가니 유난히 많은 사람들이 모여 있는 곳이 있었다.

아마, 그 중심에 있는 사람이 바로──.

"오랜만이에요······. 어머님······."

스노우는 묘령의 여인을 어머니라고 불렀다.

그 여인은 스노우와 전혀 닮지 않았다. 화려한 금발을 늘어뜨리고 있고 눈매는 매의 눈처럼 날카로워서 풍겨져나오는 분위기가 매서웠다. 입고 있는 드레스는 비슷했지만 사람됨은 스노우와 완전히 반대되는 사람으로 보였다.

"스노우 양이군요······. 올해 들어서 당신 이름이 자주 들리던걸요. 보아하니, 제가 한 말을 잊어버리지는 않은 모양이네요······."

스노우의 어머니는 온화하면서도 힘 있는 목소리로 말한다.

"물론이에요. 워커 가문을 위해서 이 몸을 다 바칠 생각이에요."

"좋아요······. 당신은 그걸 위해서 존재하는 거예요. 그 사실을 잊지 말도록······."

그리고 오랜만에 재회한 모녀의 대화는 짤막하게 끝났다. 스노우의 어머니는 이제 인사는 다 끝났다는 듯이 다른 쪽으로 고개를 돌려버리려 했다.

이제 친가에 대한 인사는 다 끝난 걸까. 내 입장에서는 일이 커지지 않는 편이 낫긴 하지만 이건 아무래도 지나치게 무뚝뚝했다. 그런 생각을 하고 있으려니 스노우는 고개를 돌리는 어머니를 물고 늘어졌다.

"——자, 잠시만 더 시간을 내주세요, 어머님! 혼약에 대한 이야기에요. 아시다시피 저는 지금 길드 활동으로 명성을 높이고 있어요. 앞으로 길드 『에픽 시커』에서 위업을 달성할 자신도 있어요. ——그런데도, 혼인을 서두르실 건가요?"

"네. 길드 하나의 명예 정도로는 아무것도 달라질 게 없어요."

스노우의 그 필사적인 하소연은 어머니의 싸늘한 말에 가로막혀 버린다.

"……네. ……알겠습니다."

스노우는 고개를 푹 숙이고 대답했다. 그리고 워커 가의 모녀는 그것을 끝으로 헤어졌다.

단순히 물리적인 거리로는 설명할 수 없었다. 스노우에게 있어서 어머니는 까마득히 먼 존재처럼 보였다.

홀로 남겨진 스노우는 미소를 지어보이며 주위를 둘러봤다.

"……글렌 오빠 쪽은, 아직 좀 더 시간이 걸릴 것 같네."

멀찍이 있는 인파를 보며 뇌까리면서 내 쪽으로 다가왔다. 힘없는 걸음걸이를 보고 나는 걱정스런 마음에 조그맣게 말을 걸었다.

"……저기, 스노우는 결혼하기 싫어?"

"……굳이 따지자면, 아마도."

스노우는 부정하지 않았다. 부정은 하지 않지만, 아마도——.

"분명하지는 않구나……."

"……분명하게 입에 담으면 일이 커져. 자칫 잘못하면 일이 돌이킬 수 없게 될 가능성까지 있어. 그러니까 애매하게 하는 수밖에 없어."

그러고 보니, 스노우는 예전에도 싯다르크 가문의 기분을 거스르지 않으려고 고심했었다. 그녀에게는 그런 족쇄가 많은 모양이다.

"그래도 자기 기분은 더 분명하게 전하는 게 좋을 텐데…… 라고 생각하는 건, 내가 세상물정을 몰라서 그런 걸까?"

"……그래. 카나미는 세상물정을 몰라. 하지만 세상물정을 모르고 하는 말인 만큼, 아마 원래는 그게 옳은 말일 거야. ……그렇지만 일이 그렇게 잘 풀리지는 않아. 스스로 선택하는 건 무서워. 책임을 지는 게 무서워. 그릇된 선택을 하는 게 두려워. 그러니까 어쩔 수 없어."

스노우는 '무섭다'는 말을 연발하며 떨었다.

평소의 초연한 스노우와는 거리가 먼, 고민에 가득한 표정으로 떨고 있다. 그 나약한 모습은 예전에 미궁을 탐색하던 때를 떠오르게 한다. 싯다르크 씨와 함께 '라인' 공사를 하던 때의 스노우를 말이다.

〈디멘션〉이 스노우의 정신상태를 전해준다.

틀림없다. 여유를 잃은 스노우는 이렇게나 나약하다.

평소의 스노우는 여유라는 이름의 도금을 칠해두고 있는 것뿐이리라. 스노우라는 인간의 정신력은 비슷한 또래의 다른 소녀들 중에서도 유난히 나약하다.

그렇기에 나약한 그녀는, 어머니에게 자신의 뜻을 제대로 표현하지도 못한다.

자신이 한 선택에 대해 책임지는 것이 두려워서 아무것도 선택하지 못하고, 주위에 휩쓸리기만 한다.

"……하하, 어쩔 수 없어. ……그냥 포기할래."

스노우는 어두운 얼굴로 웃고 모든 것을 단념했다.

그렇게 하는 게 제일 편하니까, 귀찮으니까, 게으름뱅이 인 그녀는 단념해버린다. 단념하고, 받아들여버린다.

그제야 나는 스노우라는 소녀가 살아가는 방법을 이해 했다.

예전부터 어렴풋이 느껴 왔던 것이 확신으로 바뀌었다.

스노우 워커는 인생의 모든 걸 포기했다.

오로지 편한 쪽으로 흘러가는 것만을 생각하고 있다. 이 상할 정도로 나약한 마음이 모든 선택을 타인에게 맡기도록 만든 것이다.

그런 태도는 특히 상류계급 사람들과 어울릴 때 현저하게 나타났다. 엘미라드 싯다르크와 함께 미궁 탐색을 할 때, 그리고 자신의 어머니와 마주했을 때 도금이 벗겨져서 나약한 스노우의 모습이 드러났다.

워커 가문이라는 특수한 지위와 거기에 걸맞지 않은 나약한 마음. 그것들이 뒤섞인 결과, 스노우의 현재 모습이 형성된 것이리라.

마음을 숨기기만 하고 아무것도 선택하지 않는다. 그저 편한 쪽으로 흘러가는 데만 몰두하는 여자아이.

내가 스노우의 몸을 향해 손을 뻗으려 했을 때──.

"흥, 이런 곳에서 만나다니 별난 인연이군, 내 호적수.『에픽 시커』의 길드마스터, 아이카와 카나미……."

등 뒤에서 들려온 목소리가 내 행동을 차단한다. 그 성가신 인물의 등장에 나는 살짝 미간을 찌푸렸다.

"……아, 안녕하세요, 싯다르크 씨."

하필이면 이 타이밍에 상류계급인 엘미라드 싯다르크가 나타났다.

"하아……. 너도 참 여전하군……. 조금 더 독설을 퍼부어주지 않으면 나까지 김이 새버린단 말이지."

"싯다르크 씨에게 독설로 대꾸한다는 게 얼마나 위험한 일인지, 그 점을 좀 이해해주셨으면 좋겠는데요……."

"이해하고 있으니까 하는 말이야. 그걸 어떻게 받아들일지는 너 자신에게 달린 거고."

싯다르크 씨는 황당하다는 듯 "이해하고 있다"고 말했다.

그 말은 곧 자신이 나를 함정에 빠트리려 했다는 걸 자백

한 걸까. 아니면 단순히 나와 서로 독설을 주고받고 싶었던
걸까.

싯다르크 씨에게서는 생각보다 적의가 느껴지지 않았다.
그의 말을 있는 그대로 받아들이고 다음부터는 그럭저럭 독
설로 쏘아붙여 보는 것도 나쁘지 않을지도 모르겠다.

내가 심란한 얼굴로 생각에 잠겨 있으려니 싯다르크 씨는
살짝 웃으며 스노우에게 다가간다.

"인사가 늦어서 미안해, 스노우. 어머니와의 인사는 어땠
어?"

"……싯다르크 경, 평안하셨는지요. 네, 인사는……별 탈
없이 끝났어요."

"그거 다행이군. 어쨌거나, 별 탈 없이 흘러가는 건 좋은
일이니까."

"그렇, 겠죠……."

스노우는 가까스로 다시 빈틈없는 미소를 지어내서 싯다
르크 씨를 상대했다.

하지만 그 직전의 모습을 보았던 나로서는 불안해서 견딜
수가 없을 지경이었다.

스노우는 감정을 숨기는 데 능하니 아마 저 가짜 미소의
이면에서는 엄청나게 곤혹스러워하고 있을 게 분명했다.
하지만 아직 내게는 4대 귀족 사이에 끼어들 만큼의 권위가
없었다.

"맞아, 여기 이분을 소개하지. 해상무역으로 유명한 코페

르트 가문의 카인 님이야."

그리고 그 흐름에 이어서 다시 상인 가문에 대한 인사가 시작된다.

이것이 이 자리에서의 업무라고는 해도 또다시 그 고행을 해야 한다는 사실에 나는 곤혹스러울 따름이었다.

스노우도 같은 심정인 모양이다. 스노우의 눈썹이 꿈틀하고 움직이는 것을 나는 놓치지 않았다.

"처음 뵙겠습니다. 남쪽의 글리어드에서 향신료 장사를 하고 있는——."

싯다르크 씨가 소개한 남자는 한 발짝 앞으로 나서서 스노우에게 인사하고 자기소개를 했다.

나는 불길한 예감에 휩싸여서, 그 남자의 뒤쪽을 슬쩍 쳐다봤다. 당연하다는 듯, 거기에는 여러 남자들이 이쪽의 눈치를 살피며 줄지어서 있었다. 어쩌면 아까보다 더 많을지도 모르겠다.

나와 스노우는 속내를 숨기면서 소개받은 사람들과 인사를 주고받았다.

상인뿐만이 아니라 타국의 귀족들과도 안면을 텄다. 대륙의 신흥귀족이며 먼 나라의 대귀족들이 워커 가문, 싯다르크 가문과의 접점을 갖기를 원하고 있는 모양이다.

그러는 김에 나까지 인사를 하는 신세가 되니 못해먹을 노릇이었다.

못해먹을 노릇이지만——스노우의 마음고생은 나보다

더 심할 것이다.

아까 어머니와 대화를 나눴을 때부터 상당한 충격을 받았을 게 틀림없다. 마음 같아서는 어딘가 조용한 곳으로 데려가서 휴식을 취하면서 기운을 북돋워주고 싶은 심정이었다.

하지만 이렇게 쉴 새 없이 사람들이 찾아오는 지경이니 마음을 쉬게 해줄 틈도 없었다. 이윽고 수많은 사람들과의 인사가 끝나 이제 좀 풀려날 수 있겠구나 싶었을 때, 새로운 화젯거리가 투입된다.

"──그럼 싯다르크 경과 스노우 워커 님의 결혼은 이제 거의 확정된 겁니까?"

굳이 〈디멘션〉을 쓰지 않아도 알 수 있을 정도로 스노우의 표정이 순간적으로 굳어졌다.

"아아, 그래. 워낙 재능이 뛰어나다 보니, 전에는 많은 혼담이 오갔지만, 지금은 나 하나로 고정됐다는 건 틀림없는 사실이지. 안 그래, 스노우?"

싯다르크 씨는 그 화제를 그대로 받아서, 스노우에게 말머리를 돌린다.

"아, 아, 네. 그렇지요……."

스노우는 여전히 가짜 미소를 머금은 채 대답했다.

"축하드립니다. 그러면 우리 가문에서도 이제 슬슬 축하 선물을 준비해 둬야겠군요."

그러자 한 발짝 물러서 있던 다른 사람도 이야기에 끼어들었다. 축하할 이야기가 나왔으니, 여럿이서 분위기를 끌

어울리는 게 좋겠다고 판단한 건지도 모르겠다.

싯다르크 씨는 그런 그들을 나무라지 않고 받아들였다.

"하하핫, 하지만 아직 정식으로 결정된 건 아니니 그 점은 양해해주시길. 다만 찾아와주신다면 저희는 물론 환영하겠습니다. 그래도 일단 '무투대회'가 끝나야 정해질 테니……."

각양각색의 꿍꿍이를 가진 상인들에게 둘러싸이자 스노우의 표정은 서서히 어두워져 갔다.

"하하, 하긴 그렇죠. 저희들이 좀 성급했나 보군요. 그럼 정식으로 결혼이 정해지거든, 우리 가문에게도 알려주십시오. 결혼식에 맞춰서 저희들도 다양한 축하 선물을 마련하도록 하겠습니다. ……스노우 님, 필요한 게 있으면 지금 미리 말씀해주시지요. 저희들이 온 힘을 다 써서라도 마련해 드리겠습니다."

"그, 그래야죠……. 저기……."

척 보기에도 힘들어보인다. 스노우의 가짜 미소는 완벽하지만 나는 그녀가 괴로워하는 걸 단번에 알 수 있었다.

더 이상은 차마 눈 뜨고 지켜볼 수 없었다.

"……잠깐만요."

나는 고요하면서도 낭랑한 목소리로 대화를 제지시켰다.

그 한마디에 주위 사람들의 이목이 나에게로 쏠렸다.

상인들도, 귀족들도 그 모두가 내 말에 움직임을 멈추었다.

속이 쓰린 기분이었지만 한번 저지른 일을 무를 수는 없다는 생각에 말을 이었다.

"남은 결혼 후보가 한 명밖에 안 남았다고는 해도, 두 분의 결혼은 아직 확정된 게 아닙니다. 아직 정해지지도 않은 일로 스노우 님에게 마음고생을 끼치는 행동은 자제해주셨으면 합니다만."

또박또박하게 나는 '쓸데없는 짓 하지 말라'는 뜻을 주위에 전했다.

"……에?"

스노우는 놀랐고,

"어……."

주위 사람들은 당혹스러워하고,

"……호오."

싯다르크 씨는 감탄했다.

"아무래도 스노우 님은 지금 몸이 안 좋으신 것 같습니다. 부디, 길을 좀 비켜주시지요."

말투는 정중함을 유지하면서도 주위의 분위기를 위압하며 스노우의 손을 잡아끌었다.

스노우는 멍하니 입을 벌린 채 순순히 내게 손을 붙잡힌 채 걷는다.

나 때문에 말이 끊겨버린 남자는 분노에 찬 표정으로 나를 쏘아봤다. 그 눈빛을 흘려 넘기면서 나는 대형 홀 구석으로 이동하여 측면의 문을 통해 발코니로 나갔다. 발코니에 아무도 없다는 건 〈디멘션〉을 통해서 미리 확인해둔 상태다.

성 밖은 쌀쌀했고 달빛이 비치는 밤하늘 아래 나와 스노우만이 남았다.

곧바로 '소지품' 속에서 천을 꺼내서 석조 벤치에 깐 다음, 스노우를 그 벤치에 앉혔다. 그리고 그녀의 이마에 손을 대고 걱정했다.

"괜찮아?"

스노우는 살짝 고개를 끄덕여 대답했다.

"……괜찮아. 하지만 카나미, 방금 그 행동 때문에 인상이 아주 나빠졌어."

"그렇겠지."

"……저 사람들 입장에서 보면 일확천금을 거머쥘 수 있는 기회가 망가진 셈이니까. 카나미도 일확천금을 거머쥘 수 있는 기회를 놓친 건지도 모르고. ……모든 사람들이 다 손해만 본 셈이야."

"이봐……. 스노우는 내 미궁 탐색의 파트너야. 스노우를 도와야 할 상황에 입장이나 금전 같은 걸 계산하고 있을 수는 없잖아……."

냉정하게 손익을 계산하는 스노우의 말에 부아가 치밀어서 거친 말투로 스노우를 나무랐다.

그런 내 말을 스노우는 기쁜 얼굴로 받아들여 주었다.

"……그래. ……고마워. 카나미는 참 대단해. 나는 할 수 없는 일을 해내니까."

스노우를 처음 만난 이래로 가장 밝은 미소를 보였다. 진심으로 기쁜 듯 웃고 더불어 나를 칭찬했다.

"어쨌거나 무리하지 마. 괴로울 때는 다른 사람에게 의지하면 되잖아."

자연스럽게 그런 말이 입 밖으로 나왔다. 스노우처럼 혼자서 모든 걸 싸안고 끙끙 앓는 녀석을 보고 있으면 불쾌해서 견딜 수가 없었다. '잔말 말고 다른 사람에게 도움을 청하면 될 거 아냐'라는 생각에 휩싸이는 것이다.

그 결과 이런 행동을 저지르고 말았다. 반성은 하지만 후회는 하지 않는다.

그 말을 듣고 스노우는 뭔가를 깨달은 것 같은 표정이었다.

"······그렇구나."

난생 처음으로 안식을 찾아내기라도 한 것 같은······그런 표정이었다.

스노우의 뺨은 붉게 물들어 있고 눈가는 촉촉하게 젖어 있었다.

달빛이 스노우의 아름다운 장발을 비춘다. 밤하늘 아래에 라우라비아 시가지의 불빛이 반짝인다. 천연 조명을 받은 스노우는 이 무도회에 참가한 그 누구보다도 아름다웠다.

이 아름다운 소녀를 구해낼 수 있어서 다행이라고 나는 진심으로 생각했다.

스노우는 별이 반짝이는 하늘을 올려다보며, 다시 한 번 천천히 중얼거렸다.

"그렇구나······"

그 작은 목소리는 밤공기 속에 스며들어 사라졌다.

◆ ◆ ◆ ◆ ◆

"……응. 이제 괜찮아, 카나미. 많이 나아졌어."

한동안 발코니에서 바람을 쐬고 나니 스노우의 몸 상태는 말끔히 회복되었다.

해맑게 웃으며 대형 홀로 돌아가자고 재촉한다.

"알았어. 그럼, 돌아갈까……."

그 밝은 표정은 거짓이 아니라 판단하고 찬성했다.

그리고 대형 홀로 돌아가려 했을 때, 한 남자가 발코니로 들어왔다.

"──아, 잠깐 실례하지."

짤막한 적동색 머리에 온화한 얼굴생김을 가진 남자다. 그 복장은 귀족들 중에서도 상급에 속하는 복장으로 스노우가 입고 있는 옷과 닮아있었다. 나는 스노우에게 눈길을 돌려서 그가 누구인지를 물었다.

"……수고 많았어, 오빠."

스노우는 고개를 끄덕이고 이 남자를 오빠라고 불렀다. 다시 말해 이 사람이 바로──.

"그래, 피곤해……. 엄청나게 피곤해. 죽도록 피곤해. 아아, 죽고 싶어……."

"……아무리 인기척이 없다고 해도, 말 좀 조심해."

"아, 그래. 그나저나, 내게 주어진 휴식시간이라고는 스노우 씨랑 이야기하는 시간밖에 없다니까, 정말로."

곧바로 '주시'한다.

[스테이터스]

　이름 : 글렌 워커　HP 331/342　MP 92/92　클래스 : 스카우트

　레벨 : 28

　근력 7.22　체력 8.55　기량 11.78　속도 13.79　지능 10.01　마력

　5.26　소질 2.19

　선천 스킬 : 행운 1.02　악운 2.75

　후천 스킬 : 땅마법 1.22　무기전투 1.17　탐색 1.11

　　　　　　　은신 1.56　　　약사 1.10　　　도둑 1.66

　——이 사람이 바로, 글렌 워커.

　이 연합국에서 '최강'이라는 칭호를 보유하고 있는 탐색가.

　재능과 레벨이 상당히 높았지만 스테이터스는 생각보다 편중되어 있는 것이 풍부한 스킬을 강점으로 삼는, 정면대결은 즐기지 않는 타입의 탐색가인 모양이었다.

　하지만 이 정도면——어쩌면 스노우가 더——.

　글렌 씨는 나른한 얼굴로 우리 쪽으로 다가와서 사람 좋아 보이는 미소로 내게 인사했다.

　"만나서 반갑다. 네가 『에픽 시커』의 카나미 군 맞니?"

　"아, 네. 만나서 반갑습니다. 아이카와 카나미라고 합니다."

나는 깊숙이 고개를 숙이며 글렌 씨에게 자기소개를 했다.

"호오, 팰린크론한테 들은 이야기랑은 전혀 다른데……. 아니, 좋은 의미로 다르다는 거야. 오해하지 말라고. 욕하는 거 아니라고. 싫어하지 말라고."

"아, 네에……."

솔직히 '전혀 다르다'라고 생각한 건 오히려 내 쪽이다.

이 사람이 바로 모두의 찬사를 받는 '최강'의 '영웅'이라는 건 좀 뜻밖이었다.

글렌 씨는 나를 빤히 응시한 후 얼굴 가득 웃음을 머금고 내 어깨를 툭 친다.

"응, 응, 아주 좋아. 역시 난 네가 아주 마음에 들어! **그때**부터 줄곧, 나는 네 팬이었다고. 그때는 정말 대단했어. 나같은 한심한 가짜와는 다른 '진짜 영웅'이니까!"

그때 스노우가 허둥대며 끼어들었다.

"……글렌 오빠! 그때 일은……!"

"응? 아, 아아, 나도 알아, 스노우 씨. 이, 잊어버린 거 아니라고. 거짓말 아니라고."

스노우의 꾸중에 글렌 씨가 움츠러들면서 스노우의 눈치를 살피면서 변명을 거듭했다. 그 둘은 키도 서로 비슷해서 이 모습만 보면 누가 더 연상인지 알 수가 없을 지경이었다.

글렌 씨는 쿨럭 하고 헛기침을 한 다음, 마음을 가다듬고 다시 내 쪽을 돌아보았다.

"어쨌거나, 카나미 군이라면 내 동생을 맡기기에 충분해.

찬찬히 관찰하고, 이야기해보고, 확신했어. 너는 좋은 사람이야. 틀림없이!"

"고, 고맙습니다⋯⋯."

어째선지 나에 대한 글렌 씨의 호감도가 상당히 높았다.

연신 내 어깨를 두드리며 칭찬하더니 글렌 씨는 흥분한 기색으로 주먹을 불끈 움켜쥐며 역설했다.

"지금까지 나는 스노우 씨에게 아무것도 해준 게 없었지만, 너희들의 **결혼을 후원해주는 것** 정도는 해줄 수 있어. 이제 드디어 나도 그럴 수 있을 만큼의 권력을 손에 넣었으니까. 이제 본가 녀석들도 아무 말 못 할 걸⋯⋯아마도!"

"어, 결혼을 후원⋯⋯?"

간과할 수 없는 단어였기에 나는 글렌 씨의 말을 되뇌였다.

"오빠⋯⋯ 무슨 소리를⋯⋯."

스노우도 마찬가지로 밑도 끝도 없이 뚱딴지같은 소리를 꺼낸 오빠에게 설명을 요구했다.

"응? 그야, 너희들 결혼하는 거 아니었어?"

우리가 곤혹스러워하건 말건 글렌 씨의 대답은 더없이 담백하기 그지없었다.

"어, 어어?! 에엣?!"

"──으응?!"

나와 스노우는 동시에 순간적으로 얼빠진 소리를 냈다.

"어라? 팰린크론이 계속 그렇게 이야기했었는데? '스노우의 남편으로 딱 맞는 녀석을 발견했어. 부탁이니까 글렌의 힘으로 그 둘을 맺어주면 안 될까?'라면서."

글렌 씨는 전혀 안 닮은 성대모사를 곁들여서 팰린크론에게 부탁받은 내용을 설명했다.

"그, 그 자식이⋯⋯."

나는 팰린크론에 대해 욕지거리를 했고 글렌 씨는 들뜬 얼굴로 말을 이었다.

"스노우 씨와 카나미 군의 결혼이라니, 나도 대찬성이야. 동경해오던 카나미 군이 매제가 되다니, 세상에 이보다 더 좋은 일이 어디 있겠어. 나와 팰린크론이 너를 스노우 워커의 약혼자로 추천하지! 무슨 일이 있어도, 두 사람을 결혼시키고 말 거야!"

곤혹스러워하는 나와 스노우를 무시하고 글렌 씨는 자신의 결의를 표명했다.

스노우는 옆에서 떨면서 뇌까렸다.

"⋯⋯나는 아무것도 못 들었어. ⋯⋯이런, 이런 소리는⋯⋯."

스노우는 연신 혼잣말을 중얼거렸다. 혼자서 자문자답을 되풀이한 끝에, 혼자서 어떤 결론에 도달한다──.

"그, 그런⋯⋯ 그런 거였어⋯⋯?"

아까 그랬었던 것처럼 난생 처음으로 뭔가를 발견하기라도 한 것 같은 표정으로 자신의 손가락을 빤히 쳐다보고 있다. 글렌 씨도 나도 스노우가 어떤 해답을 찾아낸 건지 알수 없었다. 하지만 그 심각한 표정을 보니 참견을 할 수도 없었다.

스노우의 표정은 그만큼 불투명하고 일그러져 있었다. 그 표정 그대로 독백을 이어갔다.

"마음대로 하고 싶은 것뿐이라는 게, 그런 거였어? 한마디로 팰린크론도 같은 생각을……?"

그리고 스노우의 얼굴이 조금씩 환해져간다.

탁하던 목소리가 조금씩 맑아져 **스노우답지 않은** 또랑또랑한 말투가 나온다.

"아아, 이제야…… 이제야! 이제야 알았어!"

이제 스노우의 특징이었던 나른한 말투는 완전히 사라졌다. 마치 평범한 여자아이 같은 말투로 변했다. 빙의돼 있던 악령이라도 떨어져나간 것처럼 후련한 얼굴로 자신의 손바닥을 응시하고 있던 고개를 들었다. 나와 글렌 씨는 그런 스노우의 급변에 어쩔 줄을 몰라 했다.

"스노우……. 무슨 일 있는 거야……?"

"저, 저기, 스노우 씨……?"

하지만 스노우는 그런 우리의 당황을 무시한 채, 상쾌한 얼굴로 내게 묻는다.

"──있잖아, 카나미는 나랑 결혼하는 건 싫어?"

그 물음은 내 인생 전체를 통틀어서도 손에 꼽을 만큼 무거웠다.

스노우답지 않은 갑작스런 고백에 나는 동요했다.

"뭐, 뭐어?! 스노우, 밑도 끝도 없이 무슨 소리야?!"

"그렇지만 카나미랑 결혼하면 모든 게 다 해결되니까! 워커 가문의 책무를 남편인 카나미가 완수해준다면 모든 게 해결되는 거야!"

스노우는 내 손을 움켜쥐고 순진한 얼굴로 말했다.

그런 순진한 스노우의 모습은 예전의 나른하던 그녀와는 비교도 되지 않을 만큼 귀여웠다.

──귀엽지만 그렇다고 해서 그녀의 이야기를 간단히 받아들일 수는 없었다.

"……워커 가문의 책무? 그게 무슨 소리지?"

"응. 워커 가문에 양자로 들어간 아이에게는 워커 가문의 이름을 떨쳐야 할 의무가 있어. 글렌 오빠 정도의 활약이 아니면 그자들은 납득 안 해. 그 유명한 드래고뉴트의 후예인 스노우를 입양한 것을 납득 안 해. ……하지만, 카나미라면 그자들을 납득시킬 수 있어. 카나미가 가진 '영웅'으로서의 힘이 있으면!"

"나 보고 워커 가문의 이름을 떨치라는 거야? 카나미 워커가 돼서?"

"바로 그거야. 글렌 오빠와 레거시 가문이 협력해서 지원해준다면, 카나미랑 결혼하는 것도 꿈만은 아냐. 처분되는 식으로 다른 가문에 시집가지 않아도 된다는 거야!"

"조, 좀 진정해봐, 스노우. 여러모로 마음이 급한 건 이해가 가. 하지만, 그렇게 쉽게 결정할 수 있는 일이 아니잖아. 결혼이라는 건 중요한 거야. 좀 더 신중하게 생각해보는 게 좋을 거라고."

적어도 그냥 충동적으로 결정해도 될 만한 문제는 아니었다.

"……나도 많이 생각해봤어. 생각한 결과야. 카나미와 결혼하는 게 **틀림없이 제일 편해**. 제일 자유로워지니까! 그러니까 카나미랑 결혼하고 싶어!!"

이것은 내가 상상할 수 있는 고백 중에 최악의 고백이었다.

스노우는 내가 좋아서가 아니라 편하니까 결혼하고 싶다고 했다.

"……아, 안 돼. 그건 안 돼. 스노우는 '제일 편하니까'라는 이유로 결혼하자는 거잖아. 그런 고백을 받아들일 리가 없잖아."

물론 그 구혼을 거절한다.

적어도 지금의 스노우를 보고 고개를 끄덕이는 건 절대 불가능했다.

하지만 스노우에게 있어서는 그 대답이 뜻밖이었던 모양인지 굳어진 표정으로 중얼거린다.

"어, 어? 어라……? 카, 카나미는 나를…… 구해주지, 않는 거야……?"

"아, 안 구해주겠다는 게 아냐! 그렇지만 다짜고짜 결혼이라는 건 이야기가 너무 커지잖아! 그리고 나한테도 상대를 선택할 권리 정도는 있어!"

"말도 안 돼……. 나한테는 선택할 권리가 없는데 카나미한테는 선택할 권리가 있다니, 비겁해……. 그건 너무 비겁하다고……!"

내 거부를 이해하고 스노우의 얼굴이 일그러졌다.

스노우가 이렇게까지 감정을 드러내는 건 처음이었다. 이대로 가다가는 일이 걷잡을 수 없게 커질 것 같아서 스노우의 손을 부여잡고 힘주어 타일렀다.

"스노우, 걱정하지 마. 누구에게나 상대를 선택할 권리는 있어. 만약 워커 가문이 이래라저래라 한다면 내가 꼭 어떻게든 해결해줄 테니까!"

온 힘과 마음을 다 담아서 스노우의 불안을 없애주려 했다.

하지만 그 염원은 이루어지지 않았다. 스노우는 눈가에 눈물을 매단 채 슬금슬금 다가왔다.

"……카, 카나미. ……카나미도 나랑 같이 포기하자. 포기하면 얼마나 편해지는데."

"아니, 포기할 필요는 없다니까 그러네! 스노우가 자유롭게 선택할 수 있도록 나도 힘을 보태줄 테니까! 지금의 나라면 충분히 해낼 수 있어!!"

"힘을 보태줄 거라면, 나랑 결혼하자! 나는 그게 제일 좋아. 에헤헤……."

스노우는 눈물이 그렁그렁한눈으로 교태를 부리듯 웃었

다. 어떻게든 내가 고개를 끄덕이게 만들기 위해 억지로 웃고 있었다.

나는 스노우의 그런 모습은 보고 싶지 않았다. 그랬기에, 당연히 냉철하게 고개를 젓는다.

"그럴 수는 없어. 내가 할 수 있는 건, 스노우가 자유롭게 상대를 선택할 수 있도록 협력하는 것뿐이야."

"자, 자유롭게 선택해도 된다면 나는 카나미를 선택할래! 카나미가 내 응석을 제일 잘 받아주는걸! 이런 내 응석을 받아줄 수 있는 힘이 있어! 지금까지 살아오면서 나는 그런 사람은 한 번도 못 만났어! 워커 가문을 두려워하지 않고, 내 응석을 받아줄 수 있는 건 오직 카나미밖에 없어!!"

내 손을 힘껏 움켜쥐고 스노우는 나를 몰아붙였다. 하지만 나는 조용히 고개를 가로저을 뿐이었다.

그 모습을 본 스노우는 내 손을 놓고 비틀거리면서 뒷걸음질 쳤다.

"어, 어라, 대체 왜……? 그 사람은 납치해줬으면서…… 나는 납치해주지 않는 거야……? 어째서? 내가 또 잘못한 거야……? 역시, 내가 문제라는 거야……?"

그리고 다시 독백을 시작한다.

시선을 땅바닥에 떨어뜨리고 손바닥을 응시하면서 자문자답을 반복하다가 털썩 무릎을 꿇었다.

──정상이 아니다.

스노우의 평소 모습에서는 상상도 할 수 없는 상태였다.

물론 '주시'를 통해서 '상태'는 확인해보았지만 아무런 이상도 없었다. 가벼운 혼란 상태에 빠져 있는 건 사실이지만 그것 말고는 아무것도 없다.

다시 말해 지금 보이는 이 모습이 스노우의 솔직한 마음 그대로라는 이야기다.

여유라는 도금이 벗겨진 스노우는 이렇게 나약했던가……?

상상 이상으로 나약한 스노우의 마음을 앞에 두고, 나는 아무런 말도 해줄 수 없다.

그 대신 글렌 씨가 익숙한 동작으로 손을 내민다.

"스, 스노우 씨……. 미안, 내가 너무 갑작스럽게 이야기를 꺼내는 바람에……."

휘청거리는 스노우의 몸을 부축해서 근처에 있는 벤치에 앉혔다.

스노우는 주저앉아서 숨결을 가다듬고 조금씩 안정을 되찾아 간다.

역시 괜히 남매지간이 아니다. 아마 글렌 씨는 이런 상태의 스노우를 보는 게 처음이 아닐 것이다. 이대로 오빠인 그에게 스노우를 맡겨둬도 괜찮을 거라 판단하고, 그냥 지켜보기로 했다.

……그렇다.

슬프게 우는 스노우를 나는 그저 묵묵히 지켜보기만 할 수밖에 없었다.

그녀가 무너져가는 것을…… 나는 막아줄 수 없었던 것이다――.

――지금, 틀림없이, 스노우뿐만이 아니라 많은 것들이 무너졌다.

현상유지 따위는 용납하지 않겠다는 듯이 발밑의 땅이 요란한 소리와 함께 무너져 내리는 걸 알 수 있었다. 마치 나아갈 길을 빨리 선택하라고 누군가가 재촉하는 것 같은 느낌이다.

아니, 이미 알고 있다. '누군가'가 아니다.

――그 녀석, 팰린크론이다.

그 녀석의 말을 떠올린 뒤부터, 갑자기 스노우의 상태가 돌변했다.

그 말은 곧 팰린크론 녀석은 아주 오래 전부터 줄곧 이 상황을 준비해왔던 것이다.

며칠 전 나는 거짓을 파헤치겠다고 녀석에게 선언했었다. 하지만 그 결의를 뒤흔드는 광경이 눈앞에 펼쳐져 있다. 몸을 떨며 서럽게 우는 스노우의 모습에서 눈길을 뗄 수가 없었다.

……아아, 젠장.

발코니에서 보이는 어둠 저편에서 팰린크론의 목소리가 들려오는 것만 같은 느낌이다.

만약에 아이카와 카나미가 라우라비아에 존재하는 거짓

을 파헤치면 너를 사모하는 이 소녀의 눈물을 멈춰줄 수 없을걸——이렇게 협박하고 있었다.

너도, 마리아도, 스노우도 '불행'해진다. 정말로 그래도 되는 거냐——라며 귓가에서 속삭이고 있었다.

하지만 이 연합국의 '영웅'이 되면 확실하게 모두가 '행복'해질 수 있다고——그렇게 속삭이는 웃음소리가 머릿속에 울려 퍼졌다.

"——팰린크론……!!"

어둠을 향해서 누구에게도 들리지 않도록 조그맣게 뇌까렸다.

녀석이 준비한 곤경을 앞에 두니 저절로 그런 말이 나오지 않을 수 없었다.

더불어 어째선지 나는 이 곤경이 바로 '시련'이라는 걸 알 수 있었다. 팰린크론은 얼마 전에 나라면 더 굉장한 '시련'도 넘어설 수 있을 거라고 이야기한 적이 있었다.

그 '시련'이 시작된 것이다. 아니, 지금보다 훨씬 전——그날, 스노우와 처음 만났던 그날부터 시작됐던 건지도 모른다.

'**무투대회**'가 바로 '기한'. 그때까지 아무것도 결정하지 못하면 **나는 또 패배한다.**

그런 확신이 들었다.

그렇기에 **다시 한 번**, 나는 나 자신의 운명과 싸워야만 한다——.

──그 맹세를 지키기 위해──

몸속 깊은 곳에서 본능이 그렇게 외치고 있었다.

어느덧 밤은 깊어, 달빛이 가득하고, 자정을 넘겨서 오늘이라는 하루가 끝났다.

──'무투대회'까지는 앞으로 이틀. 이틀 안에 모든 것이 정해진다.

그 전에 내가 나아갈 길을 선택해야만 한다. 이번에야말로 '실패'해서는 안 된다.

눈앞에서 흐느껴 우는 소녀를 위해서라도. 나 자신을 위해서도.

그릇된 선택은 두 번 다시 하지 않을 것이다. 절대로──.

작가 후기

2권에 이어, 이번에도 페이지 수가 꽉꽉 들어찼습니다. 오랜만입니다. 와리나이 타리사입니다.

『라우라비아국 편』이 시작됐습니다. 이미 읽으신 분들은 아시겠지만, 이것은 흔히 말하는 '대회편'에 해당하는 이야 기이기도 합니다. 주인공은 그 대회에 도전하고, 동시에 자 신을 비롯한 여러 등장인물의 고민을 해소해나갑니다. 더 없이 정석적인 루트죠.

그리고 이제야 등장한 히로인, 스노우 워커. 그녀는 성격 이 여러 번 바뀌는 인물이라서, 아직 진정한 모습을 발휘 했다고 하기는 힘들지만, 이번 권을 통해 그녀의 사람됨이 조금은 전해졌을 거라 생각합니다. 당연하지만, 그녀 역시 '무투대회'에 얽히게 됩니다. 애초에, 대회에 얽히지 않는 네임드 캐릭터는 거의 없는 것 같은 느낌이 드네요. 그러 니까, 어쩌면 살짝 축제 같은 분위기로 전개될지도 모르겠 습니다.

끝으로, 4권이 나온 사실에 감사를. 지금까지 주인공이 리타이어하지 않은 것은, 모두 이 작품을 위해 애써 주신 많 은 분들 덕분입니다. 진심으로 감사드립니다.

그리고 이번에 흔쾌히 컬래버레이션을 승낙해주신 전설 의 RPG 『위저드리』. 진심으로 감사드립니다. 주인공인 카 나미며 히로인들을 게임 화면으로 볼 수 있으니 다 함께 참가해봅시다. 아주 재미있는 던전RPG랍니다.

　……하고 싶은 말은 아직 많이 남았지만 공간이 부족한 관계로 이번에는 여기까지. 그럼 이만.

이세계 미궁의 최심부로 향하자 4

2016년 12월 15일 1판 1쇄 발행
2018년 7월 1일 1판 3쇄 발행

저　　　자 와리나이 타리사
일 러 스 트 우카이 사키
옮 긴 이 박용국
발 행 인 유재옥
본 부 장 조병권
담당편집자 정영길
편　　　집 김다솜 김민지 김혜주 이문영 정영길 조찬희
미　　　술 강혜린 박은정
라이츠담당 박선희 오유진
디 지 털 최민성 박지혜
발 행 처 ㈜소미미디어
등　　　록 제2015-000008호
주　　　소 서울시 마포구 토정로 222, 403호 (신수동, 한국출판콘텐츠센터)
판　　　매 ㈜소미미디어
마 케 팅 한민지 이모토 요코
전　　　화 편집부 (070)4164-3962, 3963 기획실 (02)567-3388
　　　　　　판매 및 마케팅 (070)4165-6888, Fax (02)322-7665

ISBN 979-11-5710-547-2 04830
ISBN 979-11-5710-166-5 (세트)